茅海建 著

学术随笔集
依然如旧的月色

增订本

生活·讀書·新知 三联书店

Copyright © 2022 by SDX Joint Publishing Company.
All Rights Reserved.

本作品版权由生活·读书·新知三联书店所有。
未经许可，不得翻印。

图书在版编目（CIP）数据

依然如旧的月色／茅海建著．—增订本．—北京：
生活·读书·新知三联书店，2022.10（2023.8 重印）
ISBN 978-7-108-07460-7

Ⅰ.①依…　Ⅱ.①茅…　Ⅲ.①随笔-作品集-中国-当代
Ⅳ.① I267.1

中国版本图书馆 CIP 数据核字（2022）第 129149 号

特邀编辑	孙晓林
责任编辑	冯金红
装帧设计	宁成春
责任校对	张国荣
责任印制	李思佳

出版发行　生活·讀書·新知 三联书店
　　　　　（北京市东城区美术馆东街 22 号 100010）

网	址	www.sdxjpc.com
经	销	新华书店
印	刷	北京新华印刷有限公司
版	次	2022 年 10 月北京第 1 版
		2023 年 8 月北京第 2 次印刷
开	本	635 毫米 × 965 毫米　1/16　印张 20.5
字	数	246 千字
印	数	3,001-6,000 册
定	价	79.00 元

（印装查询：01064002715；邮购查询：01084010542）

目　录

自　序 1

陈师旭麓先生忌日二十周年 1
悼念黄彰健先生 4
　　附：黄彰健先生 2009 年 8 月 13 日来信 10
追思卫藤沈吉先生 13
记朱维铮先生 17
记何芳川先生 22
　　附：记王天有先生 25
"此情可待成追忆"
　　——蔡鸿生教授著《俄罗斯馆纪事》讨论课发言 28
　一　最后一届"工农兵大学生" 28
　二　了不起的助教 30
　三　北京图书馆的"晒蓝"复写 32
　四　"良史"的传统 36
　五　细节的分量 38

  六 德行惠人 40

悼念章开沅先生 43

中国近代政治史面对的挑战及其思考 46
中美关系的起源及其影响 52
  一 早期中美民间关系 52
  二 中美《望厦条约》的签订 54
  三 留美学童与排华法案 57
  四 对抗中的互相利用 60
历史地看待历史
  ——读陶文钊著《中美关系史 1911—1950》 64
不同的声音
  ——读杨奎松著《中间地带的革命》 69
  一 革命理论的悖难 70
  二 毛泽东的策略 72
  三 理论阐释与史实描述 76
京都大学的"共同研究" 79

《天朝的崩溃》的出版 85
心中要有读者：经历与体会 88

也谈近代湖湘文化 93
  一 近代中国文化的区域结构 93

二　湖湘文化在近代中国的作用与地位 97

　　三　来自湖南的毛泽东 102

龚自珍和他的时代 105

　　一　家世、生平与才华 105

　　二　传统意识下的危机感 107

　　三　社会精英与时代要求的差距 111

清末帝王教科书

　　——中国第一历史档案馆收藏的各类《讲义》 114

　　一　《讲义》的产生背景与收藏情况 114

　　二　周自齐与他的《外交讲义》 131

　　三　《讲义》展现的历史及其思想价值 151

"醇亲王府档案"中的鸡零狗碎 156

　　一　免跪拜的上谕 157

　　二　菜单 160

　　三　分期付款购买《大英百科全书》 165

　　四　两封没有来由的家信 168

康有为的房师与同文馆的考卷 172

　　一　余诚格的禀帖与房师、座师 172

　　二　光绪九年京师同文馆年终大考考卷 176

张之洞的别敬、礼物与贡品

　　——晚清上流社会生活的一个侧面 184

　　一　别敬及其他 187

二　送王公大臣的礼物 …………………………………… 196

　　三　送外国政要和机构的礼物 …………………………… 204

　　四　慈禧太后六十大寿报效与贡品 ……………………… 219

　　五　给逃亡西安慈禧太后、光绪帝的贡品及送行在
　　　　军机处的礼物 …………………………………………… 227

　　六　慈禧太后六十七岁生日贡品 ………………………… 272

　　七　慈禧太后七十大寿贡品与庆典 ……………………… 278

　　八　光绪三十年年贡及以后的贡品 ……………………… 283

　　九　简短的结语 …………………………………………… 288

　补记一 …………………………………………………………… 291

　　补记二 ………………………………………………………… 292

直隶总督陈夔龙宣统元年（1909）炭敬册 …………………… 294

　一　《云贵同乡京官录》的内容 ………………………………… 296

　二　谁送的炭敬和谁写的《云贵同乡京官录》炭敬册？ …… 303

　三　外官给哪些京官送炭敬？ ………………………………… 307

　四　炭敬的标准 ………………………………………………… 310

　五　璧还的情况与缺失的人名 ………………………………… 311

　六　与张之洞的比较 …………………………………………… 313

　七　京官贫困化与节敬的退场 ………………………………… 315

增订版后记 …………………………………………………… 318

自　序

这本小书里陈放着一些自以为比较随意或论旨不那么学术化的文字，是我们这个行业中经常被看作学问不大、价值不怎么高的篇什，也是我平时有意去少写的那类作品。

在一个比较严格的学术环境中，学者们努力去遵循学术的规范，学术论文与著作当然有其特定写作体例和言说方式。写多了，文字自然是严谨，换个说法又叫作枯燥。专业的读者可能会欣赏，非专业的读者必定会头大。我这几十年所写的那几百万字，大多是"有腔有调有规范"——学历史的人，年龄自然陡长，年轻时便做出一副老相，说话老腔老调的。而自己很少有空闲的时候，平静的心情，去写那些让人在空闲的时候、平静的心情中也能看看的文字。只有等到真的年老了，反觉得应该轻松一点，自然随和，才是读书人本来的生活态度。由此及彼，从我而扩大到"我们"这个学术团体，大多都会有点我的这种毛病。"我们"已经很长时间不会去观察江河的潮汐、夕阳的西下、枝上的萌芽，不会那么注意神秘无常的天意及其带来的惊讶。"我们"已经习惯于每天打卡机式的不变程式的劳作，习惯于符合学术规范的思维与书写，习惯于应付各式各样不合理或合理的对个人教学与研究的指数性规定。或许,"我们"真应该轻声地自问,又有多长多长的时间,没有看见天上的流星……

人一时间会有许多想法,大多没有记录下来,记录下来的,有的会变,有的不变。陈放在这本小书中的绝大多数文字,写作时并没有认真的计划,也缺乏整体的谋篇布局,或仅是一些内心的感受,头脑一热便写了下来,或流露出许多真性情。此次编辑旧稿,我又发现,这些文字中的许多想法,当时就没有去深思,事后也没有去反思,比较充分地表现出自己的浅薄,尤其是"湖湘文化"与"龚自珍"两篇。这些都是岁月留下的痕迹,不应变动,不需加以粉饰。由此,我仅是做了一些文字上的修改(或将当时编辑的删改再改了回来),或为叙述完整而增补了一些史料,或为阅读方便而添加了一些章节的小标题。路是这样子走了过来,保留着当年的弯弯曲曲,方才显得人生的自然。还有一些文字,目前看来还不便于结集,只能等待将来。

尽管自以为这本小书里的文字(姑且容我冒称为"学术随笔集")已经相对轻松,但话也要说回来,对于我这种长期在学术规范中生活生长生存的人,读者似也不必抱有太大的希望。这本小书中一些文字的论旨或写作方式,仍然是半学术的,或是纯学术的,仍然有可能会让一些读者感到头大——"真是教书教惯了,什么时候都毁(诲)人不倦"。

最后,还需要说一下这本小书的书名。我最初编集时头脑中随即闪现的题目,叫作《那些人与那些事》,相对于本书的内容,尚属贴题且文意自然。但到临了,才突然发现,"这些""那些"的,已是眼下的流行词语,已有多人使用当作书名或者篇名,可见我孤陋寡闻,不抬头看路。既然是撞车了,自应改个书名,创造出一点"水流云在"的意境。然也不知为什么,一直也想不出个合意的题目来。夜深人静，月亮一次次飘出云层，让我忽然有了一阵阵轻微的感动——回想起十年前也是在东京的那个夜晚，月光铺床的景色，引出了第二天的悲怆陈辞。如同智者所言，你写的"那些人与那些事"不过就是些故人旧事。岁月如风，情景不再。那么，在这个千变万化的近代中国与当代世界，还有什么是恒久不变、又可让读书人心常相守的？或许就有这眼面前依然如旧的月色——多少年，多少地，多少人，所享有的，应该是同样的。

茅海建
2013年6月于永山

陈师旭麓先生忌日二十周年

今天是陈旭麓先生的二十周年忌日，今天的会议说明了什么是虽死犹生。

一个人去世了二十年，大多也都在人们的记忆中消散，即便是当年惊世的誓词，也会在岁月的风雨中淡出。而今天还有这么多人在想念他、纪念他，那就不仅是他的学问的高下，也正说明这个人的德行的大小。君子之德是偃草之风。

尽管我会经常地想念陈先生，但每次想说点什么，写点什么，都会不知从何说起，从何落笔。在先生身边的两年，交谈甚多也甚久，我却想不起来有什么终生受用的警句哲言。在我看来，一切都很平常，一切都很自然，而他的思想就这样悄然地进入了我的心中，影响着我的人生。

我今天体会最多的是，陈先生对诸位史家那种直接性的评说。初入史门，一切史家都会在年轻人的心中变得很大。听到了陈先生的这些话，也就不会有崇拜之感，而是直接从他们的学问进入他们的人生，从他们的人生中理解他们的学问。这也是我现在经常教学生的方法，读一本书，了解一个人，在与作者的直接交往中，理解这本书的价值与意义。

我心中最为温暖的，也是我多次说过的，是我一次去陈先生家，刚入门就听到陈林林在说，爸爸，今天的西瓜太小了，茅海建来就不够了。正好我踏入门内,大家看到我,一屋子的笑声。师生之间在这笑声之中是最为接近的。

然而,我对学生谈到最多的是,我与陈先生之间经常性的争执,特别是他在京西宾馆开史学会时,我和他之间的对吵。当时的我相当激进,主张以西化东,他对此不同意,认为西化不了东。与陈先生住同一房间的先生(我已忘记其姓名)出来为我们师生劝架。现在我的年龄大了,感到了陈先生的正确,西确实也化不了东。"夷"入夏后,会有多种形态的异化。而我现在的学生却不敢跟我对吵,他们似乎很尊重我,但这种尊重之后,又是我的失落。

我也多次给我的学生讲陈先生的社会变迁与新陈代谢理论,并将这一思想作最大限度的简化:中国近代社会的发展不可能是直线的,而是伴随着许多次的后退;前进时多伴有过激,后退时亦相随反动,这种前进与后退都有其历史的必然,中国社会也正是在此前后进退中逐渐前行。这是中国社会诸多因素的交错作用,也是新旧势力之间的较量。我一直认为,这是一种深奥的学说,也是一种简单的哲理,其中有着陈先生的生命体悟。它不仅是对过去的一百一十年(1840—1949)的精准刻画,也几乎是对此后中国命运的历史谶语。陈先生相信,将来的社会,会更好一些。

我进陈门之时,很可能是陈先生脾气最好的时候。1980年,他62岁,副教授;我走的时候,1982年,他64岁,还是副教授。人到了这个年龄,大约对世道不再有更多奇想,而对人与人的关系,却守着一种天然。别人都讲陈先生脾气大,我却看到了他脾气好的一面。陈先生是当年全国独有的三级副教授,我却很少听到他的抱怨。人生悲剧性的经历,化作了精思的《随想录》。而正是如此,每当我遇到不公平或公平的对待时,就会想起他的"副教授"。今天的教授名目已经很多,北大的一些年轻教授也在那里笑谈"长江上游教授""长江中游教授""长江下游教授",可又有谁寻思这些教授名目下的学问该是如何?德行又该是如何?

然而,今天我听到更多的,不仅是说陈先生的学问与品行,还有他的弟子。由于不公平的待遇,陈先生不能带博士生,"文革"前的正式研究生不多,"文革"后的硕士生也只有二十几位,私淑者尚未计数,而其中却有一些人已小有成就。正如谚语所言,看一棵树,不仅要看它的树干,同时也要看看它挂的果实。今天在座的,不少人也是老师,再过十年,他们的学生又会怎么样?现在已有一些教授在那里有意要开宗立派了,陈先生生前并无这一想法,死后也没有人去这么做,但"陈门弟子"已多为史学界所称道。学问之火也正是这样地跨越了人的生命界限,传承下去。由此,我一直很喜欢陈先生给熊月之师兄《中国近代民主思想史》所写序言中的一句话:

> 个人的生命如同大海中的一滴水,如果把这滴水洒在绿荫成长的泥土中,它就会比一滴水大得许多。

我也一直在想,如果我们要回报陈先生,那么,最直接的方法,就是教好自己的学生。

二十年过去了,人生有了许多的重复,我也从丽娃河回到了东川路。让我怀念的是当年那种天然的、不夸张的、淡淡的却又无限绵长的师生情谊,这也应当是一种人生的追求……

2008年12月1日在陈旭麓先生诞辰90周年、逝世20周年纪念会上的发言。刊于《南方周末》2008年12月25日

悼念黄彰健先生

黄彰健先生已于去年（2009）12月28日去世了，我是最近由我的学生告知的。天天躲在郊外的小房间里面，做一点点自己才有兴趣的事情，外面的春秋，真是知道得太少了。

黄彰健，生于1919年2月，湖南浏阳人，台北"中研院"院士、历史语言研究所研究员，有着许多学术贡献。以上我试图用最简短的文字，来介绍这位大陆读者可能还不太熟悉的学者，但觉得其中不可省略的要素是籍贯。他有着湖南人天生倔强的性格。人活到了91岁，可谓长寿，且有相当的学术成就，惠泽后学，算是对得起自己的人生。

我一直认为，黄先生是一个好的历史学家。我开始注意他，是进入戊戌变法研究领域之后。他对于这段历史的研究，有着两项了不起的贡献：其一，他发现康有为在宣统三年（1911）发表的《戊戌奏稿》中作伪，该书所录之奏稿，全是康后来之作。而他最重要的证据，竟然是1958年在北京中华书局出版、国家档案局明清档案馆编《戊戌变法档案史料》。这一部大陆出版的史料集，大陆学者在当时的环境下没有认真利用，反被他占了先。他由此预言，康有为另有其"真奏议"，并自编一册《康有为戊戌真奏议》（台北"中研院"历史语言研究所史料丛刊，1974年）。到了1981年，内府抄本《杰士上书汇录》在北京故宫博物院图书馆发现，为他这一预言作了近乎完美的证明：该《汇录》所抄录康有为18篇奏议，与《戊戌奏稿》无一相同。这真是史学研究中的经典案例，我也经常在课堂讲述这一从"假设"到"证明"的故事。其二，他认为戊戌政变并非起因于袁世凯告密，但袁世凯告密又加剧了政变的激烈程度。当我在北京中国第一历史档案馆所藏内务府档案中查出，光绪二十四年八月初三日（1898年9月18日）晚上约八九点，慈禧太后下旨第二天从颐和园返回城内，也证明了他的判断。因为此时谭嗣同还在袁世凯住所，一直到半夜才离开。慈禧太后决定回宫在前，袁若真告密，也只能在其后。

黄先生的这些论文，在台湾的杂志上发表，后结成文集《戊戌变法史研究》，作为"中研院"历史语言研究所专刊之五十四，于1970年出版。由于当时大陆正处于"文革"高峰期，黄先生的这部大作，大陆许多大学及公共图书馆都没有收藏，即有收藏者，也因该书属"港台书"仅供"内部参考"而不能外借，使用极不方便。大陆一些研究者因不了解该著作而选择了相同的研究题目，结论也大体相同，造成了重复劳动。1999年，我因无处购买，请人复印一册，成为我手头的常用书。2000年，我去台北"中研院"近代史研究所访问，以查阅相关史料，所住学术活动中心的书店有存书，赶紧再买一册。记得那次在历史语言研究所傅斯年图书馆看书，谢国兴先生指着匆匆而过的一人，告我是黄彰健院士，我正在看清朝末年的北京地图，抬头看了一眼，没有敢去打扰。2002年，我发表《戊戌政变的时间、过程与原委：先前研究各说的认知、补证、修正》一文，专门写了一段话：

> 我在这里还要向黄彰健先生表示个人的敬意。这一方面是他提出的政变非袁世凯告密而起、袁告密加剧了政变激烈

程度的判断，具有经典性，且是在未看到北京所藏档案的情况下作出的，三十多年过去了，依然光芒不灭；另一方面是我于2000年初在台北近代史研究所、故宫博物院文献馆查档，企图有所斩获，一个多星期的工作后，我意识到，有关戊戌政变的档案已被黄先生悉数扫尽，一点汤都没有给我留下。

2005年1月我出版论文集《戊戌变法史事考》，收录了该文，寄呈黄先生一册，敬请批评。

2005年10月，我参加台北故宫博物院的一个学术会议，会后去"中研院"历史语言研究所访问，以补充查阅相关的史料。黄彰健先生听说我要来，与当时的所长王汎森先生相约，一起见面吃个饭。王先生事先向我介绍了黄先生的性情，特别指出了湖南人、高血压两点。那一天的午饭根据黄先生的要求，在学术中心的西餐厅，他告诉我说自助餐有较多的蔬菜。

这是我与黄先生唯一一次会面，主要是黄先生说，我在听。他大体讲了两条意见。其一，他强调自己最重要的发现是康有为、梁启超原本要行革命，1897年秋康、梁在上海相约，由梁到湖南宣传革命，而康到北京见机行事，后来有了机会，便改以君权行变法。黄先生的大作对此已进行了全面的论证，我认为他所讲的证据，尚难以定论，于是没有说话。黄先生很可能认为我对他的结论不以为然，声音便雄壮起来。其二，他认为湖南举人曾廉弹劾康、梁反对朝廷的条陈已经递送慈禧太后，并认为我在论文中引用七月二十七日《早事档》中的记录"都察院封奏一件，奉旨：'留'"，是光绪帝对曾廉条陈"留中"的谕旨。我见他对《早事档》的用语理解有误，便简单介绍：《早事档》是记录参加早朝的各机构提出的奏折及交到内奏事处在早朝时提交的奏折，

"留"是指早朝后"留下"由光绪帝及军机处再处理,不是"留中"之意;"都察院封奏"指该日都察院代奏 10 人共计 14 件条陈、附图等件的奏折。黄先生随即又指出,孔祥吉根据《随手登记档》称曾廉的条陈进呈了慈禧太后。我则告之这几天军机处给慈禧太后的奏片都是全的,我是一天天对照比较看的,不会遗留,孔祥吉称进呈,我不记得了,没有看到。但《随手登记档》中绝没有曾廉条陈进呈慈禧太后的记录。于是两人便争执起来,双方都有点面赤。王先生连忙转圜,并提醒千万注意血压。我知道,黄先生两点意见完全是针对拙著《戊戌变法史事考》的,书中没有提到他发现康、梁原本是革命党的贡献,并就曾廉条陈是否进呈慈禧太后一事,对他提出了批评。

  我此时才想起王汎森先生提醒我湖南人、血压高之真意,细密周到。他大约事先知道黄对我不满,怕我真会吵起来。我还记得在餐桌上,黄先生指出:如果他年轻时有机会来北京查档,"你们这点事情我老黄一个人全做了"(大意)。王先生听了此话,有点紧张,认为我会反感。实际上我心里对此是赞同的:如果黄先生当时真能来北京查档,如果当时政治气候允许做学术,按黄先生的才华,这点事情他还真能全做了,不必有后人来接手;反过来也可以说,如果当时政治气候允许大家看档案、做研究,也许黄先生的这点工作,大陆学者都做了,也不必劳黄先生大驾了。我心里这么想,嘴上仅说了前半,后半部分没有说出来。类似黄先生的话,孔祥吉先生后来也对我当面说过。此时我看着黄先生,心想过去称"老黄忠"真是落伍,那才七十多岁,面前这位"老黄"已经八十多岁了。2006 年 10 月,我又去台北"中研院"近代史研究所访问,以能查阅最后的史料,考虑到上次见面的争执,我只拜访了王先生,未敢去打扰黄先生。

  就在那次的见面中,我提出大作《戊戌变法史研究》在大陆收藏太少，我带回两本以分送北京大学图书馆及北京大学历史系图书馆，请他签名，他照办了。我还提议将其大作出一大陆版，以能让更多的读者看到，并请他写一授权书给我，以便联络出版。等我回到北京后，授权书久久未到，只能再写信催促。他后来寄来授权书，并同时寄来另外的4篇论文，要求一并出版。

黄先生的这部大作，最合适的大陆出版社当然是中华书局，但当时中华的兴趣似不在此，我也没有去联络；而上海书店出版社正好出版了一大批中国近现代史的资料和研究著作，我觉得更为合适。我不认识完颜绍元先生，便请《历史研究》杂志社的马忠文先生代为介绍。完颜先生听到消息，立即答应，当我提出没有出版补贴时，完颜先生在电话的那头笑了。大约在一年后，黄先生的大作已是看校样了，完颜先生告马先生，称我的序言一直未到，我不记得曾答应写序，从辈分及对戊戌变法的基本看法，有着许多差异，于是我告马先生，如果光说好话我不愿意，如果提出批评我也太不合适。2007年3月，黄先生的著作《戊戌变法史研究》在上海书店出版社出版，厚厚两大册，总计75万字。我听到学界对该书的好评时，心里很高兴。此后不久，黄先生又寄来他的大作《"二二八事件"真相考证稿》，我因对此题目较为生疏，没有细看，也没有回信。

2009年5月，拙著《从甲午到戊戌：康有为〈我史〉鉴注》出版，立即给他寄去一册，再次请他批评。大约在9月，我收到了他的回信，整整四页，字迹清晰有力，一点都不像是90岁老人写的。在信中，黄先生对拙著提出了五点意见。我看完这封信，不禁笑了起来，真是一个天生倔强的老人，而且是一个倔强的湖南老人，可敬而且有点可爱！2005年在台北"中研院"学术活动中心西餐厅的那场争论，至此还没有结束。当时他提出的两点，分别是该信中的第一点和第五点；此外，他又增加了三点，政变后朱批朱谕，康有为的上书，阔普通武奏折的作者。

然而，对于该信如何回复，我却有点犯难。我当然不同意他的五点意见，私心以为黄先生特擅于思，稍逊于证，但直接对抗仍有犯"高血压"之虞。于是，我想，似可以稍晚一点回信，言辞似可委婉些，并将他的来信及我的回信放在学术刊物上一并发表，以让后来的学者做出自己的判断。而我当时算了一下，如果简单回复加上史料，约有万字，需要一点时间。恰当时手头上事务太多，一时抽不出空，便搁置下来。一拖，便是几个月过去了，手头缓慢及作风拖拉，由此造成遗憾。

一听到黄先生辞世的消息，我立即想起了这封信。我不知道这是否是他生前最后一封信，但很可能是他生前最后一封关于学术争论的信，不能因此而湮没了。我与他之间的学术争论本应早早进行，现在对手已经离场，所言只能望着天空，再多的雄辩也都没有必要去说了，由此生出了许多怅然。许多原本以为忘记的旧事自然潜入于脑间，悼念逝人之意悄然弥漫于心间。对于一名学者之哀，当致以学术的悼词。于是我便写下了这篇文字，并附上他的这封信。为了帮助读者理解，我在必要处加上一些注释。

以上我对黄先生的学术认识，仅是关于戊戌变法的；他在其他方面的学术贡献，当另由专家来评价。

我个人还以为，黄彰健先生是做完许多事情之后才离开人世的，应当说是没有太多遗憾的。这又是我内心所羡慕的。

2010 年 2 月 21 日于东川路
刊于《南方周末》2010 年 5 月 20 日

附：黄彰健先生2009年8月13日来信

海建教授大鉴：

  拙著《戊戌变法史研究》承介绍上海书店出版社出版，至深感谢。拙著《"二二八事件"真相考证稿》2007年2月由台北联经出版公司出版，此书费时五年始写成，曾托友人函呈一部请正。（系寄北京大学历史系）未知收到否？

  尊著《我史鉴注》及《近代史研究》2009年第3期，已收到。

  尊著《我史鉴注》，对康自编年谱所记，利用档案与文献，详细审核，功力深至。彰健病中读后，仍有不同意见，谨提出就正。

  一、曾廉上书事，如按时间排比，应如下：A．七月二十七日（阴历，以下皆同，该日为1898年9月12日。——茅注）都察院以联治、曾廉等人封事进呈光绪帝。B．光绪帝命军机处"陆续核议办理"。见尊著p.678引军机处奏片。C．军机处承光绪命，将联治等人封事，交军机四卿（指杨锐、林旭、刘光第、谭嗣同四位新任"参与新政"军机章京。——茅注）签注意见。D．曾廉封事要求斩康、梁，光绪帝特命军机大臣裕禄交谭嗣同签驳。E．谭签驳约千余言，并保康、梁忠直无他，刘光第亦署名，谭并拟旨诛曾廉。光绪不允诛曾廉，此事遂为新旧党人所共知。F．尊著《戊戌变法史事考》引档案："七月二十七日都察院封事一件，奉旨留"，即指光绪帝命曾封事留中。2000年（2005年之误。——茅注）尊驾访史语所，彰健即拈出此处，而尊驾则辩称此"封事一件"指是日都察院所上全部封事。此一解释与《我史鉴注》所引二十七日军机处奏片抵触。G．光绪将曾折留中，但军机大臣仍将曾折递呈慈禧，拙著《戊戌变法史研究》（上海书店版p.此处未注明页数，我也未查到。——茅注）据孔祥吉文引军机处《随手档》，七月二十七日军机处将曾廉封事递呈慈禧。奉经留中折片，军机大臣仍递慈禧，此有前例，见拙书（此处有括号和空格，未注明页数。——茅注），孔君所引应不误。H. 曾廉封事厉害处，在他附片引梁启超时务学堂批语，骂清帝祖宗为民贼，如为光绪所见，光绪恐不会容忍。故谭签驳时，一定将曾廉附片抽出。如为太后及军机大臣所见，则戊戌党祸不待八月初六，在七月二十七就会发生了。政变前，外间即传言曾封事"焚毁不全"，故政变后，御史熙麟再录一份进呈。今存《光绪朝夷务始末记》所录曾封事，疑即据熙麟再录本。尊著《戊戌变法史事考》未录B项档案所载，尊著《我史鉴注》未引F项档案所载。彰健敬请惠予注意。

二、拙著《戊戌变法史研究》曾引袁世凯谢授工部侍郎折，袁谢恩折有二，一上光绪，一上慈禧。所奉朱批"毋庸来见"，字迹相同，遂谓此二折皆系慈禧朱批。因光绪并未被废，故时人奏折末尾可书"伏祈皇太后、皇上圣鉴"。故袁谢恩折可一上光绪，一上慈禧。但这些奏折不会送到光绪软禁处，会送给慈禧。太后训政，上可以兼下，给光绪的折子，太后可以朱批，给慈禧的奏折，光绪怎敢朱批。尊著《戊戌变法史事考》（见该书第129页。——茅注）采信庄吉发说，不信拙说。今读《我史鉴注》，则在戊戌八月初六太后宣布训政、便殿办事之后的朱笔批，认皆系光绪所批，深恐不妥。（见该书778页。——茅注）在太后训政、光绪软禁时，所有朱批、朱笔诏书，皆系慈禧的，而非光绪的。慈禧虽富有政务经验，但要她草一诏书，恐仍困难，恐需授意军机大臣，而由军机大臣墨笔代拟，而后由太后朱笔颁布。因系训政，故有时需有光绪口气，不可因此而谓此系光绪朱笔诏谕。

三、今存《杰士上书汇录》所收康"上光绪第六书"，曾经光绪改易，拙文所论，未蒙《我史鉴注》采用。康"上光绪第五书"，《光绪朝夷务始末记》谓系戊戌二月十五日总署代递的。（以上见黄著《戊戌变法史研究》上海书店出版社，第819—851页。——

茅注）尊著仅说《夷务始末记》稿本有错字，像这种重要史料，恐不可这样轻描淡写地处理。（见《我史鉴注》第219页。——茅注）

四、阔普通武折，孔祥吉谓系康代草。这只有伪《戊戌奏稿》那一个证据。尊著仍信孔说，这也是我不解的。（黄著《戊戌变法史研究》，上册，第337页；《我史鉴注》，第694页。——茅注）

五、康、梁于政变后，对外宣传保皇，故康《自编年谱》及梁《戊戌政变记》均否认康有保中国不保大清的阴谋，对丁酉（光绪二十三年，1897。——茅注）九月底、十月初康党聚议事，亦隐讳不提。（谭嗣同言，丁酉"秋末始遂瞻依之愿"。）此一聚议事，佐证昭然，尊著《我史鉴注》怎可对此亦只字不提。故读尊著仅可使读者明了康党政治活动可以公开的部分，而对康党秘密活动的一部分一无所知。如了解康党的秘密活动，则对康公开活动的解释亦将不同。此正为研究戊戌变法史困难处，请参看拙著《戊戌变法史研究》自序。康党上海聚议的共识，现在看来，即康"上光绪第五书"的上策与下策，同时分途进行，而康党的主力，梁、谭与康弟子则入湘，进行自立民权革命活动。谭在《湘报》上即盛赞康"第五书"为国朝二百六十余年所未有，而梁、谭在湘亦推行康学。拙著《戊戌变法史研究》辨康《戊戌奏稿》之伪，承尊著赞誉，而康党"保中国不保大清"，实为拙著重点所在。

故读尊著，谨缕陈管见。谅不以为忤。尚祈指正是幸。

匆匆，不尽欲言。敬颂

著安

黄彰健敬上
2009年8月13日

附记：从邮戳来看，黄先生的这封信当日即13日从台北寄出，20日上海收到，但寄到华东师大的老校区；由于我在新校区，开学之后，大约9月上旬或中旬才转来。

追思卫藤沈吉先生

今天与山田辰雄老师通电话,得知卫藤沈吉先生已于去年(2007)12月15日去世,很是吃惊。上次见其面是在11月,已显得身体很不好,但未料其会离去。

我曾得到过卫藤先生的帮助。

十年前,即1998年初,卫藤先生来中国社会科学院近代史研究所访问,给了近代史所一个名额,可以派学者去日本访问半年。我因《天朝的崩溃》一书所累,也想出去了解域外的学术,便向科研处徐辉琪处长提出要求,在张海鹏所长的帮助下,得以成行。这是我第一次出国。

我这次去日本,用的是亚细亚-太平洋银行的钱,是卫藤先生找的。当时卫藤先生已从亚细亚大学校长位置上退官,出任东洋英和女学院的院长。他将我访问之事,委托给其好友山田辰雄教授。山田老师那时是庆应义塾大学法学部长,也是我这次来日本的指导教官。我去东洋英和女学院的院长室拜访了卫藤先生,大体上是礼节性。他告诉我,每年1月2日是他家的开门日,后辈学生可前去访问。

到了日本之后,才知道卫藤先生是一个优秀的学者,是战后研究中国的最初一批学人。当时他在东京大学,研究中国外交史,首先是共同阅读基础史料,《筹办夷务始末》成了他们的首选。由于他们不太了解清朝的制度与奏折术语，许多词汇不悉其意，又缺乏相应的工具书，便自己动手编写辞典，以能帮助阅读。[1] 他们的知识就是这样一点点积累起来，他们的研究就是这样一步步开展过来，形成独特的研究风格。知道这些，很是感慨。相比之下，我们中国的日本研究，也太大而化之了，缺乏认真仔细的态度。我们很多人总是强调两国在经济上的差距：出国不容易、史料不好找。可当时日本的经济条件也是非常之差，学者也不能来中国，但他们知道研究的意义与方法，有着大的志向和小的步伐，才有了今天的成就。我还记得卫藤对我说，当时生活条件也差，在共同阅读会前能吃到一块烤红薯，都觉得很高兴。由此，我对卫藤先生生出了敬意。

1999年1月2日，我与王奇生教授去卫藤先生家拜访，他很忙，有很多电话，他的秘书也在他家中，帮助他回贺年卡。我们谈的不多，也没有太多涉及到学术。记得他提到王奇生的名字，是"奇怪的出生"。同时，我也感到他夫人的友善，给我看她新买的毛衣是"中国制"。

除了以上两次见面外，还有在庆应义塾大学召开的中国近代军事史讨论会，卫藤先生在会上提到了他60年代去美国访学遭到众多反对声音之事。后来我又参加过一次讨论会，也见到了他，他又提及此事，以示自己当年的正确。

由于我的孩子当年要考高中，我提前结束了原定半年的访问，在日本只待了两个多月。而在这两个多月中，我的收获却极大。我原本不清楚的实为最重要的概念——"学术的意义"，就

---

[1] 2013年6月，我访问日本中央大学，卫藤先生的学生、中央大学法学部教授李廷江博士赠我一册，其题名为《中国外交文书辞典（清末篇）》，由植田捷进、鱼返善雄、坂野正高、卫藤沈吉、曾村保信共编，付印时间为1954年。序言介绍了该辞典的缘起。

是在日本学术界的刺激下，变得清晰起来。

我第一次来日本是有收获的，在外务省外交史料馆看档案，搜集了不少材料，与郑匡民教授合作，写了《日本政府对于戊戌变法的观察与反应》一文，发表于《历史研究》，后又收入《戊戌变法史事考》。在文中我都写了感谢卫藤先生之词，也将论文与著书寄给了他。他对我的工作，感到很高兴。

大约在2005年，卫藤先生来北京大学国际关系学院开会，事先给我写了一封信，约我在北大见面。他是一个老派的人，不用电子信。信寄到了北大，但我不是坐班制，只有上课的日子才去开信箱。结果看到信时，会议已结束，卫藤先生也已回国了。我只能急忙写信去道歉，这也是我近年很少写的文字信之一。

2007年10月，我来东京大学大学院总合文化研究科（驹场）担任客座教授，而卫藤先生曾经长期在此任教。11月，因取家中捎来的东西，在东大驹场参加了中日关系史研讨会，我又看到了卫藤先生。他坐在轮椅上，行动很不方便，吸着氧气，他的家人在旁随时照顾他。很明显，他是从医院里临时出院。这是一个很大的会议，来了日、中、美等国和台湾地区的许多学者，卫藤先生是会议的最高顾问。我到达时，已经晚了。他的发言是由别人代读的，谈到长久的日中交往，谈到了唐诗，谈到了他在宁波的感受，可以听得出来，是一位老人在倾诉衷肠。卫藤先生听着别人代读他的文章，手指着原稿，很吃力地看着。后来听说，在此之后他还曾有一次发言。上午的会议结束时，许多人前往卫藤先生处致意，我也想前去，但人很多，排不上。同时，我也看到卫藤先生的脸色很不好，也就不忍心再去打扰。这是我最后一次见到他，没有说话。

人老了，总是要死的。大凡死的时候，才能感受其一生之意义。我想，卫藤先生肯定多次地回顾过其一生，他在东大及其他大学的弟子也会整理其学术。他无疑是一位在世界上留下过痕迹的学者,离开时也不会有太多遗憾。我在这里追思他,是因为十年前我在他的帮助下第一次出国,来到了日本,由此感受到学术的意义:真正的学术是平淡、平常、平和的,没有太多的华丽色彩,也无须那些枕中秘籍;有着一颗平实、平静的学术之真心,力行恒久,也就自然地出了平淡、平常、平和,而会成为不朽。

2008年3月13日于白金台

记朱维铮先生

朱维铮教授刚去世不久,我的学生便立即给我发了 E 信;而我当时的感受很难形容,虽然早听说已经病情转重,但一直没有去看他——害怕看见他的衰病虚弱相,总觉得在脑海中永远保留下他那种意气张扬、才思锐捷的记忆,会更好一些。

我第一次听到朱先生的名字,还是我在华东师范大学读研究生的日子,导师陈旭麓先生言及复旦大学中年骨干,提到了朱维铮的名字,称其才思甚锐。我毕业后到北京,一次回上海见陈先生,他又谈起朱先生的新著《走出中世纪》,多有赞语,并称其书名可改为《轰出中世纪》。那本书初版的封面设计是当时比较流行的黑色,一种很有力量的感觉,里面的文章也让我感到了力量。然我当时的研究兴趣,是两次鸦片战争,与朱先生的学术专攻还有较远的距离,虽感受到其才学灵敏与思考深度,但毕竟还没有学术思想上的直接共鸣。

1997 年 2 月,我还在近代史研究所工作,一次回上海,朋友刘申宁君提议一起去看朱先生。记得那是一个下午,在一所日本式的老房子里,各种书籍杂乱地摆放着,到处都是,强烈的阳光射进窗来,也只有一丝淡淡的暖意,三个人坐在很旧的沙发和小椅子上,只有他一个人在海阔天空地谈论,一副意气张扬、才思锐捷的模样。晚餐在他家附近的小餐馆,他与店主很熟,点菜时不看菜单，喝的是黄酒。他说，下午起来没多久，这一顿饭可算是早餐，也算是午餐，此后才是工作时间，由此不能喝白酒，不然又要睡去了。初次交谈有好几个小时，内容我也不太记得了，只觉得他是善谈的人，只要你提出一个问题或一个想法，然后就可以不说话，静静地听着。我当时因《天朝的崩溃》稍受小累，他也知道此事，却在长时间的谈话中，善解人意地不提此事，而多次言及他对陈先生的回忆，让我感到了温暖。他送了我一本他的著作《求索真文明》，我今天能那么肯定初次见面的日子，是他在那本书上题签的日期。

也就在此时，我的研究转向戊戌变法，开始阅读朱先生关于康有为、梁启超的著述，也开始注意他的言论。1998年，戊戌百年的一个会议在京西卧佛寺举行，朱先生有一个长篇的即席发言，有两点我记得很清楚：其一是戊戌变法已经一百年，但这一百天里究竟发生了什么事，到现在还搞不太清楚；其二是《康南海自编年谱》应复名为《我史》，是康有为版的《我的奋斗》。前一点我写入《戊戌变法史事考》的序言之中，后一点我在九年后曾当面向他提起，他却说已经不记得了。此后的几次见面都在北京的学术会议中，我因很少参加会议也很少相见，有一次他提起此事，称为何见面不多，我说"只闻燕飞过"。

我真正认识到朱先生的才识学力，是为康有为《我史》作注之时。也算是我的运气，2006年秋天我看到了收藏于中国国家博物馆的康有为《我史》原稿本，突然发现朱先生对于康有为《我史》原文的责疑：关于康的家世，关于康著《公理书》或《人类公理》，关于大同思想，甚至关于阅读邸报的内容、关于光绪十五年顺天府乡试之误记等细节，竟然能从《我史》的原稿本上得到完全的证明。虽说对《我史》的记载表示怀疑的学者，也有数位，但没有一个人敢像朱先生那样不加注释甚至不加说明而直截了当乃至口吐真言式地驳斥当事人自己的回忆录，真是让我敬佩。于是，我在《"康有为自写年谱手稿本"阅读报告》中极为感慨地写道：

"朱维铮虽非以新史料的发现者而著称，然解读史料的能力强，许多旧史料能在他的眼中识出差异与新意来。其作《康有为在十九世纪》，对康的生平多有考订，也发现康在《我史》中多处作伪。

"……我想，朱维铮、汤志钧等人看到了这些内容，自然会心而悦，他们当年睿智的校读、考证与猜测，得到了充分的证明。

"……我在四天的阅读过程中，随读而多有随感。朱维铮、马忠文等人敢于作大胆怀疑，其研究似可在手稿本中得到相当大的支持，而当时他们的手中并没有确切的证据。这里又牵涉到应如何理解康有为的基本思路。康是一个非常之人，进入他的内心须得行非常之道，对于康说似应不能不信，不可全信，曲曲弯弯，长久读其文，长久思其意，方有可能识别康说而得心解。当然，所有的心解都不会是历史研究的最后结论，最终还需要进行证明。"

我当时在香港中文大学历史系访问，打电话给他，也找到了他的 E 地址，将我的《阅读报告》发送给他。我那时才知道，王医生当了他的助理。

2007 年的初夏，我回上海省亲并办理私事，在复旦大学谈完事后，去了朱先生的新家。由于是一个人去，他怕我不认识，电话中再三告诉我，位于"肺科医院"之旁。还是一个下午，还是一次长谈，人已相熟，谈锋依旧，我仍是大多数的时间在当听客,然环境却是大变,厅室光亮,桌几洁净,也显得他更精神一些。我多次提到《我史》手稿本可证明他智慧的判断,他只是轻轻说了一句,那也算不上什么。晚上是在他家吃的饭,喝的仍然是黄酒,做饭的是王医生,我是第一次见到她。由于比较熟悉了一点,我便提出什么时候可以大喝一次白酒,可按照他的工作习惯,早上三四点才睡,谁也没有办法相约在清晨来他个一醉方休。那次进门和出门时,我都看到了"肺科医院",没有想到他的后来与这家医院会有这么大的关系。

2008年的春天,我因家事之责任而从北京大学调回华东师范大学,正值家中不幸,不愿意出门,也不愿见客。朱先生后来听说我回到上海,便向他人指责我,说我既不报告也不去看望云云。我听到这话,自然很紧张,立即给他打电话。这一年的秋天,我第三次去拜访他。又是一个下午,又是一次长谈,喝的又是黄酒,王医生给我们包了好吃的饺子。

2010年9月,我听说朱先生手术的消息,与张济顺书记一起去看望他。他出院未久,精神比我想象的要好很多,依然那么健谈。那一次由于拜访病人,没有多谈,连黄酒也没有喝,但感觉他像是渡过了难关,将来的情况自然会有好转。离开朱家后,我到附近的书店去看书,却静不下心来,又去了一家咖啡店,坐了很久……

我算不上是与朱先生交往密切的人,两人直接交往的次数不多,而在我的记忆中,较长时间的谈话,也只是前三次拜访其家之时。可我是一个生性淡泊的人,与人交往本来就不太多,虽说只是四次拜访,但很可能是我这些年交往最多的人士——除了同门的师兄弟和近代史所、北大、华东师大的同行与领导外。我敬重他的学识与人格,我对他的一般看法,也与外间的传说有别。可举一例来说明。我有一次小心地提到,"汤志钧的戊戌变法做得也很不错"，从此之后，我们见面时他就不怎么再谈汤先生，尤其不谈汤先生的戊戌变法史研究。这是很给我面子的。而我们交谈的内容大多是那些旧日的往事，尤其是六七十年代的大学和他个人的经历，这也是我最有兴趣去了解的内容。我很希望他能写一部回忆录，他却直截了当地说，他不会去写回忆录，就让往事过去吧。

2012年3月14日，我去参加朱先生的遗体告别仪式，听到的不是往常的哀乐，而是贝多芬的《英雄》，心也为之一动。回来之后，想了很久，想了很多，又看了许多追思他的文章。有一天早上，我突然想到：朱先生绝对是一个生不逢时的人，早生二十年或晚生二十年，以他的才华，会做出极其巨大的学术贡献来，这几乎是可以肯定的；然20世纪50年代到70年代，却是朱先生的学术成长期，他恰恰就是这个时期的果实，以此来推断这一颗果实在不同时期的最后生长形态，很可能只不过是寄托了一种心情罢了。我们真该要认真研究这一时期的中国学术史……也因为如此，我今天在此不愿更多地去说对朱先生的学术评价，只是说说那些私人交往的琐碎小事，而他那意气张扬、才思锐捷的言谈形象，伴随那天听到的《英雄》，留在脑海之中。

  2012年4月22日在复旦大学朱维铮先生追思会上的发言。刊于《怀真集》，复旦大学出版社，2013年

记何芳川先生

今天送走了何芳川先生，回来的时候觉得心里难受，于是约了老友郭润涛教授来陪我喝酒。在北大南门外的"九头鸟"，要了一瓶"白云边"，我一下子喝了半斤，醉了。

我的年龄也不小了，送走别人时也常常牵带上联想自己。该写点东西了，把自己知道的事情记下来。何芳川先生多惠于我，更是不能不记。

1997年底，我当时在中国社会科学院近代史研究所工作，小有受累，心情不好，有意移位，通过郭润涛教授找了北京大学历史学系主任王天有教授。记得是在1998年春，在北大二院一零八会议室，我们三个人的谈话。谈完之后，王天有教授便找了何芳川先生，他当时是北大负责文科的副校长，由他们两人定计，决定调我入北大。可是消息传出之后，各种告状也来了，历史学系党委书记王春梅与王天有主任也有点压力，两位系领导之所以能这么做，也与何先生的支持是分不开的。所有这些，我当时并不知道。到了后来，杨奎松教授再调入北大历史学系，王主任的接任者牛大勇主任为此又多花了许多的力气。

1999年春到了北大之后，我已听说何芳川先生为了调我是出了力的，但我当时还不认识他。以我的习惯与经验，人家是校领导，最好能躲远一点，在下位不援上。因此在很长时间里，人是对不上号的。

2000年4月,《近代史研究》编辑部与南开大学历史系召开一个会议,谈西方学术对中国近代史研究的影响。主编曾业英教授约我去,嘱我多发言。那是一个下午,牛大勇教授打电话给我,问我在什么地方,当我说明情况后,牛教授通知我两点,一是不要参加任何会议,二是不要发表任何演说。他还隐隐约约地说了一些话。十五分钟后,正轮到我发言,于是我便言不及义地谈了十分钟。桑兵教授当时便称:"茅海建说话听不懂。"回到北京后,听说是在某个会议的一份文件点了几个人名,其中有我,并称茅海建调到北大后得以重用,升为教授。据郭润涛教授告我,何芳川先生知道此事后,即以北大党委的名义写了一个报告(据说是王天有起草的),称此事是搞错了。何先生还吩咐牛大勇,此事不要对茅海建说,以免增加他的压力。

也就在此事后不久,北京大学召开"五四"运动的学术讨论会,在吴家花园的国务院招待所进行。我记得最后一天的大会,各小组在汇报,我却在会场外的食堂里看到了他。只见他一个人静静坐着,似在思考,看见我,对我笑了一笑。没过几分钟后,会议进行闭幕式,由他来做整个大会的总结。听了何先生的发言,我简直大吃一惊——他用六七十年代对于"五四"的标准话语,批判了八九十年代以后对"五四"的各种否定或赞扬意见。我想,若是如此按照何先生的话来办理,"五四"可以不要再研究了。我也一下子记住了他的相貌。会后我听说,当时校方的压力非常大,在会上也有各种各样不必或不该参加这次学术会议的人,如果这次会议被政治化,北大的处境会不太好。于是,我又看到了另一个面相的何先生。

虽说从此互相认识,但我和他之间并无交流,几乎没有说过什么话。2004年1月,我为《戊戌变法史事考》作自序,其中写了一段话：

> 感谢我在中国社会科学院近代史研究所和北京大学历史系两个机构服务时关心照顾我的诸多前辈，其中最使我感动的是王庆成教授、曾业英教授、朱东安教授、何芳川教授，而何教授，我几乎从未与他说过话。

后来我与罗志田教授谈起2000年4月的事情，他立即联想起这一句话，问我是否为此事而感言。

我与何先生交谈最长的一次，也不到五分钟，那是2005年北大历史系在杏林宾馆举行共产党员"先进性"的集中学习，牛大勇主任将会议改造成为学用结合、创办一流历史系的大讨论。那一天晚上，何先生准备回家，在大堂里我与他坐了一会儿，只是听他山高水阔地说，发现他是一个充满热情甚至激情的人，同时也是一个为人谦和的人。

我与何先生最后一次见面，是在今年5月，我与罗志田教授从系里回家，就在静园的路上，我们看见了他。他先看见了罗志田，便打趣说，要在学术上"追随在罗教授之后"。后又看见了我，也说了同样打趣的话。三个人都笑了，谁又能想到这会是最后一面呢。

得知何先生生病的消息，我立即打电话给牛大勇教授，言语已无伦次，称牛教授为"何老师"了。我还想起，一次系里请林毓生先生吃饭，我坐在何先生旁边，他与我谈何兹全老先生能吃饭的事，更谈他爱吃炒鸡蛋，尤其是蛋炒饭，但在家里受到了限制等等。他的身体很好，家族又有长寿的纪录。今天所发生的一切，谁又能想得到呢。

今天的送别仪式上，我看见了王天有教授，他对我感慨地说：“好人不长命啊。”王先生的身体也有点问题，我只能提醒他，不要再出事了。

2006年7月5日于大屯
2013年3月29日改写

附：记王天有先生

王天有先生去世了，我听到消息很突然。那天下午我正好在北大历史系参加一个小会，听到了传言，还不太相信。直到晚上郭润涛教授给我发短信，我才敢确认。在那个晚上，我的头脑有点乱。

我之所以将这篇纪念文章放在《记何芳川先生》一文之后，是我那天参加何芳川先生的遗体告别仪式，说要写一篇文章来纪念何先生。王天有先生听到后，立即说："小茅，等我死了以后，你也要给我写一篇的。"我当时口头上答应了，心中并不以为然。说什么呢，这还早着呢。

答应了，就是要写的，但我几次开头，都不想再写下去，心情比较沉重——毕竟只有68岁，比我只大十岁，在现代社会中、在北京的医疗条件下，这个岁数离去，早了一点。

我在前文中已经谈到，王天有先生是对我多有帮助的人，是不能忘记的。在我和他初次接触后不久，便同意我到北大的调动。过了一段时间，他让系里管人事的刘隐霞老师，去近代史所外调。又过了一段时间，他通知我，北大升职称须得考计算机，那时我对计算机还不太灵光，于是1998年夏天在北大计算中心学习两个星期——尽管我还不是北大的正式员工，而且学的是WPS操作系统。

从近代史所调往北大的过程，稍稍长了一点。其中的原委，说出来都不会有人信：中国社会科学院方面提出，一、可以评完职称再走；二、可以用社科院近代史所的身份去日本庆应大学访问。而在这段时间，北大一直对我开放着，我随时可以去报到。到了1999年4月，我从日本回来、在社科院评完研究员职称，再到北大去报到，见到了王天有先生。他当时对我说的话，说出来也不会有人信：北大实行内部管理制度，工资只发百分之七十，剩下的须经过考核再发，由此我第一月收到的只有八百多元。他让我看了工资卡后说千万别急，还有百分之三十以后会发的。

我在北大的九年，是人生中最为愉快、最有成效的一段生活。当时我刚刚换了研究课题，一连三年没有发表论文，系里的领导没有人来说我。我因为在北京事务太多，没有时间写作，便经常跑到海外，一待就是很长时间，以致罗志田教授一见面就讽我为"国际学者""境际学者"，系里的领导没有人来说我。我上课、培养研究生完全照着自己意图来，不太去理会各种规定（当时的规定好像也没有今天这么多），系里的领导没有人来说我。而正是在这样的环境下，我个人的学术事业是开展的，是向上的，今天回过头来看也是富有成效的。一所好大学的本质，也由此表现出来。我离开北大后，外间有一些传言，多为不确。我回上海只有一个目的，那就是照顾父母。也正是北大期间的这种愉快与效率，使我一直对引我入彼的王天有先生心存感激。每年春节，我若在北京，必会拜访两人，王先生就是其中之一。我与王天有先生、郭润涛教授曾多次愉快地喝酒。

王天有先生的遗体告别仪式我没有去参加，一方面是我当时已经回上海，另一方面也有点怕见旧人。参加了朱维铮先生的遗体告别仪式后，我已经不太想再参加此类活动，一次次地告别，似乎也意味着在彼岸的重聚。

王天有先生的为人、行事与学术，当由对他更为熟悉的人来写，这里所写的只是他对我的私惠。这些年来，我写了一些去世的人，多为记录私惠和私谊，而不敢去做什么"盖棺定论"式的评价。看来以后此类私惠和私谊的话，似也应少说一些。有人也由此称我所写的都是过去的事，死去的人。活着的人，我也写过一些，说过一些，但更不方便多写多说了。

2013 年 3 月 29 日于东川路

"此情可待成追忆"
——蔡鸿生教授著《俄罗斯馆纪事》讨论课发言

蔡鸿生先生（1933—2021）去世的消息，是我的学生梁敏玲转告的。我平时不太关心外面的事情，知道消息已是第二天（2021年2月16日）。我突然想到，再过一个星期，也就是今天（2月23日），我们的课程"Seminar：中国近代史研究入门"，恰恰轮到要讨论蔡先生的著作《俄罗斯馆纪事》。我随后写信给梁敏玲和其他与中大有关系的学生，提到了大家都熟悉的诗句："此情可待成追忆""一弦一柱思华年"。

我们开设的这一课程，每周讨论一本书，其中最重要的内容就是其作者。这一位作者是我40多年前在中山大学学习时的老师。今天的课，我不再多讲《俄罗斯馆纪事》的内容，重点讲一下这位作者。

40多年前的中国大学和大学里的老师，和今天是很不一样的。我也正想借此机会与大家回顾一下学术史，让你们知道这40多年来一大批优秀学者所走过的路，并由此来观察蔡先生的学术人生。

一 最后一届"工农兵大学生"

我是"工农兵大学生"，1977年3月入中山大学历史系，

1980年1月离校。正式的年级属1976级。当时还不叫大学生，叫"工农兵学员"，是工农兵学员最后一届。

文化大革命时，大学关门了。1968年，毛泽东主席写了一个批示："大学还是要办的，我这里主要说的是理工科大学还要办，但学制要缩短，教育要革命……要从有实践经验的工人农民中间选拔学生……"毛主席的这些话，是批在上海机床厂培养工程技术人员调查报告上的，被称为"721指示"。其中的一些内容当时也有争论，如文科大学还要不要办？学制要缩短到几年？等等不一。

根据毛主席的指示，1970年起，大学开始招生了，从工人、农民和解放军士兵中招生，也包括"下乡知识青年"。到了1973年，又出了"张铁生事件"，工农兵学员上大学的口号改为"上、管、改"（上大学、管大学、改造大学）。"上"大学，自然是向老师学习，但怎么"管"，怎么"改造"？抽象的"大学"是管不了，也改造不了的；具体落实下来，还是教学与管理，即师生关系，那不就成了学生"管"老师、"改造"老师了吗？

1976年，我作为"工农兵学员"被保送到中山大学历史系，正是风云激荡之际，政治形势之变幻有如过山车。至于学校的开学时间，初因唐山大地震而无法入学，推迟至当年10月份，后又因毛主席去世而再次推迟到次年。我还记得报到日期是1977年3月8号，因为买不到火车票，我9号才到。系里办公室的人以为我不来了——很多人给了指标都不去，"上大学"不被认为是人生的好出路。

当时的中山大学只有9个系。文科5个：中文、历史、哲学、外语，另加一个"政治经济学系"；理科4个：数学力学系、物理系、化学系和生物系。没有社会科学的诸多科目，也没有工学与农学。校园基本上是岭南大学留下来的建筑，只是在东区和西区添建了一些学生宿舍和教工宿舍。校园是美丽的,关键是没有什么人。工农兵学员的学制是3年,我们入学时只有两千左右的学生。康乐园的四周都是农田。有两条公交线路到中大南门,一是25路,从文化公园开来;另一是14路,从广卫路财厅前开来,一直到赤岗("文革"前南海舰队所在地)。而在中大的北门,另有一个轮渡船的码头,十分破旧,还是木制的,看不出是哪年建造,可以坐船到北京路(原来的天字码头)。车和船开到中大时,都是空荡荡的。这里是广州的郊区。

我之所以到今天还有这么深刻的印象,之所以要说明当年中山大学的景象,是因为中国高等教育当时正陷于谷底。三年前(2018年),我来到历史悠久的仰光大学,看到其系科设置和校舍,感到与当年的中大有点像。

然而,我们入学时,"文革"已经结束,教育开始回归其本色。也就是说,中山大学历史系落到"文革"的最低点之后,开始向上走了。

二 了不起的助教

要说中山大学历史系陷于"最低点",最重要的事实是,名教授们大多过世了,给我们上课的几乎全是助教。我记得,蔡鸿生先生当时也是助教。

中山大学历史系在上世纪50年代初的"院系调整"中发了大财。中国古代史就有"八大教授",著名者即经常被提到的陈寅恪、岑仲勉、梁方仲、刘节、杨荣国,还有一些大家现在不太熟悉,像董家遵、何竹淇、曾纪经,也都是非常好的教授。其他领域也有非常优秀的教授,如陈序经、朱杰勤、戴裔煊、陈锡祺等一大批人。一些副教授后来成为大名家，如端木正、何肇发、梁钊韬、蒋相泽……然而，从50年代开始，大学几乎停止了升职称，副教授以上基本不动，本科生毕业留校当助教，60年代才开始招收研究生。如此算起来，蔡鸿生先生从1957年毕业一直到我们1977年进校，当了20年的助教。听说60年代初蔡先生已"拟升"为讲师，不知什么原因，他们这一批升职最后没有算数。

这大约是全世界大学中水平最高的"助教"了。在给我们上课的助教中，有些人的水准不能以职称相论，今天已声名显赫。一些学生私下对他们有排名。我个人以为，第一位属蔡鸿生，第二位姜伯勤，第三位叶显恩……

当时历史学界还有一个大问题，即要"厚古薄今"还是"厚今薄古"？历史学本来就是厚古薄今的学问。但五六十年代有一个政治性的口号叫"厚今薄古"。这个口号从什么专业讲都有点道理，但放在历史系会显得别扭。历史系怎样显示厚今薄古呢？结果是教学内容以近代史为主，以中国史为主，古代史、世界史的教学内容大为减少。蔡先生属世界史教研室，给我们上的课是"世界古代中世纪史"，正属于"薄"中之"薄"。大约上了一个学期，每周两节课，我记得大约是"16讲"，应当属于"精华"中的"精华"。我的笔记记得比较全，后来搬家搬多了，笔记本也找不到了。

蔡先生上课很有特点。他只带一张纸或几张卡片，拿一支粉笔。上课铃响了准时开始，讲完了正好响下课铃，也不知他是怎么计算时间的。上课时没有一句废话，板书也有自己的风格。课间休息时就到系办公室看报纸，不与人啰嗦。他后来写作也是如此，没有废话。还要说明的是，我上大学的时候，课程非常少。我记得第一个学期，一共是12节课，三年6个学期，都是如此，最多时也只有14节课。这大约是教育革命的结果，而当时是六天工作制。

五六十年代的中国史学，由"论从史出"逐渐走到"以论带史"，要引用马克思主义经典作家的语录作为思想指导。蔡先生上课时，先在黑板上写一条马克思、恩格斯、列宁的语录，讲一下语录，然后再往下讲历史内容。我不知道他怎么能把引用的语录和所讲的内容对应得这么准，可见他对马克思、恩格斯、列宁文集读得比较熟。我也不知道这一教学方法是否为蔡先生自创，系里许多老师亦采用同样的方法。还有一点很重要，就是马克思、恩格斯、列宁讲世界古代、中世纪史的话是比较多的。蔡先生的这一方法，有的老师想学也学不到家。姜伯勤先生用同样的方法上课，先写一条语录，然后再展开。但姜先生讲的是两汉魏晋隋唐史，他的语录总是找得不太准——马、恩、列没讲那么多与汉唐相关或相近的话，毛主席讲的也不多。叶显恩先生刚开始上课时也引用语录，后来干脆就不引了。你们在《俄罗斯馆纪事》里看到引用的经典语录，要知道是那个时代的文风。

梁碧莹教授当时从北京返回中山大学，跟我们76级一起旁听了全部历史系的课程（大多是助教上的），用她的说法叫"回炉"。据她称，这些课要比"文革"前她上的课更有内容，对蔡先生的课也很赞赏。她是有条件、有能力去比较的。

那时正是一个学术转折、走向成长的起端。

三　北京图书馆的"晒蓝"复写

美丽的康乐园中的生活，并不美丽。知识分子属"臭老九"，非常穷。中山大学的生活条件也比较差。学生宿舍是6个人一间。没有空调、没有电扇也就罢了，还经常没有电，每个星期总有几个晚上停电，要用蜡烛和煤油灯。炎热的天气，让我一年中有半年都觉得头脑昏沉沉的。

蔡鸿生先生的宿舍就在我们学生宿舍前面，是老房子，应是岭南时期盖的，一间很小的房间。他那时非常瘦，头发却全白了。我们当时不知道他的准确年龄，也不便去问，从精神状态来看，说他30岁也可以；从全白的头发来看，说他60岁也有人信。我们多次见他在楼道里点个煤油炉烧东西吃，大约就是下个面条之类。当时的广州，营养不良是非常严重的问题，想要有点小改善，只能靠煤油炉。煤油是当时的必需品，还要用来点煤油灯，照明看书，用蜡烛会贵不少。吃的是粗茶淡饭，穿的是破旧暗淡（白色的圆领汗衫，当时在广州有个很雅的名称，叫"文化衫"），大学老师穷得叮叮当当。我过去受电影、小说之影响，以为大学教授们西装革履、杯觥交错，这一感觉虽经"文革"而有所减弱，但到了中大之亲见，仍多有吃惊之处。我们最初见到蔡先生，已经40多岁了，还没有结婚。也就在我们上学期间，他结婚了，听说娶的是湖南妹子。那时候女孩愿意嫁给这样的人，真有好眼力。谁会看得上这种人？又老又穷。

我当时是历史课的课代表，与各位任课老师的联系比较多。我时常到蔡先生宿舍去，看到煤油炉、煤油灯，还看到了北京图书馆的晒蓝复写本。

当时的中山大学图书馆仍是非常"贫困"的，没有多少书。蔡先生研究世界中世纪史，要找相关的资料，多难啊。广州的两大图书馆，中山图书馆和中大图书馆，又有多少俄文、英文的著作？非常可怜。

我们读书的时候，沙俄侵华史是显学，在北京、上海和东北各省，都有专门的写作组，组织一大批人翻译俄文材料。蔡先生属单打独斗，是独狼。他的关注点在边缘，在别人不注意的地方。他没有资料条件，就利用"馆际互借"，即通过中大图书馆向北京图书馆去借。北京图书馆作为国家图书馆（现称"中国国家图书馆"），藏书本来就比较好，中苏友好时期更进了一大批俄文书。蔡先生那个时代的大学生，都要学俄文。他的英文估计在中小学学的，大学只能学俄文。他能看俄文书，甚至能看古俄文。但在那个时代，别说去俄罗斯了，他连北京也去不了——火车票很难买，招待所很难找，更有研究费之短缺。而"馆际互借"的手续非常多，很麻烦，书籍要保价挂号寄来寄去。他遇到中大图书馆的一个"好人"——蔡先生是认真做研究的，热心学术的图书馆员很愿意为这类"痴迷学术"的读者服务，而北图也对中大图书馆特别开恩。这些都是免费提供的服务。通过这类服务，蔡先生借到了他所需要的资料。然而，有些图书可以馆际互借，有些图书却不外借，期刊论文更无法外借，当时又没有静电复印技术，还要运用一种古老的技术——"晒蓝"。

我在他的宿舍里，看到他用晾衣服的夹子夹住几张纸，挂在墙上。一个夹子是一个文件，看上去一片蓝色。我问这是什么东西？他说叫晒蓝本。我们现在讲的"蓝图"，就是将图纸画出来，用晒蓝去复写，真的是"蓝"色的"图"。我由此第一次知道"馆际互借"，第一次知道晒蓝复写。书借不出来，期刊论文借不出来，北京图书馆就根据所需要的页码，晒蓝复印出来，再寄给读者。这样做的成本是很大的。你们现在看到的《俄罗斯馆纪事》，蔡先生就是利用这种方式，一点一滴地来解决资料的难题。

我还要插入我个人的经历。我在中山大学三年级的时候，因写毕业论文，由老师写条子，可以到中大东区图书馆看书。这是供研究者使用的。我在那里看到了许多解放前的期刊论文和当时比较贵重的书，其中包括夏鼐先生关于太平天国的著名论文。我重点阅读的是《明实录》，当时全国图书馆也没有几部。我是一个"好读者"，开馆即入，闭馆方出。有时我忘记时间，馆员也不催，等我还书后再下班。我因春节长假，图书馆不开，馆员"违反"规定，将《明实录》十余册外借给我。叶显恩先生春节到我宿舍慰问，看到桌上的《明实录》大惊，称他自己都借不出来。我后来才知道这位馆员是端木正教授的夫人姜凝老师。我此后还多次在图书馆、档案馆享受过这类"优待"的服务。

《俄罗斯馆纪事》是蔡先生上世纪七八十年代的著述（出版会晚一点）。当时集体写作的多种《沙俄侵华史》，许多已不再耀眼，而这部书有如沙中之金，长存其价值。我多次阅读这部书，解决了我的许多思想问题——为什么俄国人可以兵不血刃地侵占中国的许多利益？为什么俄国人可以有效地控制其新占领的远东和中亚地区？其中最重要的原因在于情报，在于学习，在于研究，在于俄罗斯的北京教士团和随教士而来在北京学习满文、汉文的俄罗斯学生，在于俄罗斯的大学、科学院的国家研究力量。这一类长期积累的知识，才是俄罗斯展开其外交手段和进行殖民统治的基础。由于资料条件和研究条件的限制，蔡先生的这项研究只能进展到这一程度，无法继续走下去了；但这部书中提出的许多问题，已经成为或将会成为后一代学者研究专著的题目。由此而显示出作者的问题意识——都是那些需要研究、需要解决的真问题。这不就是"预流"吗？

我在华东师范大学研究生毕业时，有一个重要的要求，就是要去北京。我要看档案，档案是无法"馆际互借"的。今天的资料条件是三四十年前无法想象的——最近十多年互联网和电子书的发展，使得澳门大学与中山大学的资料条件差距不大；今天的研究条件也是三四十年前无法想象的——我在最近的四年中去了两次蒙古国和俄罗斯。我曾坐大巴从喀尔喀蒙古的库伦（乌兰巴托）经恰克图到布里亚特蒙古的上乌金斯克（乌兰乌德）；我曾坐火车从北京经二连浩特到乌兰巴托，用现代交通手段观察了"商队茶"的行走路线。我也曾到过涅瓦河畔的圣彼得堡国立大学和俄罗斯科学院东方研究所（远东研究所）——都是十八九世纪的优秀建筑——想亲沾"王西里"等人的余泽，但未能如愿。我还专门去了喀山，看过当年著名的东方学研究重镇喀山大学。到了这些地方，我都会想到蔡先生，他没有机会来到此地。如果他有这么好的资料条件和研究条件，又能放射出何等明亮的光芒？《俄罗斯馆纪事》这部书，是蔡先生在身体与思想双重"饥渴"时期的研究成果，了解了这些背景，方知其难能可贵。

我在中山大学读书的时候，恰是蔡先生的"华年"，而煤油炉、晒蓝本，不就是那些"弦"、那些"柱"吗？

四 "良史"的传统

蔡先生是在世界史教研室讲授中世纪史的，以当时和现在的条件，要想做出点成绩来是很困难的。他过去写过突厥的文章，虽有俄国整理的史料，然文中的汉籍史料成其亮点。到了中年和晚年，他从中俄关系史接续其西域史的研究，再转向社会文化史、海洋史。从具体转向来看，决定性的因素是他手中的史料。而引导他的基本精神，却是中山大学历史系"良史"的传统。

我到中山大学读书时，名教授们虽已逝去，但他们的学术精神仍在留传。当时"文革"刚刚结束，陈寅恪、岑仲勉等一大批学者的著作与事迹还不能公开宣扬，却一直在私下流传。我们听说过"八大教授"和"教授的教授"，听说过刘节先生以弟子身份拜年（行大礼）和金应熙先生白天写批陈的文章、晚上学陈的思想，见到过东南区 1 号楼和"白色小道"。端木正教授跟我说，他当时作为"牛鬼蛇神"被关在"牛棚"里，听到陈寅恪先生去世的消息，向"军宣队"（解放军毛泽东思想宣传队）请假，要到灵堂上祭拜一下；"军宣队"很不能理解，也没有批准。实际上，陈寅恪先生去世时很可能就没有设灵堂。陆键东先生写《陈寅恪的最后二十年》，其中的许多内容，我们当时听说过。梁承邺先生写《无悔是书生——父亲梁方仲实录》，许多故事虽是第一次听说，但与我们心中梁方仲先生的形象极为吻合。在我们的感觉中，"反动学术权威"打而不倒，"白旗"虽然拔了，余风仍在飘荡。至于教导我们的"助教"们，我们知道姜伯勤是岑仲勉的研究生，叶显恩是梁方仲的研究生。陈寅恪没有招研究生，胡守为先生是系里派的助手。而陈寅恪先生当年在家中走廊开课时，许多老师和学生都去听课，但讲着讲着，听者越来越少（大多属听不懂，也有不走白专道路者），其中能坚持下来的，有年轻的蔡鸿生和年老的梁方仲。陈寅恪自名其舍为"金明馆"，蔡先生当属"金明馆弟子"。这类"弟子"的称谓，现在看来有"攀龙附凤"之嫌，而在当时似乎不怎么值得炫耀。

什么是中山大学历史系"良史"的传统？往高处说，即是陈寅恪先生《赠蒋秉南序》中所言"未尝侮食自矜，曲学阿世"；而落到实处，即"见之于行事"，则可见于陈、岑诸先生的著述，内容大多是中国"中世纪"史，其基本点在于不空论，有史料，有独立的分析。蔡先生中年到晚年步入陈、岑之学术轨道，研究范围也从世界中世纪史转向广义的中国"中世纪"史，偏向于广义的"中西交通史"，具体落实到"九姓胡""昆仑奴"甚至"康国猧子"。他与姜伯勤先生原本就是朋友，后成为相互砥砺的同行。蔡先生的《唐代九姓胡与突厥文化》曾赠我一册。我到现在也看不太懂其中的内容，毕竟与我的研究相距甚远；但他书中体现出来"良史"的传统,我却是理解的。我在中大历史系读书时,没有一位老师告诉你什么是"考证",告诉你要注重事实。等我到华东师范大学做研究生时,导师陈旭麓先生是做史论的,我却告诉他,我受中山大学的"影响"要做"考证"。陈先生很愉快地同意了。我今天自己也说不出来,那种要做"考证"的"影响"是从哪里得来的?很可能是受教于这批高水准的"助教"而潜移默化。

由此来观看蔡先生的学术人生,正因为遵循着这一"良史"的传统而步履坦荡。由此还可以观看蔡先生培养学生的方法,他晚年有一个题目是"广州海事",而"洋画"(江滢河)、"巴斯商人"(郭德焱)、"市舶太监"(王川)这些论题都非常实在,论述的结构(史料与分析)都非常结实,是可以长存,是打不倒的。而这些著作中体现出来的作者的学术追求,不正是得"良史"之传授吗?

五 细节的分量

现在的中国历史学界是著述大爆炸的时期,每年都会出版数以千计的"专著"和数以万计的"论文"。而这些"专著"和"论文"的基本特点,就是题目非常大,主旨非常高,史料支撑和分析能力却显得不足。我经常看到30多岁甚至还不到30岁的学者,敢讲我60多岁的老头都不敢讲的话。

准确说来,蔡鸿生先生是在"文革"结束后才真正进入学术研究的阶段。这是我们这一代学者的幸运,与他们那一代几乎是同时期起步的;只是蔡先生他们是老师,我们这些人是学生。也因为如此,我们这一辈人可以观察和理解他们那一辈人的学术人生。

随着蔡先生的学术志向越来越壮大，其研究内容却越来越细化。如果说《俄罗斯馆纪事》仍是一个"小题目"的话，他具体考证来华俄罗斯学生的姓名、俄罗斯馆的地理位置与馆舍情况，则是更小的题目。至于谈到"苏联科学院东方研究所列宁格勒分所"所藏《石头记》抄本（"列藏本"）上的两个"洪"字，很可能是在俄罗斯馆担任满文或汉文教习的清朝下级官员（或雇员）"洪约瑟"的姓，由此再推论，此书很可能是洪约瑟送给第11班俄国学生帕·库尔梁德采夫的礼物。那是更细更小的分析，很难谈得上其中的伟大意义。

由此再来看中国的学术史。作为学院派的中国史学，自然以北京大学、清华大学、燕京大学等大学的历史系（和中文系、哲学系以至社会学系）的建立为开端。这是西学的影响。然而在大学里的教授，许多人在东、西洋受过训练，也有许多是纯种的"土产"。以中央研究院人文组第一届院士为例，多为西洋训练出来的博士（或硕士）；仍有受西学训练较少的张元济、余嘉锡、柳诒徵、陈垣、杨树达等人，他们多在历史学界。陈寅恪先生游学日本欧美，学术观念与研究方法多受西学的影响，心中仍有"成效当乾嘉诸老更上层楼"的"少时所自待"。岑仲勉先生更是如此，传统的文史之学是心中的最爱，虽做过小官，但进入研究院、大学体系之后，即沿旧途快步行走而硕果累累。以中山大学历史系而言，陈寅恪、岑仲勉等一批"良史"作家，虽有向西方学习的一面，但对传统学术（尤其是清代考据之学）是不隔的。就当时的中国而言，众多希望继承中国史学（文学）传统的学者，心中仍有一座需要攀登的大山，即清代考据之学。就连号称"全盘西化"的胡适之，也拾起了传统的题目——戴震和《水经注》——尽管其动机有所不同。至于陈寅恪的好友杨树达，一生学问追随清学先贤，内心的感受是一条一条的，所做的学问也是一条一条的，自称"积微翁"。

蔡先生自称是"识小"，然而最好的历史学家也必须从细节出发。清代学者即是榜样，从细节出发，有了心得写一条，看到材料注一笔，最终才创造出丰硕庞大、牢不可破的结论。这是清代学术的特点，也是优点。蔡先生自称"不贤"，心中是"追贤"。他所宗法的陈寅恪、陈垣、岑仲勉诸前贤，又何尝不是从细节出发。尤其是陈寅恪先生晚年著述，几乎专注于细节。当然，这与他"失明膑足"的身体状况有关。

蔡先生"识小"时期，恰是中国史学界"宏大叙事"时期，一大批大部头多卷本的著作陆续出版。"阿世"的"曲学"自不待言；多人合作的巨著中，不少篇章里水分多，亦有"侮食"之嫌，即缺乏"专业精神"。在史学发展的道路上，每一位史家都是过客，关键是给后人留下了什么。宏大的，往往留不下来，而那些细小的，常常会留下来。细节的特点，是能够坐实，也就是不做空论。

由此来看蔡先生的学术人生，越往学术殿堂的深处走，越注重"识小"。蔡先生对自己的学术旨趣做过很多次说明，即毋以小而不为。我个人以为，"九姓胡"也罢，"尼姑谭"也罢，"广州海事"也罢，现在还不是确定其学术价值的时候，要看后人的研究对他的继承和扬弃，如同《俄罗斯馆纪事》一书那样。当他的研究成果最终被后人消化或推翻时，题义自然会变得很大，成为学术史上的 milestone。

六　德行惠人

梁敏玲告诉我，中大历史系毕业生曾在中大旁的书店里，拍摄了一张蔡鸿生先生背影的照片。刘志伟教授称，绝大多数中大历史系师生心目中的蔡先生形象即是如此。书生本色、学人本领亦是如此。

蔡先生是一个真学者、好老师，但不是很有名。圈内的同人都很尊敬他，出了学术圈，就是一个平常的老人。他说话、写文都很平淡，不用激烈的言辞，只有谈到陈寅恪、陈垣、岑仲勉等先辈，语气才会变得激昂起来。44年前我进中大，41年前我离开中大，之后又见过他几次面，我忘记了，大多在公众场合。我曾经有两次写信给他，要求单独汇报。他非常客气，一次约在我住的中大西区小招待所，一次约在"永芳堂"，语气平和，对我多有鼓励之语。我在北京大学教书时，即已开设"Seminar：中国近代史研究入门"这一课程，每次都尽可能邀请讨论书目的作者出席；但我开设此课程的20多年中，多次将《俄罗斯馆纪事》列入讨论书目，却从来不敢去请蔡先生，甚至也没有告诉他：一方面是他的年事已高（实际上比他年高的我也请过）；另一方面是他为人谦虚低调，肯定会拒绝我。这40多年来，他就是这样平静地度过自己的人生，学问做得朴实，为人非常正直，生活中并没有太多的浪花。

然而，正是在蔡先生的平淡人生中，让我看到了他的内心追求，感到了他的人格伟大。在"文革"结束之后40多年的学术史中，正是有一大批如同蔡鸿生教授那样的学者，让学术的火焰长存而不熄。这是我经历过的年代，亲眼所见中国学术从最低谷一步步地向上走。我在这里讲蔡先生的学术人生，同时也在讲中国学术史。只有在这么长的学术史中，你才能看出，蔡先生身上表现出来的是一种"德行"，其魅力可以"惠人"，即给人以向上的力量。"君子人欤？君子人也。"

我很年轻的时候，读过李商隐的一首诗《锦瑟》：

> 锦瑟无端五十弦，一弦一柱思华年。
> 庄生晓梦迷蝴蝶，望帝春心托杜鹃。
> 沧海月明珠有泪，蓝田日暖玉生烟。
> 此情可待成追忆，只是当时已惘然。

当时觉得诗写得真好，没有刻意去背诵，却深深留在脑海里。我听到蔡先生去世的消息，这首诗很自然地从脑中流了出来。蔡先生亦是这样，宁静与淡泊，让你平时似乎感觉不到，却会深深留在脑海里，德行惠人。当我告诉江滢河教授我们今天要开讨论课时，说了一句，"沧海月明珠有泪"。

蔡先生是89岁去世的，也算是高寿了。他的人生并不亏屈。他自己的书已经捐给广州图书馆了，又跑到图书馆、书店里去看书。在书店里，你只能看见他的背影，看不到他的脸。而这样的背影，才是激励后来的学者继续向上走的精神力量，自然就会看到"蓝田日暖玉生烟"。

2021年2月23日讲于澳门大学历史系，3月7—9日修改

附记：此讲稿修改后，请江滢河教授转给蔡夫人蒋晓耘（湖南临澧人），方知我们入学时，蔡鸿生先生已婚，且有小孩4岁。只是蔡夫人尚在湖南工作，未调入广州。闻之惊诧，感慨亦良多。一种误会能存在40多年，本身也成了真实的记忆历史。蔡先生未婚之事，不是我个人的猜测，而是当时全体同学的共识。此处我不再修改，用附记说明之。（2021年3月17日）

刊于《澎湃·上海书评》2021年3月29日

悼念章开沅先生

我第一次知道章开沅先生的大名,当属1980年出版的《辛亥革命史》。这是当时中国大陆最为出色的学术著作。次年,武汉召开纪念辛亥革命70周年国际学术讨论会,也是一个盛会,但我们这些研究生和青年学者没有办法参加。章先生便与湖南师范大学的林增平先生商量,在长沙开一个青年讨论会,并对青年学者的参会论文进行评奖。那是一次青年盛会,出了许多人材。章先生从武汉赶来,发表了热情洋溢的讲话,说这批青年学者的论文多有佳作,"山阴道上,应接不暇"。此后的几次见面,皆在学术会议上,他在台上说,我在台下听。我的老师陈旭麓先生去世后,我每次到武汉,都会去拜访他;然我去武汉次数很少,见面亦少。虽说直接交往次数很少,交谈的言语也不多,但我的感受却很深——"和顺积中,英华发外"。我对他十分尊敬。

章先生学问与人格,让我深为感佩的是两点。

其一是章先生始终走在同龄人的前面。章先生是人生经历很丰富的人。1949年之前,他该上学时上学,该打仗时打仗,该革命时革命。这些都是当时的热血青年心中向往的,章先生与同龄人的不同点是"健于行"。1949年之后,学术成了他的主要事业,其中辛亥革命成了他的专攻。他没有去研究当时热门的革命党,而在上世纪60年代初,将视野专注于不那么革命、但在历史上起到多重作用、更能说明历史多变性的张謇。他采用的方法，又是历史学家最具"传统"也是最为"先进"的，即收集史料，编集子，实地考察，寻找当年的遗存。在上世纪60年代初，如此做研究已属"凤毛麟角"。这种"独特"的学术眼光（今天称之为"问题意识"）和"基本"的研究方式（今天称之为"学术规范"）使他领先于同龄人。虽说章先生的张謇研究到了很晚才出版，但一点也不过时，很难想象是60年代的产品。到了上世纪70年代后期，人民出版社组织编写中国近代史上"三次革命高潮"——太平天国、义和团、辛亥革命，林言椒先生各处约稿，富有学术准备的章先生立即响应。他和林增平先生联合主编的《辛亥革命史》，学术规范榫合严密，最先出版，走到同龄人的前面。章先生属于"才子型干部"，"文革"前或"文革"中，多次借调到中央机关工作，当时属非常瞩目之事，但他能做到学术本位、学者本分，有进有退，当时属于难能，事后属于远见。再往后，章先生及其弟子整理苏州商会档案等大型史料，强调学术研究过程中的国际化，又走到同龄人的前面去了。章先生总结武昌首义，称是"敢为天下先"，这个"先"字，我看对他是适用的。

  其二是章先生培养出一大批学生。章先生是中国第一批博士生导师，中国近现代史的博士导师最初为刘大年、李新、章开沅三人（戴逸先生属于中国古代史的清史）。章先生又一次"领先"了。从此开始，章先生培养了一大批中国近现代史的博士，我在北大上课时，称之为"章氏军团"。之所以称"军团"，自然是人数众多之意。但后来的博士生导师人数众多，招收的学生数量泛滥，"章氏军团"从数量上排名大约不再领先了；而"章氏军团"却越来越瞩目，这是他们集体战力的体现。我在这里没有必要列举章先生帐下的诸位先锋与大将，这个名单已为学界熟知。若细看这一份名单，真是什么样的人才都有，不拘一格；所研究的学问也是品种多样的，同样不拘一格。一个人如何能教出如此之多且又类别差异的人材？自然是施教有道——"时观而弗语，存其心也"——弟子就会有自由发展的机会。大师垂范，用自己的身影为众弟子立命——"是故君子反情以和其志，广乐之成其教"——学问之道由此而传，章门弟子的风格由此而塑造出来。

我还想说明的是，武汉这个地方也出产名校长——华工的朱九思，武大的刘道玉，再加上华中师大的章开沅，都是大教育家的风范，将当时武汉三校，列于全国的前茅。

我听到章先生去世的消息，立即给其弟子马敏和朱英写了E信：

> 章开沅先生是我尊敬的师长。他是真正具有独立之精神、自由之思想的学者，在他的生命的每一个时段，都有超越同时代学界与学人的卓越表现。他的学术成就不仅表现在他个人的学术研究著作上，更表现在他对学生的培养上——"章门弟子"已是中国近代历史学界最强大的"军团"。

2021 年 7 月 8 日在"章开沅先生追思会"上的发言

中国近代政治史面对的挑战及其思考

首先我必须说明，我在这里不是发表一篇论文，也不是一种成熟的思想，而是这几年来自己的一种感觉，一种初步的认识。

当决定召开"北京论坛"时，谈到了这个分会的议题，我给罗志田教授打电话，请问会议的主题。我最初提出的设想被他否决了，认为过于直白。经过了几个反复后，他提出了这么一个主题："近代中国社会的转变：表象的与实质的"。我也将这一主题向牛大勇教授请问，牛教授也表示了支持。于是，有了这么一个会议的主题。

这个主题的基本意思是，中国近代政治史的研究，强调的一直是变化，日新月异；而中国近代社会史的研究结果却经常地说明，中国近代社会没有太大的变化，有些变化只是一种表象，而不是实质。这两方面的研究结果放到一起去，就好像是在说两个国家。结果是各开各的会，各说各的话，学术上自成体系。能不能将两方面的学者都请来，共同讨论一下，中国社会经过百年革命之后，到底有没有变化？如果有变化，是表象的还是实质的？由此引出更深一层的思考是，中国的政治革命究竟能在多大程度上改变中国社会？中国社会的各种因素对政治革命的制约力究竟在哪里？

以上是我对会议主题的简述，凡是正确的地方，当属于罗教授、牛教授和其他北大的教授；凡是错误的地方，则属于我的理解不确。

中国近现代史的研究,最初表现为政治史。其基本观点虽然千种万样,但基本主旨是相同的。用不那么严谨的言辞来说,可以得出两句话。其一是"西方是方向,日本是榜样";另一句话是"西方是方向,俄国是榜样"。

我自己就是研究政治史的,在我长久的研究中,取向的标准也是明确的,即进步。中国近代获得进步的源泉是:一、政治上的改革与革命,以欧洲文艺复兴之后的道路为正途,以英国与法国为标准。二、生产技术上的进步带来的社会变化,以欧洲工业革命之后的道路为正途,以纺织业、铁路、轮船和冶金业为关注点。由此,政治史的描述非常注意中国出现的西方式的变化,也相当关注近代工业和运输业。由此,在政治史的描述中形成了一个基本的逻辑:凡是主张在中国进行西方式的变革即是正确的,凡是反对这类变革,或对此提出不同看法,或不予以积极支持的,都是错误的;凡是在中国经营近代工业、近代运输业、近代金融业的即是正确的,凡是与此相对立,或不相容,或仅是相异的行业或经营方式,都是应当消亡的。由此,在政治史的描写中,标准如此确立之下的歌颂与批判,线条十分清晰鲜亮,就像白天和黑夜一样分明。

如果从这一思想追下去,可以看到"进化论"的巨大影响,"优胜劣汰"的法则使得这一古老的国家感到了真正的威胁;追求社会进步,建设现代国家,又成了历史学家心中的追求。历史学家(主要是中国近现代政治史的研究者)的笔端由此而从艰涩变得犀利起来,历史学家的著作由此而变成了内心追求下的历史描写。

我一直到现在还认为,以上我说的中国近现代政治史的取向,并没有什么太大的问题,实际上我一直到现在还是在坚持这一取向；但是，需要思考的是，在我们的研究中，是否过多地叙述了这一类西式的变化。当我们的眼睛关注于不到人口千分之一的人群、不到国土万分之一的土地上的一些新变化，而为这些变化不断重复地、几乎是喋喋不休地言说时，是否对更大的部分有所忽略？也就是说，中国近现代政治史是否只描写了中国的一部分，而不是那么全面？

中国近现代政治史的这一标准也极大地影响了其他研究领域，在很长的时间中，中国近现代经济史、文化史等领域的基本框架是由政治史来建立的。这不仅是这些领域使用了中国近现代政治史的分析体系和言说词语，还表现为在许多时候这类研究也为政治史的结论，提供了证据甚至是证明。我过去服务的机构中国社会科学院近代史研究所，有一位老资格的研究员刘志琴先生主持了一项社会文化史的研究，著作共三卷，很有意思的，当她问我的看法时，我开玩笑地说："完全是以夷变夏的历史。"

由此来反观中国近代社会史的研究，与政治史有着很大的不同。中国社会史的研究很大部分是由傅衣凌、梁方仲先生留下的团队进行的，而日本进行的研究为世界所瞩目。我在读他们的著作时，经常会有一些反省。他们的关注点与政治史是那么的不同，其一是社会中下层，其二是中国社会那些不变的因素。材料的不足使他们走向田野，大量地补充了文献，展示了过去被忽略的方方面面。社会史与政治史之间的视野与方法的不同之处，无须我在此处饶舌；而需要说明的是，双方的结论又有着很大的不同：政治史描述了日新月异的百年革命，在西方新思想、新技术导入后，中国城市、教育、学术、工业、金融业等方面的"现代化"；而社会史著作描述的却是社会结构与社会生活的千年不变，在中国近现代出现的所有新事物中，社会历史学家们都指出了其内在的或背后的传统因素，甚至指明了传统因素所起到的主导作用。他们的许多著作让人感受到当今的中国与明清之际没有太大的差别。

社会史对政治史提出的挑战，已经持续了许多年，回避与漠视不应该是中国近代政治史学者的态度。

我作为政治史的研究者，当然知道社会史也有其缺陷。他们揭示的许多传统因素不是一眼可明的，而是他们辛辛苦苦地找出来的。他们也有可能是只注意了一部分中国，也有可能不是那么全面。由此提出的"近代中国社会的转变：表象的与实质的"这一主题，正是为了集中地思考：一、中国社会变了没有？二、哪些变了，哪些没有变？三、变化的那一部分究竟是表象的变化还是实质的变化？

如果说政治史描写的是变的部分，社会史描写的是不变的部分，那么，简单思考似又可以得出明快的结论来，两者的相加就成了完整。但两部分的研究者都知道，事情决不可能像一加一那么简单。

对于社会史，作为外行，我当然说不出什么来。但对于政治史，我想，本国的近现代政治史很大程度上不完全是人文意义上的历史学，稍多一些社会科学意义上的政治学。在这里历史学与政治学是难解难分的，纯粹史学意义上的中国近现代政治史是不可能存活的。在历史叙述中，很难说作者没有政治上的取向。事实上，在中国近现代政治史的著作中，我们不难发现作者的政治态度。这也是正常的。但需要思考的是，这一类历史著作中是否需要更多一点人文精神，更多一点历史主义？也就是说，更加侧重于历史过程的叙说。历史学家在叙说历史过程时同时会表白作者政治见解，这似为不可避免，但他们可以不必要用历史过程的叙说，来证明作者的政治见解。这恰是政治史与政治学之间的区别。

我还想，作为政治史学者，不仅要注意上层，也要注意吸取社会史的养分，关注于下层。而这种关注并不意味着可以用下层活动作为上层行动的注脚，也不意味着去寻找那种直接的互动关系；上层与下层的不沟通、分离甚至背道而驰，很可能是中国近现代政治史中的常态。对于社会史所描写的不变的部分，更需要政治史学者进行重点思考。而这种思考不意味着用政治史的方法，来证明或证伪社会史的结论，也不意味着直接用社会史的研究结论来填补政治史空白；这两个学科的不同结论，不一定要统一，也没有必要统一。也就是说，不是刻意去证明什么，而是发现史实，描述过程；不是勉强去统一看法，而是换位思考，自识其短处。从这个意义上讲，这样的讨论不可能得出结论，似乎也并不需要任何结论，需要的只是一种政治史与社会史之间的互相认识，互相理解，以及在此基础上的思考。

当然，需要说明的是，以上我所谈到的政治史与社会史之间的差别，是为了解释现象而用的一种极而言之的说法，学术上的分野并没有我说的那么明显。在今天，政治史学者与社会史学者在学术视野与方法论上经常是互相借用、互相渗透的。

然而，政治史面对的挑战并没有结束。政治史与社会史之间还是有可能互相沟通的，因为这里面的大多数历史学家还是主张变的，即主张向西方方向的社会变化；他们之间最主要的区别在于，政治史学者更多强调政治行动改变社会的主导作用，社会史学者更多注意社会本身结构的重要性，以及对政治行动的作用与反作用。亚洲近代的历史，尤其是东亚的历史，"现代化"已经成为不争的事实，而这种现代化中的最大部分是西方化。对此，社会史学家大多没有提出相反的意见。

更大的挑战来自中国近代文化史的研究。他们最旧也是最新的贡献中一个重要结论是,中国就是中国,没有必要去往西方方向上"变",如果有变化,也只能是在中国文化本身轨道上的变化,西方的因素不可能变为主体;中国文化没有必要变成西方文化的一部分,也不可能变成西方文化。文化史学者的这种结论有着社会史研究的贡献,同时也参考了政治史研究。从这类结论的源头来说,有的来源于中国传统思想,有的来源于西方的后现代主义。前近代与后现代在方法上的不同,不影响得出相类似的结论,尽管这些结论的内部有着根本上的差别。

政治史学者面对的正是这样根本性的冲击,不仅是众多社会史学者提出的"没有太大的变化",而且是某些文化史学者更进一步地提出"没有太大的必要去变化"。许多文化史学者主张"保守"主义,反对"进步"主义。

政治史学者如何来应对这样的挑战呢?我不知道别人的情况,但老实说,我还没有做好准备。

我在北京大学这一中国西方化标志性的文化部门上课时,睁开眼睛所见到的一切物质层面的东西,都是西式的,而看不到中国的传统,包括房子、课室、电脑、桌子等等的一切;但当我闭上了眼睛时,内心中所感受到的一切,又都是中国的,一点都不西方,这些都是观念层面的东西。我们所有的社会变化,都是在我们自己的观念指导下进行的;我们的观念大多是中国的,相当部分是中国传统的;那么,我们的社会变化又是怎样地一次又一次地离开了自己的观念,变成"西方"模式的"现代化"的呢?对此,我虽有一些感觉,但还不能描述之。

2005年11月12日于南港,16日在"北京论坛"史学分会第三组会议上的发言。刊于《史林》(上海)2006年第6期

中美关系的起源及其影响

我个人很高兴有机会出席四国校长会议（北京大学、首尔大学、越南河内国家大学、东京大学）的这一分会——"当东亚遭遇美国"，以能与韩国、越南和日本的各位先生讨论东亚各国与美国的关系。但我有两点担心：其一，我是研究中国近代史的，不是国际关系方面的专家。研究领域的不同会限制我的视野。其二，中华人民共和国与美国的关系，由于历史等方面的原因，现在仍处于不太理想的状态。尽管东亚四国与美国的关系各不相同，但中华人民共和国与美国之间的关系与其他三国相比，仍有其特殊性。于是，我只能就我个人的知识范围向各位报告，错误的地方请各位批评。

一　早期中美民间关系

中美两国的民间交往可以追溯到很远，其最初为广州的贸易。1784年8月，美国商船"中国女皇"（Empress of China）到达中国的广州。其航线是从纽约为始发地和终点地，为时15个月。1790年起，美国商船从美洲的西北海岸驶往广州，使当时的美中贸易发生了根本性的变化。美国此时开始的从十三州到太平洋的领土西扩，对美中贸易也有很大的推进。中国从美国进口花旗参、毛皮、檀香木、铅、棉花及织品等物，美国从中国进口茶叶、丝绸、瓷器等物。到了19世纪，美国商人亦从事走私土耳其鸦片。1786年美国政府任命商人萧善明（Samuel Shaw）为第一任驻广州领事，但他只是一个不受薪的非正式官员，同时兼理着自己的商业活动。清朝政府也只是将其当作大班来看待（美国驻广州领事以后一直由对华贸易的商人担任，至1845年才派出了真正的外交官）。

此后长达半个多世纪的商业活动中，美中贸易有了很大的发展，美国成了仅次于英国的第二大对华贸易国。但是，在此商业活动中，仅仅是美国商人驶船来到中国的广州，但没有记载说明中国的商人驶船前往美国的东西海岸。按照当时清朝的规定，普通中国商人不能与美国商人进行贸易，仅有特许的行商可以从事这一活动。这些行商最多时也只有十多家，而最大的一家行商怡和行浩官（Howqua）占了其中超过百分之五十的比率。与此同时，美国的传教士也来到了澳门和广州，其中最著名的有马礼逊（Robert Morrison）、裨治文（Elijah C. Bridgman）、伯驾（Peter Parker）。他们在开展传教事业的同时，也开设了学校、医院、印刷厂，并出版了刊物。与此同时，到达美国的中国人，见之于记载的仅三四人，他们在美国的生活情况也是不清晰的。

由此可以得出一个认识，早期的双边关系，实际上是单边的，即美国商人、传教士甚至官员来中国，美国大体了解中国的情况，而中国并不了解美国。即使是由清朝官方指定与外国人做生意的行商，对美国的知识也十分有限。

1814年，广州丽泉行商人潘昆因美国商人欠款（据称达一百万银元）而面临倒闭，向美国总统（头一位大人）告状："中国广东广州府行商潘昆水官，恳求花旗国当今米利坚，即花旗国头一位大人米氏迷利臣（当时的美国国总统是James Madison，从发音来看并不太准确），为断生理及买卖之事。"这一位商人误将"米利坚"当作总统（头一位大人）的称谓。他还称，由于清朝的法律"严禁百姓与夷人告状之事"，听说美国"律法公平，不论贫富，不拘近远之人，视为一体"，于是按照清朝的法律观念，向美国总统（头一位大人）告御状。他自称是"远地之人，不晓贵处人告状时，当用何言何礼"，他求一位朋友"代呈此禀"，并带上了他的证据。他还称："今若头一位大人不理此事，名声必败，名声败，则人不肯信，人不肯信，以后如何通商贸易哉？"[1] 潘昆的官司并没有得到处理。他是当时著名行商，他的这封信中反映出来的美国知识，应该代表当时清朝的最高水平。

二 中美《望厦条约》的签订

1840年至1842年，英国发动了鸦片战争，逼迫清朝于1842年8月29日签订了《南京条约》。由于当时的清朝还没有国际法知识，1843年10月8日，清朝又与英国签订了《虎门条约》。《南京条约》与《虎门条约》是中国最早的不平等条约，规定了当时的中英关系：一、开放上海、宁波、福州、厦门、广州为通商口岸；二、两国在外交上平等相交；三、在华英国人由英国领事实行司法裁判权；四、片面最惠国待遇；五、清朝不能自主改变关税；八、英国军舰可以自由出入以上五个通商口岸。这两个条约所建构的中英关系，几乎成了欧美各国与东亚各国关系的最初范本。以后，欧美国家最初与东亚国家的关系，基本上不出这一框架。

---

[1] 台北"中研院"近代史研究所编：《中美关系史料》嘉庆、道光、咸丰朝，第1页。

当英国与清朝的战争刚刚开始，美国驻广州领事及其商人等很快将消息传到了大洋彼岸，合众国立即意识到东方出现了不应放弃的机会。

即使在战争期间，美国已派加尼（Lawrence Kearny）率东印度舰队的舰船来华，其任务为：一、护侨；二、制止美国商船走私鸦片。这两项工作他均未执行。前者是因为美国商人在战争中并没有受到很大的影响，后者是美国商船此时大量走私鸦片，大有取代英国之势，加尼仅出了一项告示，即走私船若是被清朝捕获，他将不施以援手。但当他知道战争结束、《南京条约》签订后，推迟了返航，于1842年10月径自致函清朝的两广总督祁墇，要求最惠国待遇。祁墇一面上奏道光帝，一面答复加尼，表示基本同意，等《南京条约》奉到后，他将与有关大臣"酌核"，由清方妥善制定一个章程，上奏皇帝后即可照此办理。

对于加尼的要求，清朝道光皇帝的最初意见是反对，坚持"天朝旧制"，即在广州一口通商，并实行旧制度，但当时负责谈判《南京条约》的大臣耆英、伊里布表示了不同意见。他们认为，英、美两国服饰船型难辨，如美国人打着英国的旗号去各通商口岸，"德在英国，怨在中国"，要求实行"一视同仁"。道光皇帝由此改变态度，予以同意。1843年，当中英《虎门条约》签订后，钦差大臣耆英向美国驻广州领事发文，将中英《虎门条约》抄送，并称："祗领遵照可也。"也就是说，由于清朝对国际法的无知，已经同意按照当时的中英关系来处理中美关系。美国除了割地赔款外，其他方面获得了与英国同样的权益。

也就在此时，美国已决定派出委员（commissioner）前往中国。1843年5月，众议院议员顾盛（Caleb Cushing）奉命前往中国，其使命为：一、在通商事务上，要求与英国同等的待遇，即最惠国待遇；二、如有可能前往北京，觐见中国皇帝，面递国书。顾盛于1844年2月来到澳门,向广东的地方官说明了他的使命:他不久将去北京觐见皇帝,并与清朝的相关大臣签订与英国相同的条约。顾盛的来信和随行的军舰,在清朝引起了很大的震动。

当时的中国是一个儒家学说至上的国家,"以礼治国"。礼仪在国家政治生活中有着至高至上的意义。1793年和1816年,英国两次派使节来华,拒行中华礼仪(跪拜礼),已经引起了很大的风波。如果美国使节觐见皇帝不跪不拜,在当时中国人的认识中,不仅会使各国对清朝产生轻慢之心,而且国内的儒家知识分子也会对王朝的合法性发生怀疑。跪拜礼是清朝各藩属国使节对宗主国实行的礼仪,同时也是清朝的正式朝礼,不用此礼,清朝方面还没有其他的礼仪。如果美国使节行西方的鞠躬礼,那是对几千年的中国礼教系统的极大破坏。于是,清朝方面以阻止顾盛来北京为第一要义。至于条约,清朝已同意美国按照《虎门条约》的规定进行通商,并没有引起更大的注意。

1844年6月17日至7月3日,清朝钦差大臣耆英与美国委员顾盛在澳门附近的望厦村进行了谈判。顾盛在做出"让步"——同意不再要求进入北京并交出国书之后,获得了对美国极其有利的《望厦条约》。该条约以美方提出的草案为基础,有所增删,共计34款。该条约规定了美国可享有片面最惠国待遇、协定关税、领事裁判权、军舰自由出入通商口岸等不平等权益,而且在文字方面比中英两个条约更为具体严密。也就是说,英国根据其"片面最惠国待遇",反过来可以享有中美《望厦条约》的各项规定。顾盛对此条约极为满意,在条约签订后的第三天,1844年7月5日,向美国国内报告,《望厦条约》与中英已签条约相比较有着16项的优点!此后,西方各国与中国订约,大多以《望厦条约》为文字上的蓝本。

如果我们用今天的法律眼光来看顾盛的行动，可以认为美国的举动并不光明正大。当时的清朝不了解国际法，也不了解国际法框架中的本国权益，所以对本方权益的丧失并不知情，也没有尽力去保护本国利益。但是，今天的法律对"诈骗"的定义是，利用他方在知识上的无知而占取他方的利益。

1844年签订的《望厦条约》规定了此后中美关系的基本特点。该条约及以后的类似条约的相关规定实行了近一个世纪，一直到太平洋战争时，美国才放弃。在此长达近百年的以不平等条约为基础的中美关系中，中国人有着屈辱感，美国人有着优越感。恰在这种对立的情感中，中美两国关系绵延伸长。

九年后，1853年，"黑船"（美国军舰）来到了东京湾。

三 留美学童与排华法案

1844年中美《望厦条约》签订时，中国的人口已经达到四亿，海外商业活动和移民早已开始，但主要是东南亚；美国商船从其西海岸到中国，航行约五十多天。两个国家人民之间的互不了解，可以说是合乎历史必然的。

十年后，1854年，容闳（Yung Wing）从美国耶鲁大学（Yale University）毕业，获学士学位（B. A.）。容闳早年在澳门与香港接受西方教育，在美国学习了七年。当这个第一位毕业于美国大学的中国人回到中国时，发现他的美国知识并无可用之处，感到了一种内心的孤独。他在经历了各种不太成功的职业后，因帮助清朝从美国购买机器，而做了一名小官。容闳一生最重要的工作，是说服当时权势极大的疆吏曾国藩、李鸿章，向美国派出留学生。

留美学童计划从1872年开始实行，首次派出30人，此后至1875年，先后派出四批，共120人。按照这一计划，这批平均年龄为十二岁多一点的男孩，将在美国家庭中学习英文，然后进入美国学校，一直到文、理、工、军事各科大学毕业。这在当时的亚洲，是一个重大且具长远眼光的计划。如果这一计划成功，且不论这批学童的专业知识，就是他们对美国的认识也对当时的中国有着极大的用处。中国对美国的了解将由此进入新的阶段。但是，当这一计划进行到第九年时，1881年，这批学童被清朝政府全部撤回了，许多人没有完成他们在美国的学业。当时撤回的原因主要有三个：这批学童已经美国化了，当政者害怕他们将来会与中国的政治和传统文化格格不入；美国当时不准许他们进入各种陆海军学校，而进入美国军事院校是该计划的主要目标；美国的《排华法案》造成的中美关系的紧张。

除去生病而先期回国、拒不回国者外，留美学童共回来了97人。他们回到上海后，并没有鲜花的迎接，反是受到了可怕的对待。当时的中国没有人重视他们的留学经历，也没有人愿意多了解关于美国的知识。他们又重复着当年容闳的遭遇。尽管这批学童二十多年后大多成为中国政治、外交、工程、矿务、军事等方面的重要人物，但从历史的角度来观察，这只是他们个人的成功，而不是整个国家的成功——国家的命运并没有因这批留美学童的回国而发生变化，人民也没有因为他们而获得大量的美国知识。他们回国的最初十年中，无声无臭，似乎消失了，就像水倒在沙子上一样。

容闳与留美学童的命运，是当时中国内部的政治与社会诸因素所致。

与此同时，美国内部的政治与社会诸因素也导致了《排华法案》。

尽管建立在《望厦条约》等条约基础上的中美两国关系是一种不平等关系，但美国的对华政策相比起当时的英国、法国、俄国等国，还是比较温和的。1867年，美国驻华公使蒲安臣（Anson Burlingame）任满回国。在多种因素促成下，这位卸任的美国外交官非常有趣地成为清朝第一位正式派往世界各国的外交使节。蒲安臣率清朝政府代表团首先访美，然后出访欧洲，历时两年，最后他本人于1870年2月在俄国去世。1868年7月，这位清朝政府的代表、前美国驻华公使蒲安臣与他先前的上司美国国务卿西华德（William Seward）签订了一个条约。该条约后来被称为《蒲安臣条约》（Bulingame Treaty），该条约规定：中国人可以自由地出入美国，可以在美国享有美国对待其他外国人的最优惠待遇。而美国人在中国早已享有这一待遇。

《蒲安臣条约》签订时，内战后的美国因西部开发而需要大量劳动力。贯穿美国东西的铁路建设中雇募了超过一万名中国劳工。数以千计的中国移民开始进入美国，合法且守法地从事着许多工资低下的行业。然而，美国经济危机的出现，许多失业的欧洲移民（主要是美裔意大利人和美裔爱尔兰人）认为中国移民抢去了他们的面包。勤劳和节俭，在东方被视为美德，而在当时的一些美国政治家口中变成了不可饶恕的罪恶。中国移民在美国犯下的最大罪恶是愿意领更少的工资而干更多的活。

1880年，清朝在美国的压力下签订新的条约，该条约同意美国可以整理（regulate）或定年限、人数，以阻止新的华工进入美国，此外通商、学习、游历等人士及已在美国的华工不受此限制，享有最惠国待遇。1882年，美国国会通过了《排华法案》（The Chinese Exclusion Act），"暂停"所有华工入境十年，并对华人的留学、旅行做出了极其严格的规定，美国任何一州都不准许华人入籍。这是一个种族歧视法案。1884年、1888年、1892年、

1893年，美国国会一再通过新的排华法案，不仅是华工，几乎所有的中国人进入美国都受到了更严格的限制，1880年中美条约的规定已经被完全破坏。1898年美国合并了夏威夷，排华法案也随之推行到那里。1902年，美国将排华法案无限期延长。

在此期间，在美华侨受到了美国种族主义者的百般凌辱，暴力事件接连发生。1885年美国怀俄明属地（Wyoming Territory）岩泉（Rock Spring）的白人矿工要求增加工资而罢工，当地华工拒绝参加。一些白人矿工遂向华工居住区发动了袭击，华工死28人，重伤15人，财产损失据称约15万美元。事后被捕疑犯全部释放，理由是"无法证明任何一个白人当时确有犯罪行为"。除了各地的排华暴力事件外，进入美国的中国人也分别于纽约（New York）和旧金山（San Francisco）在监禁的条件下进行"甄别"，这一"甄别"工作经常长达数月。

美国是伟大的文明国度，但在这个国家中，华人受到种族上的歧视。在这样的背景下，中国人的感受是可以想见的，一方面赞叹它的成就，一方面承受它的欺辱。1905年，由于美国的排华暴力，在中国的上海、天津出现了抵制美货运动。

一直到1943年，美国才废除了《排华法案》。

四　对抗中的互相利用

到了20世纪，美国已成为西方世界的首强。1921—1922年华盛顿会议中，美国等国对日本的扩张有所抑制，中国在日本的强压下获得了喘息，由此希望美国在亚洲事务上发挥作用。大量的留美学生此时回到了中国，在中国的文化教育事业上起了主导作用，由此中国的知识界对美国有着特别的好感。但当时的中国政府十分腐败，社会问题丛生，美国的知识界对中国并没有同样的好感。

太平洋战争爆发后，中美两国关系进入了第一个"蜜月期"。美国受到了日本的攻击，但它作战的主要力量放在欧洲，在太平洋战场上，美国在很长时间处于比较被动的状态。美国需要中国这一东方国家能够继续抵抗日本，以减轻其压力。它在军事装备等方面支持中华民国的蒋中正总统，以防止其与日本单独议和。中国需要来自美国的援助，更需要美军能在太平洋战场上投入更多的兵力，以减轻日本的军事压力。双方的共同敌人，使得两国有着共同的立场。中美两国结成了同盟。

越南战争后期，中美两国关系进入了第二个"蜜月期"。美国需要中华人民共和国与苏联继续对抗，同时也为其军队能在越南安全撤出，希望中华人民共和国对此予以帮助。中华人民共和国也需要美国改变对华敌对立场，以防止苏联在军事上打击中华人民共和国时，美国对之不加以反对。双方的共同敌人是苏联。

这两次"蜜月"都是政治上的"联姻"，其基础是共同的敌人。这与由相识相知到相爱的一般恋爱过程是大不相同的。一旦共同的敌人消失，双方的"联姻"基础也同时消失，很容易出现反目。东亚四国的历史学家和政治学家对蒋中正总统、毛泽东主席有着不同的甚至完全对立的评价，但对20世纪40年代的蒋中正、70年代的毛泽东，似乎却有相同之处。美国对此也是完全了解的。然美国从美国国家利益出发，而不是从美国价值观念出发。中国也不认为美国价值观念是值得中国学习和仿效的，中国始终坚持中国自己独特的价值观念。由此，双方即使在"蜜月期"，各自也是三心二意的。

中华人民共和国与美国的关系，历史上从《望厦条约》起，已经经历了159年的风风雨雨，但两国之间现在仍处于很不融洽，甚至在某些方面互相敌视的状态之中。我个人以为，中美两国的关系不稳定的最主要因素，在于双方虽交手159年仍是互不了解，其中最重要的是两国人民的互不了解。如果双方的人民都能了解对方，即使有争论，也不会敌对，如同美国与法国最近在伊拉克问题上的争论一样。只有在两国人民的互相了解之上，两国政府的政策才会有其稳定性。在北京大学图书馆中有着许多研究美国的中文著作，但我查了一下，可供普通老百姓阅读的关于美国宪法、政治制度、社会、教育、民众生活的一般性图书数量很少。我也听说，在美国有着更多的研究中国的著作，但供普通老百姓阅读的关于中国宪法、政治制度、社会、教育、民众生活的一般性图书数量也是很少。双方新闻界的报道各有其不足之处，而美国新闻界关于中华人民共和国的报道，被清华大学新闻系教授李希光称之为"妖魔化"。关于两国较为真实的知识通过数以万计的中国留美学生、美国访华人士静静地在民间传播。这种传播手段相对于现代社会已属原始。"中国垮台论""中国威胁论"这两种截然对立的观点由此可以同时存在。

我个人以为，中华人民共和国作为东亚的一个依然处于发展中的大国，与美国的关系应当也有可能改善，其中最重要的条件是加强两国人民的了解，解除误会，以能到某一天可以互相信任。我可以举两个例子。其一是，1972年尼克松总统访问中华人民共和国，当时中国的一家报纸《参考消息》称：尼克松总统与"第一夫人"到达北京。我当时在海军当兵，连队里一位毕业于西安通信工程学院的技师对我说，尼克松有好几个老婆，这次带来的是第一老婆！其二是，我的妹夫在1993年从德国的法兰克福乘飞机前往埃及的开罗，邻座是一个美国人。当他听说我妹夫来自中国后，显然听说过这个国家，而且还知道它在亚洲。但他一时弄不清中国的地理位置，于是问道："你能告诉我中国的旁边有什么大国吗？"我妹夫当时想说"越南"，但忍了一下，没有说出来。

2003年11月7日在东京大学举办的四国校长会议学术分会"当东亚遭遇美国"上的发言。译成日语《米中関係の起源とその影響》，刊于 *Pacific and American Studies*（《アメリカ太平洋研究》），Vol. 4，2004，东京大学

历史地看待历史
——读陶文钊著《中美关系史 1911—1950》

《中美关系史 1911—1950》[1]作为一部完整叙述这一段历史的学术著作的到来，似乎太晚。按照历史学的常规，这一段历史应当到了"重写"或"三写""四写"的时期。但晚到也有晚到的好处。经历了"亲美"或"仇美"之后，作者和读者的心情渐渐趋于平静和冷静。情绪冲动毕竟不利于求实求真，而求实求真的读者要求又是给作者的另一种挑战。

如果说由于作者的自励，使排斥偏见、唯求真实成为这部书的显著特点的话，那么，最能反映作者识力的，就是把一部中美关系史几乎写成了中美日三角关系史。

美国人很傲慢，不太把中国放在眼里。长久以来，对华政策上不了总统、国务卿的主菜单。这一方面是在华利益不大，另一方面是美洲主义的影响。真正使美国人注重中国的是日本的扩张，美国感到了威胁——它毕竟是一个太平洋国家，太平洋上有夏威夷，远东又有菲律宾。

这一时期中国最大的压力来自日本，自臭名昭著的"二十一条"之后，又有皇姑屯事件、九一八事变，而"七七事件"使中

---

[1] 陶文钊：《中美关系史 1911—1950》，重庆出版社，1993 年初版；本文所评论者即是此版本。该书经作者修订后，作为三卷本的《中美关系史》之上卷，先后在上海人民出版社（2004）、中国社会科学出版社（2007）出版。

国陷于灭亡的边缘。中国政府不断地求助于英国、俄国、美国。表面上看，这一手法有如传统的"以夷制夷"，但在操作中，中国政府又像是列强在华利益的保护者："列强们再不干预，你们的在华利益就被日本独吞了。"形势的严峻使人们的心理也发生了变化，被美国人视为灾祸的珍珠港事件，成为许多焦虑中的中国人心中的福音。

20世纪的世界已经变得很小，两国关系受他国影响和制约的分量越来越重，单纯的两国关系史已经不复存在，它只是国际关系史中的一个部分。作者抓住了中、美两国之外的日本，实际上也抓住了开门的钥匙。这是作者的历史"眼"。

我不清楚美国人的全球战略的源起，但美、日在太平洋上的利益冲突显然使之重新认识了中国。长久以来的中美关系史是美国人用帝国主义的方法对待中国，而共同的敌人又使两国在第二次世界大战期间结成同盟。按照美国人的价值观念，他们并不喜欢国民政府，在华的美国官员尤其如此。可美国似乎并不考虑朋友本身，而似遵循着"敌人的敌人即朋友"这一古老原则。至此推至70年代，尼克松访问中国，考虑的正是对苏战略。本世纪三四十年代和七八十年代中美关系史上的两次"蜜月"，靠的不是本身的"情谊"，而是敌手的推动。

作者是另一部重要著作《日本侵华七十年》的合著者之一。或许这一经历使他对日本的情况比较熟悉，使他叙事时毫不费力，丝丝入扣。在本书中，中、美、日三角轮番出场，大量的中日、美日关系的论说，读起来有如《三国志》。

本书最为精彩的部分，我以为是关于40年代的中美关系。这也是中美关系最为密切、美国在中国影响力最大的时期。

在抗日战争最艰苦的岁月，中国的盟国虽然很多，但唯一能给点东西的，也只有美国。受一分施舍就得多一分忍耐，暴戾的蒋介石似乎对美国朋友也特别亲善。战后，美国成为世界领袖，受辱甚久的中国领导人也第一次尝到世界"四强"的滋味，但心中明白这是美国的提携。这种提携以及由此产生的依赖，使美国在中国扮演了国民政府、中国共产党之后的第三角色。而美国人一出场就常常忘记自己的身份，自以为是第一主角，戏不能不演砸。

作者的材料功夫和分析能力，使得本书中的美国不再是一个不可分的整体，而是将之细化，总统、国务卿、远东司……层次分明，陈纳德、史迪威、赫尔利、马歇尔颇有个人风采。历史最基本的粒子当为个人的活动，揭示那些最活跃的个人，对整个历史的描述和分析，意义重大。当摆在我们面前的不是一个笼统的美国而是具体的决策过程时，不是完全脱离具相的抽象理论分析而是决策人的思想痕迹时，我们就会有更多的理由和可能性赞同作者的思想。正因为如此，书中两段分别对赫尔利、马歇尔的分析我特别欣赏：

> 赫尔利是罗斯福对华政策的执行者，但他不是消极被动的执行者。他积极促使、推动美国政策向扶蒋反共转变。初看起来，赫尔利的所作所为都有违罗斯福的初衷：罗斯福让他搞好史迪威与蒋介石的关系，结果史迪威被召回了；罗斯福让他把国共两党拢到一起，他却加深了两党之间的鸿沟。他可真是成事不足，败事有余。问题就在于：赫尔利的言行符合罗斯福对华政策的基本点——支蒋。他私下做的有些事罗斯福是不知道的，但这些事情的结果——表现了出来，蒋介石在史迪威事件和国共谈判中的态度都越来越顽固，罗斯福一一接受了这些结果；特别是在对华政策上发生尖锐的意见分歧时，罗斯福又支持了赫尔利，从而明白无误地表明，

赫尔利所奉行的正是他的政策。(第354—355页)

马歇尔的调处中提出的种种方案都是以美国实行的多党制、三权分立、军政分离这些资产阶级民主制的原则为基础的,他幻想建立一个以国民党为首,有共产党参加、自由主义分子起主要作用的政府。他对国民党政府的腐败无能深感不满,认为没有一个反对党,这个政府是不可能自己变得纯洁的。他把中共作为西方国家中的反对党,相信尽管中共进入政府后会"制造障碍",但政府还是可以循着英美式的民主道路前进的,而"共产党作为正式的反对党的存在将迫使国民党实行它急需的改革。这些改革当真实行,国民党将会变得强大很多"。他认为,这种政治上的改革是医治中国疾病的良方,只有实行这种改革,才有可能防止共产党人席卷全国的革命,防止共产主义在中国的胜利……马歇尔使命的失败也是他力图把美国式的政治制度移植到中国尝试的破灭。但马歇尔和美国决策者却没有得出这个教训。他在离华的声明中依然说:"只有使政府和小党派中的自由主义分子担当领导地位才能挽救时局。"(第427—428页)

那些由个人而阐发的对美国外交政策最一般的评论,读起来感受很深。

相对于芮恩施、赫尔利等美国人,本书中国方面的个人色彩就要淡得多。即便是袁世凯、蒋介石,给读者的印象仍很笼统,中国政府对美外交决策的具体过程,更是迷雾一片。我们能看到结果,但不能知晓其中全部原因。而其他人物,除了陈光甫外,很难留下深刻的印象。这可能是作者的用力不够,更可能是中国档案资料的分裂(很大部分在台湾)和开放程度。就此书的引用书目来看,中方材料远不如美方材料那般全面和权威性,这对中国学者说来确是一种悲哀。这种中方档案不充分开放的局势若不改变，今后中国学者写的书将会跟美国学者差不多——使用的都是同样的材料。作者在后记中对此有一番感慨，我因读之同感而亦感慨良多。

刊于《读书》1994 年第 7 期

不同的声音
——读杨奎松著《中间地带的革命》

1921年至1949年的中共党史，无论从哪一个角度来看，都可谓辉煌灿烂。从上海的望志路（今兴业路）进军北京的中南海，一代共产党人创造了中外历史的奇迹。相比之下，研究这一时期的党史著作却是淡然无彩。我不止一次地听到青年学生对此类著作的评价。

就我个人的看法，此类著作之所以失去读者在于雷同，或者脱胎于同一模具。而且，当此类著作的绝大多数结论不是来源于作者个人的分析，而是采撷于某人讲话、某项决议、某次会议时，研究就失去了意义。人们在心目中久已将中共党史视作政治层面的产品，学术层面的活动自然难以进展。尽管没有一个人或一个部门宣布中共党史是研究的禁区，但使许多人望而却步的是种种纪律。

中国的传统哲学强调"定于一"，中国的传统史学主张"善善""恶恶"，然而，对中共党史研究影响最大的，又是《联共（布）党史简明教程》，就像中国革命深受俄国革命之影响一样。于是，党史学界似乎在追求一种尽善尽美的标准读本，其目的也不是如一般历史学家对历史进程进行描述或分析，而是拿来向广大人民群众宣教。当人们手中已经有了可以包得满分的标准答案时，探讨还有什么必要呢？

最近十几年的开放，使情况发生了变化。科学的最基本标志就是会有不同声音的存在。于是，许多论文和著作少了些教条的色彩而更具个人的思索。杨奎松就是其中的一个，他的论文一直引人注目。当我花费了整整一周读完了他的著作《中间地带的革命——中国革命的策略在国际背景下的演变》[1]时，顿时感到找到了什么。

一 革命理论的悖难

共产主义运动最基本的特征就是理论指导下的实践，革命者将理论问题放在首要地位。然而，中国革命一开始就遇到了两大悖难：

一、按照经典理论，共产主义是国际的事业，一国首先建成社会主义后，应不顾最大的民族牺牲，支援他国革命，且唯有如此，本国的社会主义才有可能在帝国主义的包围中生存。然而，与共产国际名实不分的苏共，在实际操作中，民族主义又高于国际主义。"工人无祖国"的口号，悄悄换成了苏联是全世界共产党人的唯一祖国。

二、按照经典理论，共产党应是工人阶级的政党，其使命是推翻资产阶级的统治，建立无产阶级专政的国家。可是，在中国，无论是工人阶级还是资产阶级都十分弱小。

当主义和现实之间缺乏直接性和对应性时，革命策略的意义

---

[1] 杨奎松：《中间地带的革命——中国革命的策略在国际背景下的演变》，中共中央党校出版社，1992年初版；本文所评论者，即这一版本。该书经作者大规模修订后，更名为《"中间地带"的革命——国际大背景下看中共的成功之道》，先后在山西人民出版社（2010）、广西师范大学出版社（2012，以《革命》为总题）出版。

就显得特别重要。当中国的工人阶级中还没有力量产生马克思主义和列宁主义意义上的共产党、产生苏维埃模式的革命时，来自唯一社会主义国家的精神和物质的支持帮助，就成了决定性的作用。由此，杨奎松将他的视野平行且交叉地放在革命策略和国际环境两大要素上，提出了一连串不同以往的见解。历史学家需要一双治史的眼睛。

在杨奎松的这部著作中，我们可以清楚地看到，莫斯科的对华政策由两大因素组成：一是世界革命理论；二是其国际战略，尤其是对日本的战略。后者比前者更重要。为了减轻来自日本的压力，支持一种力量来与日本及其所支持的军阀相抗衡，莫斯科选择过吴佩孚、陈炯明，最后全力支持孙中山和冯玉祥。尽管中国共产党几乎是靠着莫斯科的帮助和承认才得以成立和发展，从主义上说，与苏联更近，但很大程度上成为苏联与孙中山、冯玉祥合作中的伙计。国共合作，对中共说来是奉命；对苏联说来，有其安全利益。因而在鲍罗廷等人的眼中，国民党就是一切，中国共产党的最大功能就是成为能左右国民党的力压千斤的秤砣。

在这种情势下，中国共产党人在执行命令的同时，不止一次地表示失望。从世界革命的角度说，那么多的卢布和步枪应当给中共而不应该全给孙中山、冯玉祥或蒋介石。然而，从苏联对日战略角度来看，中共拿了这些援助，必遭各派势力的一致反对，不是更麻烦吗？

因此，在孙、蒋的心目中，国共合作实为"国苏合作"，依靠苏联的力量来壮大自己。这也是一种策略。所谓"联共"，更多的是为了苏联的援助而"容共"。当他们的力量壮大到一定程度时，分裂就不可避免。而在中共领导人的心中，既然此时的革命尚属资本主义的性质，中共的任务似乎须得帮助自己的真正对手，以使其强大到值得自己去推翻，因而在策略上不免有许多败笔。

莫斯科的世界革命理论和国际战略的交互作用，使之对中国革命的指导上政策多变。杨奎松展示的细节足以让人吃惊，共产国际对中国的实情居然如此隔膜。然而，当俄国人自选的蒋介石、冯玉祥、汪精卫一一变向以后，中共与共产国际做了同一的选择——暴动。这是俄国经验在中国的运用，也同样地表现出隔膜，尤以"苏维埃"模式为著。让人更为吃惊的是，杨奎松的这部著作说明：尽管中共与共产国际之间经常性地存在着意见分歧，但大体上还是听命的；中共中央与远东局乃至共产国际第一次真正的抗争，乃是1930年向忠发、李立三的激进主义路线——通过暴动，夺取一省或数省政权，进入全国革命高潮而促进世界革命。为此，苏联应当为配合中国革命，经内蒙古而直接出兵中国北方，并在满洲与日本开战！李立三等人之所以敢如此犯上作乱，出自他们认为掌握革命理论的自信，其无所畏惧的抗辩言辞，使他们看起来比俄国人还更懂得俄国革命的真谛。

在此后相当长的一段时期内，理论问题仍是中共领导人难以摆脱的百慕大三角区。主义走向崇高之后，现实不免降至从属的地位，由此失去的不仅仅是革命策略的正确，而且是革命策略的本身。杨奎松对1919年至1949年革命策略紧扣不放的研究，很大程度上是他对中国革命一般特点的心得。而他在书中不断提示的国际背景，又结实地说明，在20世纪急剧缩小的世界中，国内问题同为国际问题，仅仅从中国或中共的角度去思考，许多历史问题难以得到真答案、真解决。

二 毛泽东的策略

在《中间地带的革命》一书中，我个人最有兴趣的是关于毛泽东及其思想的描述。与时下许多号称走下神坛实际奉为偶像的书籍相反，杨奎松的研究，更具历史著作的价值和风采。

毫无疑问，毛泽东是中国革命杰出的策略家。他出生于湖南中部的农村山坳，熟识中国社会，而其马克思主义理论似乎比在莫斯科喝过罗宋汤的一班人士短了一大截。秋收暴动后长期在根据地指导实际斗争，使得他不像前几任中共领导人那样注重获得理论的真传，而是更多着眼于现实。这也使得他有了较多的策略灵活性。而他与前几任中共领导人的最大差别，在于并非完全听命于莫斯科的摆布，一切服从苏联的利益。对此，杨奎松有一段精彩的概括：

> 毛泽东是那种更加重视自己国家革命事业的土生土长的共产党领导人。与王明以及大多数共产国际领导人不同，他并不认为苏联是世界无产阶级的唯一祖国，更不会以服从社会主义苏联的利益作为自己一切政策的出发点。恰恰相反，他多半只是把苏联的存在和巩固，看作是便利于自身事业取得成功的重要外部条件而已。（第316页，重点号为原文所有）

然而，独立地指导中国革命，在相当长的一段时间内，更多的只是在毛泽东的思想深处的短暂闪回。毛在中共领导地位的最后确立，在于1938年共产国际投了重要的赞成票。而遵义会议后，中共的主要决策及毛泽东的思想仍深受共产国际的影响。"统一战线"最初由王明在莫斯科提出。由"反蒋抗日"到"逼蒋抗日"再到"拥蒋抗日"，既是中国革命的形势使然，也是苏联对日战略作用于中共的结果。面临抗日战争、国共合作、苏联大力支持蒋介石等一系列错综复杂的新形势，毛泽东也同样要从头学过。1937年11月底王明回国到1938年秋六届六中全会，毛泽东的思想一大转弯，趋向全面贯彻共产国际的意图，他不仅赞同"抗日高于一切"，甚至提出了恢复第一次国共合作形式的主张，保证共产党"将加入党员之名单提交国民党的领导机关"，既"不组织秘密党团"，也"不招收任何国民党加入共产党"。八路军、新四军的顺利改编并获急速发展，有日本全面进攻的威胁，有中共策略正确的因素，而1937年至1939年苏联高达2.5亿美元的对华援助同样不可忽视，否则蒋介石肯放任这支异己的力量吗？最引人注目的是1940年秋至1941年初的"皖南事变"，国共摩擦已达到高潮，愤怒的毛泽东准备与国民党兵戎相见，但莫斯科为其对日战略，最后命令式地对毛说了"不"。

把苏联的利益置于中国共产党的利益之上，这不可避免地要导致毛泽东的反抗。1941年6月苏德战争开始后，莫斯科为了自身的安全，不惜要求弱小的中共采取大规模的军事行动来牵制日本，并提议八路军主力打通外蒙通道，接受苏联援助来增强对抗日本的实力。毛泽东以中国革命为计，婉拒苏联的要求，终于历史转折性地对俄国人说了"不"。

对此，杨奎松写道：

> 随着1940年秋天以后同共产国际和苏联之间发生意见分歧，经皖南事变、苏德战争，直至援苏问题与苏联发生矛盾，这迫使毛泽东下决心调整自己同共产国际及其联共党之间的关系了。继而，毛泽东以批判主观主义和宗派主义入手，开始将斗争矛头指向王明和博古为代表的少数长期以来深受共产国际和苏联党某些领导人宠爱，并自诩为"百分之百的布尔什维克"的中央领导人……这样，中国共产党与共产国际及其苏联党那种已经长达二十年的下级服从上级的关

系，开始彻底改变了。（第362页）

正因为如此，至1943年5月共产国际宣布解散时，延安一切平静，毛泽东提出了"使各国共产党更加民族化"。

然而，毛泽东的这些举措，并不意味着中国革命之国际背景的削弱。正如杨奎松所言，毛泽东"一边反对无条件地服从苏联或共产国际，一边却又高度重视来自苏联的意见并渴望与之建立理应更为密切的直接的援助关系"。由于苏德战争，中共不可能得到苏联的支助，而苏联为取得美国的援助却一再公开承认蒋介石的领导地位。当毛泽东、周恩来一旦意识到争取美国支持的重要性并付诸行动时，其工作的意义立即展现出来：以往是蒋介石顾忌苏联援助的中断而不敢对中共下毒手，此时成了罗斯福要求蒋介石让中共分享政权，其手段仍是援助。等到苏德战争结束，斯大林转眼东方，情况顿变。毛泽东去重庆谈判多少有苏联的幕后活动。1948年秋，林彪率百万大军由东北入关，相继攻略华北、华中、华南。这支决战决胜的力量的成长壮大，又与进入东北的苏联红军的暗中相助不可分离。俄国科学院院士齐赫文斯基最近发现1949年毛泽东与斯大林之间的几十通电报，证明了在解放全中国及中共对美外交上斯大林完全赞同毛泽东。这虽在细微处与杨奎松的著作稍有抵牾，却在总体上支持了他的结论：离开了国际背景考察中国革命，多少会走向偏误。

值得欣赏的是杨奎松在此书中的史料功夫。他将毛泽东的《新民主主义的政治与新民主主义的文化》《〈共产党人〉发刊词》等重要著作的原刊本，与后来收入《毛泽东选集》的文本相对照，发现其中的一些观点已经在不同程度上被修改了。应当说明，毛泽东本人并不讳言自己犯过错误，他对其论著的修改，既是作者的权利，也应视为其修正错误的表现。更何况这些著作所表达的新民主主义理论，是毛泽东的一大创造，肇始之期亦不可能达到至善的境界。可是，这些修改的论著，只反映毛泽东思想的成熟期而非为其成长期。历史学家不能将后来的毛泽东，作为当时的毛泽东。杨奎松在书中还透露，1946年初，毛泽东受莫斯科的影响，一度准备走战后法国共产党的道路。这不免使人联想到后来"文化大革命"中对"和平民主新阶段"的凶恶批判，无疑是用后来的毛泽东，来否定当时的毛泽东了。

三 理论阐释与史实描述

我在阅读《中间地带的革命》一书时，明显感到作为读者的我与作者之间的旨趣差别。作者致力于理论的新释，为其初建的架构不遗余力，分析时更不惜笔墨。我却偏爱于对历史真实的描述——六届四中全会、西安事变、察哈尔抗日同盟军、中共在东北与苏联红军的关系……都使我得到很大的满足。可是，许多我所感兴趣的历史真实，在此书中往往作为论说的例证，而非为论说的主体。

深受《联共（布）党史简明教程》影响的中共党史学界，历来注重贯穿党史著作中的理论架构，以宣传中共的成功历史经验和党义。正如一个人可以用各种方式来写其自传，一个政党亦可用其特有的方式来撰写本党历史。但作为步调一致的结果，正规的党史著作更像一部理论著作，缺少对历史真实的描述。众多的读者熟知中共的经验和党义之后，仍对历史真实不甚了了。由此看来，读者与作者之间的差别，很大程度上又成了一种职业差别。杨奎松是一位党史专家，急欲回答党史学界的诸多理论问题，而我从未研究过党史，对这些问题也少进一步钻研的兴趣。

因此，这部书的价值主要存在于与其他党史著作进行理论比较，对许多读者来说有着一定的难度。

眼下书肆坊摊上各种粗制滥造且打着披露真相幌子的伪劣假冒的党史书刊，其实是投合了读者急欲了解历史真实的心理。人们总有一天会意识到其中的偏误。实际上，那些制造劣书的作者们，内心中也明白自己的产品质量不高，但横亘在他们面前难以逾越的障碍是对史料的掌握。史料的阅知与考订是苦事、是难事，而对杨奎松则不然。就在这本书中，我们已经看到了许多新鲜的材料。

我不止一次地听到和看到这样的论点：描述历史是低级层面的，解释历史是高级层面的。这种说法自然有其道理。历史学家不能以对历史描述为满足。但是，一部《史记》几千年魅力不减，靠的不是"太史公曰"，而是司马迁对历史的精彩描述。

正因为如此，我虽然认为《中间地带的革命》是一部写得很不错的书，但并不是我个人喜爱的那一类历史著作。我虽然认为杨奎松完全可以用自己的理念来撰写此书，但似乎与众多读者渴求阅知准确可信的党史真实的愿望不那么衔接。我以为，历史著作的最基本功能是叙事，议论风生虽可见历史学家的智慧，但毕竟已出历史之外。而对历史真实生动且准确的描述又是史学之树常青的一股活水，尤其是关于中共党史。"以论带史"虽便于读者咀嚼，却剥夺了读者从直接了解历史真实后自我得出结论的乐趣。

也因为如此，当我读到杨奎松的新作《向忠发是怎样一个总书记？》(《近代史研究》1994年第1期)，立即感到是一篇史料、描述、分析俱佳的好文章。它回答了许多问题，也给读者留下了思考。

历史著作本无一定之规，历史学家也不应受任何束缚。我也自知，我对《中间地带的革命》一书的写作指导及方法的议论，可谓无理。但是，坦率地说出自己读后的感受，我以为，那是对作者更为恭敬有礼的表现。

       刊于《近代史研究》1995年第1期

京都大学的"共同研究"

京都是让知识分子感到很亲和的地方。我去的那一天,下了一点雨,空气很湿润。街上的行人不多,神态也很安详,没有东京那种逼仄、拥杂的气息。我此行的目的,是访问著名的京都大学人文科学研究所东方部,以了解久闻其名却不知其详的"共同研究"。

京都大学人文科学研究所,可以追溯至1929年,最初是东方文化学院的京都研究所(1938年改为东方文化研究所)。同样的研究所,东京还有一处,据说是今日东京大学东洋文化研究所的前身。这一研究所,与1934年成立的德意志文化研究所(1946年改为西洋文化研究所)、1939年成立的人文科学研究所,一度鼎足而立。到了1949年,战败的日本将其合并,成为今日京都大学人文科学研究所,原先的东方文化研究所、西洋文化研究所、人文科学研究所,分别成为其东方部、西洋部、日本部,现有二十个研究部门,定有教授、助教授(相当于中国副教授)二十余人,助手二十余人,大约每一部门有教授或助教授、助手各一人。时任所长是山本有造教授。

由于我的专业是中国近代史,接待我的是"现代中国"部门的狭间直树教授。他最为出名的研究方法之一,是排比、解读同一文献的不同版本,以探求文献纸面背后的意义。许多史学家相当熟悉的史料，经他的解读后，另开出生面来。他在京都大学人文科学研究所主持一项"共同研究"——"中国共产主义与日本"。在此项"共同研究"之前，他曾主持的共同研究项目有"辛亥革命""五四运动""国民革命""二十年代的中国""梁启超"等等。每一个共同研究项目大约三年，结束后另辟新题。另一名主持"文化交涉史"的森时彦教授，其工作方向也与中国近代史有关，他主持的"共同研究"为"中国现代化的动态结构"，此前的项目是"中国近代的城市与农村"。

作为一项专门的研究，三年的时间稍显不足。我正打算就此询问狭间教授，再仔细一看其具体课题，马上明白了。虽说三年就要完成一项课题，但每一项课题之间的关联十分紧密，狭间教授近二十年的研究，实际上围绕一个主题，即20世纪最初几个年代的中国政治及其相关的文化。相比之下，那些"共同研究"的课题反而像是这一大主题下的子题目。典型的日本式的研究是不厌其细的，他们似乎很少去碰一些大题目，也很少去写大文章；他们总是在做小题目，力图从小题目中生长出大的意义来。如果只是去看某教授的一篇文章，似乎只是就事论事，但若将其全部文章总合起来，又可见其不小的企图心。日本的中国学教授，就我所见而言，很少去写中国式的那种专著，往往只是集十几二十年的工夫出一部论文集。而这本论文集一定有一个集中的主题，而其中的每一篇文章都成了这一主题下的具体篇章。

座谈会由狭间教授主持，参加者为其"共同研究"班的成员。那一天，因不算"共同研究"班的正式活动，人员来得不齐，大约有八九人，也有从邻近的城市乘火车赶来的。来访的是在近代史研究所做博士后研究的华中师范大学副教授王奇生和我。

据主人们介绍，"共同研究"的形式，开始于1949年。当时研究西洋学的桑原武夫教授开设了"卢梭思想"的共同研究班，与此同时，研究日本学的柏贤教授也开设了"日本近代化"的共同研究班。如果再寻根追源，可以上溯至30年代，当时的东方文化学院的学者们就举行共同读书会，一些学者同读一部书，相互讨论，共同切磋，以求知识的正确。读的第一部书是《尚书》，接着是《汉书·律历志》……

"共同研究"班由京都大学人文科学研究所的一名教授或助教授主持，任班长。目前该所的助手也可以开设。参加者多为京都及关西地区的有兴趣的研究者。每周或每两周活动一次，时间约为两三个小时。每次由一名班员做专题的报告，大约一小时，然后进行集体讨论。有时也请外地或国外学者做报告。到该共同研究班结束之时，三年中共有几十次乃至百余次的报告，班长择其中有分量的报告编集成书，作为该班的共同研究报告出版。班长是该共同研究报告的主编。

如仅从结果的角度来看，此一形式与我们的"合作研究"相似。一项研究课题，一人做主编，许多人来承担，各自完成其中的一部分，然后由主编来统稿，形成一部著作。这种方法至少也有几十年的历史，但效果却是越来越差。其中的种种偏误和弊端，学界深悉，也不用我来多言。而"共同研究"的最大区别在于，注重的是研究的过程，而不是最后的结果。我在其研究室看到了当年"五四运动"共同研究班的档案，大约有十几盒，每一盒中都有几份当时的报告及相关史料。在这些报告中，我也看到了熟悉的中国学者的名字和现在已经成长的日本学者的名字。严格地说，这些报告的水平有高有低，有一些只是初入门。仔细地想起来，这种"共同研究"像一个长时间的专题学术讨论会。

参加"共同研究"班的人，并无一定的资格限制。据称，大约四分之一来自本研究所，大多来自本校各学部，也有不少来自外校（很可能就是京都大学的毕业生）；从六七十岁的老教授至入学未久的研究生都有；各人所研习的专业只是相近，并不完全吻合，有的甚至毫不相干。狭间教授目前主持的"中国共产主义与日本"班，年长的为已近七十的花园大学的小野信尔教授，中年的有京都产业大学的江田宪治助教授等，年轻的有正在读研究生的滝田豪、章玉林、孙路易诸君。参加者除了学问的增进，并不能从"共同研究"班中获得任何实际的"利益"。即便是京都大学的研究生，也不属人文科学研究所，而分属各学部，各有其导师（人文科学研究所不培养学生）。参加该班，对其学位获得亦无任何帮助。参加者也是来去自由，不一定须开班时加入，而是随时即可，由于工作变化或兴趣转移，亦可随时走人。他们是一批热爱学术的人，为了知识的切磋与交流，走到一起来了。

作为中国学者，我一直在想，若在北京有一个诸如此类的"共同研究"班，能存在多久？几个月或者几年，大约还不成问题……而京都大学人文科学研究所的"共同研究"班已有五十年的历史！

参加"共同研究"班的班员，都要在班上做报告，题目由本人决定，准备时间一个月至三个月不等，也有准备半年一年的。在报告前的一两周，向各位班员发出报告的概要及其相关资料，以便他人在其报告时可以提出质疑。读学位的研究生，报告往往是其学位论文的一部分，恰也可在正式答辩前听听不同意见。根据我在国内研究所和大学的经验，不同研究兴趣的人，很难讨论到一起去，于是向他们提出了这一问题。回答是，"用耳朵来学习"可以开发自己的思路，并称此也是京都大学的传统；作为一个外行提出的问题往往会更有意义；正是不同甚至不相干的题目可以拓宽视野等等。一个问题引出了一串回答。

学术研究需要一定的财力，在国内这一问题显得最为突出。

当我就此提问时，得到的答复为：研究所每年给17万日元（约1.2万人民币），当然这点钱在物价非凡的日本，只是不湿衣裳的毛毛雨，还不够支付复印费；然狭间的"现代中国"部门被认为是"实验"的学科（为什么称"实验"及怎样"实验"，我也弄不懂），可以得到相当于理科研究的支持，每年文部省等可以给大约160万日元的资助。这笔钱用于复印、购书、邀请学者讲学，而最主要的是出书。在日本，学术著作的出版一般都给补贴，一部三四百页的书，常常要一两百万日元的补贴；不过这种补贴很容易找到，对名牌大学的大牌教授，几乎不是问题。

"共同研究"的题目既是由主持人提出，当然是其兴趣所在，但主持毕竟要花费大量的时间，相当严重地影响其个人的研究，许多许多的工作是在"为他人作嫁衣裳"。我向狭间教授问及他个人的感觉。他笑了，"主持'共同研究'是本研究所每一个教授的义务"，"一个题目有更多的人来做，不是更好吗？"他对自己主持的先后不断出版的"共同研究"报告看得很重，尽管里面他自己的论文所占篇幅很小。他是一个勤奋的人。日本学者家中太小，放不下太多的书，大多在研究室里做研究。我在东京星期六、星期日给他打电话，都在研究室，其中有一次是圣诞节晚上，我把电话打到他家里去，他夫人告诉我，他在研究室！而那段忙碌的时间里，他正在编辑修改关于梁启超的"共同研究"报告。[1] 如果仔细核算成本，京都大学人文科学研究所的二十多个"共同研究"班，吸引了五百多名研究者来做共同研究，人力增加了多少倍？岂不是大大的划算？当然，这也需要将学术视为天下公器的胸襟。

学术研究有理论的，有考证的。阐说学理的目标是存此一

---

[1] 该书已出中文版，狭间直树编：《梁启超·明治日本·西方：日本京都大学人文科学研究所共同研究报告》，社会科学文献出版社，2001年。

说。考证事实的目标是唯此一说。一般地说来，实证的题目很难引起讨论。当我向他们提出这一问题时，所得到的众多答复却让我不太能明白。当晚，我走在京都的大街小巷时，有了一种感觉，在茫茫的日本人群中，他们的研究兴趣几乎是无人理解的，他们的研究结论也很难有实用的功能，他们是孤寂的一群。当学术成为他们的人生追求时，他们也需要一个学术而非功利的场合，激起学术的冲动，抚慰自己不甘孤寂的心。

京都大学的访问仅是短短的一天，却是我访问日本最有收获的一天。当我在六个多月后的今天，终于提笔来介绍"共同研究"时，那天的全部活动清晰地按原有的时间刻度一个场景接着一个场景展现在我的眼前。实际上，无论是注重史料注重考证，还是学人相互交手过招琢磨切磋，绝非仅是日本的土产，也存在于中国的传统。记得那一天晚上，我们与主人们一起吃日本菜喝日本酒，在微醺的时候，我也失礼地说了一句，"礼失求诸野。"

刊于《读书》1999年第12期

《天朝的崩溃》的出版

我与三联书店的交往，很大的因素是我的同学潘振平从人民出版社去了那里，由此对书店复办后的历史，是比较清楚的。尽管作为"生活·读书·新知三联书店"，已经有了六十年历史，但在我最初的认知中，它不过是朝内大街上人民出版社的一个副牌；在此之前书店在上海和香港的历史，虽多有闻，毕竟非为感同身受。

我是上海人，长期与上海出版界朋友交往较多。这些朋友也常问我有什么书可以在他们那里出版，但我是一个手慢的人，很长时间写不出作品来，只是漫应之。到了1994年，当我将《天朝的崩溃：鸦片战争再研究》书稿，交给上海人民出版社的一位朋友时，他一口答应尽快出版，尽管当时市场上学术著作已经是很不景气。

没过多久，这位朋友很为难地告诉我，在选题会上，社领导看了书名后说："太平天国的书也就不要再出了吧！"于是力争该书与太平天国无关，而是讲鸦片战争，但社领导没有说话。这位社领导本是上海出版界的权威，他没有说同意，那么这个选题也就很难再出了。又过了一段时间，另一位朋友也提出一个建议，是否改一个书名，叫作《千年一战：鸦片战争再研究》，或《千年一×》之类，以便能再次向社领导进言，争取列入出版计划，我听了之后，立即要求将稿件收回。

于是，我就去找了潘振平，看看能不能在三联书店出版。此时三联书店虽然已从人民出版社分出来,作为一个老牌子的新社底,还谈不上有很大的影响力,但感到书店领导心气足,热心于学术的心思也重,一心想从知识与学问的老路上,走出新的通道来。记得潘振平对我说,与人民分家的时间,他看了一下出版书目,五六十年出版的好书,怎么都是用三联的牌子!人民出版社也没有什么留得下来的书了。恰好在此时,有哈佛燕京学社支持学术书出版的计划,我的这本书也决定放在"三联·哈佛燕京学术丛书"中出版。

"三联·哈佛燕京学术丛书"的编辑是许医农先生,一位从贵州来的老编辑,对学术书的出版极为热心。她对我说,由于哈佛燕京学社的补贴不多,按规定这一丛书每一册的规模是25万字左右,但《天朝的崩溃》一书太厚了,大约近50万字了,能否压到30万字之内。我听了之后,也差一点"崩溃",将一本减少五分之二,那是要重写另一本书了。对此,我表示不同意,心里也准备不出了。许先生由此找了潘振平,将这个难题交给了他,由他来给我压字数。这不是为了内容精要主题突出而压字数,纯粹是为了压字数而压字数。也算是难为潘振平,他压了几万字,留了四十多万,也就是今天出版的规模。

尽管当时的图书市场不太好,但"三联·哈佛燕京学术丛书"的市场反应还算是可以。也不知是谁,居然将该书的开印量定为10000册。发印单送到潘振平那里,感到很不放心,这么多是否能卖掉呢?于是大笔一动,改为5000册。而这一发印单的流程似乎也出了点问题,结果印刷厂印了10000,而版权页上是5000册。由此之后,版权页一直没有改,到了后来第2次印刷时,加印5000册,版权页上是从5000到10000。顺便说一下,当时的版税,我记得都是全数给我了。

从当时的图书市场来说,《天朝的崩溃》应当说是卖得很好了,很可能创造了新高。这或许与1997年香港回归有关,鸦片战争的书自然会好卖一些。记得香港一家大出版机构的老总此时也来找我,让我写一本关于鸦片战争的学术著作,二十多万字。我说我已写了《天朝的崩溃》,他告诉我说,学术著作是用第三人称写的,要更加的客观。由此我又知道,在一些人眼中,《天朝的崩溃》还算不上是学术著作。

《天朝的崩溃》的出版,也给我的人生带来了不大不小的麻烦。对此,我没有太多必须要说的话。十年过去了,2005年该书要再次印刷,按理说也到了修订之年,然我考虑到由于过去有不同意见,修订之后,很可能引起多种不同的猜测;更兼我手头上事务特多,也就没有动,用了旧版心而换了新封面。一本书能受到读者长达十多年的欢迎,正是让我感到欣慰的。

在过去的十多年中,一个想做学问的人,是很难生存的,但唯一的生存之道,就是"将学问进行到底";在今天的图书市场上,一个学术出版社,也是很难生存的,但唯一的生存之道,就是"将学术进行到底"。大约只有如此,才有彼岸;若有旁骛,易失本原。到了三联书店的花甲之年,如果追查复办后二十二年的成功之处,可能也就是在知识和学问的道路,有着"进行到底"的饱满精神和坚定意志。而到了这般时刻,"敏锐"成了"短视"的近义词,"固执"反成了"远谋"的同义词。一些老牌子的好出版机构此期走了弯路,而三联书店却一日日近乎于炉火纯青。这是一种"纯情"的归宿:不管世道如何变化,这个国家和里面的人们,毕竟还是需要知识和学问的。

> 2008年5月30日于宝马山。刊于《我与三联》,生活·读书·新知三联书店,2008年;又以《纯情的归宿》为题,刊于《北京青年报》2008年10月18日

心中要有读者：经历与体会

年龄大了，方知"人之患在好为人师"（《孟子·离娄上》）之理。

我是一个念书少的人。小学念到五年级便"文革"了，中间空了"文革"的十年，然后上大学了。大学只念了三年（"工农兵学员"），硕士研究生只念了两年（入学时学位条例尚未颁布）。加起来在学校里只念了十年书。我经常自嘲，我是从高尔基《我的大学》那种生活中成长起来的。

正因为如此，《抗日战争研究》编辑部让我来说"如何才能写好论文"，只好苦笑。这是经受过严格训练的东、西洋博士才可以说的话。虽说我这几十年也写了几百万字，可好好坏坏，是要让读者来评判的。我不敢去教别人，就说说自己的两段人生经历与两次读书体会。

我很早就当兵了，虽说只是小学五年级程度，在军队里仍被认为是有文化水平的。"文革"时的军队要出墙报，有"理论小组"，要写各类文件和政治报告。我也时常被指派此活。有两类文字我写得比较好，掌握了要领（当然有前辈老手私相传授）：一是各类报告，领导一般只看第一页，如果第一页写好了，领导能看第二页，甚至能全看完，也就成功了。这要求我写一般的报告只能有一页纸，重要的报告可以有多页，但第一页要将主要内容说清楚。二是替领导写讲话稿，要用领导的口气来写。当时军队的领导大多是农民出身，文化程度比较低，上台要念我起草的报告，而且比较喜欢作"大报告"（即长报告之意，起码要讲一刻钟）。这要求我只能写大白话，把"道理"说清楚。写作的时候，心中要有领导——前一类作品，领导是读者；后一类作品，领导才是真正的"作者"。大约见我擅于此道，经常派我来做这些事。我后来看到沈从文的经历，自我感觉有几分像。当然，我最初的基础和军中的读书条件，要比沈从文差，且此类活计也只是兼差而不是专任；至于我的文字水平，要比沈从文差太多。

我硕士研究生毕业后，第一份工作是编辑，编《中国大百科全书·军事卷》。从自己写稿子到编别人写的稿子，工作经验是完全不一样的。编辑就是读者，一要理解作者的意思，二要让更多的读者明白。到了编辑阶段，任何文章和著作都是被拆成字、词、句、段的，中间的连接点就是标点符号。这是基础性的工作。而《百科全书》的标准就是简要明确，与当时最时尚的文风和文体——"意识流""朦胧诗"恰好相反。我做了一段时间编辑后，再来检视自己写的文字，发现了许多错字、病句，尤其是标点符号的使用很不准确（我没有经过中学的训练）。学术论文自有其文风要求，也有一整套文体规范。这些都要遵行。高士华兄来信说"很多文章文字差、逻辑混乱"时，我有点小同情，也有点小自傲。这活，我也干过。

这两段人生经历，让我深刻体会到，任何一件作品都是给别人看的，写作的时候，心中要有读者。不同的作品是给不同的读者看的，要用不同的笔，要有不同的文风。工作报告的特点是简短，领导没时间；给领导写讲话稿要注意语气，不能给"大老粗"写"文绉绉"的句子。这两类作品是不发表的，稍有点差错，关系也不大。公开发表的论文、著作和各类文字虽说是给不同读者看的，写法也不一样，但有一点是共同的，都要经过第一读者——编辑之手。编辑的水平有高有低，好编辑也不会太多。我过去说过，最好的作品，大多出自无名小辈，需要编辑的眼力；最好的作者，都会犯大大小小的错误，需要有编辑的手力。所谓"眼力"是发现作品的价值，所谓"手力"是指出作者的缺点。此中的最高境界是作者与编辑间的相互欣赏。写作时想到了读者，投稿前想到了编辑，才是一条易行之路。如果能坚持做下去，自然是有回报的。我投出去的稿子，基本上都被接受了，编辑们均认可，觉得处理起来比较方便。我出版的作品，受到了读者的欢迎。杂志的情况我不知道，书的销售量我是知道的。我有一本书《从甲午到戊戌——康有为〈我史〉鉴注》，很专业，也很厚，印数已达1.5万册，其他书的销量更高。原因大约是尊重读者、文字通畅吧。

不是每一个人都有机会当专任的编辑，但不妨当一下兼差的编辑。我到大学教书后，写出来的作品，让学生校对，要求他们通读一遍，将读起来不顺口或不太能理解的地方画出来，我再作修改。这实际上是做编辑的事。有些学生做多了，文字的感觉出来了，错字、病句减少了。他们的文章比较容易发表。

我在"文革"时读了许多书。当时各中小学、街道里弄的图书室都被"红卫兵"抄了，书在"地下"快速流传。我最初读的大多是小说，也有少量的诗（看不太懂）；后来到了军队，也能看到一些内部出版的历史、政治、文学类的书籍。其中有两本书，比较特别。

其一是《形式逻辑》。具体书名与作者都忘记了，甚至该书怎么得到和怎么读的，现在也想不起来。我却由此而知道"思维"是在"概念"（属加种差）和"推理"（三段论）间运行，"归纳"（或然）、"演绎"（必然）是两种基本的方法论，"周延度"决定了逻辑上的"通"或"不通"。这对我后来阅读理解和自我理清思路有些帮助。上大学时，哲学系开通识课"形式逻辑"，我也去选修。基本内容大体如此，我便没有认真去听，考试成绩不怎么样。

其二是当时的热门书《李白与杜甫》（郭沫若著）。这本书扬李抑杜，也让我想想李、杜之间更喜欢谁。那时我读的诗很少（现在也不多），"诗仙""诗圣"的诗，加起来也只有二三十首（大多在《唐诗三百首》内）。因为水平低，无法在李、杜间选择，反觉得白居易《长恨歌》《琵琶行》更合我意。"落叶满阶红不扫"的场面，"大珠小珠落玉盘"的声响，颇能激发我的同感。浅白者不必去装深刻，艺术的感受存在于自我的内心。我当时根本不知道《元白诗笺证稿》，后来上大学时也借不到，买不着。过了几十年，直到现在，我的艺术欣赏感还是如此，更愿意接触那些真实、简洁的作品（比如沈从文）。我以为，最好的历史学家不在于他会什么，而在于知道自己不会什么。写作时要写自己会的内容，不要写自己不会的东西。"仙"与"圣"的境界一时不能达到，写点未仙未圣的作品也完全不必自卑。

这两本书都是我在"阳光灿烂的日子"里读到的，当时没有感到很重要，也不觉得有什么好，直到后来才发现对自己有一种潜移默化的作用。思维中的周延度（不要过度跳跃），艺术感的直接性（不必听名家之言），对学习历史的人来说，也是重要的。

我也不知道为什么，总觉得欠了高士华兄的账。我很赞赏他将《抗日战争研究》办成了年轻人的园地。当他以帮助年轻作者的名义，写信说"拜托你写写自己的经验"，也感到不便推辞。以上所述，本属非常私人的经验感受，不具有共通性，仅供年轻作者参考。

最后，我想说，我心中最推许的文字，是范仲淹写的一首短歌，文简字洁，情真意切，让读者的心中自然地产生那种清晰的美感与伤感：

> 云山苍苍，江水泱泱，先生之风，山高水长。(《严先生祠堂记》)

2020 年 8 月 10 日于横琴

刊于《抗日战争研究》，2020 年第 4 期；
《澎湃·私家历史》2021 年 1 月 30 日

也谈近代湖湘文化

拜读林增平教授的《近代湖湘文化试探》(《历史研究》1988年第4期），获益匪浅。林先生所论湖湘文化在近代的勃兴，湘籍人士在中国的崭露，湖南在中国成为举足轻重的省份，皆为有理有力之论。特别是移民对湖南的作用一章，考据充分，论证完美，读之令人信服。从区域文化的角度出发，具体地研究该区域的政治乃至全国的政治，林先生论文的意义也是重大而又深远的。

但是，笔者对林先生的湖湘文化的实体、湖湘文化在维新至革命即戊戌至辛亥时期的作用诸论点，尚有一些不成熟的想法，不揣浅陋，在此提出，以就教于林先生及其他各位师友。

一 近代中国文化的区域结构

大约从东晋之后，中国的经济重心南移，文化作为上层建筑，其中心也随之南迁。随着北方少数民族的内犯，中原兵灾不断，北方的文人士子们纷纷南下，更促进了南方文化的兴盛。至南宋，中国文化的中心在南而不在北，已经成为定势。起源于河南、山西、山东、陕西诸省的中国文化，在这些省份，除了顽强保存至今的民俗传统外，在文化的其他领域反不如江南的江苏、浙江、江西、安徽诸省发达。战争造就了武士，经济哺育了文人。江南的名士与北方的侠义，成为中国南北区域文化差别的明显特征。

到了清代，这一差距更加拉大。满洲贵族入主中原，北方的儒生们再度避之南迁。作为历史规律，文化落后的满族人必然会接受相对先进的汉族文化的改造；而在这一过程的同时，政治上占主导地位的满族人，也用自己骑射为重、尚武轻文的文化观念超文化强制地改造关内各个地区的文化。由于满族势力在关内十八行省中的影响是不一致的，各地区所受到的改造程度也是不平衡的。北京作为北方地区的文化中心，几乎为之所控制，所受到的改造程度最高。居住在北京的人们，今天仍能呼吸到满族文化的习气。以北京为中心向四周辐射，华北、西北地区受到满族文化的影响要比江南、湖广等南方地区大得多，且在清代之前北方地区已经受到北方其他少数民族文化的持久而又深刻的影响。

正是这样，笔者以为，大体可以黄河至长江间为界，简约而并不准确地画出一条线，南方是较为"正统的"中国文化，北方是"受到少数民族影响的"中国文化。同为中国文化，两者必然是相容的、相似的，但两者之间又有差别，亦有先进和落后之分。到了19世纪中后期，无论是社会、文化、经济、政治各方面的发展，我们似可以说是"先进"的南方与"落后"的北方。上述论题，可以举出许多例证，但与本文的主旨关联较少，可不再详细论证，好在已经有许多论著涉及这一论题。

南方文化并不是整齐一色而无地域差别的。文化的基础是经济，文化又是由文人及其社会联系弘扬漫发出来。江南经济发达，文人荟萃，被推为"正统的"中国文化的中心地区。南方诸省，无不以江南为重。而随着历史的发展，江南地区的社会与经济诸条件变了，文化也出现了异变现象。

明代以降，江南地区的商业经济和商人资本有了较大的发展，农业为主的社会结构虽未变更但已受到不小的冲击。中国社会等级士、农、工、商中的最末位"商"，已经对居于首位的"士"产生了影响。建立在农耕社会基础上的中国传统文化，在江南地区开始了积微渐巨的变化，这是传统社会的内部变动所致。更为重要的是西方文化的输入，最早带来西方文化的是传教士，江南地区是早期传教的主要地区之一。在传教士的影响下，江南地区出现了徐光启、李之藻等"西学"大师。鸦片战争之后，英国等西方列强用坚船利炮输入了商品。这种以商业为特色的资本主义文化，要比先前的基督教文化强大百倍。它在中国传统商业最发达的江南地区，得到最充分的扩张。居于"正统的"中国文化中心地位的江南地区文化，被来自海上的有力民族的文化所动摇，以至于到19世纪下半叶发生了变异，逐步形成了以上海为中心的，浸透商业精神又弥漫民主色彩的，今人称之为"海派"的文化。

除了江南地区以外，南方沿海地区无一例外地都受到了强弱不同的西风。广东地区与江南又有不同。广东是近代中国维新和革命的根据地，出现了康有为、梁启超、孙中山、廖仲恺、胡汉民、汪精卫等政治上的奇异人物。江南成为近代中国资本主义经济的大本营，出现了张謇以及刘家、荣家等经济上的实力集团。不管广东与江南差别有多大，它们同属于沿海文化。所谓沿海文化，就是中国文化在西方文化的冲击下产生异化的变种。沿海文化又跟随着商品的大军向内地进发，其主流是长江流域，由上海而南京而武汉，直至重庆，此外还有珠江、滇越铁路等支流。在中国内地省份，直接感受的主要不是西方文化，而是变异了的沿海文化。

问题是，江南地区不再是"正统的"中国文化的中心之后，这个中心又"迁移"到哪里去了？向北还是向西？向北没有出路，北方少数民族的落后文化影响甚大，更何况清王朝此时已经腐败，内部矛盾重重，无法举起这面文化旗帜。而向西呢？即向南方内地省份呢？那里是一片新天地。

正如林先生所述，湖南由移民开发所兴起。将这一结论扩大到湖北、四川地面，时间上虽有参差不一之误，但结论仍大体无错。早期来到这些地区的移民，带来了中原文化，但由于地理、交通等原因，接受外界的影响相对少一些，使之保存着中华文化的古朴气质。到了清中叶，两湖、四川地区的社会经济已经不再落后于北方，人丁与粮食的增长显示出对北方的优越性。与江南地区相比，这些南方省份的社会结构中，农业占了绝对主导的地位，手工业与商业相对不发达；在农业中，粮食生产又占绝对主导地位，丝、茶等经济作物相对不发达。还由于这些地区开发未久，土地尚未高度集中，大地主较少而多为中小地主，而中小地主又有着图谋发展、孜孜相求向上的气质。南方内地省份的这些社会条件，表明那儿是中国传统文化滋生成长的好土壤。

在南方内地省份中，湖南有着明显的突出地位。与云贵川相比，中原文化早已发展于此地。"九歌""离骚"称为"楚"辞，岳麓书院闻名于一时，船山先生遗泽于此地子民，近世的科举功名之途，也显得比云贵川宽坦得多。湖南也有苗、瑶等少数民族，但不同于北方，他们在政治上不占主导地位，并不能将其文化强制地加于汉人，汉人反从他们身上吸取了强韧刻苦的习性。湖南的民风士习，正如林先生所分析的那样，质朴实，守先正，去浮靡。湖南士子与江南学人相比较，前者健于行，后者善于思。这种思与行的差距，我们也许能从江南汉学发达、湖南经世致用盛行的比较中体会出来。这显示了新土地开拓者的风范。

正是因为湖南在南方内地省份中文化领先，士林健行勇为，当江南地区拱手让出"正统的"中国文化中心的交椅予南方内地省份时，湖南脱颖而出，甚有作为，搬走了这把交椅。这里还有许多地缘的、政治的、风气的原因，容笔者按下后述。

以上分析，使笔者形成了一个大胆而又不成熟的设想：中国文化在近代，大体可以形成三个区域，一是"受少数民族文化影响"而产生变异的北方地区，其中心在北京。二是"受西方资本主义文化影响"而产生变异的南方沿海地区，有广州和上海两个中心。三是继承了中国"正统的"文化传统的南方内陆地区，湖南是其不太明显的中心。这一区域划分，与民国初年的北洋军阀、西南军阀、东南革命党人的势力范围划分有些相似，也有些联系。在中国近代（1840—1949）政治史、文化史中，广州、上海为一方与北京的差异、对立以至斗争，是长时间存在着的，湖南人的作为主要表现在这段历史的头和尾。湖南人要么不说话，湖南人一说话，全中国都在听。笔者正是在这么一个大的区域范围划分中，将湖湘文化当作中国传统文化的"正统"，来认识、思考、评价的。而一旦将湖湘文化置于这种地位，它的意义就显得格外重要。

二　湖湘文化在近代中国的作用与地位

"经世致用"学说的提出，可以说是湖湘文化走向成熟的标志。但湖南仅仅是参与者和共同领导者，还不能说是"经世致用"学派的大本营。这是因为，龚自珍、林则徐、包世臣等"经世"大家非湘籍人士；这还因为，湘籍人士中的有力人物此时仍任官外省，陶澍任江苏巡抚，贺长龄任江苏布政使（后改江宁布政使），魏源此时亦活动于江苏。如果再考虑到林则徐、包世臣等此时在江苏的经历，那么，对于"经世致用"学派说来，江苏比湖南更像母地。这一现象说明，湖湘文化此时尚未摆脱从属于南方文化中心即江南文化的地位。"经世致用"学说用传统文化的精义研究当时的问题，寻找挽救清王朝颓势的方法，这又表明湖湘文化最初时期以中国文化"正统"自居的特征。

真正使湖湘文化达到高峰的是湘乡人曾国藩。他是一位理学大师，又崇尚"经世"学说，丁忧在籍守制，恰遇"洪杨造反"。激发他出组湘军的原因，一是朝廷危困，二是名教不存。他决心卫道，朝廷让他编练保卫地方的团练，他却编练出卫护王朝圣道的军队。他那著名的《讨粤匪檄》举起了中国传统文化的旗帜，召集了大批倾心于性理之学的湖南士子。通过《讨粤匪檄》，曾国藩不自觉地把"正统的"中国文化的中心搬到了湖南。为什么这个中心不能搬到北方？我们可以看看在文化中心北京城内掌握政治和文化最高权力的人们，赛尚阿、裕诚、文庆、肃顺、穆荫、柏葰、倭仁等等，他们和他们手下的一批人有此等传统文化的素养？北方督抚多为满人，他们何能容得下具有较高传统文化素养的汉人们做此等事？就是咸丰帝，不也是听到了曾国藩以一在籍侍郎振臂一呼连战获捷的谗言后，对曾充满疑惧吗？

湘军的特色是"以儒生带乡民"，在这一批湖南的儒生们中，出现了江忠源、胡林翼、曾国藩、左宗棠等军事统帅，以下的督抚等大员可不枚举。江南的士子呢？他们却被太平军扫荡，甚至见利忘"义"投靠了太平军。在商业气息的重染下，江南义人养成了懦弱、奢华的习气，善思辨，好清谈，鄙视官位，放弃了儒生应有的政治责任。在聚饮空谈的郊野上，湖南的桃花源似被搬到了江南。在西方文化的侵袭下，他们又逐渐形成了重财轻"义"，利己而不为"国"的风尚。而湖南的儒生们仍感于"格物、致知、修身、齐家、治国、平天下"的"内圣外王"之道，新土地的拓荒者又使得他们质朴勇为，任侠尚气。对于传统文化的"义"和君王天下的"国"，湖南士绅的责任感似乎要胜于江南。这自然也是湖湘文化与变异中的江南文化之间的差异。湖南比江南更"正统"乎？

值得注意的是，作为名教卫士的曾国藩、左宗棠等人对于西方的态度。对西方的文物制度，曾国藩等人在思想深处是轻视的，而对其器物技艺，又赞叹不已。西方的利器火炮，曾国藩、胡林翼毫不犹豫地加以利用，在湘军创建之初就用之装备水师。后来，曾国藩又提出了"师夷智以造船炮"，并首创近代新式工业——安庆内军械所。左宗棠更是创建了规模可观的福州船政局，并在该局设立了最早的新式学校——船政学堂。从名教卫士到洋务大员，看起来有点滑稽，其实不然。中华文化对外来文化从来不是完全排斥的，施以柔韧而又持久的融合力，包容和消化外来文化，最终使之成为中华文化的组成部分。曾、左的举动也正是如此。他们企图枝节地吸收西方"技艺"，服务并最终归化为中华。但形势不同了，大闸一旦打开，洪水汹涌而入，他们没有看到也没有想到他们这种举动的最后结局。

以中国古代戚继光的营制阵法为本宗的湘军，"屡败屡战"，最后镇压了太平军。湘军半中国，督抚半湘人。湖湘文化也就是在这个时候确立了其在中国的地位。这个时期湖湘文化的实体又是什么呢？

我们可以将其作为中国文化的一种，观其对当时来势甚猛的西方文化的态度并与其他各类文化作一比较。湖湘文化与北方的满洲贵族集团不同，与起源于安徽发迹于苏南的淮军系统不同，与沿海开埠口岸不同。与北方的落后相比，湖湘文化是先进的；与沿海的开放相比，湖湘文化又是保守的。这种又先进又保守的特征，正是近代湖湘文化的基本特点。

湖湘文化的这些基本特点，是由湖南的自然地理和人文地理所造成的。它位于南方的中部，交通不甚便利。由长江侵袭而来的西方文化、沿海文化的潮水，沿江上溯，灌入洞庭湖中的很少。由港粤兴起的风雨，阻遏于粤北山区，进入三湘大地者不多。乡圣乡贤的洋务官僚们最初创建的厂矿学堂皆不在湖南，西洋商品长期难以在湖南行销。解甲归田的湘军将士，带着军功，挟着掠财，在籍购置田产，又做起中小地主来。这群军功地主悔于无功名而不能坐天下，奖掖传统教育，鞭策子弟发奋经书，专走科举之途。王闿运、王先谦、叶德辉被奉为湖南士林领袖。郭嵩焘的命运似乎能说明其症。这位言论激放的洋务名流，在沿海地区受到欢迎和注重，1879年病归回籍后，却为湖南士绅所不齿，谤言四起，家居不宁。曾纪泽回乡的事例又可为之佐证。这位"乡圣"的公子，在洋务上的过多举动，已使他不见容于"乡贤"们。湖湘文化不保守乎？

但是，先进的文化总是容易接受更先进的文化，就如江南文化吸收西方文化最快一样。湖湘文化相对北方文化先进，它在接受沿海文化（西方文化）时，也比北方地区更有表现。甲午战后，陈宝箴抚湘，会同江标、黄遵宪以至梁启超等人，开矿设厂，创办学堂，推行新政，风气急变。陈宝箴等人的举动，并不说明湖湘文化的发展此时已经饱含着一种新精神，相反，陈宝箴实施的此类沿海沿江地区已经不足为奇的项目，在湖南遇到了比沿海沿江地区更大的阻力。但是，陈宝箴的举动在北京地区又似无可能行得通。湖南此期的新政，说明的是沿海文化对湖湘文化的改造，而改造的本身不又说明了湖湘文化仍有其先进一面吗？

就文化意义上讲，从维新到革命，湖南不再扮演中军主帅的角色。维新的思想产生于广东,康有为、梁启超为正副旗手,谭嗣同、唐才常归之于旗下。革命的思想产生于广东,孙中山为旗手,黄兴等一大批湘籍人士归之于旗下。从维新到革命,起决定作用的是沿海文化中的广东文化,而不是湖湘文化。湖湘文化并没有提出维新或革命思想理论。谭嗣同、黄兴等湘系人士的作为,说明了广东文化对湖湘文化的影响。同时,湖湘文化对沿海文化的选择,倾向于广东而不是上海,这里有地缘的因素,更主要的是湖南地区的资本主义经济不发展。而这一因素又决定了,不管沿海文化的影响多大,湖湘文化不可能再进一步,摆脱中国文化的"正统"地位,跻身于沿海文化。由维新到革命是由沿海文化占主导而不是由湖湘文化占主导的说法,并不是否定湖湘文化对湘籍志士的产生所起的作用。质朴健行的习气,在"内圣外王""重义轻利"的激奋下,变成了勇于任事、舍生取义的壮举。沿海的思想,湖南的行动。湖湘文化哺育不出思想家,却造就了一批实干家。从维新到革命,大量的流出来的是湖南人的血。君不见谭嗣同、唐才常、陈天华、宋教仁、蔡锷……前赴后继,视死如归。慷慨悲怆的楚风,自汨罗江畔的屈原之后,一度沉寂。岳麓山上的坟头,悲哉壮哉,激励了千千万万的湖南人的奋起,赢得了万万亿亿的全中国人的仰慕。

  从维新到革命时期的湘籍人士的有力振作,表现出湖湘文化不同于北方的特点。英雄们的壮举,也对湖湘文化进行了深刻的改造。但由曾国藩以来,湖湘文化居于中国文化的"正统"地位并没有发生根本性的变化。理学在湖南长盛不衰,成为中国最后一个堡垒。戊戌之后,大批的湖南人来到沿海地区,放东洋,留西洋,当他们回到湖南之后,无不感受到湖湘文化的保守。他们不是一而再、再而三地呼唤改造湖南,创造新湖南吗?20世纪20年代的《湖南农民运动考察报告》,使人们对湖南社会有着深刻的印象。交通的便利，信息的快捷，使人们更加容易将湖南与沿海相对照。今天的湖南人，未出省门就可以感受到"南风窗"的强劲风力，亟欲思变。这仍是近代湖湘文化留存至今的影响。

三 来自湖南的毛泽东

在20世纪，湖湘文化哺育了一位奇俊之才——毛泽东。以他为中心，围聚着一大批湘籍领袖人物。群星璀璨，难以一一列举。

毛泽东出生在离曾国藩家乡不远的湘潭。自然气候、风土人情两地基本相同。早年的经历，两人亦有相同之处，农民出身，习学湖湘特色的传统文化。青年毛泽东推崇过谭嗣同，但又似更推崇曾国藩。但是，时代变化了，湖湘文化经历了维新和革命改造后已不再是曾国藩时期的那个样子了。

所有的研究者都认为，毛泽东青少年时代的经历，使他对中国的农民、中国的社会、中国的文化有着极其深刻精辟的认识和理解。以农业为主体、稍有一些近代工商业的湖南，正是认识当时中国社会的极好场所，当时整个中国不正是那样么？居于中国传统文化"正统"地位、又稍稍受到沿海（西方）文化冲击的湖湘文化，正是理解当时中国文化的极好模型，当时整个中国的文化也类似于此。湖南就是这么一个地方，它使毛泽东把握住中国的传统，同时又使之对西方不感到陌生。中国的问题完全用西方的方法来办，必然要遭到传统的巨大阻抗；而完全用传统的方法来办，那已落后于时代。两者都是不行的。我们若将湖南与整个中国相比较，就会发现两者是那样协调，湖南不是广东、不是上海，也不是河南、不是陕西，湖南是中国的缩影。从这个意义上讲，湖南是中国的钥匙。一朝识君，终身受用。后来的事实也说明，湖南奠定了他成为伟人的基础。

毛泽东深谙中国传统社会、中国传统文化，但并未为之所缠绕、所倾迷。从湖南社会反映出来的中国社会的巨大灾难，使之追求拯救中国之道。他来到了长沙，来到了北京、上海、广州，很快抛弃了曾国藩，致力于新知，从梁启超到亚当·斯密，从进化论到马克思主义。他曾派送留欧勤工俭学的学生至上海，到了海边时又戛然而止，终未放洋。湖湘文化中健于行的品质，使他没有走上学者的道路，尽管他的才思文笔足以使他成为大家，他要行动，开始了他那"天翻地覆慨而慷"的革命事业。

毛泽东做过宣传工作，也做过学生工作，成绩虽然不小，但也不显著，并不为当时的陈独秀、张国焘等人所重。当他一旦从事农民运动而触动中国传统社会的根基时，他那惊世的天才一下子就显示出来了。

毛泽东明了西方文化。但是，他那西学知识的积累要逊色于传统文化的根基。对西学，他并不如当时陈独秀、瞿秋白、王明或者那一大批留洋人士。对旧学，胜过于他的人，当时已多到无法列举。毛泽东的厉害之处，就是将两者结合起来，而且结合的方式又是那样的特殊，他用西方文化（主要是马克思主义）来改造传统，用改造了的传统来反对传统以及新的敌人。在他的手中，农民革命、武装割据等等古老的中国传统，一下子又变成了新的东西，且运用手法之娴熟，达到了炉火纯青的境界。他率领了一批旧时代的人——农民，取得了新时代的胜利。毛泽东的胜利，向人们展示了，不了解中国的传统，就不能战胜中国的传统。湖湘文化在个中的作用是绝不能低估的。

历史让曾国藩与毛泽东扮演了相似而又相反的角色。1853年，曾国藩从长沙带出了一支湘军，运用中国古代的营制阵法，由湘而鄂而赣而皖而苏，镇压了传统王朝的传统敌人——太平天国。

1927年，毛泽东从长沙带出了一支工农革命军，大量运用中国传统的战法，从湘赣闽至陕甘宁至北中国至除台湾以外的中国大地，打倒了封建主义、帝国主义、官僚资本主义。他们都率领农民，他们都利用传统，但他们两人的位置恰好相反。前者是用传统的精义来维护传统；后者用改造了的传统去打击传统，招招式式，果然击中要害。前者是卫道士，由上而下；后者是叛逆者，由下而上。中国近代的历史，是湖南人胜利的历史。1864年天京陷落，1949年攻占南京，在虎踞龙蟠的石头城上，两个来自湖南中部皆以"湘"字开头地方的巨人，在两个世纪中各自创造了最大的胜利。毫无疑问，这是两类不同性质的巨人，这是两类不同性质的胜利，后者比前者更伟大。笔者将他们并列在一起，并不是想将他们不加区别地故意搅混，他们之间的区别、对立，已有成百上千的人说了成千上万的话，可不必再说；笔者的目的是为了指出站在他们背后的随着时代变化的湖湘文化。

刊于《湖南师范大学社会科学学报》1989年第1期

龚自珍和他的时代

一 家世、生平与才华

在19世纪上半纪,龚自珍无疑是当时中国最杰出的人士。从其家族的谱系来看,完全是官僚与学者结合的完美产物。祖父龚敬身、父亲龚丽正皆为进士出身,分别放过云南迤南道和江苏苏松太道的缺,叔祖父龚守正,更是官至礼部尚书;他的外祖父是清朝著名的学者、《说文解字注》的作者段玉裁,母亲段驯,能诗工画。他的元妻段美贞亦是段玉裁的孙女。成长于这么一个家庭背景中的龚自珍,精于经史,中过进士,做过礼部主事的官。从其人生起步来看,他于仕、学两途似皆可为,或从龚氏先祖,在仕途上谋显达,或从其外祖父,在学术上扬声名。进据退守,都没有什么问题。

脱出其家庭背景,放眼于社会环境,龚自珍生活的乾、嘉、道三朝,"圣朝"的威风依然,而内中的矛盾已经不可调和。今天的人们从历史的结局很容易看出清朝在当时已经衰落;但生活在其中的人们,尤其是感受到康、雍、乾"盛世"风光的人们,不会也不愿将当时已经出现的局部性地区性的问题,当作朝运的根本来思考，他们依旧歌颂赞扬，缩小甚至无视问题的存在。个别极富现实精神的官僚士子，也仅仅把各种问题（如漕运、河工，吏治，武备，冗员）单个排列，谋求单个解决，而不知问题的总合却是要害所在。分项治理，皆无功而返。

龚自珍是个很敏锐的人。他当过小京官，明了上层政治的运作；又随父久居地方衙署，了解民间百姓的生活；且身为文人，与士子们交游甚多，对知识界思想的感受则是更进一层。就是这样，从上到下，从政经到文化，使他有了一个个结实可靠的观察角，因而得出了与众不同的结论：此时的清朝已经是"文类治世、名类治世、声音笑貌类治世"的"衰世"，相、史、将、士、民、工、商皆为"无才"，甚至连小偷和强盗都"无才"。人才的匮乏，正是"文""名""声音笑貌"百般"戳之"的结局。他呼喊："起视其世，乱亦不远矣。"[1]

龚自珍的这种振聋发聩的呼喊，以及他在一些政论文中对清王朝的激越批评，虽醒目于当时，却不见重于当局，并没有成为清王朝自行改革的助力。但他的议论和对"公羊"学说的探究，却给了当时和后来一部分士子学人以思想的拨动和启迪，使他在倡导经世致用学说时成为众所共认的摇旗呐喊的有力人士。由此，一些士子学人从书斋转向社会，由宋、汉之学转向经世致用，开启了知识界风气的转变。

龚自珍对时政的批评，使他退出了龚氏世代的官宦仕途，而他名士气质的洒脱，也不太合乎当时的官员形象；龚自珍对宋、汉之学的指责，又使他未能退入段氏的治学门径，尽管他在这方面的才学功力，已经得到当时很有分量的承认。社会环境使他背离了家庭背景。以当时的社会价值观念来衡量，他的这种举动无

---

[1]《乙丙之际箸议第九》，《龚自珍全集》，上海人民出版社，1975年，第6—7页。

异于"颓唐"。而恰恰是这种"颓唐",使龚自珍的名声和社会对他的思想评价高于他的祖辈们,而成为今日学术界所推重且不断研究的人物之一。

二 传统意识下的危机感

如果从今天的角度来看,清王朝当时已经遇到了双重的危机:一是传统的王朝危机,即兴废、治乱、继绝;一是西方殖民主义及其近代化的政、经、文化对中国的冲击。从历史变革的最后结局来看,龚自珍所处的时代最基本的特征是后者而不是前者,尽管前者所显露出的痕迹远远多于后者。

从思想体系而言,龚自珍仍是传统之中的人。他从传统之学中切身感受而体会到的清王朝即将面临的"乱世",仅仅是传统的王朝危机。从他去世十多年后发生的以太平天国为主的全国内乱来看,不能不赞叹他的先见之明。这种机敏,还可以举他的《西域置行省议》为证。这篇完成于1820年(嘉庆二十五年)的文章,提出以优厚条件迁内地之民实边,改新疆为行省。就在这一年,南疆爆发了长达8年的张格尔之乱。若联系到同治初年开始的包括阿古柏在内的全疆战乱和1884年(光绪十年)的新疆建省,龚自珍的预见性可谓高明。然而,这一切似乎都是传统之学中的应有之义,看不出多少时代的新精神。

在龚自珍的文献中,论及西方殖民主义的只有两篇,一是与《西域置行省议》同时完成的《罢东南番舶议》,一是鸦片战争前的《送钦差大臣候官林公序》。前文已佚,仅在龚氏自刻本《定庵文集》中存目。文章的内容今已不可得知,但从标题来看,似乎是要求停止中外贸易。这一种推测,我们又可以从后一篇文章中得到证实。

道光年间的烟毒泛滥,引起了清王朝内部正直人士的警觉。道光十八年(1838),林则徐奉旨进京,被派为钦差大臣,前往广东查禁鸦片。龚、林这两位交往已久的朋友,在京有过一次晤谈,龚并当面表示愿随林南下,参予禁烟。[1]《送钦差大臣候官林公序》,正是林临行时龚的赠文。在这篇文章中,龚自珍提出了十项建策——三项"决定义"、三项"旁义"、三项"答难义"、一项"归墟义"。

"决定义"是指应当决而断之不可游移的决策,其分别为:一、严禁白银外流;二、吸烟贩烟造烟者皆诛;三、宜带重兵自随。"旁义"是指应该连带一并解决的问题,其分别为:一、杜绝呢羽、钟表、玻璃、燕窝等奢侈品的进口;二、限期令外国人全部离开澳门,仅留"春馆"一所,供外国商人来船交易时栖止,交易结束即随船离去;三、讲求火器,并从广州带能工巧匠以修整军器。"答难义"是用来对付各种非难的方法,其分别为:一、用禹、箕子的食第一,货第二的言论,说明禁银出海时期减少对外贸易更为有利,以对答儒生利用汉朝刘陶关于食、货旧议论的非难;二、以对外贸易之大利在于米,其余皆为末,国家断不恃海关税收的论点,以对答海关官吏关于禁止呢羽等奢侈品进口必将减少关税的非难;三、以仅仅驱逐外国人,并将不逞外国人和奸民正典刑,而不予之海上交战的做法,以对答迂诞书生所谓宽大为怀、不启边衅的非难。"归墟义"是指总结论,龚

---

[1] 龚自珍的要求后来被林则徐婉拒,一些论者谓林的举动是对龚的保护,免其落难。我认为并非如此。林当时并没有看出禁烟的危险结局,仍充满信心。我还认为,林是一个讲求实际的政治家,与龚的名士风度不同,他可以与龚成为好友,但很难与龚成为配合密切的同事;林又是一个谨慎的人,重用这位好友,须专折请旨,又恐引起台谏"结党"的非议。而龚请求南下,除了禁烟的主张外,又隐隐露出在京不得意而图南下谋发展之意。

自珍称:"我与公约,期公以两期期年,使中国十八行省银价平,物力实,人心定,而后归报我皇上。"[1]

龚自珍的这篇文章,是其唯一较系统地涉及中国与西方关系的论著,因而值得细细究察。综观他的十项建策,不难得到以下印象:一、坚决的禁烟决心。这表现在决定义的第一、二项。白银外流,烟毒害民,这是任何一位未坠入鸦片贿赂陷阱的正直士大夫都会痛心疾首的,龚自珍正是其中的一员。他主张用激烈手段力断恶流。但是,他也同当时其他人士一样,没有看出鸦片在中、英、印三角贸易中的作用和地位,把障碍仅看为国内"黠滑"官僚、幕客和商人,因而把问题看得过于简单,认为两整年("两期期年")即可"银价平,物力实,人心定"。实际上,他还没有看出鸦片的背后站着强大的敌手——英吉利。二、没有意识到禁烟会引起大规模的战争,也无准备大规模的武力抵抗。一些论者引用其决定义第三项、旁义第三项,即劝林多带重兵讲求火器,来说明龚已有用武力抵抗侵略的思想。这其实是误解。龚自珍因为不明林则徐禁烟的具体做法,以为林会远离广州城,以文臣孤身进驻"夷勒"澳门,故建议"重兵自随",以防不逞之外国人和奸民的破坏。讲求火器也是针对此事。而在"答难义"第三项中,龚还明白声言,"至于用兵,不比陆路之用兵,此驱之,非剿之也;此守海口,防我境,不许其入,非与彼战于海……非有大兵阵之原野之事",因而不可能"开边衅"。也就是说,直至此时,他仍没有感受到西方的威胁,也没有发出这方面的警报,他的用兵规模,大抵相当于今日反走私的警察行动,只不过当时的清朝还没有警察。三、保守的封闭思想。《罢东南番舶议》的内容虽不可得知——若从题目来看是要求停止外洋船只

---

[1] 《龚自珍全集》,第171页。

的来华贸易，但从这篇文章可知，龚自珍是轻视对外贸易的，至少要求缩小对外贸易的规模。由于当时广东、福建两省产米不足食用，需进口洋米来调剂，龚在此文宣称，"夫中国与夷人互市，大利在利其米，此外皆末也。"西方"所重者"，皆中国"不急之物""宜皆杜之。"[1] 由此反映出来的龚自珍的政经思想，仍是传统的自给自足的重农主义。这一点，我们又可以从他另一篇最能反映其理想社会模式的论文《农宗》中，得到最清晰不过的证明。[2]

以武力的、经济的、政治的、文化的以"夷"变夏为基本标志的新时代，即将冲面而来，而龚自珍等社会精英们尚无认识。从这个意义上讲，龚自珍没有理解他所处在的时代。

龚自珍不是一个政论家，他并未提出改革中国的完整方案。然其枝节零散地提出的改革措施中，无不可看出中国传统的背景，并无新时代的气息。龚自珍只是一个思想家，他的才气思辨显露在他对社会的批判之中，但这种批判仍是用中国传统之是，来非当时的中国社会，有着人人皆可感受到的浓郁的复古主义味道。在儒、道、法、释糅合羼杂且以儒家为主的龚自珍思想中，他的理想社会，仍是三代之类的境界，仍未脱离中国传统的窠臼。他所倡导的经世致用之学，力图用中国传统的思想和方法来解决当时社会中的传统类型的问题，一开始就与时代要求不相合拍。这一点，我们已经看到的历史结局足以证明：清王朝在后来的实践中平定以太平天国为主的全国内乱，可以认定为经世致用之学的巨大成功，但对付来自海上的西方列强，却战无不败。

---

[1] 《龚自珍全集》，第169—171页。
[2] 同上书，第48—55页。

三　社会精英与时代要求的差距

　　从当时的社会来讲，龚自珍是站在最前列的人；从当时的时代来讲，龚自珍又落到时代的后面。这种又先进又落后的特点，突出地表示了中国社会的落后性，突出地表现了中国的社会精英与时代要求的差距。这种特征又部分地决定了近代中国的命运。从这个意义上讲，龚自珍尚不明自己所处的时代，只是他个人的悲剧，而中国社会尤其是社会精英中，无人觉察到中国面临的时代，那就成了整个中国的悲剧。

　　尽管人们常用预见性作为衡量思想家的标准，但是，当时中国无人预见新时代的到来，又恰恰说明此类预见之难。在传统文化的氛围中，没有新的思想资料和新的思路，要对另一种陌生的文明的未来趋势做出判断，无论怎么说也是难以办到的。人们因此而对龚氏及其同辈人并不苛求，予以原谅，表现出一种历史的理解精神。但是，我们又须指出，在这种理解的背后，又存在着多么沉重的历史遗憾。对龚氏一人而言，缺乏另一种文明的思想资料而感到陌生，或许有着客观条件的限制，但是，对数以万计的中国士子而言，没有收集此类资料而加以分析或供他人分析，是无论如何也不应当认为是正常的。海通二三百年后，中国士大夫阶层仍然如此无知，正说明了他们的病症。

　　龚自珍于鸦片战争的第二年去世，没有看到战争的结局和历史的归处。设或天假以寿，他的思想会否有大的变化？人们常常以他同时代的魏源为例，说明经世致用思想之必然归途。

　　魏源是龚氏的好友，除亲身的交往外又别有心交。以魏氏为例，应当说是恰当的。

　　人们常用魏氏撰刻于鸦片战争以后的《海国图志》在中国和日本的不同遭遇，来说明中日两国不同的发展道路，来说明《海国图志》所具有的先进品质和历史功能。必须承认，在当时的中国社会中，能否呼喊出学习"蛮夷"的口号，不管它本身是多么有局限性，无疑是历史的一大进步。但是，日本社会对《海国图志》的接受，得力于它的"兰学"传统，得力于它正处于社会变动的大转机之中，得力于它的众多优秀思想家对外来危机及西方知识的敏感……没有这些条件，仅仅是《海国图志》这一部著作，在日本不会兴起比中国更大的风浪。而且，在日本的变法维新过程中，正如几十年后即洋务、维新时期清朝重新认识《海国图志》的价值那样，这部著作的发挥作用时间和作用力，都是极为有限的。这也恰恰说明魏源思想的功效有限。

如果从19世纪后半纪的历史来看，不难得出结论，经世致用是通往社会变革思想的一个中介，就同龚自珍是处在中国社会和时代要求两者之间的中介那样。我们也不难得出另一个结论，许多反对改革的保守主张也来自经世致用，而并非直接源于宋、汉之学。进步与保守的差别，不在于是否要求改变现状，而是用什么去改变，即用西方的方法还是中国传统的方法。如果我们从这一点去考察经世致用学说的根本实质，很显然，它所倡导的仍然是后者，它并没有导向社会变革学说之必然。

因此，我们绝不应否定龚自珍才学品识之优长，也绝不能低估龚自珍身上的时代局限，因为只强调前者而不认识后者，就无法说明中国近代的历史为何如此曲折，多灾多难。今天，许多社会科学家们只强调前者而回避后者，使得更多的非研究者误以为：在19世纪上半纪，中国已经有了正确的思想文化，已经有了正确的领路人。中国社会的矛盾，只不过是腐败的统治者压制已经正确把握中国命运的先进中国人。似乎只要龚、魏等人当政或他们的主张被当局全盘接受，中国当时所面临的难题就可以迎刃化解。实际上，如果这一说法能够成立，也等于说，中国的传统方法就可以救中国，西方的方法则是没有必要的。这种推论无疑是不准确也不可靠的，但在许多人身上，包括我本人十多年前初习近代史时，又实实在在地产生过。毫无疑问，在许多社会科学家的内心中，非为不晓得龚自珍等人的时代局限，但对龚氏等人的偏爱和"善善""恶恶"的思维模式，有意或无意地缩小了龚氏等人的局限，也就极容易导出上述推论。

同样，我们仅仅用时代局限来贬斥龚自珍和经世致用学说，中国社会就会变得一片黑暗混沌，也是缺乏历史感的表现，也就不能寻觅出中国近代思想的艰难起步，19世纪后半纪的社会改革思想就成了无源之水。在中国近代思想文化发展史中，不能否认其起点很低，以致到今天都不能说臻于完备，但正是因为有了这么一个起点，我们才有了后来缓慢且不充分的进步。

由此而知，在龚自珍身上集先进与落后于一体。他是中国传统思想向近代发展的一个最初步的中介，一个不可缺少的中介。

刊于《社会科学》（上海）1993年第1期

清末帝王教科书
——中国第一历史档案馆收藏的各类《讲义》

一 《讲义》的产生背景与收藏情况

在北京的中国第一历史档案馆中，收藏一批《讲义》。其篇名为《四书讲义》《书经讲义》《庭训格言讲义》《通鉴讲义》《国朝掌故讲义》《西史讲义》《通鉴纪事本末讲义》《贞观政要讲义》《陆贽文集讲义》《经世文编讲义》《大清律讲义》《大清律例讲义》《西洋通史讲义》《日本明治维新讲义》《外交讲义》《宪法讲义》《军学讲义》等，计十七种，约一千余件。[1] 这些讲义的绝大多数无上呈年、

---

[1] 此类《讲义》可能因原存放地点不一，而在整理时编入不同的卷宗。我已看到的为，《宫中杂件》（旧整）：第205包"《书经讲义》87件"，第206包"《经世文编讲义》87件"，第207包"《宪法讲义》70件"，第208包"《通鉴讲义》159件"，第209包"《通鉴讲义》84件"，第210包"《国朝掌故讲义》113件"，第211包"《国朝掌故讲义》136件"，第212包"《庭训格言讲义》58件"，第213包"《大清律讲义》46件"，第214包"《贞观政要讲义》65件"，第215包"《陆贽文集讲义》65件"，第216包"《军学讲义》91件"，第217包"《四书讲义》57件"，第218包"《外交讲义》19件"，第219包"《日本明治维新讲义》90件"，第220包"《西史讲义》86件"，第221包"《西洋通史讲义》59件"，第225包"《杂项讲义》100件"；《宫中杂件》（原三号楼）：第30包之一"《国朝掌故讲义》3件"、之二"《通鉴纪事本末讲义》3件"、之三"《大清律讲义》1件"、之四"《军学讲义》2件"、之五"《经世文编讲义》1件"、之六"《西洋通史讲义》3件"、之七（转下页）

月、日,个别具年、月、日。从内容分析,当属清朝末年。

为此查阅军机处《随手登记档》,得到以下提示,1907年11月20日(光绪三十三年十月十五日),该档记:"大学士孙家鼐等折:一、谨拟进讲事宜恭候钦定由;单一、四条。"由此而再查到孙家鼐等人的原折,内容为:

> 臣孙家鼐、荣庆、陆润庠、张英麟、唐景崇、宝熙、朱益藩跪奏:为拟进讲事宜、恭候钦定、仰祈圣鉴事。窃臣等奉命轮班进讲,经军机大臣传知,恭讲《四书》《书经》《庭训格言》《御批历代通鉴辑览》《国朝掌故》并及《各国政略》,每日分班伺候各等语。伏惟圣学高深,实非臣等能仰赞,乃蒙刍荛下采,何敢不敬谨将事。谨拟进讲事宜四条,缮具清单,恭呈御览。伏乞皇太后、皇上圣鉴,训示遵行。谨奏。光绪三十三年十月十五日。[1]

该折所附的《清单》,因慈禧太后"留览"而另存于他处,现亦

(接上页)"《贞观政要讲义》1件"、之八"《陆贽文集讲义》1件"、之九"《通鉴讲义》3件",第86包之一"《庭训格言讲义》1件"、之二"《国朝掌故讲义》1件"、之三"《西史讲义》1件"、之四"《通鉴讲义》1件",第307包"朱益藩等恭拟讲义4件",第494包"沈林一恭拟《宪法讲义》10件";《军机处杂件》簿册,第164盒,"《讲义档》三册"。以上标题与件数皆录其档案目录。我在翻阅过程中发现,《宫中杂件》(旧整)其标题与件数与实存有出入,其第225包中相当一部分文件与此次进呈《讲义》无涉。清末此次进呈的《讲义》,大部分为白宣纸,书写格式如奏折;小部分纸质较差,印有红色竖行框线。据孙家鼐等所上《清单》,讲义"缮写两分",分呈皇太后、皇上。现存两种不同形式,不知是否即为此因。为本文述说方便,我将前者称为正本,后者称为副本。《军机处杂件》所藏《讲义档》是一抄录的簿册,封皮上标明"册三",收录"四月初一日"至"六月二十九日"所呈讲义(据其内容当属光绪三十四年),则是另一供军机大臣查考的副本。我工作记录为正本1125件,副本160件,稿本5件;其收藏情况与档案目录不同。各讲义的具体件数及收藏情况详见后注。

1 军机处录副奏折,档号:02—5746—021;缩微号:432—0560。

检出，其内容为：

> 一、拟臣等七人，分作三班。臣孙家鼐、臣荣庆、臣陆润庠为头班，讲《四书》《书经》；臣张英麟、臣朱益藩为二班，讲《庭训格言》《御批历代通鉴辑览》；臣唐景崇、臣宝熙为三班，讲《国朝掌故》及《各国政略》。
>
> 一、拟第一日，头班进讲《四书》；第二日，二班进讲《庭训格言》；第三日，三班进讲《国朝掌故》；第四日，头班进讲《书经》；第五日，二班进讲《御批历代通鉴》；第六日，三班进讲《各国政略》。此后照此类推。
>
> 一、拟每日将所讲之书，综其大义，择其精语恭拟《讲义》一篇，缮写两分，先一日进呈皇太后、皇上御览。
>
> 一、拟进讲之日，讲员进殿叩礼，并讲案前恭讲。讲毕再行一叩礼。退。[1]

以上孙家鼐等人的奏折及其所附《清单》，清廷的最终处理意见，军机处《上谕档》当日录有一道交片谕旨：

> 交大学士孙家鼐等。本日贵大学士等奏谨拟进讲事宜开单呈览折，奉旨："知道了。单，留览。著于二十五日进讲。钦此。"相应传知贵大学士等钦遵可也。此交。

从清代档案一般形成、保管情况来看，这是一个相当完整的记录，正折、附件与谕旨皆保存完好。然而，此次进讲的起因为何？孙家鼐等人的奏折仅称"臣等奉命轮班进讲"，何时因何事而"奉

---

1 大学士孙家鼐等：《恭拟进讲事宜清单一件》，光绪三十三年十月十五日，《宫中杂件》（旧整）第 205 包。

命",没有细说。孙家鼐为人做事均极为谨慎,似无可能由其主动倡议,《上谕档》及其他档册中未见相关谕旨下达;我们不妨作如下猜测:11月15日(阴历十月初十日)为慈禧太后六十三岁(虚龄)生日,从军机处《随手登记档》及《上谕档》中可见,在其生日前后,政务颇减,很可能是慈禧太后在其祝寿的某一场合,面谕孙家鼐。而进讲的内容,从上引奏折可知,是由军机大臣传知孙家鼐等人的,基本上仍是围绕着中国传统文化及清朝历史,但时代的变化,毕竟也开出一条缝隙,羼入了《各国政略》的新章。这似乎也显示了进入"新政"时期的清廷之有趣变化。

由此可知这一批《讲义》最初的由来及其当时进讲的方式。进讲的大臣,都是当时的重臣:孙家鼐时任武英殿大学士兼翰林院掌院学士,曾任光绪帝的师傅;荣庆时任协办大学士、学部尚书兼翰林院掌院学士;陆润庠时任吏部尚书,后也成为大学士,并任宣统帝的师傅;张英麟原任吏部侍郎,时署理都御史,后真除;唐景崇时任吏部侍郎,后任学部尚书;宝熙时任内阁学士,后任学部侍郎;朱益藩时任大学堂总监督,后任宗人府丞、副都御史,并任宣统帝的师傅。这批人都是两榜进士、翰林出身,孙家鼐、荣庆曾任管理大学堂事务大臣,陆润庠、张英麟、宝熙曾任国子监祭酒。

从收藏的《讲义》来看,1907年11月30日(光绪三十三年十月二十五日),进讲一事如期举行,并依照孙家鼐所上的清单依次进行。但到了12月5日,本应进讲《各国政略》,却未能如期进行,当日进讲的仍是《国朝掌故》。[1] 至12月10日,负责此项进讲的唐景崇、宝熙上了一道《恭拟西史讲义叙例》,先

---

[1] 《国朝掌故讲义》即为清朝历史,讲述康熙等名君的功绩。该讲义的正本和副本分存于《宫中杂件》(旧整)第210包和225包。

以"大禹手创"《山海经》、"成周设官职方氏"为证，表明"古初之世，其环拱神州而与我为邻者，大率无政无教文化未开之部族耳，而圣王犹不敢不矜矜垂注"，又以康熙帝召南怀仁入内廷，表明"圣谟闳远，固已不出户庭而知天下"在为自己找到了护具之后，唐氏等人才开明主旨：

> 今裨瀛沟通万方，合会欧美列邦，虽云僻远而梯航辐辏，浸成牙错机张之势，且其政治、艺学效著富强，又颇足为我所取资，是彼土外史之籍，固亦当世得失之林也。
>
> 我皇上圣不自圣，躬勤典学，臣等忻逢其盛，窃以为宜远师古意，上法圣祖（康熙帝），经、史、掌故而外，兼及各国史事，用通万方之略而闳无外之规。[1]

在该《叙例》之后，又附有《拟编西史讲义目录》，详于下：

> 新航路之发明
> 新大陆之发现
> 各国排抵罗马教皇
> 各国改革宗教之变乱
> 各国平均势力之发端
> 日耳曼皇查理第五之霸业

---

[1] 唐景崇、宝熙恭拟：《西史讲义叙例》，光绪三十三年十一月初六日，《宫中杂件》（旧整）第220包。在该《叙例》中，唐氏等人还说明了其重视"近世"的理由，以及讲述方式与材料来源："区分时期为西国史家特识。上古、中古虽可藉以考厥原始，而代远年湮，究属陈迹。兹谨拟专取近世历史之有关系者，敬为讲述，以陈时变。""事有本末，故史有纲目，此中外史家所同也。兹谨拟事之简者，但总揭大纲之事之繁者，于大纲之后并分细目，依次编述，以期赅括。""各国史志未有官书。东西迻译之籍虽多，亦甚芜杂。惟当博采慎择，编纂成篇，其不经之事，无稽之论，悉从删除。"

尼特兰之独立

法皇路易十四之霸业

英吉利之内乱

俄皇彼得之雄略

俄之经营西伯利亚（上、中、下）

普鲁士之勃兴（上、下）

美利坚立国（上、下）

法兰西内乱（上、下）

俄、普、奥之分波兰（上、下）

法皇拿破仑之霸业　拿破仑三世附（上、中、下）

维也纳会议（上、下）

德意志之统一

意大利之统一

巴黎条约

普、奥战争

美利坚南北战争

普、法战争

俄、土战争

柏林条约

法、英之谋埃及

各国之分非洲

英女皇维多利亚之经营印度

英国殖民地制度

英国宪政之沿革

德国联邦之制度

美国政策之变迁

各国最近势力之趋注

各国文化之发达[1]

由此可知，唐氏等人准备进讲的，是地理大发现之后欧美等国的政治、外交、殖民与国际关系史。这是清朝上层最需要的外部知识。由于是《西史讲义》，也就没有同为清朝上层最需要获知的日本历史。从档案中未看到慈禧太后、光绪帝对此有何表示。第二天，12月11日，唐景崇、宝熙上呈了第一件《西史讲义》。

由于没有更多的史料，我还不清楚当时为慈禧太后、光绪帝进讲的具体情节，但现存的《讲义》可以说明，进讲一事进行得非常顺利。11月30日起，至12月21日，从未间断。12月23日（十一月十九日）进行祀天大典，于是22、23、24三天未进讲，25日起又继续进行。1908年1月12日（光绪三十三年十二月初九日）可能是当年的最后一讲，由孙家鼐等人讲《书经》，然后放了一个年假。1908年2月23日（光绪三十四年正月二十二日），又重新开始进讲，由张英麟等讲《通鉴》。[2]

现存的《军机处杂件》中有一簿册《讲义档·册三》，抄录光绪三十四年（1908）四月至六月的讲义。其中四月初二、初三、初四日（5月1、2、3日）中空，然后又是该月十四日、十五日、十六日、十七日（5月12、13、14、15日）中空，皆未说明具体理由。六月注明两条："二十五、六日停讲""二十八日停讲"。[3]这几次停讲的理由十分明显，六月二十八日（7月26日）是光绪

---

1 唐景崇、宝熙恭拟：《西史讲义目录》，光绪三十三年十一月初六日，《官中杂件》（旧整）第220包。
2 现收藏的讲义中，有一副本相当完整，从光绪三十三年十月二十五日到十一月二十四日，中间仅少十一月十八日至二十日，见《宫中杂件》（旧整）第225包。查《上谕档》十一月十八日祀天。年假的判断也是根据现存讲义的。
3 《军机处杂件·簿册》第164盒。

帝的生日。如此算来，三个月中，仅缺讲十天，可见慈禧太后、光绪帝对此事相当关注。

然而，此时光绪帝与慈禧太后的身体都非常不好，离他们的生命尽头已经不远。1908年6月9日（光绪三十四年五月十一日）进呈的《庭训格言讲义》上注明"只呈未讲"。[1]不知是否从此改变了进讲的形式，即只是进呈《讲义》而不再入宫当面进讲。从6月19日（五月二十一日）起，《讲义》改为每五日进呈五篇，由黄色封条封为一小包，而今在档案馆中，这些封条大多至今尚未拆开，说明慈禧太后与光绪帝都没有去看。很可能精心结撰这些《讲义》的大臣们自己都知道这些讲义不再会有人看了，他们都是了解慈禧太后、光绪帝病情的高官。特别巧合的是，1908年11月8日（光绪三十四年十月十五日），孙家鼐等人一改常态，不是进呈五篇，而是进呈了七篇，如此恰至11月15日（十月二十二日）。而14日（二十一日）光绪帝去世，15日（二十二日）慈禧太后去世。[2]

从1907年11月30日（光绪三十三年十月二十五日）开始进讲，至1908年11月15日（光绪三十四年十月二十二日）慈禧太后去世，档案中现存《讲义》的撰拟人与件数为：《四书讲义》，孙家鼐、荣庆、陆润庠撰拟，正本46件，副本15件；《庭训格言讲义》，张英麟、朱益藩撰拟，正本47件，副本15件；

---

[1] 《宫中杂件》（旧整）第212包。
[2] 黄色封条日期为，光绪三十四年五月二十一日、二十六日、六月初一日、初六日、十一日、十六日、二十一日、七月初五日、初十日、十五日、二十日、二十五日、三十日、八月初五日、初十日、十五日、二十日、二十五日、二十九日、九月初五日、初十日、十五日、二十日、二十五日、十月初五日、十五日。见《宫中杂件》（旧整）第205包、第208包、第210包（已拆开）、第211包（已拆开）、第212包、第217包、第220包。据档案保存情况来看，部分封条的拆开，极可能是整理者所为。又，八月二十九日"进呈四篇"，因该月只有29天。从此时起，所进呈的讲义不具日期。

《国朝掌故讲义》，唐景崇、宝熙撰拟，正本48件，副本17件；《书经讲义》，孙家鼐、荣庆、陆润庠撰拟，正本43件，副本21件；《通鉴讲义》，张英麟、朱益藩撰拟，正本48件，副本18件，稿本5件；《西史讲义》，唐景崇、宝熙撰拟，正本39件，副本15件。[1]

根据慈禧太后生前的安排，光绪帝去世后，由年仅三岁的溥仪继位，即宣统帝，由溥仪的生父载沣（光绪帝载湉的弟弟）任监国摄政王，主持政务。1909年3月8日（宣统元年二月十七日），即慈禧太后、光绪帝去世半年之后，军机处《上谕档》记：

> 进呈经、史、国朝掌故、各国历史讲义，著仍派荣庆、陆润庠、张英麟、唐景崇、宝熙、朱益藩，添派熙彦、乔树枏、刘廷琛、吴士鉴、周自齐、劳乃宣、赵炳麟、谭学衡、

---

[1] 《四书讲义》收藏情况为：《宫中杂件》（旧整）第217包正本28件，副本9件；第205包正本5件；第208包正本4件；第210包正本1件；第211包正本4件；第212包正本1件；第220包正本3件；第225包副本6件。《庭训格言讲义》收藏情况为：《宫中杂件》（旧整）第212包正本28件，副本9件；第205包正本5件；第208包正本4件；第210包正本2件；第211包正本3件；第217包正本4件；第225包副本6件；《宫中杂件》（原三号楼）第86包正本1件。《国朝掌故讲义》收藏情况为：《宫中杂件》（旧整）第210包正本7件，副本5件；第211包正本22件，副本5件；第205包正本5件；第208包正本4件；第212包正本5件；第220包正本4件；第225包副本7件；《宫中杂件》（原三号楼）第86包正本1件。《书经讲义》收藏情况为：《宫中杂件》（旧整）第205包正本30件，副本11件；第208包副本1件；第210包正本3件；第211包正本1件；第212包正本5件；第217包正本4件；第220包正本4件；第225包副本9件。《通鉴讲义》收藏情况为：《宫中杂件》（旧整）第208包正本27件；第205包正本5件；第209包副本11件；第210包正本1件；第211包正本1件；第212包正本5件；第217包正本3件；第220包正本4件；第221包正本1件；第225包副本7件，稿本5件；《宫中杂件》（原三号楼）第86包正本1件。《西史讲义》收藏情况为：《宫中杂件》（旧整）第220包正本20件，副本12件；第205包正本1件；第208包正本4件；第210包正本1件；第211包正本3件；第212包正本5件；第217包正本4件；第225包副本3件；《宫中杂件》（原三号楼）第86包正本1件。

轮班撰拟，并著孙家鼐、张之洞总司核定进呈。[1]

荣庆等人，是当年的进讲班底，仅孙家鼐未列入，可能是因其年高多病；熙彦等人，是一批新进人士，是由军机处开出名单，让摄政王圈定。根据这一记录，还不能得知此事的起因；很可能是摄政王载沣在宫内发现了以往的《讲义》，遂下有此旨，亦有可能是先前的进讲大臣向载沣进言所致。

十天后，3月18日（二月二十七日），军机处《随手登记档》记"孙家鼐等折：一、谨拟进呈讲义事宜由；单一、书目"。由此再查到孙家鼐等人的奏折，该折称：

> 臣孙家鼐等跪奏为谨拟进呈讲义事宜、恭候钦定、仰祈圣鉴事。本年二月十七日钦奉谕旨，呈进经、史、国朝掌故、各国历史讲义……（谕旨内容同上）窃维帝王之学，与儒生不同，惟在明其大义，见诸施行，不必沾沾于章句之末。臣等学识浅薄，何足以抑赞高深。猥荷圣恩，不遗菲菲，敢不恪恭将事，殚竭愚忱。谨公同商酌，核拟进呈讲义事宜五条，恭呈御览。是否有当，伏皇上圣鉴训示。谨奏。宣统元年二月二十七日。臣孙家鼐、臣张之洞、臣荣庆、臣陆润庠、臣张英麟、臣唐景崇、臣宝熙、臣朱益藩、臣熙彦、臣乔树枏、臣刘廷琛、臣吴士鉴、臣周自齐、臣劳乃宣、臣赵炳麟、臣谭学衡。[2]

---

1 当日军机处《上谕档》抄录"拟添撰《讲义》员名单"："农工商部左侍郎熙彦、学部左丞乔树枏、大学堂总监督刘廷琛、翰林院侍读学士吴士鉴、外务部右参议周自齐、大理院民科推承王式通、四品京堂劳乃宣、掌京畿道监察御史赵炳麟、翰林院编修郭立山、学部员外郎陈曾寿、海军部副使谭学衡"，被摄政王选中者名前有朱圈。又，当日军机处《随手登记档》亦有两条记载，一是上引谕旨，二是"递添撰拟讲义员名单。朱圈发下，随事交进"。
2 《军机处档折件》，编号：175871，台北故宫博物院文献资料馆藏。

在该折所附的《清单》中,孙家鼐等人将《讲义》内容分为四大类"经、史、国朝掌故、外国历史",每一类又分为若干细目:

经类
　　四书
　　大学衍义附　　　　　以上臣荣庆撰拟讲义
　　尚书　　　　　　　　臣陆润庠撰拟讲义
　　周礼　　　　　　　　臣吴士鉴撰拟讲义
　　左传　　　　　　　　臣张英麟撰拟讲义
　　御纂朱子全书附　　　臣乔树枏撰拟讲义
史类
　　通鉴宋元明纪事本末　臣朱益藩撰拟讲义
　　贞观政要
　　陆宣公奏议　　　　　以上臣刘廷琛撰拟讲义
国朝掌故类
　　列朝圣训
　　列朝御制诗文集
　　御制几暇格物篇
　　御制日知荟说
　　东华录　　　　　　　以上臣唐景崇撰拟讲义
　　皇朝经世文编　　　　臣熙彦撰拟讲义
　　钦定皇朝文献通考
　　国朝先正事略　　　　以上臣赵炳麟撰拟讲义
　　大清律例　　　　　　臣乔树枏撰拟讲义
各国历史类
　　万国史纲目
　　西洋通史

日本维新史

日本明治维新小史　　以上臣宝熙撰拟讲义

各国立约始末记

今世外交史

国际公法　　　　　　以上臣周自齐撰拟讲义

比较宪法

宪法篇

日本宪法说明书

日本宪法义解　　　　以上臣劳乃宣撰拟讲义

军学　　　　　　　　臣谭学衡撰拟讲义

据孙家鼐等人的清单，经、史、国朝掌故、外国历史各细目，应各酌定书籍，讲义只是该书精义的"阐发"。由于资料不全，该书目、版本及是否进呈的情况不明。[1]孙家鼐等人的《清单》还详细说明了具体方式：

一、拟臣荣庆等十四人，分作七班。臣荣庆、臣乔树枏为头班；臣陆润庠、臣刘廷琛为二班；臣张英麟、臣吴士鉴为三班；臣唐景崇、臣周自齐为四班；臣宝熙、臣劳乃宣为五班；臣朱益藩、臣赵炳麟为六班；臣熙彦、臣谭学衡为七班。按日轮流，撰拟讲义进呈。周而复始。

一、各员撰拟讲义稿，先送臣孙家鼐、臣张之洞核定，

---

[1] 孙家鼐等人在《清单》中称："经、史、国朝掌故、外国历史四类，每类酌定书籍数种，于书中择其精要，并参考他书，阐发敷陈，撰为讲义，缮录进呈。其本书原文简者，全录；繁者，节录，或注明本书门类篇目，或注明本书卷数页数，以备检阅。""以上开列各书，拟各以一部进呈，嗣后择其精要适用之书，仍当随时续进。其各国历史类之军学一门，现译成书，较少完备之本，应采西籍，分门编为讲义。"（出处见第127页注1）

>按日进呈，值班之员届期呈递膳牌伺候。

孙家鼐等人的设计，依旧是上年的老方法，以老臣带新进，讲义分班联名上呈。由于3月8日的谕旨并未提到进讲一事，他仍小心翼翼地提出，"届期呈递膳牌伺候"，表示可以随时入宫内进讲。摄政王载沣在《清单》上的朱圈也十分有意思：在"经类"仅圈出一目，即"四书"；其余各类中，目目皆圈，甚至在"国朝掌故类"上也画了朱圈。这一选择明显表露出载沣渴求新知的政治倾向。[1] 同日，军机处《上谕档》又记：

>军机大臣钦奉谕旨：孙家鼐等奏谨拟《讲义》开单呈览一折，著照圈出各书，另行分认，撰拟《讲义》，于闰二月初一日起进呈。钦此。

该谕旨明确指出，不必举行进讲，且撰拟《讲义》各位官员还应重新安排类目。监国摄政王毕竟是代行君权，让昔日同为大臣的高官来当面进讲，很可能还有点顾忌吧。

由于此时进呈的《讲义》皆未具进呈日期，从档案中还看不出具体的时间及上呈的规律。1909年3月25日（宣统元年闰二月初四日），军机处《上谕档》中有一条记载：

>内阁奉上谕：昨日吴士鉴所进《西洋通史讲义》，尚属可观。嗣后进讲诸臣，务当于各书中有关一切新政、宪法之处，详慎采择，剀切敷陈，俾有益于朕殷殷求治变法维新之

---

[1] 孙家鼐等：《拟进呈讲义事宜五条》，宣统元年二月二十七日，原件藏中国第一历史档案馆，藏号为《宫中杂件》（原三号楼）第307包；抄件藏台北故宫博物院，藏号为《军机处档折件》，编号：175871。

至意，断不可摭拾空言谬论，无补时艰为要。

这一谕旨完全公开了载沣的政治态度。

监国摄政王载沣此时从后海北沿的醇王府搬到紫禁城东华门内三所居住，以就近办公。虽说已在宫中，但与皇帝的寝宫毕竟为两地，清朝原有的档案制度不能不有所变化，很可能由此原因，使此期的《讲义》收藏不如光绪末年那样齐全，一些《讲义》很可能没有能及时归档。从收藏情况来看，各类《讲义》的撰拟大臣与件数如下：《四书讲义》，荣庆拟，正本2件。《通鉴讲义》，张英麟拟，正本98件，副本12件。《通鉴纪事本末讲义》，朱益藩拟，正本75件，副本9件。《贞观政要讲义》，刘廷琛拟，正本61件，副本6件。《陆贽文集讲义》，陆润庠拟，正本61件，副本7件。《国朝掌故讲义》，唐景崇拟，正本76件，副本7件；赵炳麟拟，正本52件，副本5件；乔树枏拟，正本40件，副本6件。《经世文编讲义》，熙彦拟，正本78件，副本7件。《大清律讲义》，乔树枏拟，正本15件，副本4件。《大清律例讲义》，乔树枏拟，正本26件，副本1件。《西洋通史讲义》，吴士鉴拟，正本86件，副本7件。《外交讲义》，周自齐拟，正本21件。《宪法讲义》，劳乃宣拟，正本60件；沈林一拟，正本20件，副本3件；李家驹拟，正本2件，副本1件。《军学讲义》，谭学衡拟，正本71件，副本9件。《日本明治维新讲义》，大约为90件。[1] 很明显，《讲义》的篇名与撰拟大臣较之

---

[1] 《四书讲义》收藏情况为：《宫中杂件》（旧整）第217包正本2件。《通鉴讲义》收藏情况为：《宫中杂件》（旧整）第208包正本95件，副本7件；第209包副本5件；《宫中杂件》（原三号楼）第30包正本3件。《通鉴纪事本末讲义》收藏情况为：《宫中杂件》（旧整）第208包正本23件；第209包正本47件，副本8件；第216包副本1件，《宫中杂件》（原三号楼）第30包正本3件；第307包正本2件。《贞观政要讲义》收藏情况为：《宫中杂件》（旧整）第214包正本59件，（转下页）

前引孙家鼐的清单有着不小的变化。陆润庠原拟《尚书讲义》，此时改为《陆贽文集讲义》，张英麟原拟《左传讲义》，此时改为《通鉴讲义》。原来的国朝掌故类，除《经世文编》《大清律》《大清律例》外，其余合为《国朝掌故讲义》，由唐景崇、赵炳麟、乔树枏三人负责。原《万国史纲目》《西洋通史》合为《西洋通史讲义》，原《日本维新史》《日本明治维新小史》合为《日本明治维新讲义》，原《各国立约始末记》《今世外交史》《国际公法》合为《外交讲义》，原《比较宪法》《宪法篇》《日本宪法说明书》《日本宪法义解》合为《宪法讲义》。原来的分班联名上呈方式，也改为个人单衔上呈。

  由于进呈讲义的时间比较长，一些官员的职位有所变动。1910年7月7日（宣统二年六月初一日），撰拟《宪法讲义》的

（接上页）副本6件；第213包正本1件；《宫中杂件》（原三号楼）第30包正本1件。《陆贽文集讲义》收藏情况为：《宫中杂件》（旧整）第215包正本58件，副本6件；第213包正本1件；第221包正本1件；第225包副本1件；《宫中杂件》（原三号楼）第30包正本1件。《国朝掌故讲义》收藏情况为：《宫中杂件》（旧整）第210包唐景崇拟正本15件，副本1件，赵炳麟拟正本10件，乔树枏拟正本10件；第211包唐拟正本16件，副本4件，赵拟正本1件，副本1件，乔拟正本8件，副本3件；第213包唐拟正本42件，副本2件，赵拟正本41件，副本3件，乔拟正本22件，副本3件；第216包赵拟副本1件；《宫中杂件》（原三号楼）第30包唐拟正本3件。《经世文编讲义》收藏情况为：《宫中杂件》（旧整）第206包正本77件，副本7件；《宫中杂件》（原三号楼）第30包正本1件。《大清律讲义》收藏情况为：《宫中杂件》（旧整）第213包正本13件，副本3件；第208包正本1件；第215包副本1件；《宫中杂件》（原三号楼）第30包正本1件。《大清律例讲义》，见《宫中杂件》（旧整）第213包。《西洋通史讲义》收藏情况为：《宫中杂件》（旧整）第221包正本55件；第220包正本26件，副本7件；第208包正本1件；第215包正本1件；《宫中杂件》（原三号楼）第30包正本2件；第307包正本1件。《外交讲义》见《宫中杂件》（旧整）第218包。《宪法讲义》收藏情况为：《宫中杂件》（旧整）第207包劳拟正本60件，沈拟正本10件，副本3件，李拟正本2件，副本1件；《宫中杂件》（原三号楼）第484包沈拟正本10件。《军学讲义》收藏情况为：《宫中杂件》（旧整）第216包正本68件，副本9件；第206包正本1件；《宫中杂件》（原三号楼）第30包正本2件。又，据档案目录，《宫中杂件》（旧整）第219包，应收《明治维新讲义》90件，我于1998年曾调出，但未细看。1999年，我再去调档，该档无法调出，不知何因。该包讲义件数及是否混杂，尚不可知。

四品候补京堂、宪政编查馆参议劳乃宣补江宁提学使,载沣选择二品衔山西备用道、宪政编查馆统计局局长沈林一接替。1911年3月13日(宣统三年二月十三日),沈林一补广西桂平梧盐法道,载沣又选择学部侍郎、宪政编查馆提调李家驹接替。[1] 根据谕旨须负责"总司核定"的孙家鼐、张之洞,从现存档案中找不到其具体的作用,且张之洞于1909年10月4日(宣统元年八月二十一日)去世,孙家鼐亦于同年11月29日(十月十七日)去世,去世前两人皆多次给假。

在撰拟《讲义》的大臣中,荣庆可能是最为孤寂的。监国摄政王载沣的态度明显表现出对经学毫无兴趣。现收藏的《四书讲义》仅2件,这当然不是实际上呈的数目,但其数量少却是必然的。据荣庆本人日记,他于1909年9月12日(宣统元年七月二十八日)召见时,"承谕缓进讲义,俟大痊再进,即诣御座叩谢",像是摆脱了一项苦差使。[2] 而先后由劳乃宣、沈林一、李家驹撰拟进呈的《宪法讲义》,很可能是数量最多的之一。现存虽82件,但讲义背后皆注明次数,其中李家驹的两件正本分别注明"第一百十五次""第一百十六次",数量很可能是最多的。

1909年(宣统元年)开始的进呈《讲义》的活动,大体进行到清亡。虽说1911年11月1日(宣统三年九月十一日)清廷已

---

1 《上谕档》宣统二年六月初一日、六月初五日,宣统三年二月十三日、二月十四日。劳乃宣为四品候补京堂、沈林一为二品衔山西备用道,在当时仕途拥挤的情况下能够补上实缺,相当不易,这似与他们撰拟讲义有关。在清末官场纷争中,许多官员被裁,而参加撰拟讲义者无一被裁,却多有升迁,候补官也能补实缺,颇为引人注目。这也从侧面说明了载沣对所进《讲义》的态度。沈林一在军机处提供的三人清单上,排在达寿、刘若曾之后,反被朱圈,尚属异数。李家驹时任学部侍郎,后任资政院副总裁。又,谕旨中"著派沈林一(或李家驹)与原派撰拟讲义各员,轮班撰拟进呈"中"轮班"二字也值得注意,可能是指撰拟各员虽以个人名义上呈,但上呈的时间是有规律的。
2 谢兴尧整理:《荣庆日记》,西北大学出版社,1986年,第153页。

命袁世凯组成责任内阁，监国摄政王载沣基本上退出政治舞台，但进呈《讲义》的活动仍没有停止。1911年11月18日（宣统三年九月二十八日），袁世凯内阁的学部大臣唐景崇上奏，称言：

> ……天步艰难，政务愈繁，责任益重，竭蹶国维，犹虞陨越斯，断不能如从容无事时可以殚精覃思，编辑《讲义》。所有进讲一差，实难分身兼顾。拟恳天恩，俯准开去进呈《讲义》差使……[1]

唐景崇见情势有变，主动请辞。从现存《讲义》的形式来看，其正本虽并无时间，但副本上有上呈人的官衔与月、日。《经世文编讲义》有一副本的名衔为"署农工商部大臣、农工商部副大臣熙拟"，日期为"十月初四日"。案：上呈人熙彦在袁世凯内阁方任此职，该《讲义》进呈时间当为宣统三年十月初四日（1911年11月24日）。《通鉴纪事本末讲义》有五个副本的名衔为"都察院副都御史朱拟"，时间为"九月初三日""九月十七日""九月二十五日""十月初三日""十月十一日"。案：上呈人朱益藩于宣统三年六月十六日方由宗人府丞升任副都御史，该《讲义》最后上呈的时间即可确定，即宣统三年十月十一日（1911年12月1日）。[2] 几天后，12月6日（十月十六日），监国摄政王载沣受袁世凯之逼，被迫"退归藩邸，不再预政"。

---

[1] 军机处录副奏折，档号：03—7476—45；缩微号：555—2777。

[2] 类似的情况还有一些。如张英麟所上《通鉴讲义》、唐景崇和乔树枏所上《国朝掌故讲义》之副本日期有闰六月者，当属宣统三年，因为仅此年有闰六月。李家驹所上《宪法讲义》之副本有署"资政院副总裁"者，亦为宣统三年，因为李氏此年方任此职。

二 周自齐与他的《外交讲义》

宣统年间进呈的讲义，与光绪末年最大的不同，在于注重新学与实学，这当然与监国摄政王载沣的政治取向有关。而在这些讲义中，我个人最感兴趣的是周自齐所撰《外交讲义》。

周自齐，字子廙，祖籍山东单县，生于1871年。其曾祖父周鸣銮，曾任广东雷琼道；祖父周毓桂，曾任广东雷州知府；父周镐秀，广东候补巡检。因其父早卒，从伯父周少棠居住于广州。少年入广州同文馆，绩优，由两广总督张之洞以翻译生保送京师同文馆。应京兆试，援泰西科学为经义之证，被诧为异才，中副榜。总理衙门大臣张荫桓荐其于新任驻美公使伍廷芳，遂于1896年赴美，充书记官等职。1902年，伍廷芳奉召回国，周自齐短期出任驻古巴总领事，次年再任驻美参赞，为继任驻美公使梁诚的助手。1907年，梁诚奉召回国，周自齐任代办。[1] 1908年，周自齐回国，署理外务部右参议。此后的一年中，他在外务部丞、参议上迁转，一有空缺，便得晋升。[2]

1909年3月8日（宣统元年二月十七日），军机处呈进"添派撰拟讲义员名单"，周自齐列名其中，被载沣圈中。3月18日，孙家鼐等人上奏的"清单"上，周负责三种：《各国立约始末记》

---

[1] 周自齐虽有多种小传存世，但对其早年经历，众说不一。此处从柯劭忞：《勋二位国务总理周公墓志铭》，见卞孝萱等编：《辛亥人物碑传集》，北京：团结出版社，1991年，第324页。其任古巴总领事及驻美代办，见故宫博物院明清档案部、福建师范大学历史系合编：《清季中外使领年表》，中华书局，1985年，第23、87页。

[2] 据《上谕档》，光绪三十四年六月二十四日，周自齐署理外务部右参议；十二月十七日，署理左参议；宣统元年元月初三日，授右参议，仍署理左参议；三月二十七日，补左参议；五月初二日，候补三、四品京堂；六月二十八日，署理右丞；七月二十四日，署理左丞。至此时，周自齐的官、衔是候补三、四品京堂、署外务部左丞、外务部左参议。

《今世外交史》《国际公法》，而他实际撰拟的只有一种，即《外交讲义》，但以上三方面的内容却包含其中。

中国第一历史档案馆所藏《外交讲义》，以我所见者，共21件，其篇名为：

一、"各国立约始末"
二、"江宁条约"
三、"咸丰八年与英国订立条约五十六款附专条一款"
四、"光绪二年与英国会议条约三端十六节、专条一款"
五、"光绪十六年与英国议定烟台条约续增专条六款"
六、"光绪十六年与英国会议印藏条约八款，十九年藏印条约接议九款、续议三款，三十二年续订藏印条约六款、附列英藏条约十款"上
七、"光绪十六年与英国会议印藏条约八款，十九年藏印条约接议九款、续议三款，三十二年续订藏印条约六款、附列英藏条约十款"下
八、"光绪十一年与法兰西国会订越南条约十款"上
九、"光绪十一年与法兰西国会订越南条约十款"下
十、"美利坚国立约始末"上
十一、"美利坚国立约始末"中
十二、"美利坚国立约始末"中之下
十三、"美利坚国立约始末"下
十四、"与日本国立约始末"上
十五、"与日本国立约始末"上之下
十六、"与日本国立约始末"中之上
十七、"与日本国立约始末"中之下
十八、"与日本国立约始末"下之上

十九、"与日本国立约始末"下之下

二十、"葡萄牙国立约始末"上

二十一、"葡萄牙国立约始末"中

从内容来看，是清朝自鸦片战争之后与各国的外交史，叙述以条约签订和条款分析为主线。这在当时是一个大难题。在清末进呈的各类《讲义》中，周自齐的《外交讲义》件数最少；从篇名及内容来看，他并没有写完。[1] 造成这一结果的原因，很可能是丁忧。查军机处《随手登记档》，1909年9月26日（宣统元年八月十三日）记："朱批外务部折：一、代奏周自齐请假省亲由；'赏假一个月'。"10月10日（八月二十七日）又记："朱批外务部片：一、请将丁忧左参议周自齐留部，在丞、参上行走等由，'依议'。"[2] 据此可知，他已照例解职，虽说获准"留部"，但继续上呈《讲义》，已不合官规。他的工作已转向游美学务处。[3] 由此算来，从3月下旬进呈讲义到10月初丁忧去职，在半年多的时间里进呈21件，相较于他人，数量并不为少。

周自齐的《外交讲义》，以具体的条约内容来探讨清朝的外

---

1 据《外交讲义·各国立约始末》，周称："立约定国，凡十有九，曰英吉利，曰法兰西，曰俄罗斯，曰美利坚，曰德意志，曰瑞典、挪威（挪威原隶瑞典，合为一国。近年宣布独立，迎德国藩侯为君），曰丹马，曰荷兰，曰日斯巴尼亚，曰比利时，曰意大利，曰奥斯马加，曰葡萄牙，曰日本，曰秘鲁，曰巴西，曰韩国，曰墨西哥，曰刚果。所定条约章程，大小七十余案。"由此计之，十九国之条约，所写者仅为五国，就大国而言，尚有俄罗斯、德意志等国，就条约件数而言，距"七十余案"尚远。今虽不能确定周拟写之大纲，但未写完则十分明显。

2 又据《上谕档》，同日曹汝霖接替周自齐的职位。

3 宣统元年五月，外务部、学部奏准设立"游美学务处"，是年八月初一日，周自齐呈报外务部、学部"学务处"开办情况，附单上名衔为"（学务处）总办、外务部署左丞兼学部丞上行走"。（《清华大学史料选编》，清华大学出版社，1991年，第1卷，第115—118页）周任总办及学部丞参上行走具体时间不详。"游美学务处"，即为清华学校之前身。

交失败，其主旨极为突出，即争取有朝一日仿效日本，与列强改订条约。他称道："日本初通西国，订约受亏，正与我同。维新以来，引为深耻，君臣上下，锐意图强，一战胜俄，群雄抗席，始能尽翻前案，改缔新约"，"我国及今图之，取则不远"。[1] 周自齐认为，就总体而言，历次条约有待"改定"者为以下五项：

一、"以商民优待只有半面之文章，利益均沾遂贻列强以口实"

周自齐在论1858年（咸丰八年）与英国所定条约（即《中英天津条约》）时称："利益均沾者，即所谓最惠国条款也。各国交谊亲密，原许互订条约，彼此各赠相当之益，然皆两面行之。无一独受其惠者。公法分为有偿件之最惠国条款、无偿件之最惠国条款两项，苟无偿件，则我所许英国者，他国皆得而援请也。"周氏此语当属对"片面最惠国条款"的反思，但并未言及此条款的由来。此一条款最初见于1843年（道光二十三年）的《中英虎门条约》，此后的《中美望厦条约》与《中法黄埔条约》皆有规定。由于中英、中法、中美三国《天津条约》订立后，虎门、望厦、黄埔条约地位发生很大的变化。周氏似不知有前三个条约的存在，故从《中英天津条约》谈起，以为是受英国挟制而定，仅指出其不合国际公法。若其知当时订约大臣因不知国际惯例而早已拱手相让，更不知有何感慨。[2]

二、"传教本是慈善之事，乃阑入国交"

周自齐同样在论及1858年《中英天津条约》时谈到："任便传教一节，本不必列入约章。将来民智大开，国势日盛，将耶

---

[1] 以下引文除注明外，皆引自周自齐《外交讲义》。
[2] 周自齐称："额尔金开送约稿五十六款"，"桂良等驳论磋商，卒无成效，遂如英人所本，一字不易，议定签押。"（《咸丰八年与英国订立条约五十六款附专条一款》）

稣、天主等教,与回教、佛教、红、黄诸教,编入民籍,受我约束,则民、教之界可以消融矣。"此语中"不必列入约章",当属据国际公法;但其将教民"编入民籍,受我约束",却尚不得要领,这似乎表明,当时清朝政府在内部政策中已将教民区别于非教民,可以不受约束。周氏在论及《中法条约》时还特别指出,教案是"法国交涉与别国不同之要端"。[1]

三、"税则为内政所关,彼竟强为规定"

对协定关税一事,周自齐极为不满。他认为此事起因于1842年(道光二十二年)《江宁(南京)条约》。该条约第二款中文本规定:英国领事"令英人案照下条开叙之例,清楚交纳货税钞饷等费";而周氏发现英文本译成汉语当为:英国领事"督率英人依例完纳此后议定之中国政府正税及别项费用"。该条约第十款中文本规定:"应纳进口出口货税饷费,均宜秉公议定则例,由部颁发晓示。"而英文本的原意为:"颁行公平一定之进出口税及饷费之则例,正式公布,俾众周知。"对此,周氏评论道:

> 国家征税,所以保护本国之土产,而制定本国之经用也。(见美国高能:《财政原理》)征税之通例有二:一曰国定税,以本国主权自定之。(各国相同)一曰协定税,以两国主权结约定之数。(欧美各国间有行者)然必须互相酬报,两无遗憾。如甲国允乙国某货之税,乙国亦允减轻甲国某货

---

[1] 周自齐认为,早期"教皇势力正昌,国中教育之权,咸在寺院之手,故僧徒神父大都绩学好修之士。东来诸彦,如南怀仁、利玛窦、汤若望,皆彼中铮铮者也。十九世纪以来,教宗渐衰,学术隳敝。来华教士,无赖居多。往往挟势力,兹生事端。华人之信教者,尤复推波助澜,因缘为幻。地方官吏,误解条约,曲为庇护,遂使气焰日张,酿成事变。彼(法国)之政府则利用时机,以为操纵交涉工具。以此之故,民教界限,益不能融,遇事要求,变本加厉。如近年之南昌教案,其尤彰著者也。"(《光绪十一年与法兰西国会订越南条约十款》上)这是一种颇有意思的见解。

之税是也。若以税权授人，附入条约，则主权固失，而国用亦为牵制耳。

周氏认为，该条约第二款英文本中"此后议定"一语，系"故作含混两可之词，以为要求会定之地"，而第十款中文本中"均宜秉公议定则例"一语，更是"授人以柄，铸成大错"。根据史实，周氏的判断虽然有误——协议关税的初次明确规定载于《中美望厦条约》，但他指明清朝官员不知国际惯例而糊涂丧失主权并不为错。他在评价1858年《中英天津条约》时，再一次指出："重订税则，亦非条约应载之事，以其侵主权、碍国用也。"他在评论1873年（同治十二年）《中日修好条规》时提到，日本与西方订约时也有此款，很快发现"平等各国彼此订约，从无此等办法"，极思"改正"。1872年（同治十一年），日本派员与李鸿章谈判，要求取消此款及领事裁判之规定，为李婉拒。周认为，此是一大失误，"倘我国当时慨然应允，彼此互立相等之约。彼日本固得其益，而我未尝不可利用时机，以为改正欧美各约之张本。惜乎未见及此耳"。此属周氏之美好愿望，若对照历史似只能是一厢情愿。

四、"领事兼司裁判，旅侨之约束良难"

领事裁判权又是周自齐极为痛心疾首之事。他在《讲义》中写道："至于领事裁判，实为最损主权之事。自西历一千五百二十八年，土耳其与法兰西订约，许其领事裁判，盖因彼此法律既异，外政之掣肘实多，故令各国领事自理其民也。日本自咸丰四年与英国立约，亦许其领事裁判，嗣因改良法律，已见实效，遂与各国订明，限期五年，将领事裁判撤去。"对于日本的方法，周氏介绍道：一、公布法典，使各国信其法律完善，不能以为口实；二、加入"万国工业财产保护公会"，以示日本保护各国工业专利；三、加入"万国版权公会"，以示日本不私翻别国书籍。对于日本的方法，周氏在《讲义》中多次赞扬，指出应当仿效，并称："我国与各国新立之约，皆有中国律例异日与西国一律，外国即允废除治外法权一款，可以急图挽救矣。"

五、"内港许其航行，小民之生机日蹙"

周自齐对内河航运之无限制开放十分不满，在《讲义》中写道："按照公法，国内河流，可由主国自行封禁，不许外人行驶；即或许其行驶，亦应视为特别恩惠，所有行驶章程、船只式样，均听主国自定。和兰（即荷兰）虎哥氏、俄国马丁氏、美国摩尔氏，皆主此说。近今学说日新，虽指江河为天然利益，不应私为己有，如美国米息息皮江（即密西西比河）、德之莱茵江，皆可公用，然世界未进大同，不得不自为防护。"他指责1890年（光绪十六年）《烟台条约续增专条》有关允外国人使用华式船只上驶重庆的规定，认为是"以限外人者，转而自限，更非所以固国防、励商业矣"。[1] 即如日本神户、横滨诸内港许外人有轮船运送之权，英国于加拿大等处亦间有许外人有转运之利，然皆因其航运业极发达，于本国之利无损，"而所定章程，必严待外人，

---

[1] 先是光绪二年《中英烟台条约》中文本规定："四川重庆府可由英国派员驻寓，查看川省英商事宜。轮船未抵重庆以前，英国商民不得在彼居住，开设行栈。俟轮船能上驶后再行议办。"（王铁崖编：《中外旧约章汇编》，第1册，生活·读书·新知三联书店，1957年，第349页）周自齐认为中文本"字句之间略有含糊"，据英文本另译为："英国政府得任便派官驻在重庆，伺察四川英国商务情形。如无轮船驶至重庆，英国商人不能在该埠居住，或开行，或设栈。俟轮船能上驶该处之时，可斟酌再商办法。"光绪十五六年，英商自造轮船，准备上驶，川省民情汹汹，川督议将英商轮船收购，将该条改为"我有轮船上驶，彼即照办"。经总税务司赫德斡旋，光绪十六年，中英定约："重庆即准作为通商口岸，与各通商口岸无异。英商自宜昌至重庆往来运货，或雇佣华船，或自备华式之船，均听其便。""一俟有中国轮船贩运货物往来重庆时，亦准英国轮船一体驶往该口。"（同上书，第553—554页）周自齐认为，此举混淆了重庆作为自开口岸与其他通商口岸的区别，且限制了中国航运业的进步。

宽待国民，断不许使享同等之益也"。至于1903年（光绪二十九年）《中日通商行船续约》，许日人以轮船进入中国内河及在长江上游设立航行标志和辅助设施之规定，周自齐更是毫不避闪地批评：此为"古今公私国际法所不许，而日本独得于我"；"按公法，河川属于一国者，即准本国之人民能享其航利，日本此举，侵我主权，夺我利益，较欧洲各国在中国通商各口开设航路者，更有甚矣"。

从以上论述中不难看出，周自齐对鸦片战争以来中外签订的不平等条约的认识，与今人已无太大的区别，言论也屡中要害。这反映出他在美国期间已熟悉国与国之间政治、经济交往的惯例，每每以国际公法作为尺度，丈量出己方利益的损失。这与先前主持清朝外交的大吏，已不是程度的差别，而有了性质上的区别，尽管这些认识在当时先进的中国人中，早已谈论多年。但是，作为"改正"的手段，除了清朝正在进行的仿效日本修订法律以谋废除治外法权外，周自齐没有新的方法。这不仅是周本人的困境，也是当时整个中国的困境。

在《外交讲义》中，周自齐对清朝的诸多外交失误也进行了检讨。作为长期驻美的外交官，其感触最深的当为美国排华事件。

根据《中美蒲安臣条约》，中国人可以自由前往美国，在美享有最优国之待遇。[1]时美国开发西部，因华工价廉、习苦且能服

---

[1] 详见《中外旧约章汇编》，第1册，第261—263页。周自齐对蒲安臣及蒲安臣条约评价极高。在《外交讲义》中写道："蒲安臣为人刚正坦易，而娴词令，明法律。恒以中国为守礼之邦，地大物博，必为全球第一强国，愿为中国效力。所上条陈，皆富强之要，切实可行。奉使未竟，赍志以殁，时论皆惜之。盖客卿中如蒲安臣肫诚忠悫者，实不易观，非为利禄来也。""综观此约（指蒲安臣条约），大意重在彼此平均相待，盖以咸丰年间各国订约，皆侧重外人一边，明害暗损，实非浅鲜。得此求弊补偏之作，未尝不可收效桑榆。惜各国未能一律允行耳。"

从，在粤港广为招募。至19世纪70年代，华工在西海岸地区聚居者，约二十余万。美籍爱尔兰人为此运动选举，力倡驱逐华工，工党大为所动，激发矛盾。1880年（光绪六年），美国政府派新任公使安吉立（James B. Angell）与总理衙门谈判限制华工入境。总理衙门恐华工问题累及其他在美华人，遂同意签订条约，允美自立章程，限制华工入境。周自齐对此外交失误，十分痛惜：

> 综观此次立约之原因及其办法，未始非利害兼全、抽薪釜底之计。不知此国之民前往彼国，惟在两国失和之际，或为残废凶犯之类，可以禁止往来，夺其自由权利。若华工者，仅以工勤佣薄，见摈友邦，未免丧失平等之待遇，起各国之轻侮矣。安吉立等于约稿画押之日，报告美外部，有仅与总理衙门大臣会谈数次，遂定此极有关系之约，本非初意所及，时机实为顺遂等语。盖彼固不料我如是之易也。

此约既立，美国排华风潮屡起，华工入境禁例繁密。1894年（光绪二十年），驻美公使杨儒又与美国签订《华工续约》，除已在美之华工外，不准其他华工入境。而该约第二款规定，寓美华工返华回美，"须遵现时之例、或自后所定之例"，领取回美执照；其第三款规定，华工假道美国往他国，"须遵守美国政府随时酌定章程"；其第三款中文本还规定，"此约所定限制章程，专为华工而设，不与官员、传教、学习、贸易、游历诸华人等现时享受来寓美国利益有所妨碍"，而英文本中却无"诸华人等"字样。前两项中"自后所定之例""随时酌定章程"，漫无边际，遂使美国繁章苛例层出不穷，到美华人"受官吏之苛辱，经木屋之羁囚"。周氏对此评论道，"蔑我国体，损我人权，寰球古今，实所未有！"后一项又使"官员"等五项外，一切华人不得入美。"华工禁例，竟施华人之非工者矣！"关于该约第五款，中国认允美国实行华工注册条例，"自是之后，在美华人，无论工商，皆不免官吏之搜查、警役之需索"。周自齐总结美国禁限华工一事，在《讲义》中作长篇评论：

> 盖禁工一事，本非文明举动，苟无成约允认，彼断不肯实行，致贻天下之非笑。况平等之国，彼此相报，更属常事。在彼亦不能不自顾国体。无如禁限华工，我早允愿，而彼国工党势力正涨，大小选举，无不视工人之左右，以决胜负。即有公正明达之总统，亦只能责其非，而不敢公言废例，则积重之难返，而政体之关系也。
>
> 美国禁工之事，滥觞于光绪六年安吉立条约。其始以为禁止工人，无关大局，而不知他项人民亦受牵累，终成国际一大问题也。其始以为订约允禁，操纵由我，而不知盟约甫成，变本加厉，且以为我不重视我民，滥加苛辱也。其始以为美国仅一隅之地，华工仅十余万，即尽行禁绝，永无侨寄，亦属无关生计。而不知美国禁约一成，英属之新金山、加拿大，法属之西贡，荷兰属之爪哇等处，闻风响应，接踵施禁。以茫茫之天壤，华侨几难托足，其有关国体民生，岂浅鲜哉！[1]

也正是出于这种感受，周自齐在驻美参赞任上，协助公使梁诚进

---

[1] 周自齐对此"国体民生"问题，也作了解释，"旅居美国等处华侨，每月每人可得工赀自四五十金元起至六七十金元止。每年销用中国食物衣服等货，所值数千万元，汇还中国者，约数千万元。闽粤诸省所资为周转者，皆此华工赀所入也。"他还建议："是宜于未曾禁工诸国，如巴西、秘鲁、墨西哥等处，速筹办法，广遣华工出洋。一则使内地游民有所依倚，为销纳无赖之计；一则使外洋赀财收入中国，为培植民财也。皆所谓殖民要政也。"

行新一轮的华工条约谈判,最后谈判破裂,梁诚宣布中国政府决将前约作废,不再另订新约!从此美国对华工的迫害全失条约依据,其禁限华工的政策虽未改变,但其峻烈的手法稍有和缓。

1887年(光绪十三年)《中葡条约》,周自齐认为是一重大外交失误。葡萄牙于明代租借澳门,每年纳租。道光末年起拒交地租,然清朝并不承认其地位变化。1862年(同治元年),中葡订约,其中夹入承认葡萄牙据有澳门的内容,次年换约时为清总理衙门发现,要求更改,被葡方所拒,随即废议。1868年(同治七年),总理衙门将前约修改,议以澳门仍归中国专辖,偿葡以建筑炮台修治道路费用,与葡方商议,并无结果。1884年(光绪十年),中法战争爆发,葡方宣布其为无约之国,可不受战时中立公法的限制,以为要挟。1886年(光绪十二年),中英订立《鸦片税厘并征专条》,派员与香港政府商议具体办法。英人提出澳门如不担负缉私之责,香港亦难效协同防范之劳。总理衙门与总税务司赫德(Robert Hart)商议办法,拟定草约,承认澳门及其属地永归葡萄牙居住管理,葡不得将澳门让于别国;葡萄牙承允在澳门襄助鸦片征税事宜,由税务司金登干(James Duncan Campbell)在葡萄牙首都与葡方签订。对此,周氏在《讲义》中写道:

> 查订立此约之本意,原为征收鸦片税厘,得葡国之协助起见。不知古今之道,先有土地而后有货财。以澳门租借四百余年,葡人当强盛之时,尚不能逞占据之计。我以百余万之岁饷,举手而奉让之,未免得不偿失。
>
> 鸦片来华,虽在澳门亦有分厂熬膏,仍以香港为直接转运之枢纽。与当时所称,非香港、澳门合力襄助势不能成者,其事实迥不相同,则非原约用意之所及料矣。

至于"澳门及其属地"一语，周氏更是指出，"以含糊两可之词，订南山不易之约，彼益肆贪心，显行侵越。"

周自齐对中法战争期间的清朝外交也提出了批评。他在《讲义》中叙述道，法国觊觎越南，由来已久。1874年（同治十三年），法越订立《西贡条约》，割地予法，认明越南国王有自主之权（即否认与清朝的宗藩关系），一切政治皆由法国襄助保护。1882年（光绪八年），法国渝盟，北袭河内四省，越南国王遣臣赍表向清朝告急。此时法国使节至天津，清朝声明同治十三年条约不合公法，不能承认。法国初亦有意转圜，允将越南划分南北，北境归中国保护，南境归法国保护，然分界之事相持未决。未久，法军攻入越南首都顺化，法方尽翻前议，仅以保护在越华侨、勘定中越边界为善后之计。磋商数月，仍无头绪。光绪十年，法军继续北上，并由海上扰及台、闽，直至光绪十一年，法军在谅山战败，始与清朝签订和约。此后划分边界，中方又吃亏甚多。周氏在叙述了此一段历史后，检讨道：

>越事初起，如一面正式责诘法国，一面遣兵入越实行保护，以保全藩属维持大局布告天下，法人虽横，未尝不稍有戒心。否则径如其请，将越南划分两段，各任保守，亦足存藩邦之宗祀，固滇粤之屏障。再不然，则于界务争执之际，邀请友邦秉公处断，亦当不至尽弃膏腴、自割要塞也。

周氏的历史叙述并不精准，检讨也有一厢情愿之嫌，但他所批评的清朝在外交上毫无主动，步步失机，却是击中要害。

上海的"承审公堂"也是周自齐在《外交讲义》中检讨的外交失误。1886年（光绪二年）《中英烟台条约》第二端，允英国派出"按察司等员"，在上海设立"承审公堂"，审办英国民人；

中国亦在上海设立"会审衙门",办理中外交涉事件。周氏认为,此举完全错误:

> 谨案此节即本领事裁判权而推衍出之者也。领事裁判权者,言甲国人民寓居乙国,一切诉讼不从乙国法律,而由甲国驻乙国领事裁判也。咸丰八年英国条约,中国既许英国有领事裁判权,则只能认领事之裁判,不能于领事之外,更让他官。况承审公堂(即初级审判权也),除本国外,惟属地及被保护国有之。上海租界由中国租赁而得,仅许其居留界内,非许其享有地土。无论租赁之法如何,其土地主权,仍属中国,其土地名分,仍隶中国主权之下。美国惠顿氏《万国公法》曰:此国之法律可行彼之疆内者,盖因两国相约而然,其权如何,必由和约章程而定。又曰:领事断案,重者传证录供,送至本国,并解人犯,以待本国法院审断。此固领事裁判之权限也。英国乃借口领事裁判而在上海设审堂、派按察,不特侵我主权,抑且显违条约。

由于这一恶例,美国后也以"利益均沾"为由,在上海设立"承审公堂"。对此,周氏提出:"我国法律改良,施行有日,应首先要求英国,将此承审公堂裁撤。一面通告各国,定期收回治外法权。"

在《外交讲义》中,周自齐还指出了清朝其他众多外交失误,唯一的例外是,他赞扬了清朝在西藏问题上正确的处理方法。

英国觊觎西藏,由来甚久。1888年(光绪十四年),西藏兵入哲木雄,为英兵所败。[1]英军乘势直抵藏界,意图深入。总理

---

[1] 哲木雄,又称哲孟雄,今锡金,本藏属,19世纪50年代为英所败,始阴附英,而西藏方面仍未知。现为印度吞并。

衙门与英国公使交涉，派驻藏大臣升泰赴印度，于1890（光绪十六）年与英驻印总督订定藏印条约，划分藏、哲边界。1893年（光绪十九年），清朝与英国官员在大吉岭订立藏印条款，允亚东开埠。此后，俄国与英国在西藏权益上进行争夺。庚子事变后，清朝多难无力，而俄国也因与日本在远东争霸，不及注视藏事，印度政府遂向西藏挑衅，武力进逼。1904年（光绪三十年），英国边务官荣赫鹏（Francis Younghusband）攻占春丕，直入拉萨，达赖先期北遁。荣赫鹏开出条约十款，迫噶尔丹寺长等签押，由印度总督批准，称《英藏条约》。此一未经中央政府授权的条约，隐示西藏非中国之属。该约十款皆用"西藏应允"，绝不提及中国。其中危害最巨者为第九款："西藏应允，以下五端非英国政府先行照允，不得举办：一、西藏土地，无论何外国皆不准让卖、租典、或别样出脱情事；二、西藏一切事宜，无论何外国皆不准干涉；三、无论何外国皆不许派员或派代理人进入藏境；四、无论何项铁路、道路、电线、矿产或别项利权，均不许各外国或隶各外国籍之民人享受，若允此项利权，则应将相抵之利权或相同之利权一律给与英国政府享受；五、西藏各进款，或货物，或金银钱币等类，皆不许给与各外国或籍隶各外国之民抵押拨兑。"[1]周自齐对此评论道："此款于西藏土地权、政治权、交涉权、实业权、财政权，皆包括靡遗，统归掌握。而一则曰'非英国政府照准，不能举办'，再则曰'无论何外国'，是不仅显侵我之主权，直将我固有之主权，移作彼之主权矣。"1905年（光绪三十一年），清朝派唐绍仪与印度总督会谈，要求废除此约，未从，又要求增订四条，声明中国为西藏之主国，英人不得干涉藏

---

[1] 王铁崖编：《中外旧约章汇编》，第2册，生活·读书·新知三联书店，1959年，第345—348页。

事，亦不从。唐绍仪遂将此案提回北京，与英国驻华公使萨道义（Ernest Mason Satow）商办。历经数月，由于英国内阁易人，原任印度总督去位，方于1906年（光绪三十二年），清朝与英方签订《中国续订印藏条约》六款，维护了中国在西藏的主权。周氏在引用英国、日本报界对此的评论后，称言："此后之经营西藏，实不可缓"；"西哲有言曰：'立约之事，可称为外交之效果，亦可称一国之政策'，若印藏历次条约者，固不仅外交之效果已也。"

周自齐在《外交讲义》中还介绍了一些与当时清朝外交有关的外部知识，以供清廷采择，减少本国损失，改善国际地位。

1903年（光绪二十九年），中美签订《通商行船续约》，其第七款规定，条约签订的一年之内，中国自行研究美国及各国矿务章程，择其与中国相宜者，将中国现行矿务章程修改妥定；美国人民凡于此项新章颁行后始准开矿者，均需按新章办理。对此，周自齐解释道，美国开国之初，民贫财乏，遂招引外资，广开矿产，国家得其税收，人民得其工值，财政困难为之一纾。其后国计渐充，人民日裕，即自办公司，不假外力。至20世纪初，本国公司基础甚坚，外国公司亦次第收购，变为世界第一强国。周氏认为，美国政府认为中国情形与美国当年相同，欲用其经验贡献中国。周氏这一认识当属自我的美妙幻觉。美国的用意，与其"门户开放"政策有关，即以其强大的经济、技术实力，击败各国对手，大举进军中国的采矿业。然用国内法来解决当时列强一再强求路矿特权的外交难题，对当时的清朝来说，也不失为一种实际的手段，且对中国的社会进步亦有相当的助力。然清朝当时并未利用此机，颁行对中国有利之采矿新章，各国仍用种种手段谋求势力范围的独占权。周自齐对此写道："查美国外交报告，载有此条，并注释曰：闻有东方某国，素以愚弱中国为政策者，颇不以此条为然。盖中国之幸福，彼国之障碍也。"此处周氏虽未说破，但谁都不会误解，"东方某国"指日本。针对当时中国士绅所持"矿亡国亡"之说，周自齐提出了明定矿务章程、招引美国等外国资本、开采矿产的四大裨益：一、矿产出产有税，销售有税，国用赖以宽裕。二、矿场所在，荒山变成闹市，工人得其工值，土产有流通之处，地方有兴盛之机。三、矿产开发有风险，由外资自办，彼任盈亏之责，我则坐享其成。四、美国素主和平，虽不以商务介入国际交涉，而其议论正，势力雄，美国投资地区，外人不敢生事。最后一项，即为当时惯用的"以夷制夷"之法，想用相对温和的美国牵制咄咄逼人的其他各国。周自齐的结论是，"总之天下两全之事，惟在操纵之得宜，古今无不弊之法，端赖防维之独密。矿章而善，虽全用外人资本，自必有益而无损；矿章不善，虽不用外人之资本，亦必利少而害多。"1895年（光绪二十一年）《中法商务专条》中，清朝许法国在云南、两广地区有路矿特权。周对此丧失权益的规定，极为不平，称言：

  夫路、矿二事，为国家理财、庶民致富之所必需。欧美各国，皆以己国财力有限，无不鼓舞外人，投资开办，然必定有章程，明立限制。从无以边塞险要之区，而听邻国之铁轨公然阑入者；亦无举全省利源所在，而任一国之公司独有专利者。此中消息进退，实为一国政策之机关，不尽在交涉范围之内也。

清朝在国际交往中，经常处于不利状态，其中一个重要原因，就是不会利用国际舆论，以争取各国的理解与支持。周自齐认为，日本于此不遗余力，甚有获益。甲午战争前后，"日本时以保朝防俄种种论说登之报章，告诸各国，而我则始终未将我之理由布告天下,遂使是非颠倒,公理莫申,未始非外交之失算也"。此后日本与朝鲜之交涉,与俄国之交涉,与美国之交涉,与中国东三省之交涉,"无不利用此术,以收胜算"。对此,周氏详加介绍:

> 盖一国之交涉,无不恃他国援助而成。他国之援助,无不由公论而起。报章者,公论之所依托,而是否之所从出也。日本有见于此,故首在东京等处,设西文机关,又在欧美大国,设通信人员。每举一事,必预先将此事之如何有关大局,如何有益前途,反复推陈,以动天下观听。每出一案,必将本国如何理直气壮,他国之如何悖理拂情,深文周纳,以乱天下之耳目。各国得此先入之言,往往暗为援助。加以欧美各大报馆驻日访事(即记者),日本朝野上下咸能极为交欢,曲为联络。报馆以访事为从违。访事一言,大有轻重。

周氏还以当时中日间新奉铁路、延吉界务两事之交涉为例来说明,称当时英国《泰晤士报》"立论颇得持正,诘责日本,不遗余力"。待到该报记者访日时,"朝野欢迎,全国一致。日皇特赐觐见,设宴宫中,赏赉无算。王公大臣争相结纳。外务诸官将中日交涉各案,颠倒是非,点窜事实,供该主笔观览"。从此之后,"该报议论,遂为之一变"。周自齐为此建议,"窃以为我国当此时局艰难,国力薄弱,所可恃者,惟有公理。亟宜筹设西文机关报,分遣干员前往欧美,一如日本办法,未始不可挽回万一也"。

对于清朝在边界划分时多次吃亏,周自齐认为是清朝对地理缺乏足够的研究。为此,他介绍了欧美设立地理学会的一些做法:

> 欧美诸国，皆有地理学会，为士民所公设，受国家之奖励，专以调查本国地理，详勘边界要塞，兼及外国海陆情势。特设奖金以待探险之徒，专制勋章以广游历之举。凡有著书立说，详达内国及外国地理者，必由学会品评，或为刊布，而任界务者益得以资考证。其裨益国事，实非浅鲜。我国边徼诸地，时有外人游历，大都皆学会所派出也。法国未并越南之前，已先派人赴云贵、两广边境调查一切，故画界之时，彼已了如指掌，独占利益。

清朝官吏常常迫于压力，在划界事务上草率行事，致遭领土损失。周亦介绍了国外的情况与做法："界务者，一国领土权之关系也，大抵天然之界易定，而人为之界难决……（美国）北则连英属之坎拿大（即加拿大），其南则接墨西哥国，犬牙相错，山川交杂，经数十年之办争，历数次之会勘，始于近十年来陆续画定，未可急求了结仓卒从事也。"即使遇到界务纠纷，也不妨可"请友邦秉公处断"。"近年南美洲诸国，以国界之案，时有纷争，自归仲裁裁判，无不立息冲突"。

对于日本航运业、造船业的飞速发展，虽与外交相涉较少，周自齐亦用较多的笔墨，予以介绍。1879年（光绪五年），日本建造帆船114只，共载2万余吨，订购外国轮船147艘，共4万余吨。1884年（光绪十年），日本轮船海外航线仅有长崎上海一线，来往轮船7只。1904年（光绪三十年），日本轮船海外航线增至15条，轮船69艘，几与英、德诸国"争雄竞长"。而到1908年（光绪末年），日本共有出海轮船582艘，帆船1324只，"其增进之速，为古今所未有"。为此，周将中国的轮船招商局与日本邮船会社进行了比较：

我国轮船招商局与日本邮船会社同时成立。招商局仅有轮船四十余只,大者只二千余吨。日本邮船会社则有轮船二百余只,大者至二万余吨。招商局船仅在中国沿江沿海地方行驶;而日本邮船则由中国、高丽各口,推至于南洋、新加坡各岛,推至于太平洋各岛、美国西境,推至于欧洲德、意、英、法诸国。我则故步自封,彼则日进不已。岂国家宗旨不同,而公司之力量各异耶?

究其原因,周氏介绍了日本的两项经济政策:补助造船律和补助常航律。"凡民间有开设船坞,能自造航海轮船者,每载重一百吨,由国家给予津贴若干金。如有纠集公司或独立开设常川往来外国航路者,亦按照吨数,由国家补助若干金。约计一年之内,补助航行费七十万元,造船费三十万元。"如此上以此求,下以此应,故能在二三十年间,由区区贫弱之岛国,蔚为世界强国。"无论商战血战,均可操必胜之势"。[1]

清朝自鸦片战争以来的外交失败,当时的中国人已有认识。但因体制上的限制,清政府内部一直未就此失败及其原因进行全面总结,也不敢直言当政者种种无知而铸成的大错。周自齐的《外交讲义》,是统治集团内部所作的第一次全面检讨。作为长期驻美的职业外交官,周对国际知识的了解与掌握,在清政府官员中当属上乘,对国际公法及各国外交史的学习研究亦有心得,故能对清朝外交的种种失败有着较为深刻的反省。

周自齐主张外交需有长期的研究分析,需有全国力量的配

---

[1] 周自齐认为,日本做法与中国古代有相通之处:"春秋,卫文公大布之衣,大帛之冠,通商训农惠工。元年革车三十乘,季年乃三百乘。日本君臣上下,经营实业,创苦励行,亦师卫文公之遗意耳。"又,今人对轮船招商局与日本邮船会社有专门的比较研究,见朱荫贵:《国家干预经济与中日近代化》,东方出版社,1994年。

合，需有短期、中期、长期的不同目标，不然必会陷于或急促决裂或妥协退让的败境，丧失国家之权益，他指出：

> 历年我之对外，于事之未起，则因循偷惰，日冀无事；于事之初起，则推诿支吾，日望息事。而毫无责任者流，又复不计是非，不衡理势，假托权利，横加訾议。至于外人所布署经营者，则熟视而无睹。事变愈亟，责言日甚。当局者固无因应之方，局外者亦乏解免之道，惟有曲为迁就，以图结束。是则可长太息者也。

由于当时日本咄咄逼人的对华政策及周自齐的个人经历，他是一个比较明显的亲美反日派，但对日本的外交手法却多有赞赏。在《外交讲义》中，专设有一篇日本外交史的总结（即《与日本国立约始末》下之下），"试就日本对于中国之手段，借镜返观，不独人之谋我，有线索可寻，即我之自谋，亦有经途之可取矣"。在作详论之后，他总结道：

> 日本外交，固出于平日之预备，而不待临事之张皇者也，固加以远久之眼光，而不计目前之功效也，固合全国之力以经营，而不仅恃一外务省之应付者也。此日本之所以事事占我先着也。

周自齐的外交思想，十分明显地受到美国理想主义外交理念的影响，相信"公法""公理""公论"的作用。且不论这种思想在帝国主义世界中的弱国是否可行果效，却终究影响其对美国外交政策的误解。他在《外交讲义》中写道："美国自道光中叶，东来通好，以至于今六十余年。笃守邦交，维持公道，始终无携贰之念。"对于这一论点,他提出了六项证据。一、"道光二十一年,英人攻入虎门,索偿烟价,美国居间排解,得以和平议结";二、"咸丰七年,英法联兵攻占广东省城,八年,北犯天津,美国皆不应援。"三、"咸丰九年,进京递书,美国恪守北塘登陆之议。"四、"光绪二十年,日韩事起,美国首献调停之策"。五、"庚子拳乱,列国咸蓄异心,美国特以乱民滋事,不关政府,务宜保全大局,毋得藉问生事,布告天下。"六、"日俄开衅,牵涉辽沈,美国承认我之中立,尊重我之主权。"对照历史史实,此六项证据皆不那么可靠。在错误的史事基础上,所谓美国对华政策"公道"的判断,显得根据不足。

周自齐所犯的史实错误,很可能出自两项原因。其一是当时清朝所编的《筹办夷务始末》等外交史料集深藏于宫中,连周氏一类要员都无法看到;其二是中英、中美、中法《天津条约》签订后,原先的《中英虎门条约》《中美望厦条约》《中法黄埔条约》的地位也发生了根本性的改变,不再有适用性。就笔者所见当时出版的若干种英文本中外条约集,此类条约皆未收录。周可能是在没有更多史料的基础上,相信了美方自我标榜的说法。通观《外交讲义》21篇,周氏犯下的史实错误颇多。这也反过来说明,清朝对其外交失败长期未做反省,也未像日本那样,将每一次外交失败都视之为民族的大恨,反复检讨。就连周自齐这样的外交要员,在撰拟进呈最高统治者的《外交讲义》,也不免留下许多遗憾。

三 《讲义》展现的历史及其思想价值

从1907年(光绪三十三年)至1911年(宣统三年),整整五年，清王朝的高层静悄悄地进行着进讲及进呈《讲义》的活动。[1]此一时期，清朝的朝野上下正临于一场大的风暴，清宫也不能平静。

清末进呈的《讲义》，受者仅为三人，即慈禧太后、光绪帝、监国摄政王载沣。如果不考虑政治上失势的光绪帝，那么仅是清末最高统治者慈禧太后和监国摄政王。这些《讲义》是名副其实的帝王教科书。然而，这些教科书的题目，是受者亲自批准的，撰拟人也是受者亲自选定的，这种规定性又在很大程度上决定了这批《讲义》的政治倾向性。参加撰拟《讲义》的官员，皆为清末受到重用或重视的官员，极富政治经验，这也使他们在撰写时必须考虑最高统治者的心态和接受意见的程度，而不能完全出自他们内心的见解。由此推论，这些《讲义》的内容及其变化，很大程度上代表着清末统治集团的政治思想，或许不至于大错。

在慈禧太后当政的最后两年，清王朝的政治统治从表面上看尚属平静。上呈的《讲义》仍以传统学术为主，但当时社会最重要也最需要的"西学"，毕竟已处于不可拒绝、不可阻挡之势，通过《西史讲义》这一条缝隙浸润于峰层。不管慈禧太后是否喜欢，是否接受，这已是不可躲避而无视的。

到了监国摄政王载沣秉国，新政已进行多年，立宪已成为决定性的政治口号，再加上载沣本人趋于维新的内心取向，所呈《讲义》内容大变。传统学术不仅在数量比例上大为减少，且在

---

[1] 清末任御史、颇知朝廷内情的胡思敬称："监国派新讲官十一员：一孙家鼐、一陆润庠、一荣庆、一唐景崇、一朱益藩、一李家驹、一刘廷琛、一赵炳麟、一乔树枏、一宝熙、一劳乃宣，分为八门，多偏重西学。初尚分班进讲，后渐弛，只按期呈递讲章，如言官上封事而已。"（《国闻备乘》，上海书店出版社，1997年，第97页）较之于史实，胡思敬的说法多处有误，这也可以说明当时的京官仅闻其事而不知其详。据我个人所见，此事因撰拟官员自觉其价值而保留一些个人的资料，在当时和后来都没有太大的影响。

基本论点与陈述方式上也不能固守旧态，显现出急剧的变化。如大学堂监督刘廷琛所拟的《〈贞观政要〉讲义》，论及"求木之长者，必固其根本；欲流之远者，必浚其泉源；思国之安者，必积其德义"时，写了这么一段话：

> 方今四裔交通，无不立宪之国。时会所趋，理无可易。日本后起骤致富强，论者谓其运固有之精神，辅以欧美之制度，其宪法直驾德意志而上，诸国无与伦比。而不知其所据为基础者，实我国之圣贤之精义也。光绪三十一年，先皇帝命今度支部尚书载泽等出洋考察宪政。至日本，延金子坚太郎讲述。金子坚太郎昔与伊藤博文、井上毅、伊东诸人，赴欧美调查宪政，归国任起草总裁，佐明治维新之业者也。其言日本宪法，大要与中国《尚书》论政治根本者相近。历引舜、《大禹谟》之言，谓欧美硕师大儒，其论宪政精理，不能出其范围，又谓《大禹谟》曰，"罔违道以干百姓之誉，罔咈百姓以从己之欲"，是实综论法、美共和政体之弊害，与俄国独裁政体之恶习也。盖共和政治，每干虚誉而不顾公义，君主独裁，则深恐纵情恣欲，陷百姓于涂炭也。中国四千年前，即有此法，今远取之欧美，不如近取《尚书》也。日本之初立宪也，亦以捍大患而御外侮，非备有欧美政治之机关不可。然使不以本国之精神为基础，则根本全亏。今中国宜取《尚书》之精神，与列朝之历史为基础，而且斟酌今日之形势，择取欧美政体仿行之。其所述宪政大体如此……盖宪政为强国之本，而《尚书》则宪法之本也。

刘廷琛为此提议，"今朝廷锐意维新，力行宪政，诚千载一时之嘉会。伏愿我皇上垂览经籍，现索而融贯之……采列邦之所长，而欧亚悉归其陶铸……直上追唐虞三代之盛轨。"[1] 在刘廷琛的笔下，无论是立宪，还是《尚书》，但都在时代车轮的辗压下变形，中国传统的经典通过日本政治学家讲授的日本经验，方获得合法性的地位。又如大学士陆润庠所拟的《陆贽文集讲义》，论及"情有通塞，故否泰生，情有薄厚，故损益生"，写了这么一段话：

> 夫所谓宪法者，其大要不过达人民之疾苦，均人民之担负，二者而已矣。开议院，严选举，得公正贤明之士，代表全国之舆论，则下隐无不上达，而断无通塞之可言。编户籍，稽财产，视营业之大小，地方之贫富，以输租税，则国用既给，民不痛困，而何忧薄厚之不均。此其立法之善也。顾吾国无其法，而前人言之固已审矣。陆贽曰："情有通塞，故否泰生，情有薄厚，故损益生。"夫通则泰，塞则否，以人民之疾苦能上达与否而言。厚则损，薄则益，以人民之担负能均任与否而言。而否、泰、损、益四卦，见于《周易》。[2]

在陆润庠的笔下，立宪制度竟如此奇妙地嫁接于中国传统学术之树上。而由农工商部侍郎熙彦所撰的《经世文编讲义》，属于当时的"实学"，泰西的学校、民法等，屡屡引为论说的证据。至于有关"新学"的《讲义》，西方的思想占了主导，表现出完全不同于传统学术的新气象。

由于清末进呈的《讲义》，慈禧太后和监国摄政王载沣皆没有朱批，今天也无从得知其读后的感受。唯一的例外是，在二品衔山西备用道沈林一所撰《宪法讲义》第71次的封皮上，有朱批字

1　刘廷琛：《贞观政要讲义》，《宫中杂件》（旧整）第214包。
2　陆润庠：《陆贽文集讲义》。

样"特别另记一",该件的内容为"内阁一";在沈拟《宪法讲义》第73次、74次上有朱批字样"三""四";同样,在第76次至82次上有朱批字样"六"至"十二"。(第72次即"二"、第75次即"五",今不存)。就其内容,皆为"内阁"。朱批者,当属监国摄政王载沣。这些由载沣特别挑选出来的有关"内阁"的《宪法讲义》,很可能与当时正在进行的内阁设置有关。[1] 载沣很有可能想通过此类《讲义》而了解宪政体系下内阁制度的相关知识。

持续五年的进呈《讲义》内容及其变化,展现出来的恰是历史的进程。从这些内容及其变化中,可以体会出当时中国社会的政治思想和学术理念的新陈代谢,也可以感受到这种代谢对当时统治集团的影响,尽管这种主观的"体会"与"感受"对历史学家而言,多少犯有一些推论的冒险。从思想史的角度来看,这些《讲义》的内容还谈不上新锐与完美;但从政治史的角度来看,对20世纪初期的中国历史应当说有着不小的影响。[2] 一种思想,存在于少数思想家的言论中,还是存在于实力政治家的心目中,结局大不一样。在那个时代,前者很可能被视作异端而受到压制,后者很快能化作主流意识形态而产生实际的功用。

刊于台北"中研院"近代史研究所编:《"二十世纪中国与世界"论文选集》,2001年

---

1 《宫中杂件》(原三号楼),第494包。此外,由唐景崇、宝熙所拟《西史讲义·俄土战争下篇》的封皮上,有铅笔字"好",不知何人所写。这可能与下面一段评论有关:"案俄之处心积虑以谋土,非一日也。卒以土国地当冲要,与西欧列邦,形势相牵引,利害相倚伏,而不获肆其狡焉思逞谋。故俄之国权,迄不能直达于地中海,土实蔽之。土之存,列强之力居多焉。然土终不能力图自强,乃专恃敌国之互相牵制,以为苟安目前计。岂非发愤,有为之主所引为深耻者欤。"[《宫中杂件》(原三号楼),第86包]

2 也正是出于这一看法,我个人认为,这批《讲义》今天仍有整理出版的思想价值与学术价值。

"醇亲王府档案"中的鸡零狗碎

中国社会科学院近代史研究所图书馆藏有一批清末民初的名人档案,很有价值。其中一种是"醇亲王府档案",我也粗粗阅看了一遍。虽说没有我所盼求的大发现——即对我的研究有所帮助的材料,但其中的一些内容,却使我耳目欣然,甚至轻轻地笑出声来。于是,笔录于下,似也可作各位看官茶余饭后之闲料。

先说一下背景。醇亲王奕譞(1840—1891),清朝道光皇帝第七子;其四哥奕詝,咸丰皇帝,六哥奕䜣,恭亲王;其第二子载湉(1871—1908),为光绪皇帝;其大福晋婉贞,为慈禧太后的胞妹。当慈禧太后1884年罢免恭亲王奕䜣后,命军机处有事与醇亲王商议,即是由其主持朝政。第一代醇亲王奕譞于1891年去世后,其第五子载沣(1883—1951)袭爵为第二代醇亲王,载沣之子溥仪(1906—1967),为宣统皇帝。溥仪登位后,慈禧太后命载沣为监国摄政王。醇亲王家族显赫,两代醇亲王,是清末两位皇帝的本生父。其王府原位于西城太平湖,光绪帝登位后,王府成为潜邸(后称南府)。清廷另赐王府,位于后海北沿(又称北府),其最初是清初大学士明珠的宅第,布局宽阔,现在分别是国家宗教事务局(原王府)、宋庆龄故居(原王府花园)、北京第二聋人学校(原王府马号)。

近代史所图书馆所收藏的"醇亲王府档案"数量不多,入藏的原委不详。在我的阅读范围中，中国第一历史档案馆还保存着数量较大的该王府档案。

一　免跪拜的上谕

"醇亲王府档案"收录了一份上谕，文称：

> 朕惟古之君臣坐而论道。礼：天子见三公，下阶；见卿，离席；见大夫、士，立，抚席。诸侯、大夫下拜，天子答拜。汉制，皇帝为卿、相起。唐制，臣下皆坐。宋时始改立礼。元乃改跪礼。其后仍之。欧洲诸国君臣并坐，握手鞠躬，而无跪礼。考中国之古礼，既坐论而答拜；稽东西之礼俗，亦并坐而鞠躬。方今万国交通，礼取大同。自今以后，凡我臣工，其免拜跪。钦此。[1]

这一份上谕用墨笔写于朱栏八行纸上，看起来不那么正式，不像是清朝的正式上谕，也有许多修改的痕迹。从笔迹上辨认，我可以肯定不是光绪帝的，但不知是谁的笔迹。

跪拜礼是清朝臣子见天子的礼仪，许多大臣七老八十，行动本已不便，见皇帝仍须用此礼。尤其是军机大臣，每日入朝，每次跪拜，短时间尚可，长时间跪着自己都站不起来，需由太监扶持，苦不堪言。况且国家大事，一坐多跪，跪者劳苦，坐者生怜，必不能详细讨论，只能匆匆而决。然按照儒家的学说，礼

---

[1]《醇王府材料：礼仪及东陵事务》，第一函，中国社会科学院近代研究所图书馆藏，所藏档号：甲242。本文所引档案，皆藏于该馆。该件前贴有一信封，墨笔写"谕一件　正月分"，另朱笔写"正月分"。不知与该谕是否有关，但时间有点对不上。

制是政治的核心,"上尊下卑"须得用礼制来维持,故清朝从未提出过免跪拜一说,只是对于某些年过八十的重臣,在跪拜后即"赐坐",以显示皇恩浩荡。

由此,我以为,这一份上谕不是产生于清朝,而是民国年间;写此上谕者,当是已退位的宣统皇帝溥仪,或是其身边的侍臣。我的根据是,该谕中"稽东西之礼俗,亦并坐而鞠躬"一句,这在清朝是很难想象的说辞;而"礼取大同"一语,又让人想起康有为。由此再查找康有为的著述,果然找到了原本,在"康有为遗稿"中,有《拟免拜跪诏》,文称:

> 朕惟古者君臣坐而论道,盖共此天位,皆以为民,不过稍示等威,非为故严天泽。故礼:天子为三公下阶,为卿离席,为大夫兴席,为士抚席,于公卿大夫拜,皆答拜。汉制皇帝为丞相起,晋、六朝及唐君臣皆坐,惟宋乃立,元乃跪,后世从之。遍考东西洋各国皆鞠躬肃立,或握手并坐。故考中国之古礼,既坐论而答拜如此;审环球之礼俗,其坐立而不拜如彼。自今臣工行礼,其免拜跪。[1]

1917年7月,康有为参加了张勋发动的"丁巳复辟",任弼德院副院长,为溥仪起草了若干诏书。由此可见,"醇亲王府档案"中所藏的那件谕旨,似为在康有为所拟诏书上修改的,很可能是溥仪被赶出宫后而带到醇亲王府的。

康有为在戊戌变法期间即有减杀君臣礼仪之设想,他在"上

---

[1] 上海市文物保管委员会:《康有为遗稿:戊戌变法前后》,上海人民出版社,1986年,第265页。又,"康有为遗稿",为康氏后人所赠送,现存于上海市文物保管委员会,其中多为康有为的手稿。又,康有为此处所称"礼",据何休《春秋公羊传注疏》,文称:"天子为三公下阶,卿前席,大夫兴席,士式几。"(见该书卷十五,宣公六年注文)这也显示了康有为的经学倾向。

清帝第四书"中称:

> ……皇上九重深邃,堂远廉高,自外之枢臣(指军机大臣)、内之奄寺(指太监)外,无得亲近,况能议论?小臣引见,仅望清光;大僚召见,乃问数语。天威俨穆于上,匍匐拳跪于下,屏气战栗,心颜震播,何以得人才而尽下情哉?每日办事,召见枢臣,限以数刻,皆须了决,伏跪屏气,敬候颜色,未闻反复辨难,甚少穷日集思……

康有为所言,当属事实。清代制度,皇帝引见群臣,一次数十名,仅是礼仪;召见京外疆臣,不过问答数语;每日与军机大臣(即枢臣)的见面,时间也不太长,便下达了帝国的政令。且整个过程是皇帝端坐在上,臣子低头下跪应答,君不问,臣不语。康有为认为,这种礼仪致使君臣间根本无法进行交流,于是,他提出了"设馆顾问"的提议:

> 请皇上大开便殿,广陈图书,每日办事之暇,以一时许亲临燕坐,顾问之员,轮二十员分班侍值。皇上翻阅图书,随宜咨问,访以中外之故,古今之宜,经义之精,民间之苦,吏治之弊,地方之情。或霁威赐坐,或茶果颁食,令尽所知,能无有讳避……[1]

这是一个新设的机构,内置书籍,皇帝每天以一时许(一个时辰,两个小时)亲临,与轮值的顾问随意相谈,虽然没有说废除跪拜礼,但"赐坐""茶果"的细节,已经有了"坐而论道"之

---

[1] 孔祥吉:《康有为变法奏章辑考》,北京图书馆出版社,2008年,第81、83页。

意。康有为的"上清帝第四书",最后没有上达天听,但他在"上清帝第六书"(即其戊戌变法的政纲)中,又将"设馆顾问"一策,修改为"制度局":

> ……特置制度局于内廷,妙选天下通才十数人为修撰,派王、大臣为总裁,体制平等,俾易商榷,每日值内,同共讨论,皇上亲临,折衷一是,将旧制新政斟酌其宜,某政宜改,某事宜增,草定章程,考核至当,然后施行。[1]

康有为设计的这个"制度局",实为变法的最高决策机构,康本人想成为这个机构的精神领袖,由此来主导变法运动。"制度局"之设,也没有涉及废除跪拜礼,但从"体制平等""同共讨论"的设计中,似能看出"坐而论道"之意。

1912年中华民国建立之后,南京临时政府废除了政府官员的跪拜礼,北洋政府又规定民国政府的通用礼节是鞠躬礼,大礼三鞠躬,常礼一鞠躬。到了张勋发动"丁巳复辟"时,跪拜礼已废除了五年多。溥仪的小朝廷内部还保留了跪拜礼,但溥仪的英文师傅庄士敦(Reginald Fleming Johnston)和去见溥仪的北大教授胡适之,都已不行此礼了。

二 菜单

"醇亲王府档案"中有三份菜单,似可以说明当时皇亲国戚、达官贵人家中的生活内情。其一为:

---

[1]《康有为变法奏章辑考》,第138页。

头海：水晶白肘；二海：黄闷生口；二海：爩活鱼。

大碗六个：三仙丸子，海参鸭块，南煎丸子，米粉肉，什锦海参，葛仙米更。

怀碗四碗：滑油鸡片，溜鱼片，溜鲜蘑，鸡丝翅子。

点心四套。

俱是高家伙。

价钱三十吊。

其二称：

海碗一个：白肘子；七寸一个：米粉肉；（一个）松仁肉。

大碗六个：三仙丸子，酒肉，南煎丸子，什锦海参，爩三笋，什锦爩丝。

怀碗四个：溜海参，溜鲜蘑，里季丝加宛豆，溜鹿筋。

点心四套。

俱是高家伙。

价钱二十四吊。[1]

以上两纸写在很普通的黄纸上，黄纸也非整张，而是一小条状。既然上面还有价钱（三十吊、二十四吊），当是王府的订菜，菜单亦是饭庄送菜时交来的。

从菜单中可以看出，饭庄掌柜的文化程度并不高，许多用语都是当时的行话，且有白字（多为同音字）。"头海"，似为头号的海碗；"二海"，似为二号海碗；"七寸"，亦似为二号海碗，由此可知二号海碗的大小。满族人的菜，多用碗盛，不似汉人用

---

[1] 《醇王府材料》（杂件），第四函，所藏档号：甲242—3。

盘、碟，好看而量不大。三个海碗，似为满族人菜式中的"三大件"。"黄闷"，当为"黄焖"；"生口"，不详其物，但从今天的"黄焖牛肉""黄焖羊肉"来看，亦有可能是"牲口"。燷，似为熻（zuàn，去声），是一种煎煮的烹调法。"熻活鱼"一道菜，在当时的北京不容易，当地很少养鱼，活鱼难得；反过来说，菜单中的"溜（熘）鹿筋"，今天可能属珍贵食材，而当时并不难得。"三仙丸子"，应是"三鲜丸子"。"葛仙米"是一种水藻，"葛仙米更"，应是"葛仙米羹"。"翅子"，指鱼翅。"里季"，是"里脊"。"宛豆"，即"豌豆"。"俱是高家伙"一语，很难理解，如果指餐具，这些海碗、大碗、怀碗都是不能加高的，想来想去，很可能是装得特满之意，即菜品高出碗口。这两份菜单虽没有时令，但从第一份中的"活鱼"，可知不是在冬天，很可能是夏、秋季节；从第二份的"豌豆"，若是指新鲜豌豆而不是水发干豌豆，那只能是春、夏之际。要知道，当时并没有今日的保活、保鲜技术。

醇亲王是晚清的头等尊亲，大富大贵，其家厨也应当有相当高的水平。从两份菜单来看，属于满族菜和山东菜的合璧，做菜的难度不应当算是太大。何以像这样的宴席都要请外边的饭庄来做？我个人以为，很可能时在民国年间。这时的醇亲王府，已经不能保持当年气派，而这时京中许多大饭庄的名厨，也来自当年皇亲国戚家或达官贵人家的膳房。

"醇亲王府档案"中还有一份菜单，是送给皇太后的膳席，其单为：

正月初五日，进皇太后膳一桌。
海碗二品：燕窝八仙白猿献寿，清煨翅子。
大碗四品：燕窝什锦攒丝，燕窝寿意三鲜肉丝，黄焖鱼骨，黄焖肉。

中碗四品：黄焖海参，燕窝煨肉丝，三鲜鸽蛋，杏仁豆腐。

盘二品：炸酥里脊，南煎丸子。

怀碗四品：海参熘肉丝，肉丝熘豌豆粒，肉丝熘口蘑，烩腰花。

碟四品：肉丁王瓜酱，肉片焖扁豆，肉片焖笋尖，拌集拌。

饽饽四品：寿意油糕，肉丁干菜包子，细馅立桃，细馅卧桃。

燕窝三鲜汤。

肉丝口蘑卤面。

片吃炉猪一口、片吃炉鸭一对。[1]

这一份菜单写在白宣纸上。醇亲王府出了两个皇帝，光绪帝与宣统帝，大年初五给皇太后进膳桌，很可能是出自满族的礼仪（或是风俗）。由于该菜单上没有具体的时间，不知是送慈禧皇太后还是隆裕皇太后，就我个人的感觉而言，送隆裕皇太后的可能性更大点。她是光绪帝的正妻，是监国摄政王载沣的嫂子和名分上的表姐[2]，而且也是他在政治上的合作者。

过去的食材，以燕窝为极上品（今日东南亚国家有人工养育品，品质大为下降），其次为鱼翅。食用燕窝的宴席，那才是真正的"燕席"，而且要讲究用料的多少。由于是送给皇太后的

---

1 《醇王府材料》（杂件），第四函，所藏档号：甲242—3。
2 隆裕皇太后是慈禧太后的胞弟桂祥的女儿，第一代醇亲王奕譞的福晋是慈禧太后的胞妹，载沣是由奕譞的侧室刘佳氏所生，由此，隆裕皇太后与他并没有血缘关系，只是名分上的表姐。

膳桌，菜品中大量使用燕窝，且有用"海碗"装的"清煨翅子"（鱼翅），气派真是够大的。但是，这么多的菜，这么大的量，送到宫里面去，又给谁吃呢？当我看到这份菜单的最后，不免笑了起来，"片吃炉猪一口、片吃炉鸭一对"，此即是烤乳猪一头，烤鸭两只，皇太后又怎能吃得下？更为重要的是，大年初五，天寒地冻，这么多的菜做好了送到宫里去，不管是用何种包装，那还不凉了？若要重新加温，味道可就差远了，有些菜品（如烤乳猪、烤鸭）重新加温的难度也比较大。我个人估计，当醇亲王府派出的一大列人员抬送食箱、食盒送进皇宫后，皇太后只是挑着看了几眼，选几色菜品留下，大量的便赏赐给下人了。这下子可太便宜皇太后身边的这批下人，口福不要太好！

我在近代史研究所图书馆所藏"李鸿藻档案"中还看到了一份菜单，不是叫的外卖，而是家宴，其菜单为：

红烧翅子，清蒸鸭子，酱炙鲤鱼，莲子果羹。

（中）芙蓉鸭腰，虾子冬笋，葱烧海参，清汤鱼卷，清炖鱼肚，金钱鸽蛋，清汤竹笋，糟熘鱼片，姜芽炷，油鱼卷。

百合，椹子羹，素一品。

活腿，腊肉，香肠，炸炙，松茸，芦蒿鸡丝，清鸭掌，烤虾，糟鸡，排骨。[1]

李鸿藻（1820—1897），字季云，号兰荪，直隶高阳人。他是同治帝的师傅，官至大学士、军机大臣、总理衙门大臣。他与李鸿章（安徽合肥人）名字很相像，但完全没有关系，且在政治上还是对头。

---

1 《李鸿藻存稿》（外官禀），第一函，所藏档号：甲 70。

"李鸿藻档案"中的这份菜单，写在信笺纸上，且有白字（用同音字），可能是管家写的。"油鱼卷"，应是"鱿鱼卷"；"活腿"，当是"火腿"。"姜芽炷"，初看时还真不知道是什么东西，然从菜单中大量使用"翅子"（鱼翅）、"虾子"、"海参"、"鱼肚"、"油鱼"（鱿鱼）之类海味干货的情况来看，我猜测是"江瑶柱"，即干贝。"清汤竹笋"，我怀疑是"清汤竹荪"，前已有"虾子冬笋"，与"竹笋"当不同时令，"荪"字又讳李鸿藻的号"兰荪"。"炸炙"是一种烹调的方法，但不知何物，或许是炸花生米？从菜单来看，第一排属大菜（4道），第二排属热菜（10道），第三排为甜品，第四排为小盘（10道），上菜的秩序应是相反。菜式似为鲁菜风格，厨子可能是个山东人，没有大肉，也不用牛羊，山珍海味却不少。看来李鸿藻在吃的方面很讲究，称得上是个美食家，尽管菜品中没有用燕窝，尽管他是号称清廉的清流党人的领袖。

三　分期付款购买《大英百科全书》

"醇亲王府档案"中有一张中英文合璧的制式账单，铅印，署日期为1906年12月8日。其中文写道（黑体字为用钢笔填写）：

> 敬启者。
> 《百科全书》经于**十二**月**六**日付上，料早收妥。兹者按月交价银该**六**两未蒙交到。请即汇寄勿延是幸。顺请台安。
> **继源**先生台电。
> 再者，请每月汇寄银两直交天津英界马路公易大楼第六十九号至七十一号本行收入。

如寄邮政汇票或银行支票写交 H. E. HOOPER 及加一横线在支票单上。

付银信时祈将此信一同寄回以免有失。

再看一下该账单的英文本，也许会有点意思（斜体字为用钢笔填写）：

8th Dec. 1906

No. 513

Mr. Chi Yun

Peking

Sir

  I have the pleasure to advise you that your set of the Encyclopaedia Britannica in Half Box Binding was dispatched to you on *6th Dec.* and I trust will safely reach you at an early date.

  The first monthly payment of Tls. *6.-* becomes due on delivery and I hope to be favoured with your remittance in due course.

Yours truly,
H. E. HOOPER

  N. B. -We should prefer you to send remittance each month direct to this office, either by Post Office order or Bank Cheque.

  IMPORTANT. To insure safety please make Money orders or cheques payable to H. E. HOOPER and cross.[1]

---

1 《醇王府材料》（杂件），第四函，所藏档号：甲242—3。

从这一份账单中可以看出，醇亲王府中一个叫"继源"的人，从天津洋商 H. E. HOOPER 的商行中用分期付款的方式购买了一套《大英百科全书》，每月付银 6 两。该书于 1906 年 12 月 6 日从天津发出，而"继源"此时首期款项还没有支付。

《大英百科全书》是当时最重要的学术资源，1906 年发行、销售的，应是其第 10 版，由伦敦的《泰晤士报》发行，包括第 9 版的 25 卷和第 10 版再补充的 11 卷，共 36 卷，卷帙浩大。从账单上看不出该书的总价为多少，但每月银 6 两（不知分多少月），可见书价之昂。

我在这里所关心的，不是文化生活史中的"《百科全书》的传播"或社会生活史中"分期付款的开端"，我关心的是该书的读者，即谁在使用这一套《大英百科全书》。

1906 年，光绪三十二年，亦是中国传统的"丙午年"，清政府的新政已经实行了五年。前一年，1905 年，日本在中国东北等地进行的战争（即日俄战争）中战胜了俄国，获取了从长春到旅大的南满权益；美国因排华法案，而引起了上海等地抵制美货运动；清廷派五大臣出洋考察政治，直隶总督袁世凯、湖广总督张之洞、两江总督周馥联衔上奏，请求十二年后实行立宪政体；同盟会在东京召开成立大会。这一年，1906 年，清廷宣布预备立宪，并进行了官制改革（丙午官制），改传统的六部九卿为外务部、吏部、度支部（财政）、礼部、陆军部、法部、邮传部（交通与邮政）、理藩部、民政部、学部、农工商部。可以说，清朝此时所面临的国内外政治形势发生了大变。

第二代醇亲王载沣于八岁袭爵，因年龄尚小未参与政务。《辛丑条约》签订后，因德国公使克林德被清军士兵所杀，清廷以十八岁的载沣作为头等出使大臣，于 1901 年前往德国"赔罪"。载沣此行，著有《使德日记》，从此一生对外国事务多有兴趣。回国后，载沣奉慈禧太后的懿旨，与清末重臣荣禄的女儿结婚，1906年1月生下其子溥仪。这是与光绪帝血缘最近的王子。在光绪帝无嗣、"大阿哥"已废的情况下，溥仪的出生，毫无疑问是当时王朝政治的大事。

由此，到了这个时候，醇亲王载沣阅读什么读物，对王朝政治来说都是大事。

就醇亲王载沣的英文水准而言，肯定阅读不了《大英百科全书》，购买此书有两种可能：一是载沣的命令，让身边人随时可去查阅；二是身边人因载沣对外部知识的需求太大而本身知识不足，特意去订购一部，以能随时应对载沣的咨询。后者也可以解释，为何贵为王府仍分期付款。至于订购者"继源"是何人，我仍不详。

顺带地说一句，过了一年，1907年，慈禧太后命二十四岁的载沣"在军机大臣上学习行走"；再过一年，1908年，为正式的军机大臣，到了这一年11月14日光绪帝临终时，慈禧太后命抱其子溥仪入宫，立为皇帝，再命载沣为监国摄政王，而次日（15日）慈禧太后亦过世。此后三年多，是载沣主政时期，只是这部由分期付款购买的《大英百科全书》在其政治生涯中是否起到过作用，就不得而知了。

四 两封没有来由的家信

"醇亲王府档案"中有两封家信，没有写信人署名、也没有收信人名字，内容不完整，用语粗俚，多有白字，字也写得不好。我最初看到时，感到很奇怪。其第一封称：

……现在因你所拿鸿翼之表，累次让你送去，至今不见。因此，二姑娘今逼我，父在世所欠他之洋壹佰叁拾元，并父死时我使之铜元六百吊。因你颠顶，以至累我受逼。于前日鸿翼赴津接眷，教（叫）我找你要表，我实没有地方找你，因此我与鸿翼大犯隔目（膜）。你想，本家之中，我数十年之维持，因你不长近（进），犯此口舌是非，连累我受此逼迫，我冤不冤？近日奶奶为所欠他家之钱，连急代（带）气，以（已）然病了。我今干着急，无法还他之钱。二姑娘逼迫太甚，你不见面，你自己想想，对不对？你若有皮有脸，见信速急将他之表与他送回，从此不可粘他。三天你不与他将表送回，从此你至我死，也不用见。我为你作（做）事不真，害我着此大急，失了本家合（和）气，我多们（么）冤？听不听在你。是话我不说了。你这们（么）作（做）事，你可照这样一辈子？可得走常（长）了，别等走不开时悔之后矣。十月初七日早寄

"二姑娘"是"二姑姑"之意。第二封又称：

……所来之信，真乃奇想天开，你不知此何□。孩子在我处与你代养，你又想搬来了，你不知房子每月与人多少利钱。账不是我欠的，娶你媳妇，父借人家一百三十元。葬父账，你也知道。你想，常儿一人在家，还不大合式（适），你想搬去，成不成？再者今以（已）将西院并小屋业已租了。月底月初，人家就搬过来了。你要，我手中分文未有，我亦无法去。奶奶见信大闹一场……你也不想奶奶今年多大岁数了。你故意用法将奶奶气死，你心安否？你若全家搬去，你想对不对？你若不听，由你去。打算叫你孩子一齐与

你送回,你是自找麻烦,日后亦不必叫常儿他妈上我家来了。你的事,我实无法,你若不信,自可听天。奶奶与我闹,因我借给你物,拿去非当即卖,千百次了。人各有天良,我告诉你,爱听不听,自便。奶奶要将常儿送回去,我先告诉你,你自己斟酌。

后一封信上还有一些批语:"何为代养","给我娶妻,父做的,大盖(概)你没娶过吧","合饿死就合式了","租了就有房,不了三分之一救我□家"等,当是收信人的笔迹。[1]根据收信人所写"大盖你没娶过吧"的批语,写信人应是收信人的哥哥。

从两封信的内容来看,大概讲了这样一个故事:收信人(弟弟)借其二姑家的"鸿翼"(很可能是其表兄弟)一块表(当时应是怀表),没有还;"鸿翼"赴天津接眷前找收信人要表,没有找到人,而与写信人(哥哥)伤了和气。二姑对此十分不满,上门有逼债之语,奶奶也为之生气。于是哥哥写了一封抱怨的信,要求收信人三天之内将表还回去。收信人对此回了信,提出今后将搬回祖宅居住。写信人(哥哥)再写一信,称其子"常儿"已经是由他代养,再搬回来住,家中没有地方,"西院并小屋已租了"(很可能是还人"利钱");同时称,奶奶要将其子"常儿"送回去,并让"常儿他妈"即弟媳妇以后不要再来了。

这是北京普通人家中一段家长里短的故事,与尊贵的醇亲王家族应该是完全没有关系的,然为何这两封家信会存到"醇亲王府档案"之中?想来想去,收信人很可能是醇亲王府中的下人。

尽管这位收信人称"合饿死就合式了",但绝不是当年北京城中的贫民。他结婚花了银元130元,其父去世用了铜元600

---

[1] 《醇王府材料》(杂件),第四函,所藏档号:甲242—3。括号内的字是我所加。

吊，都是向其二姑家借的。他哥哥居住在祖宅，其"西院并小屋"已出租，祖宅大约还不能算太小。他借亲戚的表不还，他哥哥指责他"我借给你物，拿去非当即卖"，看来其品性不好，造成兄弟反目。而从信中叙事的语言风格来看，他们家很有可能是昔日荣光今已败落的旗人；写信时间已到了民国，这位醇亲王府中的下人，日子已不太好过。

  清代的皇亲国戚、达官贵人家，养着一批下人，又称家人、家仆等，职司各业。在主子辉煌发达的日子里，这批下人也身上罩着光鲜。官场、商场上的各色人等巴结他们的主子，也不时给他们一些好处。主子所给的薪水，只是他们收入的一部分，很可能是一小部分，其中一些恶仆在京城地面上颇能呼风唤雨。也就是说，在清朝，醇亲王府又是何等的地位，其府中的下人也是常人所仰慕的；而到了民国，仍在醇亲王府中当差，风光不再……

  刊于《南方周末》2013年6月6日

康有为的房师与同文馆的考卷

中国社会科学院近代史研究所图书馆藏有"李鸿藻档案",数量不多,内容却很重要。这当然是对研究者而言的,若是对普通读者而言,也有一些材料可能会有点意思。以下我选录两件,并说明一下相关的背景。

一 余诚格的禀帖与房师、座师

"李鸿藻档案"中存有一件余诚格的禀帖,其文为:

> 谨将诚格分校呈荐取中名次开单呈览:第五名康祖诒,广东南海县荫生;第二十五名王从礼,河南商邱县廪生;第二十七名罗琛,四川富顺县廪生;第三十五名吴纬炳,浙江钱塘县优廪生;第四十一名刘锽,湖南攸县附生;第七十六名梁用弧,广东顺德县附生;第七十九名蓝镛,江西高安县廪生;第七十八名张宪文,山西崞县廪生;第一百七名崔登瀛,广东南海县监生;第一百一十一名桂福,正白旗满洲文生、户科笔帖式;第一百三十二名李发宜,湖南醴陵县附生;第一百四十七名黄瑞兰,湖南平江县优廪生;第一百五十七名许受衡,江西龙南县拔贡生;第一百八十六名金镜芙,顺天府通州优贡生;第二百二十三名雷镇华,陕西

朝邑县附生、内阁候补中书；第二百三十名吕咸熙，云南浪穹县廪生；第二百五十二名李庆霖，云南昆明县增生；第二百五十五名李之钊，河南光山县附生。[1]

这份文件说的是1895年（光绪二十一年、乙未科）会试同考官余诚格所荐取中的进士名单，其之所以引人注目，是"康祖诒"，即康有为，在该科会试时中式第五名。余诚格（1856—1926），字寿平，安徽望江人，1889年（光绪十五年、己丑科）进士，入翰林院，散馆后授编修，光绪十七年任江西乡试副考官，光绪二十一年任会试同考官。李鸿藻（1820—1897），号兰荪，直隶高阳人。当过同治帝的师傅，任礼部尚书、总理衙门大臣、军机大臣等要职。他是朝中的重臣，学守程朱的理学大师，也是光绪朝涌动朝野的清流领袖，有着很大影响力，手下大将之一是晚清名臣张之洞。李鸿藻任光绪十五年己丑科的正考官，也就是说，李鸿藻是余诚格的座师；由此，尽管李不是乙未科的考官，而是该科的"教习庶吉士"，余诚格向李报告其所取之士，属门生向座师的汇报。也因为如此，"李鸿藻档案"中除了余诚格的禀帖外，另有禀帖4件，分别说明其在乙未科取中之士（第四房，中14人，同考官未列名；第十二房，中14人，宝丰；第十三房，中14人，恽毓鼎；第十四房，中18人，同考官未列名）。

清代的科举考试，参加人数众多，这只要看一下现存的考棚即可知其规模。北京与南京的贡院，座棚可容万人。会试时有正考官一人，副考官三人；乡试时有正、副考官各一人。参加各省乡试的生员（秀才），常常是数千人，而参加北京会试的举人，常常是近万人。若要靠两个或几个主考官（正、副考官）根本忙

---

[1]《李鸿藻存札》，第五函，中国社会科学院近代史所图书馆藏，所藏档号：甲70—4。

不过来，于是便有了同考官（房官）分房阅卷，以助其事。而会试的同考官由中过进士、进过翰林院的京官担任，大多为翰林院的编修。由同考官将该房优卷选出，加批语后送给主考官，由主考官决定是否中式；且因防止作弊，所有的考卷皆另行抄过，从理论上说，在开榜前，同考官与主考官对其选中人选的姓名、籍贯都是不知情的。从余诚格的禀帖可见，归其房备选的分别为广东、河南、四川、浙江、湖南、江西、山西、正白旗满洲、顺天府、陕西、云南等处的举人；而"李鸿藻档案"中另4份禀帖，情况亦相同，说明各房的考卷是打破省籍的。考中之后，同考官为该房所选中的进士或举人的房师，主考官是其座师。

由此可见，房师与座师只是考场上的判卷官，依照他们的眼光及喜好来选择优卷。由此结成的师生关系，实际上是一种政治关系，形成了官场上官官相护的同盟；若就学问本身而言，房师与座师对门生皆无学理上的指导，与通常所讲的以学问授受而结成的师生关系是不同的。从地位来说，主考官因位尊而更高一些；从对中考者的作用而言，同考官是第一关，他若不选，八股文章做得再好也不见天日，且其评语对主考官也影响重大，因而也显得更为重要一些。因此，到了开榜后，进士或举人送银子，即"贽敬"，送房师的要比送座师的多。然就会试而言，一位房师选中的贡士（尚未参加殿试的进士）大约十多位，而座师却是该科的全体，约二三百位，如果说送房师银10两，送座师银2两，最后算总账，仍然是座师得到的多，房师得到的少。[1]

---

1 湖广总督张之洞的儿子张权于1898年（光绪二十四年，戊戌科）中进士，张之洞为此发电："……中式第几名？房师为谁？速即刻复。贽敬房师一百、座二十，已饬汇毛诗……"（光绪二十四年闰三月十二日申刻发，《张之洞电稿》光绪二十五年三月至四月，中国社会科学院近代史图书馆藏，所藏档号：甲182—456。原整理者有误，根据内容，该电发于光绪二十四年）"毛诗"，指银三百两。张之洞毕竟是高官，送房师银100两，送座师银20两，这在当时算是高的。

据康有为回忆录所称,他参加同治十二年(1873)、光绪二年(1876)广东乡试,皆未中;参加光绪八年顺天府乡试,未中;参加光绪十一年广东乡试,亦未中;参加光绪十五年顺天府乡试,正考官是徐桐(协办大学士、吏部尚书),副考官是嵩申(理藩院尚书)、许应骙(吏部侍郎)、孙诒经(户部侍郎),房官据康自称为王锡蕃,康又称其"经策环伟",孙诒经称"此卷当是康某",结果为徐桐所抑,仍未中;参加光绪十九年(1893)广东乡试,中举人,此科的正、副考官为通政使司副使顾璜、翰林院编修吴郁生,其房官姓名不详,但康在回忆录中称:中举人后,"吾不奉考官、房官为师,时论大哗,谤言宏起"。此后,他参加了光绪二十年会试,未中;参加光绪二十一年(1895)会试,中式,房师是余诚格,而该科的主考官——即康有为的座师——正考官是徐桐,副考官是启秀(理藩院尚书)、李文田(礼部侍郎)、唐景崇(内阁学士)。该科的同考官为中允刘玉珂、赞善恽毓鼎、御史杨晨、编修周克宽、王式文、彭清藜、彭述、韩培森、于齐庆、余诚格、周树模、吴嘉瑞、钟广、陈荣昌,检讨陈曾佑、宝丰,编修吴荫培、许晋祁,共十八人。康有为仍依照其习性脾气,中进士式亦不认主考官、房官为师。

余诚格作为康有为的房师,在康有为获罪后,仕途看来并未受影响——他于1898年戊戌变法时,补山东道监察御史,1899年即戊戌政变后,转掌山东道监察御史;1900年升广西思南府知府,后丁母忧;1902年任广西南宁府知府,后调桂林府知府;1904年升广西太平思顺道,1905年升广西按察使,1906年升广西布政使,后调陕西布政使、湖北布政使;1911年先后升任陕西巡抚、湖南巡抚;辛亥革命时在湖南巡抚任上弃官逃往上海。余诚格官运亨通,应当不奇怪,毕竟徐桐还是座师呢。

顺带说一句,康有为的门徒梁启超,此科与康同时进京赴考，然未能中式。后有私家著述称，副考官李文田颇为欣赏梁启超卷，欲拔之，副考官唐景崇也赞成，然为正考官徐桐反对，误认梁卷为康卷。梁是为其师代罪。李文田为此遗憾地在梁卷上批："还君明珠双泪垂"。[1]

二 光绪九年京师同文馆年终大考考卷

"李鸿藻档案"中有一份铅印的考卷，内容是京师同文馆的年终大考。

京师同文馆是晚清总理衙门所设立的第一个西式学校。"同文"本义是"书同文"，而这里的意思指"同"外国的"文"，也就是学习外国语的意思。当时清朝外语人才极为缺乏，尽管经过了鸦片战争（1840—1842）、第二次鸦片战争（1856—1860），但清政府内部没有懂外国语的官员。清朝与英、法、美等国的交

---

[1] 胡思敬称："乙未会试，徐桐为正总裁，启秀、李文田、唐景崇副之。文田讲西北舆地学，刺取自注《西游记》中语发策，举场莫知所自出，唯梁启超条对甚详。文田得启超卷，不知谁何，欲拔之而额已满，乃邀景崇共诣桐，求以公额处之。桐阅经艺，谨守御纂，凡牵引古义者皆摈黜不录。启超二场书经艺发明孔注多异说，桐恶之，遂靳公额不予，文田不敢争。景崇因自请撤去一卷，以启超补之，议已成矣。五鼓漏尽，桐致书景崇，言：'顷所见粤东卷文字甚背绳尺，必非佳士，不可取；且文田祖庇同乡，不避嫌。'词甚厉。景崇以书示文田，文田默然，遂取启超卷，批其尾云：'还君明珠双泪垂，恨不相逢未嫁时。'启超后创设《时务报》，乃痛诋科举。是科康有为卷亦文田所拔，廷试后不得馆选，渐萌异志。"（《国闻备乘》，上海书店出版社，1997年，第24页）此中所言，康有为之卷经房官余诚格荐后，乃由李文田所拔，此事未见其他证据。"馆选"指庶常馆，即入翰林院。徐一士称："据余所闻，李批梁卷，仅'还君明珠双泪垂'七字，未引下句也。梁领得落卷后，见李批而感知己，谒之。李闻其议论，乃大不喜，语人以此人必乱天下。梁主本师康有为（时名祖诒）之学说，宜不相投。又相传徐桐之坚持摈梁，系误以为康氏卷。梁代师被抑，而康竟掇高魁焉（中第五名）。"（《一士类稿·一士谈荟》，书目文献出版社，1984年，第130页）又，"还君明珠双泪垂"典出于唐代诗人张籍：《节妇吟》。

涉，全靠对方的译员，不平等条约的中外文本，都是对方提供的。特别严重的是，1860年英、法联军已经打到北京的门口，清朝拿获一批英国的官员，系之下狱，却没有一个懂英文、懂法文的官员，可看懂他们的通信文书。此时已是鸦片战争二十年之后。

正因为如此，清朝在第二次鸦片战争失败后，于1861年创建了"总理各国事务衙门"，处理这个传统国度与西洋各国之间的一切事务，当时也称为"洋务"。而总理衙门兴办的一件大事，即是1862年在京师设立了同文馆，聘请外国人教授英文、法文与俄文。1867年，同文馆内又设立了天文算学馆，开始传授西方科学知识。此后，清朝又在广州办了同文馆，在上海办了广方言馆。此中的"方言"，也突破了原来的意义，是外国语的意思，而"广"字应作为动词用。

由此，再来看看京师同文馆的年终考卷，就会有点意思，从中可以看到他们学习的内容，也可以看出他们学习的水准。

癸未十二月十七、十八、十九日
同文馆大考全题

格物测算题

　　月、地之间有吸力均等之处，试推其所在。

　　设有石自月中飞出，其应有何速，方可陨之地上？

　　物之距地甚远，其下坠速率，何法测之？

　　抛物线面积求重心，并言其法。

　　线面旋成面体者，其面体与重心可互求？试详其法。

　　物之行动自具工力，何法测之？并言其理。

　　炮子速加一倍而功效四倍，其故何也？

　　物之旋转，其离中之力，以何法推求？

有二球直角相触，其速与方向何法测算？

天文算学题

　　金星距日六千七百五十万洋里，求推算其星离日最远之度若干？设金星在日东最远之度，行至日西最远之度，求算用日若干？

　　推算日、月食之法，求讲明。

　　织女星赤经度二百二十一度七分、其赤纬度南十五度三十三分，求算秋分之日其星出地平之时。

　　帝尧之时推算北极之方位？

　　有一星其赤纬度北十度、其赤经度一百五十度，一星其赤纬度北四十五度，其赤经度一百七十四度四十四分，在某处二星同时出地平，求某处之北极出地若干度？

　　金星离太阳二十度，求金星之面在明处若干分，在暗处若干分？

　　光一秒速行十九万里，假如至低之星，其光行至地，历时三年，求算其星离地若干里？

　　假如人有一定本钱，用三分之一，下余较本钱之半，增银四百两，求原本钱若干？

　　有人存银五百两，试求其利银与本银相等，用年若干？（一百银每年利银五两）

　　有人遗留银二万二千两，应分四男三女，长女所得较次女多一倍，各男所得较长女多银一千两，求每人分银若干？

　　假如顺水拨船从通州至天津五百里，用十五个时辰，逆水回来用六十个时辰，求每时水流若干里？

　　有人卖牛羊，牛一只价十二两六吊，羊一只二两三吊，共三十五只，卖价一百九十一两六吊，求牛羊各数若干？

（银价十二吊）

（此处漏题目，应是医学题）

  论有生、无生质之别。
  论动、植两质之别。
  论生力与他力之别。
  论内肤泡之各形。
  论连质（并论油脆骨质之发与用）
  论脆变骨之理。
  论牙骨之辨并乳牙与久牙之发时。
  论身体相感之原质与其比力之多少。
  论生质紧要之辨。
  论体内之水多寡并其功用。
  论寻常饮食之各质。

翻译题
英文照会：
  为照复事。光绪九年六月初一日接准贵亲王照会，南台华税局巡丁持械闯入新沙宜洋行房屋获去烟膏一案，本署大臣均已阅悉。溯查此案原因该处税局哨丁等持械闯入洋行处所，是以本署大臣照请转行追究，总期该处地方官于此事自认未能速办，始可了结。
法文照会：
  为照复事。接准贵亲王光绪九年三月三十日照会前来，已悉云南浪穹县天主教堂出有意外之患。本大臣谅不日即可接到本国驻扎广州领事官及云南副主教禀报，而始能知此事实在情形，并地方官如何办理不善缘由。查法国人在浪穹县被乡人杀毙，该地方官理应有保护之责任，且此事关系重大，本大臣应俟禀报前来，再行照会。

俄文照会：

为照复事。本国按照历年成案，仍派库伦总领事施，前往科布多、乌里雅苏台，完结相争之事，并与该两处官亲商商务。本国外部将派施大臣之处，告知本大臣，并嘱请烦贵王、大臣转行定边将军及科布多参赞大臣、库伦办事大臣，会同该总领事商办一切，于途间应行照料之处，务望照料可也。须至照会者。

德文照会：

为照复事。光绪三年九月二十九日接准贵王、大臣三月二十六日来文，欣悉本国太子银婚之期，业由出使李大臣传旨电贺，贵王、大臣兹复奉大皇帝谕，颁头等第二金宝星一面，以表称贺之意各等情。除将贵国大皇帝此次特表优异之典业已转咨本国宰辅转知悉外，合行备文照复贵王、大臣查照可也。须至照会者。

翻译条子：

昔见五叟，各百余岁，精神加倍，有诚心去拜求因何得长寿。大叟向我言，心宽不忧愁。二叟向我言，山妻容貌丑。三叟向我言，话少常闭口。四叟向我言，食量节所受。五叟向我言，夜卧不复首。妙哉五叟言，所以寿长久。

早饭要早，中饭要饱，晚饭要少。此三句是居家出外养生却病之妙法。

公法题

按战律待敌有四端，试言之。

报复之例，有时可行，而仍有限制之处，试辨之。

海上拿敌国商船，可行有三，其应以何为先务？

迩来诸国有免拿商船之议，而尚未成例，其事何如？

局外之船有可拿者，其例何也？

遇敌国占据地方而后被逐者，其善后办法，例应何如？

敌船于局外之海面被拿者，按例何以处之？

遇败兵避入局外者之境内，例应待之何如？

邦国有永守局外者，其故何也？

昔者法人焚烧敌船，有局外者因货被焚索偿，法人何以置辩？

化学题

有一块金类，含黄金、红铜二质，不用热力、不用强水化，而算各样之分量，其法若何？

今有物含鏈磺强、镥磺强，分列之法若何？

铜矿里得铜之法，写明。

定硫磺养气各率数，其法写明。

磺强水之作法，讲明。

鍼磺强、鍼磺酸、鍼次磺酸分别之法若何？

葡萄强、橡强、琥珀强试验之法若何？

鋏炭强盐其作法若何？

今有物含钷、锡，分列之法若何？

令磺酸气与养气相合，其法写明。

鏈磺强、铅绿强、银绿强，盐试验其法若何？

鍼磺酸其性情、作法若何？

水之轻气按体积较水之养气多一倍，按分量其养气较轻气多八倍，求讲明。

磺酸与磺强各作法、性情，写明。

求轻绿强、硝强与硝酸其作法若何。

醋强、葡萄强、橡强、琥珀强试验之法若何？

汞绿与汞$_二$绿锡$_二$、绿与锡$_四$绿，其情性不同之处，求分辨。

鍼磺强、鍼磺酸、鍼次磺酸试验之法若何？[1]

"癸未"，光绪九年，1883年，然"癸未十二月十七、十八、十九日"，已是1884年1月14、15、16日。此时京师同文馆已办了二十多年。从该馆的制度来看，此次考试属年终的大考，连续考三天，考完之后，学校就放年假了。也就是说，这份考卷虽然很长，但将分作三天考试，数量还不算太多。由于我个人的特殊经历，因"文革"而没有上过中学，对这份考卷中的许多题目感觉陌生，但我大约可以感到，所出的科学类题目即格致（物理）、天文、数学、医学、化学之类，大约只是中学水平，只不过今日中学的课程中天文、医学两项内容较少，化学题目中的称谓与今天差别甚大。"公法"，指万国公法，即国际法，当时总理衙门认为是贫弱之国自我保护的良方，中国第一部《万国公法》就是由同文馆翻译的。"翻译题"的出题方式很奇特，不是总理衙门发给各国驻京公使的照会，而是以英、法、俄、德驻华公使身份发给总理衙门的照会，之所以这么出题，很可能就是真实的照会，然后将翻译答题与各国原照会去比对。这是总理衙门对同文馆外文考试的特殊方法。而翻译题的数量之少，也是让人感到吃惊的。

这一份考卷之所以存在"李鸿藻档案"中，是李鸿藻于光绪二至三年（1876—1877）、光绪六年至十年（1880—1884）、光绪

---

[1]《李鸿藻存札》，第八函，中国社会科学院近代史所图书馆藏，所藏档号：甲70—7。

二十一年至二十三年（1895—1897）三度出任总理衙门大臣。光绪九年同文馆年终大考时，他的职位是协办大学士、军机大臣、总理衙门大臣、吏部尚书，是其人生宦途的第一个高峰，很可能是由其掌管同文馆，考卷也送给他一份。就李鸿藻一生的思想观念及学术取向而言，对西学之类的事物不会有太多的欣赏，然既是到了总理衙门这个"洋务"的机构，他自然会宽容，还不至于去反对。就他本人的西学知识而言，我可以大体肯定，在"格物""天文""算学""化学"以及医学方面，一定比我好不了多少，许多考题（如化学）对他来说有如天书。

刊于《悦读》第34卷，江西人民出版社，2013年

张之洞的别敬、礼物与贡品
——晚清上流社会生活的一个侧面

到了晚清,随着通货膨胀和经常性的欠薪或摊廉,官员的俸禄只占其总收入的一小部分,地方官可搜刮之处甚多,但京官的收入要靠地方官来送;晚清的官场,送礼送钱已成为常态,成为官员关系中不可缺少的润滑剂;慈禧太后晚年也以贪出名,每次生日或其他节庆的贡品,都是其重要的财源。然而,以上这些现象,尽管在清代笔记小说中有大量的记载,今人也有一些相关的论述,但给人的总体感觉,仍是比较笼统,建立不起清晰的印象。其中最重要的原因,就是找不到大量的可靠且准确的证据。可谁又会保留那些不见得多么光彩的送礼、送钱或进贡的记录呢?

现藏于中国社会科学院近代史研究所图书馆的"张之洞档案",其中存有一些文件,可说明其当时送礼、送钱,特别是给慈禧太后进贡的具体情况。这些材料能够留到今天,似属偶然,于是我也就多了一个心眼。我去查阅该档,本来注意的仅是我正在研究的关于戊戌变法的史料,此时看到各类礼单、贡折等件,也注意随手抄录。积少成多,有了较大的数量,由此而撰成此长文——或也可以说明晚清上流社会生活史中的一个侧面。

就经济与财政的层面来看,张之洞向来属大手笔,其办工厂、练兵、办学堂等新政事项,开支极大,平时还养着相当大的幕僚群体,其中各式人等皆有。他需要大量的钱,搜刮的本事也很大。甲午战争时,两江总督刘坤一北上山海关督师,张之洞奉旨署理两江总督,时间也仅仅是一年零两个月;而刘回任后,对张在江苏的搜刮极其不满,在给江苏巡抚赵舒翘的信中写道:

> 弟此次回任,明知万难,而不料搜刮如此之空,负累如此之重。如人仅存皮骨,精血已枯,将来剥削犹无已时,恐难久图生活。张香帅才自可爱,心亦无他,而用财如泥沙,办事少着落,此其大病也。[1]

刘坤一的这一评价,除去道德评判的标准,以就事论事而言,大体上是不错的。尽管当时的地方财政体系,在许多地方公私不太分明,但张之洞搜刮之财,多用于其事业,并没有大量自进腰包。他不是一个贪官。光绪三十二年(1906),他听说中枢有意调其入京,立即发电其姐夫、军机大臣、吏部尚书鹿传霖:

> 急。京锡蜡胡同吏部大堂鹿尚书:冰密。闻有派鄙人入政治馆之说,不胜惊异。如确有此说,祈飞速电示,以便具疏乞病。贱躯衰朽,债累至数万金,如何能到京当差?除乞病外,无别法也。此举想是为端午桥腾缺,并密示。冰。元。[2]

---

1 "复赵展如中丞"光绪二十二年正月二十五日,《刘坤一遗集》,中华书局,1962年,第5册,第2168页。
2 光绪三十二年六月十三日巳刻发,《张文襄公电稿墨迹》,第3函第18册,所藏档号:甲182—219,中国社会科学院近代史研究所图书馆藏。本文所引用的"张之洞档案",皆藏于该馆,此下仅注所藏档号。"冰密",双方约定的密电码。"端午桥",端方,曾任湖北巡抚,时任闽浙总督。次日,张之洞又发电鹿传霖:"昨元电想达。近来要事,恐公未必尽闻,请速询商徐菊人尚书。如政府实有驱逐之意,务请速示确信,以便乞罢。与其待人驱逐,不如自己引去,让人也。四十年老马,独不能稍留一两分体貌乎?此电请转呈徐菊翁一阅。盼电复。壶。盐。"(光绪三十二年六月十四日辰刻发,出处同上)"徐菊人",徐世昌,时任军机大臣、巡警部尚书。

张之洞的别敬、礼物与贡品　　185

张之洞不愿入京，是其一贯的心态，但拒绝入京的理由居然是"债累至数万金"！我不知道张之洞"乞病"后又有何处财源可还其"数万金"的债务，但他负债累累，却是事实。光绪二十五年正月初七日（1899年2月16日），日本驻汉口领事濑川浅之进在给外务大臣青木周藏的报告中称：

> ……张总督乃该国罕见廉洁之士，其虽历任高官，但两袖清风，囊中时常空乏。据传闻，去岁末竟达到债主迫上门来，不得已而从别处借钱还债的程度。[1]

宣统元年（1909）八月，张之洞在北京去世，其身边的幕僚张曾畴记：

> ……鄂中积亏，太邱总算一笔勾消。京中尚有万余金欠款。现收奠分约有四草（修之一草，黄楼、照岩各五竿，学部三竿，此外尚有一竿两竿，之余皆零数矣），虎臣尚未知如何办法，陆军约凑一草。尚不敷丧礼也……[2]

"太邱"，东汉名士太邱公陈寔，此处指时任湖广总督的陈夔龙，免去了张之洞在湖北的旧债。"草"，指银一万两，繁体字作"萬"。"竿"，指银一千两。真不能想象张之洞这样的封疆重臣死后竟然无

---

1 日本驻汉口领事濑川浅之进致外务大臣子爵青木周藏，1899年2月16日，见郑匡民、茅海建编选、翻译：《日本政府关于戊戌变法的外交档案选录》（二），《近代史资料》总113期，中国社会科学出版社，2006年，第85—86页。
2 《赵凤昌藏札》，国家图书馆出版社，2009年，第3册，第38页。相关的研究亦可参见孔祥吉：《"出淤泥而不染"的张之洞——读稿本〈张文襄公辞世日记〉感言》，《历史教学》2007年第11期。此段引文的识字、断句与孔祥吉稍有不同。"黄楼"，张之洞之侄张彬。"虎臣"，张之洞的亲信，督练湖北陆军的张彪。

钱来办像样的丧礼。同是张曾畴,记录了张之洞临死前遗言:

> 我病知不能好矣。我一生做人志在正字、忠字,公忠体国,廉正无私,我可自信此我之心术也。学术仅行十之五六,治术仅行十之六七。平生不树党,不殖产,自幼不争财产。指公子辈云:汝等须记得此谕,兄弟不可争产,志须在报国,勤学立品,君子小人要看得清楚,不可自居下流。¹

这一番话,说明了张之洞不贪污不殖产的志向:一心想成为公忠廉正的历史名臣。他的价值观念与行为方式,在晚清的上流社会中,已成稀见。

以下介绍"张之洞档案"中各类别敬、送礼、进贡等项的材料,并加以详细的说明。由于此类材料比较少见,本文将多加引用,或录于注释之中,以备有兴趣的读者或学者可以全面了解或直接采用。又由于本文引用史料较多,为避免日期换算之不便,本文使用中国传统纪年,并夹注公元。

一 别敬及其他

清代的官场,有着惯例的别敬:夏天的冰敬,冬天的炭敬,端午、中秋的节敬,年终的年敬,地方官离京赴任前赠送京官的别敬……其馈送的对象有师长与尊亲,也有好友与幕僚,或者仅仅是一个名义,送给官场上的相关人员。² 按照当时的观念,这一

---

1 《赵凤昌藏札》,第 3 册,第 34—35 页。
2 "别敬"有广义与本义之分,从广义来说,是诸敬的合称,从本义来说,即是离别的礼金,尤其特指地方官离京时送京官的礼金。

类别敬还算不上是贿赂。对于幕友来说,别敬是其主要的收入;对于京官来说,别敬也是相当重要的收入。"京城居,大不易",俸禄、结费、别敬是京官收入的三大来源。[1] 也有一些京官因生活所迫,以病告退,去主持书院或做其他营生。[2]

"张之洞档案"有一份电报的底稿,开明其送京官的年敬:

> 京都百川通。代香帅送:王廉生三百两,又二十两;沈鹿苹公分三百两,又一百两;吴讲修二百两;黄漱兰二百两;朱益斋修八十两;刘宣甫、叶伯皋、刘博泉、黄仲韬、朱益斋,各一百两,又各二十两;寿伯符修一百二十两;翁同龢、张抡奎、兵马司中街沈中堂太太、内阁苏守庆、廖寿恒、徐树铭、王同愈、王彦威、张中堂、李鸿藻,各一百两;沈曾植、张君立、张黄楼、柳树井魏正泰,各五十

---

[1] "结费",指举人入京参加会试、候补官员入京至吏部等事项,由同乡京官所出具结(担保书)的酬金。相关的研究,可参见张德昌:《清季一个京官的生活》,香港中文大学出版社,1970年。又,晚清曾任湖广总督、直隶总督的陈夔龙称:丁宝桢于光绪二年(1876)出任四川总督,入京陛见,过天津时直隶总督李鸿章告之,"现今督抚陛见到京,应酬大于往时数倍。知君两袖清风,一无所有,已代筹备银一万两,存京某号。君到京时,可往取用。"丁宝桢到京后,"正值某邸某相生日,外吏入京所望甚奢,手笔不能寒俭。又同乡举子百数十人留京待试,群望所属,更须从丰侬助",由此,丁宝桢致函李鸿章,再借银一万两。而丁宝桢"到川后,屡思筹还,而力终不逮"。(《梦蕉亭杂记》,中华书局,2007年,第96—97页)此中的费用,多属别敬。丁宝桢是当时的廉吏,一次入京用去银二万两,终生不能还,可见当时地方官入京时的开销用度之大。

[2] "张之洞档案"中有一份电报,给江宁布政使许振祎,提议共同接济李端棻:"金陵藩台许。仙屏同年鉴:苾园函言,苦贫,欲乞病归里,并赴金陵、岭南。尊处想亦接到,闻已力阻。渠不日跻卿贰,归山更窘。我两人宜共接济,或约定每年若干以慰之。尊意如何?速示。洞。咸。"(十一月十六日辰刻发,《张文襄公电稿墨迹》,第1函第1册,所藏档号:甲182—219)该件无年份,查许振祎于光绪十二年至十六年任江宁布政使,此电当发于此期。"苾园"为李端棻的字。他于光绪十二年由詹事府少詹事迁詹事,十三年又迁内阁学士,十八年迁刑部侍郎,以此经历来看,他在京官中不属贫寒者。"张之洞档案"中还有大量安排丁忧或告病回乡的京官担任书院山长等职的文件。

两;易俊、半截胡同张度,各四十两。以上统共京平足银三千二百两,兑交。另交津南同乡京官每人给二十两,请张黄楼开单问交。望见电务必年内速交,各讨收条。交毕,速电复。至望。照交用数多寡,一笔结陵注帐如传。十二月二十八日戌刻发。[1]

这份电报没有年份,但从王懿荣的回电来看,似发于光绪二十年或二十一年,张之洞在署理两江总督任上。[2] 若是二十年,恰遇甲午战争正处于危急时刻,若是二十一年,张之洞正忙于从两江回任湖广之际,他来不及处理京中官员的年敬,于是发电报给京中票号"百川通",委托其集中交送,并令"见电务必年内速交"。这件材料的珍贵之处,就是比较完整,大体可见张之洞年敬的盘

---

1 《张之洞存来信电稿原件》,第11函,所藏档号:甲182—382。"代香帅送"后删去"诸公年礼"四字。"王廉生",王懿荣。"沈鹿苹",沈恩嘉。"吴讲修",不明其人,此处可读为"吴讲","修"即修金,亦可读为"吴讲修","讲修"为其字或号。"黄漱兰",黄体芳,曾任兵部侍郎,由弹劾李鸿章降为通政使,清流健将。"朱益斋",朱延熙,时任翰林院编修,他是张之洞的亲戚。"寿伯符",寿富,清流健将宝廷之子。"刘宣甫",刘怡,张之洞的亲戚。"叶伯皋",叶尔恺,时任翰林院编修。"刘博泉",刘恩溥,清流健将,时任通政使司副使。"黄仲韬",黄绍箕,黄体芳之子,时任翰林院编修。翁同龢,时任军机大臣、总理衙门大臣、督办军务处大臣、户部尚书,他是光绪帝的师傅。张抡奎,张之洞的亲戚。"沈中堂太太",前大学士、军机大臣、总理衙门大臣沈桂芬的遗孀。苏守庆,光绪十六年进士,时任内阁中书,他是直隶人。廖寿恒,时任吏部侍郎,总理衙门大臣。徐树铭,时任兵部侍郎。王同愈,时任翰林院编修,后任湖北学政。王彦威,军机章京,此时丁忧。"张中堂",张之洞的族兄、军机大臣张之万。李鸿藻,军机大臣、总理衙门大臣、礼部尚书。沈曾植,时任总理衙门章京。"张君立",张之洞之子张权。"张黄楼",张之洞之侄张彬。"柳树井",指北京西城柳树井胡同,今已拆毁。魏正泰,张之洞的亲戚。易俊,曾任军机章京,时任御史。张度,很可能是晚清书画家,字吉人,号叔宪,浙江长兴人(这一条是姜鸣提示的)。

2 王懿荣回电称:"厚贶感谢。照费初五日汇到,已饬国学官领去,回文函上。公义同感。积欠仍乞严催。荣。鱼。"(正月初七日申刻发,戌刻到,《张之洞存来信电稿原件》,第14函,所藏档号:甲182—385)原件没有年份,但上有发报地点PK(Peking,北京)和收报地点NK(Nankin,南京),可说明发电日期为光绪二十一年或二十二年,张之洞尚在署理两江总督任上。

子。名单虽有可能不全，或是张先送其认为最重要的人士，其他人士以后再补；但我以为，若有遗漏，数量也不会很大。名单中列为首位的王懿荣，是张之洞第二房太太王夫人的哥哥，时任国子监祭酒，又在南书房行走，是甲骨文的发现者，与张之洞关系甚好。张时常予以接济。[1] 王在八国联军入侵北京时自尽殉节，张极为悲痛，亦托人寄送奠金。[2] "公分"，军机处章京共同可分之银，张交给军机处汉头班领班章京沈恩嘉，由其负责分配。戊戌变法期间，刑部主事刘光第入值为军机章京，在给其弟私信中称："兄又不分军机处一文（他们每年可分五百金之谱，贪者数不止此）。"[3] 此中的"可分"款项，即是"公分"。军机章京共计48员，若按刘光第所称每年可分银500两计，共计银24,000两，张之洞

---

[1] "京锡蜡胡同南书房王祭酒：百川汇五百金，查收。洞。勘。"（四月初一日午刻发，《张之洞电稿》光绪二十五年三至四月，所藏档号：甲182—456）"京锡蜡胡同王祭酒宅内王汉甫：需件已寄。敬。"（五月廿五子刻发，《张之洞电稿》光绪二十五年五至七月，所藏档号：甲182—456）该电原写"百川寄三百金，查收。壶，敬"；后删"三百金"改为"毛诗"；后又全删另写。"汉甫"，又写作汉辅，王懿荣之子王崇烈。

[2] 张之洞闻讯王懿荣自尽，多次表示哀痛。他曾发电山东布政使张人骏："致济南张藩台：支电悉。廉生忠骸及眷属，承振卿侍郎料理殡厝，子孙无恙，稍慰。汉辅只可暂缓入都，祈代致唁。竹坡两子云云，深为惊愕，前闻寿伯符有遇祸之说，未敢遽信，正深悬系。究系如何殉难，望明示。慰帅处代致谢。洞。麻。"（光绪二十六年闰八月初七日丑刻发，《张之洞电稿乙编》，庚子第67册，所藏档号：甲182—74）"振卿"，吏部侍郎张英麟。"竹坡"，宝廷，礼部侍郎，清流干将。"慰帅"，山东巡抚袁世凯，字慰亭。李鸿章进京谈判，张之洞发电上海盛宣怀转李鸿章："敞处由道胜汇寄王廉生祭酒殡葬费一千两，寄宝竹坡之子编修寿富兄弟殡葬费四百两，请中堂查收饬交。再，廉生之子王崇烈，自东赴京，尚未到，到时付给。寿编修兄弟款，请托陈御史璧转交。拜恳。洞。愿。"（光绪二十六年九月十四日辰刻发，《张文襄公电稿墨迹》，第3函第13册，所藏档号：甲182—219；抄本又见《张之洞电稿乙编》，庚子第67册，所藏档号：甲182—74）"道胜"，华俄道胜银行。"自东赴京"之"东"，山东之意。

[3] 《刘光第集》，中华书局，1986年，第287页。刘光第在该信中还称："……又不受炭别敬（方写此信时，有某藩司送来别敬，兄以为不收礼，璧还之）。"刘光第此信写于光绪二十四年八月初一日，从时间与官职来看，送别敬者似为新任广东布政使岑春煊。

190

的银300两只占其中80分之一。张之洞还派其侄吏部主事张检办理过总理衙门总办、帮总办章京的"公分"。[1]"修",似指修金,接受者可能承担编书等职,大多似为挂名。从该电所列的名单来看,张之洞所送者大多是尊亲及清流同党。至于同乡京官,张之洞还命其侄候补知府张彬办理其事。[2] 而张之洞给家人亲友的别敬,"张之洞档案"中还有两份文件,但不完整。[3]

"张之洞档案"中有一件幕僚起草、张之洞亲笔修改的信件

---

[1] "张之洞档案"中有署日期三月十二日、十八日、三十日三份电报:"京,张玉叔:总署章京内有总办、帮总办共五人,每年终俱有公送节敬一分,共二百金。去腊托送之人有错误,未收到。兹补汇二百金。望转交分致。又汇去纪钜容引见费二百金,亦即传送。均即电复。壶。文。"(三月十二日辰刻发,《张之洞电稿》光绪二十五年三月至四月,所藏档号:甲182—456)"京,张玉叔:百川汇寄二百金,系送总理衙门总办章京四位公分,望速转,并取收条。电复。慎。啸。"(三月十八日巳刻发,出处同上。此电张之洞删去一句:"此项每年皆有,前年系经手者错误,未交到,并代声明。")"京,张玉叔:总署章京年终公分,总办、帮办须全送,人数既多,可共送三百金。向百川添取。速交。壶。艳。"[三月三十日丑刻发,出处同上。此处张之洞原稿删去"年节(年终公分)向来记是只送(总办),大约系五人,连(帮办)"诸字。]"张玉叔",张检,"玉叔"是其字。以上三电的内容是张之洞派其侄补送给总理衙门总办章京、帮总办章京的"年终公分"。值得注意的是,此是专给总办章京、帮总办章京的,普通章京"公分",应另外有送。

[2] 张之洞于十二月二十九日发电张彬:"京。楼:节费已寄。各亲友均交百川,便中告知往取。津南同乡,查明人数,每人二十,向百川取。外间从未咨过生日,光绪十三年,不知上边如何想起,未详其所以然,只可听之。壶。艳。"(十二月二十九日戌刻发)"京。楼:安。天津阖府同乡,缘须送炭敬,每人二十金。壶。艳。"(十二月三十日卯刻发,以上两电皆见《张之洞电稿》光绪二十五年十月至十二月,所藏档号:甲182—457)两件皆无年份,原整理者所贴时间亦有误,具体时间难以确定,但其中有一件当发于光绪二十三年,另一件似发于光绪二十年或二十一年。"楼",黄楼,张彬的字。又,补贴同乡京官属当时的惯例,"张之洞档案"中还有一电:"京宣武门内太平街翰林朱宅吏部张玉叔:接济同乡京官一款,捐班减半,即商刘仲鲁分送。壶。洽。"(光绪二十六年十一月十七日未刻发,《张之洞存来往电稿原件》,第15函,所藏档号:甲182—386)庚子事变后,京官陷于生活之困境,张之洞予以生活补贴。刘仲鲁,刘若曾,此时任翰林院编修,直隶盐山人。

[3] "张之洞档案"中有一电报原件:"泊头双妙村张玉叔:约。文成汇寄五百金。汝母及六婶度岁各一百。与汝作贺一百,明春会试盘费另寄。堂上各院一百,均分。孙家楼大姑三十,右铭二十,赏众佃五十,速分送。彬愈否?何日行?壶。(转下页)

底稿，似可以作为那个时期年敬的样本：

> 拟复江西道察院周都老爷印树模台启。少朴仁兄大人阁下：别来再奉惠书，欣承动定。咏迟答书来之句，想早朝归咏之风，良问殷勤，下怀驰向。弟江城还领，岁籥又新，抚时事之多艰，念退思之莫补，洒邀扬诩，祇益惭皇。盖履冰临谷以时兢，岂木屑竹头之获效，比责言于中立，更深虑于边防。空穴来风，徹桑未雨，绸缪牖户，所贵先筹。诚如尊言，宜有至计。京华依望，远瞻北向之归鸿，封事争传，愿听朝阳之鸣凤。专肃布复，祇请台安，并贺春祺不备。馆愚弟顿首。正月廿九日。

该信又有附信，称言：

> 敬再启者。顷交百川通电汇寄年敬一百金，祈查收为幸。珂乡去冬久晴，幸春前连得快雪，丰岁可占，冬温亦解。并以附闻。弟又启。[1]

该信的日期写"正月廿九日"，没有年份，然信中称"弟江城还领，岁籥又新"，查张之洞是光绪三十年三月由北京返回湖广本任，根据周树模的履历单，此信应作于光绪三十一年（1905）。

（接上页）俭。"（腊月二十九日丑刻发，《张之洞存来往电稿原件》，所藏档号：甲182—376）这是张之洞给其家乡亲友的年金。原件无年份，"张玉叔"，张检，光绪十六年中进士，此电当发于此前。"张之洞档案"中还有一便笺，上书："魏正泰妹侄，一百。寿伯符富，三百。家铭（组、绶、绅），六十，各二十。周少朴，五十。鹿默生，五十。"（《张之洞档案杂件一册》，《张之洞电稿》，所藏档号：甲182—457）原件无日期，然寿富死于光绪二十六年八国联军入京时，当写于此前。从内容来看，是张之洞拟写京中亲友的别敬。"周少朴"，即周树模；"鹿默生"，鹿传霖之子。

1 《张之洞函稿》，所藏档号：甲182—213。

周树模,字少朴,湖北天门人,光绪十五年中进士,入翰林院,光绪二十八年授江西道监察御史,次年转掌江西道监察御史。他本是经心书院的学生,后又任教于两湖、经心等书院,与张之洞关系甚密。年敬是通过百川通汇寄的,信是通过折差送的,因此作信的时间较晚。[1]

"张之洞档案"中还有一份电报,是张之洞的重要幕僚王秉恩于光绪二十一年十二月二十二日(1896年2月5日)发给督办军务处委员陈允颐的,电文称:

> 北京地安门外板厂胡同陈道台养原。养原同年鉴:由百川通电汇五百金济用。查收电复。秉恩。马。[2]

该电原件在"由百川通"之前写"帅谕"二字,后又删去。时值年关,该电又未称年敬(若是年敬,数量也似过大),很可能是张之洞专门给陈允颐的生活补贴,即电文中"济用"之意。[3] 陈允颐,字养原、养源,江苏武进人,同治进士,时任湖南候补道。他曾随使俄国,任清朝驻日本横滨等处领事,并由李鸿章委派办

---

1 该信稿上注"交折差带",可见信件交折差带去。又,军机章京陈炽给湖北按察使陈宝箴的信中称:"侄于十一月中补授浙江司主事,即少云之缺。腊月初六日枢垣例保以员外郎,无论题选咨留即补……由百川通接香帅四十金,函信未来,不知何故。若云年终例赐,何以电汇来京?只好暂存,以须后命耳。"[柳岳梅整理:《陈宝箴友朋书札》(四),上海图书馆历史文献研究所编:《历史文献》,第6辑,上海古籍出版社,2004年,第185页]该信原注日期为"腊月望日",信中又称:"叩送行旌,倏已匝月","近向吾复接南电,得悉署藩之讯","近日醇贤亲王虽经薨逝",可知该信写于光绪十六年十二月十五日。陈炽是先收到电汇的年敬,而信尚未收到。
2 十二月二十二日巳刻发,《张之洞存来往电稿原件》,所藏档号:甲182—376。原电无年份,根据内容,当发于光绪二十一年。原电写"军务处委员",后删去。原电另附一行字:"京都电局委员:养原熟人,不必打地址,可以送到。"
3 张之洞当时给其亲信幕僚杨锐以生活补贴,每月银100两,参见拙文《"张之洞档案"阅读笔记之二:张之洞与杨锐的关系》,《中华文史论丛》2010年第4期。

张之洞的别敬、礼物与贡品　　*193*

理朝鲜电报事宜。光绪二十年十一月,由署理两江总督张之洞奏调,在江南洋务局办事。[1]甲午战争结束后,清廷考虑新任驻日本公使的人选,两次电旨命张之洞保举使才。[2]张之洞接到后一电旨后,立即召见陈允颐[3];并于闰五月十二日(1895年7月4日)电奏,保举黎庶昌、陈允颐两人,其中陈允颐保语是:

> 奏调江南差委湖南候补道陈允颐,曾以随员、理事等官到过西洋、东洋、朝鲜各国,明习洋情,才具通达无滞,尚能斟酌轻重,亦可备使才之选。[4]

清廷接到该电后,立即下旨"送部引见"。[5]陈允颐到京引见后,由成立未久的督办军务处奏留在该处办事。张之洞此时接济陈允颐,是想在督办军务处开通一私人的渠道。

"张之洞档案"中存有一件没有任何标识的笺纸,上写:

> 一、津贴《同文沪报》译书费四百金;一、《同文沪报》七八两个月薪水共二百金;一、津贴《同文消闲报》译书费

---

1 赵德馨主编:《张之洞全集》,武汉出版社,2008年,第4册,第416页;秦国经等主编:《清代官员履历档案全编》,华东师范大学出版社,1997年,第5册,第751页;第6册,第53、108页。
2 总署来电:"奉旨:前谕张之洞保荐堪称出使人员,著即迅速电复。"(光绪二十一年闰五月十日未刻发,申刻到,《张之洞存来往电稿原件》,第6函,所藏档号:甲182—377)
3 张之洞发电:"下关电局译出探询速交陈道台允颐:有要事,速回城进署面谈。洞。真。"(光绪二十一年闰五月十一日辰刻发,《张之洞存来往电稿原件》,第8函,所藏档号:甲182—379;抄件又见《张之洞电稿丙编》,第55册,所藏档号:甲182—90)
4 《张之洞全集》,第4册,第443页;张之洞亲笔原件又见《张文襄公电稿墨迹》,第2函第7册,所藏档号:甲182—219。
5 该电旨称:"张之洞电奏已悉。湖南候补道陈允颐,即著张之洞给咨送部引见。"(总署来电,光绪二十一年闰五月十三日申刻发,酉刻到,《张之洞存来往电稿原件》,第6函,所藏档号:甲182—377)

一百金；一、津贴《中外日报》译书费二百金；一、《中外日报》七八两个月薪水共二百金；一、《苏报》四五六七四个月薪水共二百元；一、《申报》五六七八四个月薪水共二百金；一、《申报》请补正、二两个月薪水共一百金。以上共需规元银一千四百金，又洋元二百元。[1]

原件无日期，查《同文沪报》于光绪二十六年（1900）由《字林沪报》改，《同文消闲报》亦是同时由《字林沪报》的附报《消闲报》改，《中外日报》于光绪二十四年（1898）由《时务日报》改，《苏报》创办于光绪二十二年（1896），《申报》创办更早；由此，这份账单应写于光绪二十六年之后，很可能就是光绪二十六年，即庚子事变期间。这是张之洞通过津贴来左右媒体言论的一个证据。[2]

"张之洞档案"还有一份礼单，是光绪二十年三月初四日（1894年4月9日）发电北京，送给两湖书院、经心书院肄业新中举人参加会试的"公车费"等项共银一千余两，这大约是他最愿意送钱的时间与对象吧：

> 致京打磨厂应山会馆刑部左笏卿：祈转告房县训导刘洪烈，湖北新中举人六十一名内两湖书院新、旧肄业生十四名：常炳燿、陈翰芬、许堃、胡有焕、胡辅之、陈燮、陈元晋、陈鸿倬、朱沛昌、徐文佐、陈金、锡龄、吴灵凤、蔡中燮。经心肄业生三名：丁禧翰、袁承祖、陈怀清，每人送公车费四十金；其余四十四名，各送元卷四金。湖南省新中两

---

1 《张之洞公文函电稿》，所藏档号：甲 182—216。
2 甲午战争后，英国传教士李提摩太（Timothy Richard）到北京，于 1895 年 9 月 17 日见到总理衙门大臣李鸿章。李鸿章称："《新闻报》（出版于上海的一份报纸，人们都认为它受张之洞资助）对他的攻击是不光彩的。"（李提摩太著，李宪堂、侯林莉译：《亲历晚清四十五年：李提摩太在华回忆录》，天津人民出版社，2005 年，第 224 页）

湖书院新、旧肄业生六名：王龙文、朱道濂、周蕃、李如松、许邓起枢、方永昺，亦各送公车费四十金；其曾呈硃卷之湖南郭振镛、李元音二人，各送元卷四金。款由百川通交，托刘速即分送。并电复。洞。江。[1]

二　送王公大臣的礼物

"张之洞档案"中有一些送王公大臣的礼单，数量虽然不多，但很能反映张之洞的做事方式与做人心计。以下按时间为序，一一介绍。

送大学士徐桐

徐桐（1819—1900），道光三十年（1850）进士，同治帝师傅，长期任吏部尚书。他师宗宋儒，被视为有节气，然在政治上极端保守。张之洞本属清流，与徐桐有交往，"张之洞档案"中亦有他写给徐桐信件的原稿，但两人关系谈不上密切。光绪二十四年（1898）三月二十九日，即"百日维新"的前夕，在杨锐、刘光第等人的策划下，时任体仁阁大学士、管理吏部事务、翰林院掌院学士的徐桐上奏"调张之洞来京面询机宜"，即有意让张入京主持政务。然张之洞入京一事，为翁同龢所阻，以沙市事件为由，旨命已经到达上海的张之洞返回湖北。[2] 同年闰三月

1　光绪二十年三月初四日巳刻发，《张之洞电稿丙编》，第39册，所藏档号：甲182—87。"左笏卿"，左绍佐，湖北应山人，进士出身，时任刑部主事，后任军机章京。
2　徐桐折，光绪二十四年三月二十九日，《军机处录副·光绪朝·内政类·职官项》，3/99/5358/71；并可参见拙文《1898年张之洞召京与沙市事件的处理》，《中华文史论丛》2002年第1辑（总第69辑）；《戊戌年徐桐荐张之洞及杨锐、刘光第之密谋》，《中华文史论丛》2007年第2期。

二十八日（1898年5月18日），张之洞从上海返回武昌之际，发电其侄张彬：

> ……徐相寿，除津南同乡公分寿屏列名外，并送寿联，配礼物四色。联托仲韬撰，觅善书者书，礼物约价二十金以内，切不宜丰。速电复。[1]

徐桐此时虚岁80岁，即过八十大寿的庆典，然张之洞的礼物仅是：一、在津南同乡官员共同的寿屏上列名；二、让黄绍箕代作寿联，并请善书法者代书；三、另配礼物四色，价格竟在银20两之内。张之洞送如此"轻礼"，恰是出自对这位理学大师内心世界的深刻理解；"切不宜丰"一句，正说明此类"轻礼"对徐桐来说更能合心惬意，更能引起关注。

送军机大臣荣禄

荣禄（1836—1903）是晚清重臣，光绪二十四年四月，即"百日维新"之初，出为直隶总督、北洋大臣；八月戊戌政变后调京，任军机大臣，管理武卫五军事务，执掌政务。"己亥立储"后，端郡王载漪和徐桐等人的地位上升，荣的地位下降，处于微妙之际。光绪二十六年（1900）四月，张之洞的重要幕僚王秉恩预备进京，办理银元局事务，张为此给荣禄写信，"张之洞档案"中存有该信的底稿。[2] 按照当时的惯例，信分正、附两件，正信多

---

1 闰三月二十八日辰刻发，《张之洞电稿》光绪二十五年三月至四月，所藏档号：甲182—456。整理者误，该电发于光绪二十四年。
2 张之洞致荣禄的附信中交代了王秉恩之进京原委："奏调湖北差委王道秉恩，去年经于次棠中丞奏保，奉旨送部引见；并奉钧电，以京师开办银元局，事务纷繁，正需熟手，饬令该道迅速来京，会同那京卿等布置一切。其时因该道母病难行，旋即丁艰。续奉电旨，饬令该道于百日后迅速来京。本拟二月初开河即行北上，（转下页）

为虚词问候，附信才切入正题。然张之洞的正信，语及李鸿藻，读之颇感情真意切：

……犹忆曩在京朝，与故协揆李文正公素称雅故，每闻其谈及衷曲，谓平生相知最深、交谊最厚者，远则文文忠公，近则执事。谓文忠笃棐忠贞，竭诚尽瘁，执事公忠宏达，直道不阿。晚深信文正之取友必端，故于台端素深景仰，秖以踪迹阔疏，恨未获一瞻颜色。兹读来函，道及文正当日交谊议论，许为兰臭之同，推及屋乌之爱。怀贤感旧，益用怆然。垂爱至殷，尤深铭刻……

李鸿藻是清流领袖，张之洞曾是其帐下大将，两人关系极深；李鸿藻与荣禄关系亦密，是盟兄弟，这一下子拉近了两人的距离。[1] 又由于荣禄掌军事，张也根据其来信，具体说明湖北枪炮厂的情况：

……湖北枪炮厂创设仅止数年，经费既属支绌，而地处腹省上游，委员工匠通晓机器制造者，实属不易得。晚极力考求督率，终愧未能遽臻十分精美，歉仄奚如。寄京考验之枪，承尊处派委永都统、张军门校验，德枪取准三里，鄂枪二里八分，沪枪一里半。较沪差胜，而较之德造究属尚逊一

（接上页）因其在鄂有年，经理各局事务甚多，一旦离鄂，势须将经手诸事略为交代。现在甫获就绪，谨即饬令赴京，听候驱策。"（《京信稿》，《张之洞函稿·光绪二十五年至三十一年》，所藏档号：甲182—215）"于次棠"，于荫霖，时任湖北巡抚。"那京卿"，那桐，时任鸿胪寺卿。

1 张之洞与李鸿藻的关系，可见拙文：《张之洞档案阅读笔记之六：戊戌前后诸政事（下）》，《中华文史论丛》2012年第1期。李鸿藻与荣禄的关系，可参见李宗侗：《我的先世及外家》，其中称，"我祖父同文忠（荣禄）是盟兄弟，所以称他为四哥"，并谈到罢免翁同龢事。（台北：《传记文学》第5卷第4期，1964年）

筹。自当恪遵来谕，加意研求，日臻精利，以副荩嘱。

由于荣禄在京开办练将学堂，索取湖北武备学堂章程，张附送防营将弁学堂章程并表一册和武备学堂课程表。[1] 从该信的内容来看，此一时期的张、荣关系已是比较密切。[2] 张之洞的附信，主要是介绍王秉恩的情况，以使之在京能得大用。附信最后提到了礼物，原稿所写是邹代钧所绘地图（可能当时未能完成），后删去，改写为：

> 附呈湖南长沙李氏纂刻《国朝耆献类徵》一部、湖北杨氏刊《景苏园帖》一部，上尘清鉴，即希赐存。[3]

---

1 《京信稿》，《张之洞函稿·光绪二十五年至三十一年》，所藏档号：甲182—215。该信稿上记："四月廿二交王道带京"。又，"文文忠公"，文祥（1818—1876），前军机大臣、总理衙门大臣。

2 张之洞曾有一电给王之春，以湖北枪炮厂事，请荣禄予以支持："京绳匠胡同安徽抚台王：椒密。敬电悉。鄂枪事，仰承鼎言上达。俾免愆尤，感刻万分。敬谢。前接委员来电，经营务处庆都统及翼长张军门俊试验，德枪及二里半，鄂枪二里零五分，沪枪一里半，开有清单，呈荣相。如与人论及时，望将此节代为剖析。木讷公于敝处甚不惬，事事挑剔，公所深知。望见荣相时婉言之，谢其主持公道。至感。察典倖邀恩叙，感悚莫名。名心叩。艳。"（正月十九日亥发，《张之洞电稿》光绪二十四年一至八月，所藏档号：甲182—455）原件整理有误，据王之春的任职时间，此电当发于光绪二十六年。"木讷公"，军机大臣刚毅。

3 《京信稿》，《张之洞函稿·光绪二十五年至三十一年》，所藏档号：甲182—215。该信原称："附呈近人邹代钧所绘地舆图一函，此图盖采德人所作图本，兼采俄人所作中亚细亚、西比利亚二图，英人所作印度、缅甸、暹罗及北亚美利加、南阿非利加等图，法人所作越南图，德人所作南洋群岛图、阿非利加洲图，以补之。而内地直省地图，则又采会典馆本，重加钩稽。会萃中外，参考详备，尚属翔实有用。全图分三批刊刻。此函系头批九十四张，装成十一册。余已陆续付刊。容俟刊齐，再行续呈。"张在附信中还称："该道办事结实，条理精详，洁己奉公，不避劳怨。尚求俯施训诲，俾获遵循，下忱曷胜翘祷。惟九府经纶之大，在钩轴自有权衡，固非小知一得所能该贯者矣……"张并提出让王秉恩还乡归葬事："京师银元局如开办，一切布置既有端绪，俯允赏假，扶柩还川安葬，则感佩感德，不独该道之永矢弗谖也。"

《国朝耆献类徵》是李桓所辑的清人传记资料，共计七百二十卷，上溯清初，下至道光三十年，搜罗人物达万人。"景苏"是景仰苏轼，景苏园是由黄冈知县杨寿昌出资建造，湖北金石家杨守敬选刻苏轼之笔墨，其石刻今存湖北黄冈东坡赤壁碑阁，《景苏园帖》是较好的苏轼书帖。张之洞喜好苏体，其字亦仿苏，此处所送似为拓片。由此可见，张之洞送荣禄的礼物是书和拓片，极为雅致。这一类礼物绝不可能有贿赂之嫌。

王秉恩因义和团及八国联军之役，最终未能入京，次年张之洞向西安行在第二次进贡时，才将这两件礼物送去，同时送去的还有邹代钧所绘的地图。（后将详述）

送小醇亲王载沣

小醇亲王载沣（1883—1951），醇贤亲王奕譞第五子，光绪帝的亲弟弟。《辛丑条约》第一条规定，清朝须派小醇亲王作为"头等专使"前往德国赔礼。光绪二十七年九月，载沣从德国返回上海，张之洞闻讯后，于九月二十四日（1901年11月4日）一面发电上海道袁树勋，了解载沣之行期，一面发电正在苏州的其侄张彬：

> 致苏州八旗会馆张黄楼：万急。醇邸由德回华，现已抵沪。汝充鄂督、抚委员，代为近接请安，见电即日起程赴沪。恐醇邸行期在即，已电竹君代备礼物四色，由汝赍呈。到沪可先临竹君，妥慎将事。立盼电复。湖广总督署。迥。[1]

---

[1] 光绪二十七年九月二十四日未刻发，《张之洞电稿丙编》，第96册，所藏档号：甲182—99。"竹君"，赵凤昌。又，张之洞发给袁树勋的电文为："万急。致上海袁道台：漾电悉。醇邸在沪驻节约几日，赴京抑赴行在，从何道行？祈确探示复。洞。敬。"（光绪二十七年九月二十四日未刻发，出处同上）

张之洞命张彬作为湖北的代表，接待请安。九月二十六日（11月6日），张之洞发电其派在上海的政务代理人赵凤昌：

> 上海读，并交张黄楼同阅：万急。邸物可改送石印廿四史一部、罗振玉所刻农学丛书一部、东洋上等印色、苏杭上等名笺、龙井茶、上等真野术、虾子豆腐乳、糟蟹，共八种。数目若干，可酌办，不必甚多。速送，勿迟。不必再商。壶。宥。[1]

张之洞的礼单（四色已改八色），极具特色，有书籍与文具，也有药品与食品，其中"上等真野术"是张极感兴趣的一味珍贵滋补药品，多次进贡慈禧太后（后将详述）。同一天，他与湖北巡抚端方联名发电：

> 上海醇王爷钧鉴：恭闻王爷使节自德回华，一切如礼，能全国体，钦佩莫名。兹已安抵沪上，实深欣慰。洞、方职守攸羁，未克亲往迎候，谨派江苏候补道张彬代躬迎谒，恭请福安。仰祈钧鉴。之洞、端方同谨肃。宥。[2]

张彬到达上海后，代向载沣请安，并陪同参观丝布厂、澄衷学堂，送行到吴淞。[3] 对于张之洞的礼物，载沣"礼收一半四色"，

1　光绪二十七年九月二十六日戌刻发，《张之洞电稿》光绪二十七年九月，所藏档号：甲182—467。"读"，赵凤昌。其中"上等真野术"是改原先写的"虎爪笋"而补。
2　光绪二十七年九月二十六日戌刻发，《张之洞电稿》光绪二十七年九月，所藏档号：甲182—467。抄件又见《张之洞电稿丙编》，第96册，所藏档号：甲182—99。"一切如礼，能全国体"，指载沣在德国拒绝行跪拜礼之事。
3　张彬共有四电汇报情况："武昌督署：今到沪，邸阅制造局，明日再谒。礼用食物相宜，已备妥。彬禀。宥。"（上海来电，光绪二十七年九月二十六日申刻发，戌刻到）"武昌制台：昨电悉，邸见，嘱谢。叔与午帅并请安。礼明日送。彬。沁。"（转下页）

两次发电张之洞，表示感谢：

  武昌张制军、端中丞鉴：宥电具悉。本爵于二十三抵沪，接奉谕旨："著到京，公事安置后，即来迎驾。"现拟二十九乘轮北上。张道彬昨已来见，诸荷关垂，感甚。醇亲王。俭。[1]
  张制军鉴：承惠多珍，莫名心感。本爵于卅日由沪开轮北上，知蒙关注，特此布闻。顺鸣谢悃。醇亲王。艳。[2]

此时小醇亲王仅19岁（虚岁），第一次处理政务。在"大阿哥"被废黜后，朝野的目光都在探寻光绪帝的继承人，载沣此时也格外引人注目。此后不久，他由慈禧太后指婚，与荣禄的女儿结婚，其子即为宣统帝溥仪。五年多后（光绪三十三年，1907），他先以军机大臣上学习行走、军机大臣的身份，后以监国摄政王的尊位，与入京出任军机大臣的张之洞共同处理政务。此为张之洞与载沣的第一次交往，张表现出颇具政治远见，只是不知道小醇亲王收下的一半礼物"四色"，又是哪些东西。

送庆亲王奕劻

  庆亲王奕劻（1838—1917），长期是慈禧太后的宠臣，任总

  （接上页）（上海来电，光绪二十七年九月二十七日戌刻发，亥刻到）"武昌督署：今日陪邸看丝布厂、澄衷学堂。礼收一半四色。邸行期明日定。彬。俭。"（上海张道来电，光绪二十七年九月二十八日亥刻发，二十九日巳刻到，以上三电见《张之洞各处来电》，辛丑第32册，所藏档号：甲182—151）"上海来电。督署。廿九见邸，在卧室，嘱谢礼物，续问好。邸言向少，无多话。昨日'安平'行，送至吴淞。一切禀详。侄拟明日回苏。端中丞处，应否具禀请示。彬。东。"（光绪二十七年十月初一日申刻发，亥刻到，《张之洞存各处来电》，辛丑第33册，所藏档号：甲182—152）

1　上海醇亲王来电，光绪二十七年九月二十八日亥刻发，二十九日巳刻到，《张之洞存各处来电》，辛丑第32册，所藏档号：甲182—151。
2　上海醇亲王来电，光绪二十七年九月三十日巳刻发，申刻到，《张之洞存各处来电》，辛丑第32册，所藏档号：甲182—151。

理衙门大臣、御前大臣，庚子事变后，在京与李鸿章共同议和，任外务部总理大臣。光绪二十九年（1903）荣禄去世，他入值军机处，为首席军机大臣，权重一时。"张之洞档案"中有一幕僚起草、张之洞亲笔修改的信稿，其文如下，下画重点号者为张之洞亲笔：

> 王爷钧座：敬肃者。窃○○（之洞）前岁在都，亲被栉晖，渥承欵训，临行复蒙嘉惠逾格，宠赐多珍。感千尺之桃花，倾五中之葵藿。叩别以后，岁月迁流，关河修阻，又未敢率陈琐状，上渎清聪。尺素久稽，寸丹如结。伏念荩躬矍铄，萧祉骈蕃，八千岁为春，后天不老，九五福曰寿，与国同休。颂溢生申，祥徵书亥。○○（之洞）心殷北向，迹阻南方。赋燕喜之诗，未随鞠跽；吟鹤飞之曲，恭颂黎眉。谨呈土物数种，略表片忱。尚祈赐存，不胜祷幸。专肃，敬祝钧安，统惟崧辰，祇请朗鉴。张○○（之洞）谨肃。

该件无日期，仅称"二月二十一日交折弁徐光发"，另有一红纸，上写"军机大臣总理外务部事务和硕庆亲王／王爷钧鉴／庆亲王府"的字样。张之洞于光绪二十九年召京，光绪三十年回任，光绪三十三年七月再度召京，入值军机处。张信中又有"前岁在都，亲被栉晖，渥承欵训"等句，此信当写于光绪三十一年（1905）至三十三年（1907）之间，很可能就是光绪三十三年，庆亲王七旬大寿（虚岁）之时，即信中"八千岁为春""九五福曰寿""颂溢生申"之意。奕劻生日为二月二十九日，此时汉口至北京已通火车，二十一日派弁送往，时间上是来得及的。该信附有礼单三张，张之洞在其中两件上有修改，其第一件为：

张之洞的别敬、礼物与贡品

> 成哲亲王寿字立轴一件，天生灵芝如意一柄，寿幛一堂，荆州缎袍褂料两套，荆州锦被面四匹，燕窝二斤四匣，郧阳桂花木耳四匣，湖南博古水碗全席，汉口白铜福寿如意香盒四件，汉口白铜寿字果盘四具。

该件上删去了"寿幛"与"燕窝"两项。"寿幛"一项，说明张之洞所送确实是生日礼物。第二件是前一件的抄件。第三件为：

> 元张守中蟠桃九熟图立轴一件，天生灵芝如意一柄，荆州缎袍褂料两套，荆州锦被面四匹，郧阳桂花木耳四匣，湖南博古水碗全席，汉口白铜福寿如意香盒四件，汉口白铜寿字果盘四具。[1]

其中"元张守中蟠桃九熟图立轴一件"，是删去"成哲亲王寿字立轴一件"而补写的。看来正式送出的是第三件礼单所列。张之洞虽在信中强调了"土物"，但从物品来看已是相当厚重，且从"张之洞档案"来看，除进贡慈禧太后之外，属张所送礼单中最重的一份。奕劻是清末著名的大贪，张之洞也投其所好，送了一份重礼，价值不菲，尽管它可能在庆亲王七旬大寿的众多礼单之中不那么显彩。

三 送外国政要和机构的礼物

张之洞作为地方大员，本无外交权，但在晚清，地方大员与

---

[1] 《张之洞函稿》，所藏档号：甲 182—213。

各国政要和外交官交涉本省涉外事务,也经常言及清朝整体的外交政策;各国政府亦因某些地方大员具有很强大的政治影响力——如李鸿章、张之洞、刘坤一等人,也经常与他们打交道、做工作。张之洞由此与外国政府及政要——尤其是日本政府与政要,保持相当密切的联系。"张之洞档案"中还有一些送外国政要的礼单,数量也不多,但可看出张之洞的个人情趣以及当时地方外交的一些特点。

送英国外交大臣莎士伯雷

光绪十二年(1886),英国驻广州领事费里德(Arthur Rotch Hewlett,又译"有雅芝")代表英国首相及外交部、海军部、殖民部大臣,送给时任两广总督的张之洞两块金表,以感谢张对英国的态度及其外交政策。张之洞收到后,上奏朝廷,奉旨允准后收纳。光绪十三年闰四月十六日(1887年6月7日),张之洞致函英国驻广州领事阿里巴士德(Chaloner Alabaster,又译"阿查礼"),向英国外交大臣回赠礼物:

> 径密启者:上年正月间,费前领事官来署会晤,送到金表两枚,加函内开:奉外政衙门札开,现备金表两枚寄附香港总督大臣,转交敝署,以便送呈贵部堂笑纳,聊报微忱;并叙述贵部堂去年所办之事,友谊关切,本国实深感激不已,相待之优,极为道谢等情;并将外政衙门原文录送前来。本部堂以贵国外政纱大臣美意可嘉,面托致谢,当经奏明,奉旨允准收纳,钦遵在案。查中英两国年来友谊益敦,交情弥固,良由贵国外政大臣推诚相与,是以各口领事官皆能守职奉公,和衷共济。本部堂慰佩既切,景慕尤殷。既承嘉贶先施,愧乏琼瑶以报,惟礼尚往来,自无来而不往之理。特备

张之洞的别敬、礼物与贡品　　205

五采百寿图横额一幅，顾绣翎毛堂画一幅，旧瓷百禄瓶一对，绫罗绸缎八疋。区区微物，聊以将意，请烦贵领事转寄贵国外政纱大臣莞纳，并希代达鄙意。专泐。顺颂时祉。[1]

"贵国外政纱大臣"，指英国外交大臣莎士伯雷侯爵（The Marquess of Salisbury, Robert Arthur Talbot Gascoyne-Cecil，又译"索尔兹伯里侯爵"）。张之洞的礼物是绘画、顾绣、古旧瓷瓶和绸缎，都是中国的特产，价值亦属不菲，也符合当时外国人的一般心理。这一类礼尚往来，仍有"薄来厚往"的"从丰"原则，也与当时清朝朝贡、回赐的观念有一些相似之处。张之洞送出礼物后，发现礼物的性质——私礼还是公礼（在西方国家十分重要），未能明确，再次致函英国驻广州领事：

  径启者：本月十六日致贵领事官一函，附答贵国外政大臣仪物四色，想经照收。查此项答送仪物，先经本部堂奏明奉旨允准在案，此次仍须奏明。前书漏未声叙，务望于致贵国外政大臣文内，将遵旨答送一节，补入为要。专此。顺颂时祉。即候见复。[2]

然张此时尚未"奏明"，直到五月初三日（6月23日），他才出奏说明情况，奉朱批"知道了"。[3]

---

1 《答送英外部仪物》，光绪十三年闰四月十六日，《张文襄公函牍未刊稿》，所藏档号：甲182—393。又，"旧瓷百禄瓶"的"旧"，是古旧之意。
2 原件无日期，但函中既称"本月"，当属在闰四月之内，《张文襄公函牍未刊稿》，所藏档号：甲182—393。
3 张之洞奏称："上年由英领事费里德转述该国外部来文，该国居首大臣暨外部、兵部、藩部公同寄赠臣时辰表两枚，当经奏明请旨应否收纳，并拟从丰酌买用物回赠该国香港总督。奉旨：'著准其收纳，余著照所议办理。该衙门知道。钦此。'当经钦遵收纳。现由臣购备顾绣堂画二幅、旧瓷瓶一对、绸缎八疋，本拟照送该（转下页）

送日本前首相大隈重信

大隈重信是日本最重要的政治家之一,光绪二十四年(1898)一度出任内阁总理大臣。"张之洞档案"中存有一件回复大隈重信的信函底稿,亦牵涉到送礼,其信称:

> 大隈仁兄大人阁下:重瀛间隔,久仰鸿仪,遥跂台辉,曷胜驰慕。此次小田切总领事来鄂,接奉芝缄,恍亲雅教,并蒙惠锡东瀛漆器种种。情逾倾蓋,贶重承筐,浣诵拜登,感佩无已。以执事殊勋硕望,四国驰名,不日重柄国钧,坐言起行,知益指麾如意。累闻美政,良愜下风。敝国与贵国,同洲同文,谊若一家,历次鄂中派员前往贵国游历,承诸君子款接优渥,即于行李往来,益验敦乐永好。此间刻下拟办诸要务,已与小田切总领事当面妥商。知一切上达尊听,远叨忱注,谅鉴区区。此后敝国取法借助于贵国者,事正多多,尚祈时锡南针,俾获匡其不逮,下忱至为翘祷耳。附呈《重刻唐拓夫子庙堂碑》一本、萧尺木画卷一轴、浙笔十匣、徽墨十匣,聊为投缟赠衣之忱,尚祈哂纳为幸。专肃布谢,敬颂勋安,诸惟亮照不备。愚弟张〇〇(之洞)顿首。

该信无日期,仅署日期为"十一月初一日午刻发"。[1]从信中内容

(接上页)国香港总督,因系署任,屡经易人,商之英领事,亦以回赠该国居首大臣兼管外部者较为合宜。即经臣致函现驻广州口岸英领事阿里巴士德,令其转赠,并叙述彼此友谊关切之意,声明此系奉旨准臣回赠之件,非同私礼。该领事已复函允即转寄回国。"(《张之洞全集》,第1册,第532—533页)

[1] 《致外洋函稿》光绪二十七年四月起,《张之洞致外国函稿》,所藏档号:甲182—0。又,该信稿起首写"复日本前内阁总理大臣伯爵大隈";该信稿末有:"此五字系信封上写/外笔墨并呈/大日本前内阁总理大臣伯爵/大隈大人台启。"

来看"不日重柄国钧",当属大隈下野时期,又称"历次鄂中派员前往贵国游历",似在光绪二十四年之后;该信的整理者却将之归入"光绪二十七年四月之后"。查此期日本驻上海总领事小田切万寿之助与张之洞见面至少有三次,其中两次在武昌,一次是光绪二十四年十至十一月,另一次是光绪二十八年三月。[1] 又查小田切万寿之助于1898年(光绪二十四年)亦有发给大隈重信的一封信,谈及此事:

"谨启勋祺,恭贺贵体安康。先日在京(指东京)之时,承领致张总督书函一通及赠品四个。此次赴汉口出差,已面呈给该总督,并受托将信封内之书函一通及赠品三个送呈阁下,因将上述赠品于本日交与本地'神户丸'山口事务长,嘱其代致,当与本函先后抵达阁下之手。赠品中,拓本之末有该总督之手书。

"该总督此前为烦扰阁下工作,一再感谢,并特意以书函表达谢忱,嘱我代陈。

"该总督眼下对于清廷,处于小心翼翼之地位,此乃有目共睹。至于对本邦之厚意,前后毫无差别,此乃明白之事实。概括总督之意见,彼所持意见为:皇帝之改革实践因信任康有为而为之所误,皇太后对于康有为与改革事业一并排斥,且康有为一派在本邦,于大局实为不利。兹密呈阁下,谨供参考。

"在该国地方若有差遣,随时听候阁下命令。

"陈述如上。昨晚自汉口归来,公私烦冗,草草作书,敬请过目是幸。

---

[1] 还有一次是光绪二十九年二月,张之洞署理两江总督,正准备回汉口、再北上之行,两人相聚在南京。

"敬具。十二月十七日。小田切万寿之助再拜
"大隈伯阁下侍史。"[1]

日本此时已改用阳历，12 月 17 日为阴历十一月初五日。两者相较，情节大体上可以对得起来。[2] 由此而论，张之洞此信似写于光绪二十四年十一月初一日（1898 年 12 月 13 日），其中"此间刻下拟办诸要务，已与小田切总领事当面妥商"一语，实为请求日本政府驱逐康有为、梁启超出日本之事，即小田切信中所称"康有为一派在本邦，于大局实为不利"。[3] "夫子庙堂碑"是唐初著名书法家虞世南的主要作品，以唐代拓本重刻，乃是书法上品之作；萧云从（1596—1673），字尺木，明末清初著名画家，到晚清时其画作的价格已很高；"浙笔"即浙江湖州所产的湖笔，属精品；"徽墨"出自安徽的徽州，亦是墨中精品。这些都显示了士大夫的高雅格调。张之洞送礼的性质属回赠，然以此四种作为大隈重信所送"东瀛漆器"的回礼，仍有"薄来厚往"之用意；当然，他此时心中更为看重的，是此期清朝与日本的关系，尤其是驱逐康、梁之事。

还需说明的是，以我所见到的史料，此次张之洞与大隈重信之间的"礼尚往来"，他没有奏明，而且以后他与各国政要或机构之间的"礼尚往来"，也都没有奏明。

---

[1] 日本早稻田大学大学史资料センター编：《大隈重信関係文書》，みすず書房，2006 年，第 3 册，第 180 页。该信信封上又有"东京早稻田 / 大隈重信阁下亲启 / 在上海，小田切万寿之助"。该信是由吉辰提供并翻译的。

[2] 小田切万寿之助称张之洞"书函一通及赠品三个"，与张之洞的四色礼物稍有区别，但这一区别似由包装所致，如将笔、墨合为一包，即前引张信的信末有"外笔墨并呈"；且张之洞称《重刻唐拓夫子庙堂碑》，小田切又称"拓本"，两者是相合的。

[3] 关于小田切万寿之助光绪二十四年武昌之行，可参见拙文：《日本政府对于戊戌变法的观察与反应》（与郑匡民合作），《历史研究》2004 年第 3 期；《"张之洞档案"阅读笔记之六：戊戌前后诸政事（下）》，《中华文史论丛》2012 年第 1 期。

送东京警部长朝枝澄江

光绪二十六年（1900）夏，八国联军进攻北京，时在日本学习的张之洞之子张权、之孙张厚琨，奉张之洞之命，返回湖北。[1] 日本政府为两人之安全，特派东京警部长朝枝澄江护送，于是年八月十三日到达上海。张随即派人护送回武昌。[2] 九月初三日（1900年10月25日），张之洞写信给日本驻上海总领事小田切万寿之助，托其代向朝枝澄江送礼，其信的底稿称：

  富卿仁兄大人阁下：自隔英辉，频更月琯，秋风送爽，

---

1 张之洞先后有三电，其一称："急。东京钱念劬转交张权、厚琨：密（此用约编密本）。康党勾结会匪，谋在汉口作乱，已败露，擒获二十余人，内有傅慈祥，系武备学生，同谋。查出傅所带信，内有武备戴任、两湖刘赓云、某某荫（偶忘上两字），信内皆谋逆语，并云成城学校有九人，同志。汝等须格外小心防范，不可亲近，免为所害。切要。何日回华，速复。壶。东。"（八月初二日卯刻发，《张之洞电稿》光绪二十五年二月至八月，所藏档号：甲182—457，整理者有误，根据内容，该电当发于光绪二十六年）"钱念劬"，钱恂，张之洞派驻日本的代表。原件中"查出傅为日本学生所带信"，后删去"为日本学生"五字，可知傅任、刘赓云等人皆湖北派往日本的留学生。其二称："东京钱念劬，并示权等：权、琨所以必令暂归者，因七月内时事离奇，拳党凶暴专擅，种种可骇，小人迎合拳党，疏诋东南疆臣，故不能不格外小心，以免借口。此实情，望告外务、近卫公、大隈伯及管学校诸君知为要。壶。江二。"（八月初三日辰刻发，出处同上，亦是光绪二十六年）其三称："东京钱念劬：权、琨想已于初四日行，望速示慰，以便派人往沪接。壶。歌。"（八月初六日寅刻发，出处同上，亦是光绪二十六年）以上三电说明了张权、张厚琨回国的内情。

2 张之洞连发三电，给赵凤昌及刘坤一，安排张权等人从上海回武昌的行程，其一称："急。上海读：密。权、琨乘'西京丸'，本日可抵沪，望邀樊委员速至码头照料。唐才常等在汉口谋逆，称为中国自立会、自立军，供称系上海国会分会，其伪印、伪札俱如此写。唐在国会为干事第九名。国会者，容闳、严复、江康年等所立，其党在沪数十人。又，文廷式别是一党，与唐才常不同伙。曾到长沙勾结会匪，诈称奉密诏，被挐而遁归沪。可告权、琨，在沪不必与此等人相见，且宜慎防，速还鄂。已派胡凤藻、白文炳往接，明日到沪。即复。壶。文。"（八月十二日辰刻发，《张之洞电稿》光绪二十五年二月至八月，所藏档号：甲182—457，整理者有误，根据内容，该电当发于光绪二十六年）"樊委员"，樊棻。其二称："江宁刘制台：密。小儿户部主事张权，奉文游历日本回，现已到沪，因长江商船多匪，恳借兵送至芜湖、金陵一带，至为感祷。煤价敝处奉缴，万勿客气。此间已（转下页）

辰惟兴居增胜，动定多佳，诸符臆颂。此次小儿、小孙回鄂。承贵国外务省特派警部长朝枝澄江氏护送到沪。云帆沧海，照拂频叨，推屋盛情，曷胜纫佩。小儿等已于上月底安抵武昌，堪慰雅注。惟念警部长朝枝澄江氏迢递重瀛，远劳跋涉，又未获近申款洽，下私深抱不安。当时敬致菲仪，以为其从者之犒，未邀鉴存，尤为耿歉。兹谨具楚产四事，聊申东道主膏秣之仪，即希阁下转寄，并代致谢。外务省处，祈代申谢忱是祷。耑泐奉布，并颂台祺。愚弟（名正具）。

该信稿另附便条：

> 瀛洲图墨十盒，湖笔十盒，剪绒四疋，浣花绢十疋。帅谕送东京巡捕，请小田切转送。[1]

由此可知，张之洞所送之物为笔墨与绢绒，这也是张之洞常送的礼物。以上礼物装成两箱，由武汉的日本大阪商船送往上海，再转往东京。

（接上页）派兵轮'江清'往接，大约芜湖以下、金陵以上可相遇，相遇后即过'江清'，江南兵轮即可回，不致久延。兵轮能派在上海、江阴否？动身较速，万感。小儿住址，请饬该轮问盛宣堂即知。盼示复。尊处派定系何轮，祈电示，以便告'江清'。盼速示复。洞。元。"（出处同上，原件无发送时间，似为光绪二十六年八月十三日发）其三称："上海读转交权，琨：急。昨向两江借轮，顷岘帅复电：'钧和'现在沪，已派该轮伺应等语。权、琨务即遣人告知'钧和'，同坐该轮速行，愈速愈妙。至芜湖、金陵一带，遇鄂派之'江清'，即过船回鄂。何日行？速电复，督署。愿。"（八月十四日戌刻发，出处同上，亦是光绪二十六年）张之洞次子已溺水而死，张权是其唯一的儿子，张之洞极其重视他们的安全。

1 《致外洋函稿》光绪二十七年四月起，《张之洞致外国函稿》，所藏档号：甲182—0。"富卿"是小田切的号。该信稿上还粘一收条："顷由贵差携来贵件两箱，嘱委寄申敝领事小田切君，容明日自敝轮往申，即行送申是耳。此请汪大老爷台安。菊。""申"，上海。该信稿另粘一名片"大阪商船株式会社香阪政治"，该名片上写有一"收"字。

送上海东亚同文书院

光绪二十六年（1900），原设南京的同文书院因时局原因迁往上海。光绪二十七年四月初九日（1901年5月26日），在东亚同文会副会长长冈护美子爵的主持下，上海东亚同文书院在高昌庙举行了开院式。长冈护美在此之前曾访问武昌，与张之洞有交往，也言及东亚同文书院一事。张之洞有诗《赠日本长冈护美三首》，其诗注称："君为同文会副会长，来沪创设同文书院，集东方学人，讲求会通中西之学"，"同文书院章程，除专门之学外，人人皆须习五经四书"；其诗又称："尔雅东方号太平，同文宏愿盖环瀛"，"往代儒宗判南北，方今学派别东西"。[1] 由此可见，张之洞对东亚同文书院的性质还不太了解。四月初六日，张之洞得知该书院开院的消息，立即派其亲戚上海货捐局委员候补知县刘怡为代表，参加开院式。[2] 四月初八日（5月25日），张之洞发电：

> 急致上海大日本总领事小田切、同文会长长冈、南京同文书院长根：初六、初七两日，连接函电，始知贵国同文书院定于初九日午后开校。此乃兴学盛举，联络亚东。素仰教学精详，文行兼美，从此人才日盛，我两国交谊益深，实为东方之福。鄙衷实深欣庆，祗以职守所羁，不克到沪奉贺，未免歉然。本拟派员赴沪代躬观礼致贺，惟初六日始接来

---

1 《张之洞全集》，第12册，第485—486页。
2 张之洞发电给赵凤昌并转刘怡："上海读并转刘宣甫：日本亚东同文会长冈护美在上海高昌庙设立同文书院，定中历本月初九日，即西历五月二十六日开学。具帖来请。此事日本人甚重，必须委员往贺。今日始接长冈来函，鄂省派员已赶不及，拟即就近派刘令怡，届期到该院代为致贺。应行礼节，探询同人，勿误为要。不知刘令现是否在沪？如刘不在沪，就上海论，有何人与敝处相识，可派往贺？望酌拟速复。并转刘令。要回电。壶。歌。"（四月初六日丑刻发，《张之洞电稿》光绪二十七年四月，所藏档号：甲182—465）

函，由鄂派员已赶不及。兹派驻沪委员知县刘怡就近奉贺。刘令系鄙人至亲，与鄙人亲到无异也。张之洞。初八日。[1]

与此同时，张再发电刘怡，告知其参加开院式时代致的贺词。[2] 东亚同文书院开院后，张之洞于五月初三日（6月18日）致信长冈护美：

> 云海仁兄大人阁下：杪秋来游，饫聆谠论，复蒙宠以佳什，厚期过奖，愧不敢当。谨当挂之高堂素壁，以资铭佩。灯下赋诗三章，奉酬高谊，尘俗草率，知必为陶靖节所笑矣。儿孙辈趋送行旌，获陪文宴之末，感谢奚如。遥谂东下以后，北固看山，沧浪玩水，计此时已抵沪上，不日即将返斾东归。台从此行，楚尾吴头，尽入游记，江山胜概，益助诗情，曷胜佩羡。兹寄上《唐开成石刻十三经全本》，湖北局重刊康熙乾隆两朝《钦定七经》一部，以助同文书院诸贤士研考之用。即希詧存，发交贵书院为幸。百川共海，学术同归，异苔同岑，交情不隔。雅量盖世，谅鉴愚心。专裁寸

---

[1] 光绪二十七年四月初八日未刻发，《张之洞电稿乙编》，辛丑第72册，所藏档号：甲182—75。"长根"，长根津一，同文书院首任院长。

[2] 张之洞电称："急。致上海捐局刘宣甫：语电悉。即派阁下于初九日届时赴日本同文书院，代鄂致贺，万勿迟误。已电告长冈、小田矣。至应用颂词，已酌定。其文曰：敝委奉湖广督部堂张电，委以今日贵书院开校盛事，饬令代诣观礼致贺。张督宪之意，贵书院创办，兴学盛举，联络亚东，素仰教法精详，文行兼美，从此人才日盛，我两国交谊益深，实为东方之福。张督宪实深欣庆，衹以职守所羁，不克到沪奉贺，未免歉然。又因初六日始接台函，由鄂派员赴沪已赶不及，故派敝委代张督宪致贺。敝委亦欣幸无已等语。无论沪道有无颂词，我总应用。江省派何员，苏省派何员？并电复。洞。庚。"（光绪二十七年四月初八日未刻发，《张之洞电稿乙编》，辛丑第72册，所藏档号：甲182—75）"语"是初六日的代日，看来刘怡接电后立即回电。又，刘坤一派出的代表是上海道袁树勋。

笺，祗颂行绥。不尽。愚弟张之洞顿首。[1]

在这封信中，张之洞谈到了与长冈护美在武昌的吟诗唱和，谈到了其子张权、其孙张厚琨在日本期间受到的照应，并赠送东亚同文书院《石刻十三经》《钦定七经》两部中国经典。书籍本是张之洞爱送的礼物，而赠送此书又似属对该书院性质的误解，即"人人皆须习四书五经"。然而，张之洞此期与长冈护美的交往，还有一个目的：即通过长冈来约束上海日系报纸《同文沪报》对康、梁派主张的宣传和对张之洞本人的攻击。[2]

送日本各政要

光绪二十七年（1901）秋，日本陆军举行大操（演习），邀请湖北军事官员前往观操，这是日本陆军扩张势力的一着，吸引湖北，以由日本来帮助其编练新式陆军。此时又正恰八国联军撤

---

1 《致日本子爵长冈护美》光绪二十七年五月初三日，《致外洋函稿》光绪二十七年四月起，《张之洞致外国函稿》，所藏档号：甲182—0；又见《张文襄公函牍未刊稿》，所藏档号：甲182—393。"云海"，长冈护美之号。
2 张之洞写信两天后，又发电长冈护美："致上海日本总领事小田切转长冈子爵：昨台从过鄂，承面告已嘱《同文沪报》，凡有碍两国邦交之事切勿登报，实深感铭。乃顷间偶检近日该馆报张，所刊各条内，不惟有碍邦交，且专诬捏敝处，一若有意陷害敝人者。不胜骇异。再思当系该报馆为浮言所误。既承雅爱，敢求再为切嘱，以后务须细加检点，万勿复尔，公私幸甚。兹拟奉寄《钦定七经》《唐开成石刻十三经》各一部，以助同文书院之需。一俟装齐，即由轮船寄沪小田总领事转呈。台从何日自沪荣旋？即祈电知为幸。洞。初五。"（光绪二十七年五月初五日午刻发，《张之洞申稿乙稿》，辛丑第73册，所藏档号：甲182—75）从电文可见，张与长冈在武昌会见时就《同文沪报》的政治倾向已达成默契。长冈护美收到此电后，通过小田切万寿之助回电："督署张制军鉴：初五电悉。长冈云：已告沪报经管日人，言偶失检点，致登不妥之语，实切抱歉，以后细加检束，不致疏忽等语。并已谕饬该经管，亦务必小心，以维朋义。承惠各书，感甚，永存书院，以资讲求。定于十五日回国云。切叩。齐。"（上海日总领事来电，光绪二十七年五月初九日午刻发，未刻到，《张之洞存各处来电》，辛丑第26册，所藏档号：甲182—150）长冈表示将对《同文沪报》约束控制。

离北京、慈禧太后及光绪帝"回銮"之际,张之洞有意与日本合作,不会放弃这一机会,遂派出营务处官员候补道朱滋泽等文武官员12名前往观操;张之洞的孙子张厚琨、张厚瑗亦同行,到日本学习或游历。光绪二十七年九月初三日(1901年10月14日),张之洞分别给日本内阁总理大臣桂太郎、外务大臣小村寿太郎、参谋总长大山岩元帅、陆军大臣儿玉源太郎、司法大臣清浦奎吾、参谋本部次长寺内正毅陆军中将、贵族院议长近卫笃麿公爵、前内阁总理大臣大隈重信伯爵、西乡从道侯爵、长冈护美子爵、陆军大将野津道贯、陆军少将福岛安正、日本驻沪总领事小田切万寿之助写信,信中最主要内容是:

> ……此次贵国举行陆军大操,鄂省特派朱观察滋泽等文武十二员并小孙厚琨、厚瑗往观巨典,并游历各处,考究学校、武备、工厂等事,以开茅塞。惟是该员等学识谫陋,人地生疏,恐问俗之未周,致礼文之有阙。务祈阁下雅谊关垂,照拂指示。喜师资之有赖,卜宾至之如归,曷胜感幸……一切除由朱观察等面陈外,谨附呈微物四种,聊克芹曝,尚祈哂存是幸……

"张之洞档案"中有张之洞给以上日本各政要的信件底稿,其中派朱滋泽等人观操的内容大体相同,以上所引是张之洞给日本首相桂太郎的信件。[1]此外,张之洞给近卫笃麿、小田切万寿之助、

---

1 以上信件底稿皆见《致外洋函稿》光绪二十七年四月起,《张之洞致外国函稿》,所藏档号:甲182—0。又,张之洞致寺内正毅信,又见《寺内正毅关系文书》,可参见汤志钧:《乘桴新获:从戊戌到辛亥》,江苏古籍出版社,1990年,第397—398页。

长冈护美的信中谈及其孙张厚琨、张厚瑗在日本学习之事[1];给小村寿太郎的附信中谈及他将与日本合作,制止俄国与清朝密商东三省条约。[2] 在以上信件底稿之后,有一便条:

> 大日本国侯爵西乡大人、内阁总理大臣桂大人、外务大臣小邨大人、参谋本部元帅大山大人、陆军大臣儿玉大人、司法大臣青(清)浦大人、陆军大将野津大人、陆军少将福岛大人、前内阁总理大臣伯爵大隈大人、贵族院议长近卫公爵、驻沪总领事小田切大人(号富卿)、子爵长冈大人(号云海)、参谋部次长寺内大人,以上各送字绢、宣纸、湖笔、徽墨四种。二十七年九月初三日交朱道等带去。[3]

由此可见,张之洞"附呈微物四种"是中国传统的字绢、宣纸、湖笔、徽墨。这一类文具,对同文的日本,也是很适用的。

---

[1] 其中给近卫笃麿信中称:"小孙厚琨上年游学贵邦,因事回华,未遑毕业。今年本拟再续前游,会以家事羁牵,行期屡展。兹乘派员前赴贵国观操之便,饬与同行,并令次孙厚瑗偕往,俾其瞻仰军容,增长学识。已谕厚琨,俟观操后,即仍留贵国肄业。长冈子爵来鄂时,于小孙游学事,深荷垂关。此次赴学,或仍在学习院或在他学堂,统听阁下与长冈君裁酌,拟兼习政治、武备、历史、地理、算学、理、化学、英文诸门,期以三年为限。应如何酌定速成课程,俾可依期毕业,敬祈阁下代商学校诸教师,委曲裁成,则异时菲材效用之资,皆此日大匠陶镕之益。渊源有在,敢昧师承。次孙厚瑗于观操后,并令其游历两三月,以启固陋。惟两孙年齿尚轻,诸事惟望大君子逾格提撕,随时指教,尤所心祷。"(《致外洋函稿》光绪二十七年四月起,《张之洞致外国函稿》,所藏档号:甲 182—0)
[2] 张之洞在信中称:"昨钱念劬太守回鄂,传述雅嘱,顷复由敝国钦使李木斋京卿,电达台指,谓辽东大局,务使相机养力,计出万全。感佩奚如。昨小田切总领事电转贵国驻京署钦使来信,谓俄约近日复有密商之举。敝处详加考究,实有端倪,焦忧万状,惟有竭力设法补苴。第绵力太薄,不知能挽救万一否。务望阁下笃念辅车,示我周行,实所翘祷。"(《致外洋函稿》光绪二十七年四月起,《张之洞致外国函稿》,所藏档号:甲 182—0)"李木斋",清朝驻日本公使李盛铎。
[3] 《致外洋函稿》光绪二十七年四月起,《张之洞致外国函稿》,所藏档号:甲 182—0。

送日本公使内田康哉

内田康哉是日本重要外交官，曾任日本驻清朝公使馆一等秘书、外务省通商局长、政务局长，《辛丑条约》签订后任驻清朝公使（光绪二十七年至三十二年，1901—1906），此后出任过驻奥地利、驻美等国大使、外务大臣、"满铁"总裁等职。"张之洞档案"中有给内田康哉的信件底稿，其文称：

"龙峰仁兄大人阁下：春间轺车过汉，辱荷惠临，畅聆麈论。江干送别，不尽溯洄。计时早已安抵榑桑，至为驰想。回念台从来华，共事有年，诸承雅爱，敦槃樽俎之间，皆荷和衷商榷，总以两国均有裨益为主，感佩良深。此后尚望遇事关注，益笃邦交，曷胜跂祷。属书堂额，谨就执事静坐之意，拟以'主静'二字，特推阐其义，附跋数语于额之左方，兹已书就寄呈惠正。尚祈学养兼优之大君子鉴之。附寄上字绢一帧，旧瓷瓶一具，景泰蓝花瓶两尊，摹本缎两匹，白熟罗两端，聊尽承筐之谊。并希哂纳是幸。专泐奉布。敬颂勋祺。名另具。

"静学之旨发于淮南，畅于武乡。龙峰仁兄大人早年好研究宋儒理学，及仕宦以后，治事之暇，惟喜静坐，无他嗜好。自为余言，如此洵可谓学道有得者矣。以此意奉题堂额，即请鉴正。南皮张〇〇（之洞）。"

该信无日期，但在稿上有注语："闰四月廿一日交驻汉日本领事转寄。致日本内田公使信。后有礼单。"[1]查仅是光绪十三年、

---

[1] 《致各省函稿》，《张之洞函稿·光绪二十五年至三十一年》，所藏档号：甲182—215。"龙峰"，内田康哉之号。

三十二年有闰四月，此信当发于光绪三十二年闰四月二十一日（1906年6月12日），也正是内田康哉公使即将离任回国之际。从信的内容来看，内田康哉于光绪三十二年春有武昌、汉口一行，与张之洞见过面，此后回国。张之洞送礼的理由是离别，所送的物品主要是其亲题的堂额"主静"，并送上古旧瓷瓶、景泰蓝瓶及罗缎等件。

送德国公使穆默

庚子事变中，德国公使克林德被杀，新任德国驻华公使穆默（Freiherr Mumm von Schwarzenstein）于光绪二十六年八国联军攻占北京后到任，任期至光绪三十二年（1906）。他曾于光绪二十七年九月到过武昌，与张之洞有过会面。[1] "张之洞档案"中存有其幕僚起草，张之洞亲笔修改致穆默的信函底稿，其文如下，下画重点号者为张之洞的亲笔：

> 大德国钦差大臣穆大人台启。径启者：午间大旆惠临，畅聆尘论，快慰无已。忆自贵大臣来至燕京后，数年来贵国与中国交谊愈加敦睦，深为欣佩。前岁在京渥叨挚爱，厚扰华筵，铭感无既。此番台从过鄂，旧雨重逢，本拟薄治蔬酌，畅叙言欢，以抒情愫，乃征骖即发，驹絷空殷，未克稍尽地主之谊，殊深怅歉。兹特遣使奉送星轺，并致土仪四色，略将微意，以为日后纪念之资，尚希莞纳为荷。惟祝福星一路，安抵珂乡，并望旌旆重来，再图良晤，尤所盼祝者耳。晤贵国亨利亲王时，务望代为致意道念为感。专泐布臆，顺颂日祉。名另具。函内附礼单一纸。

---

[1] 在此次会面中，穆默与张之洞讨论到大阿哥的地位问题，参见拙文《"张之洞档案"阅读笔记之六：戊戌前后诸政事（下）》，《中华文史论丛》2012年第1期。

该信上另有张之洞的亲笔：

> 旧瓷彩画花瓶一件，景泰蓝花瓶一对，湖南绣花缎屏四幅，白湖绉二匹。[1]

原信无日期，然从信中所言"前岁在京渥叨挚爱"，当属光绪三十年张之洞由京回任湖广之后，又称"福星一路，安抵珂乡"，当属穆默卸任回国之时，即写于光绪三十二年（1906）。张之洞送礼的主要理由仍是离别，所送的物品是中国传统工艺品，且与送日本公使内田康哉者，大体相同，只是除去了德国人难以欣赏的堂额。

四 慈禧太后六十大寿报效与贡品

慈禧太后（1835—1908）作为清朝的最高统治者，有其精明的一面，也有其贪婪的一面。光绪二十年（1894）恰是她六十大寿（虚岁），生日为十月初十日。早在光绪十八年十二月初二日（1893年1月19日），即其生日一年多之前，光绪帝即已下旨派军机大臣、礼亲王世铎等人为总办万寿庆典大臣，会同户部、礼部、工部、内务府办理庆典。[2] 此次慈禧太后的生日庆典，是援照

---

1 《致各省函稿》，《张之洞函稿·光绪二十五年至三十一年》，所藏档号：甲182—215。张之洞在信上又批"阅""发"两字。
2 中国第一历史档案馆编：《光绪宣统两朝上谕档》，广西师范大学出版社，1996年，第18册，第325页。办理庆典王、大臣为礼亲王世铎、庆郡王奕劻、大学士额勒和布、张之万、福锟、户部尚书熙敬、翁同龢、礼部尚书昆冈、李鸿藻、兵部尚书许庚身、工部尚书松溎、孙家鼐。其中世铎、额勒和布、张之万、许庚身是军机大臣。奕劻是御前大臣、总理衙门大臣、办理颐和园工程大臣，长期在慈禧太后身边。

清朝历史上最隆重、最花钱的乾隆帝八十大寿等旧例来操办的。在此财用不足之际，慈禧太后大办寿典，自然会引出不少指责，援照祖制，目的是封众人之口。

报　效

光绪十九年六月初五日（1893年7月17日），办理庆典王、大臣世铎等人联衔上奏：

> ……敬查乾隆年间历次庆典，王公大臣以及京外文武官员各效微忱，经钦派王、大臣将大小臣工愿输经费分别开单进呈，仰邀俞允在案。明岁恭逢慈禧端佑康颐昭豫庄诚寿恭钦献皇太后六旬万寿，普天同庆，凡属中外大小臣工，皆愿祝嘏输忱，共襄盛典。臣等查照乾隆年间成案，酌拟数目，开具清单，吁恳天恩，俯如所请。

世铎等人拟定各级官员报效银两共计银1,206,900两，其中京官共计银263,900两，外省共计银943,000两，湖北省为银43,600两。该项银两上交户部。[1] "报效"本是官员自觉自愿的捐献，此时已变成带有数字强迫性的"奉献"，且数量又如此之大，光绪帝下旨"依议"。户部由此发咨文给京内各衙门及各省将军督抚。此是各省第一次报效银两。

慈禧太后的生日前，须从颐和园返回宫中，其中由西直门外经地安门到西华门一段，需要整修路面店铺，分段点设景物，以

---

[1]《光绪宣统两朝上谕档》，第19册，第88—90页。需要注意的是，在该奏折中还牵涉到盐商："再查乾隆年间各省盐商皆有捐输款项，由各督抚奏明，请旨准其报效，以遂衢歌巷舞之忱。此次各该商众，如有照案呈请者，应由各督抚据实奏闻，请旨遵办。"此后，各地盐商报效达银75万两，归于第二次报效额中，交内务府。

示普天同庆。[1]光绪十九年八月十三日（1893年9月22日），办理庆典王、大臣世铎等人上奏："请赏给地段点缀景物叩祝万寿"，即由京内王公大臣等分段置景，光绪帝下旨："准其祝嘏，交内务府办理。"然此时京内王公大臣私人财力有限，无力设置豪华景点，且若有失，引起慈禧太后的不快，也将是政治上的重大事件，由此便想到由各省出钱出力。经过了一番暗中操作，直隶总督李鸿章援照乾隆年间的旧例，于十月十八日（11月25日）率先上奏："臣谨率同直隶提、镇、司、道等于王、大臣前次奏定报效经费分交数目外，敬遵成案，再筹集银三万两，以备添设地段、点缀景物之需，吁恳赏收"，同时另奏称长芦盐商公捐银10万两，款交内务府。十月二十三日，光绪帝收到该两道奏折，旨准其报效。[2]这又新开了报效的口子。第二天，十月二十四日，军机处知会各省将军、督抚，按乾隆年间成案，先期拣派道府大员来京，按照地段随同王公大臣办理点缀景物；各将军、督抚、藩、臬、都统、副都统、提、镇均应奏请来京祝嘏，候旨遵行。由于当时的驿递通信需费时日，军机处又于十一月初四日再发电报，将此咨会电告各省督抚。这实际上是通知各地督抚大员须得另行报效"点缀景物"。由此，以直隶为示范，各省官员又进行新的一轮报效，而各地的盐商也开始公捐，其银两径交内

---

1 光绪十九年二月二十六日，光绪帝明发上谕："据总办万寿庆典王、大臣世铎等会同内务府奏称，恭查乾隆年间历次庆典，自西华门至西直门，将两旁街道铺面量加修葺，并搭盖经坛戏台、分段点设景物各在案。明岁恭逢皇太后六旬万寿，可否照案办理，请旨遵行一折。朕谨援成案，竭诚吁恳，钦奉慈禧端佑康颐昭豫庄诚寿恭钦献皇太后懿旨：'西直门外关厢一带及城内跸路所经，著平治洁净，两旁铺面房间，稍加修葺。至点设景物等项，著相度地势，酌量办理，不得踵事增华，致滋糜费。钦此。'朕仰承谕旨，钦悦实深，即著该王、大臣等将一切应办事宜，敬谨妥议具奏。"（《光绪宣统两朝上谕档》，第19册，第34页）由此，修路、点景是慈禧太后批准的事项。

2 顾廷龙等主编：《李鸿章全集》，安徽教育出版社，2007年，第15册，第210—211页；《光绪宣统两朝上谕档》，第19册，第248页。

务府。此是各省第二次报效银两。张之洞接到军机处的电报后，即于十一月十三日（12月20日）发电其在广东的亲信候补道杨文骏：

> 致广东杨彝卿观察：昨接总署电及北洋咨，各省将军督抚应率同本省文武官等，于前奏之外，报效景点等语。查此事有成案可循，自应照章报效。惟直隶系率同司道，广东、湖北俱有将军。粤东具奏，是否与将军一同列衔？即祈探明电示，以便仿照。广雅。元。[1]

从张之洞该电来看，北洋大臣李鸿章另有咨文给他，通报情况。他的问题是湖北的荆州将军，上奏时是否同列衔名。与此同时，他还向其姐夫陕西巡抚鹿传霖、两江总督刘坤一通报了情况。[2] 由荆州将军祥亨、湖广总督张之洞领衔的奏折，与李鸿章前折文字大体相同，捐银三万两，并要求免派官员至京办理"点缀景物"，可见各省之间的情报互通。该折于十二月十五日到京，光绪帝旨准。[3] 湖北在直隶、热河、盛京、河南、河道总督、湖南之后，上

---

[1] 光绪十九年十一月十三日子刻发，《张之洞电稿丙编》，第38册，所藏档号：甲182—87。

[2] 张之洞电称："致陕西鹿抚台：此间拟会将军、巡抚衔具奏，率同副都统、提、镇、司、道报效……"（光绪十九年十一月二十四日亥刻发，《张之洞电稿丙编》，第38册，所藏档号：甲182—87）"致江宁刘制台：鄂省拟仿照闽、粤，会将军、巡抚衔具奏，率同副都统、提、镇、司、道报效。副都等以下各官，只浑叙此一句，不列名。谭来示奉开。洞。艳。"（光绪十九年十一月二十九日巳刻发，出处同上）"致江宁刘制台：银数仍系三万，查乾隆年间成案。各将军都统止交银五千余两。当时系如何办法，殊难臆度耳……"（光绪十九年十一月三十日申刻发，出处同上）

[3] 《张之洞全集》，第3册，第149—150页；《光绪宣统两朝上谕档》，第19册，第329页。又，各地要求免派官员赴京点缀景物未获批准，光绪二十年四月，张之洞派湖北候补道裕庚赴京办理点缀景物。（《张之洞全集》，第3册，第177页）裕庚任此事后，未回湖北，于甲午战后出任清朝驻日本公使。

奏时间排名为第七位。各省第二次报效及盐商等捐银的总数为银1,695,500两。[1]

两次相加，官员与盐商的报效共计银2,902,400两，其中湖北的报效共计银73,600两。而这近300万两银子，以当时的价格可以从英国、德国购买并养护大型军舰三四艘，或装备并编训一个完全近代化的陆军师团。中日甲午战争已经临近了。

贡 品

除了上交户部、内务府的两次"报效"外，更重要的是直接送给慈禧太后的贡品。先是在光绪十八年十二月十五日（1893年2月1日），慈禧太后即下达懿旨，称其六旬庆典时："……内而王公、一二品文武大臣，外而将军、督抚、都统、副都统、提督、总兵照例应进贡物缎定，均著毋庸进献，以示体恤。"[2] 然慈禧太后的说法与她的做法，经常会有较大的差距，关键在于要善于体会其内心的意图。"毋庸进献"，自属恩免其责；"自愿奉献"，那就是另一种政治语言了。光绪十九年八月初四日（1893年9月13日），两江总督刘坤一致信西安将军荣禄：

> 明年恭逢皇太后六旬万寿庆典，除一切事宜遵照部文外，各省将军、督抚应否另进礼物，伏祈迅赐示知。闻北洋购置珍玩，极为美备。弟无力附骥，且以地分相悬，未敢冒昧从事，惟与各同寅一律共输芹献之忱，以达媚兹之意而已。[3]

---

[1] 参见李鹏年：《一人庆寿举国遭殃：略述慈禧"六旬庆典"》，《故宫博物院院刊》1984年第3期。
[2] 《光绪宣统两朝上谕档》，第18册，第332—333页，此处懿旨下达的时间参照《清实录》。
[3] "复荣仲华"光绪十九年八月初四日，《刘坤一遗集》，第5册，第2056页。

刘坤一所称"遵照部文",指户部咨会,即第一次报效银两,他已听说北洋(李鸿章)的贡品是"珍玩",其询问荣禄是为了协调行动,不至于落在他省之后。张之洞清流出身,对进贡之类内心本有抵触,且明奉慈禧太后懿旨,尚未意识到办理贡品之必要。十一月二十四日(12月31日),他在答复其姐夫、陕西巡抚鹿传霖的电报中还称:

> 致陕西鹿抚台:……办贡一层,既奉明文停止,似可不必。然鄙见亦不足为据,仍望详询妥酌。洞。敬。[1]

然仅过了五天后,十一月二十九日(1894年1月5日),张之洞又发电鹿传霖,态度变化:

> 致陕西鹿抚台:沁电悉。闻安徽亦有贡。若贡者过十省,似须照办为妥。至贡宜何物,只可量力,岂能仿照二李。请尊处详询邻省。弟亦加询访,商酌行之。敝处信息向不灵通,无从详探,只有湖南可问。尊处似可询之四川、甘肃及谭序初。洞。艳。[2]

鹿传霖的"沁电",必是通报了他省进贡的确情。张之洞也表示将多方打探消息,但只有湖南巡抚吴大澂会向他直言通报;他还让鹿传霖再询问他省官员。十一月三十日,他发电刘坤一,询问

---

[1] 光绪十九年十一月二十四日亥刻发,《张之洞电稿丙编》,第38册,所藏档号:甲182—87。又,鹿传霖与荣禄同城为官,关系亦好,他亦可从荣禄处得知多省消息。

[2] 光绪十九年十一月二十九日巳刻发,《张之洞电稿丙编》,第38册,所藏档号:甲182—87。"二李",直隶总督李鸿章、两广总督李瀚章。此时的四川总督为刘秉璋,陕甘总督为杨昌濬;"谭序初",谭钧培,时任云南巡抚。

两江的情况:

> 致江宁刘制台:……尊处贡品系若干件?拟何时进呈?折内如何措词?尚须候内中明文否?可否示知?感甚。洞。卅。[1]

"内中",指内廷,"尚须候内中明文否",指是否还须等待内廷的明确来文,张之洞至此仍是犹豫不决。到了十二月初四日(1894年1月10日),他感到情况严重,不办贡已经不行了,发电在外巡视的湖北巡抚谭继洵,表示将"从众备办贡品";[2] 同时发电安徽巡抚沈秉成,了解情况:

> 致安徽沈抚台:密。闻南北洋、沿江沿海各省俱在备办庆典贡品,敝处一切茫然。尊处拟办几色?大率系何等物?可否密示,俾获指南,感幸。或云有数省系内务府来文来函所派,确否?并祈密示。洞。支。[3]

其中"内务府来文来函"一语最值得重视,即所办贡品已有内线相连,以能更称慈禧太后之心意。由于资料所限,张之洞此

---

1 光绪十九年十一月三十日申刻发,《张之洞电稿丙编》,第38册,所藏档号:甲182—87。

2 张之洞电称:"致宜昌赵道台:兹有致谭中丞要电一件,祈译出照抄,加封粘订,交东湖县专差送去,大约行两三日,必可赶上,切要。其文曰:'湖北抚台谭敬甫中丞鉴:电悉。初二日自宜昌启行为慰。湖南有贡,敝处现亦拟从备办贡品。其应用与否,俟明年临时再酌。尊处应办与否?悉听卓裁。洞。支'等语。望即速代发。支。午。"(光绪十九年十二月初四日午刻发,《张之洞电稿丙编》,第38册,所藏档号:甲182—87)由此可见,湖南巡抚吴大澂办理贡品,对其起到决定作用。

3 光绪十九年十二月初四日未刻发,《张之洞电稿丙编》,第38册,所藏档号:甲182—87。

次办贡的贡折未能见到,"张之洞档案"中有两条材料,似与贡品相关:

> 致京。立。蒸电悉。代织贡缎系何铺?花样即用万字仙桃,每疋价若干?长几丈?几个月可织就?速复。即当酌定。此间只拟用缎九疋,因旧例贡缎只八疋,不在多也。绸可不用。墨既不宜磨,即毋庸议。佛多觅备选。前电所言画,皆有寿意,廉舅何以多未选入?并即复……真。[1]
>
> 致广东王雪岑:百川通汇去二百六十金,请即将《通鉴纪事本末》速购,交招商局寄鄂。千万勿迟。须用油纸木箱装固,勿令损湿为感。即复。壶。东。[2]

前一电是给其子张权(字君立)的,命其在京督织贡缎,并提到了"墨""佛""画"等备贡的物品,参与此事的还有王懿荣(廉舅)。后一电是给其在广东的亲信王秉恩的,然《通鉴纪事本末》是否为贡品,我一开始没有注意,但看到张之洞此后的礼单、贡单中多有图书,细想也可能是贡品——若非为贡品,值得他如此兴师动众用电报下达明确的指令?且王懿荣身为南书房行走,内廷中是否存有此书,也是很容易查清楚的。到了光绪二十年八月二十二日(1894年9月21日),离慈禧太后的生日已经很近了,各省都到了送贡的

---

[1] 光绪二十年二月十一日巳刻发,《张之洞电稿丙编》,第39册,所藏档号:甲182—87。"廉舅",王懿荣。

[2] 光绪二十年四月初一日巳刻发,《张之洞电稿丙编》,第39册,所藏档号:甲182—87。又,刘坤一给荣禄信中称:"敝处预备庆典礼物,共三十六色,任土作贡,多是花绣之类,拟于秋间派员运解入都。"("复荣仲华"光绪二十年三月十三日,《刘坤一遗集》,第5册,第2082页)再又,安徽巡抚沈秉成的贡品是:"文玉如意成对,一统万年成座,翠玉麻姑全尊,景泰铜鹤成对,灵璧乐石九座,铁花挂屏四扇,黄山景松九盆,花卉围屏九扇,牡丹画册四本。"(见李鹏年:《一人庆寿举国遭殃:略述慈禧"六旬庆典"》,《故宫博物院院刊》1984年第3期)

时间,张之洞发电刘坤一、李瀚章、鹿传霖、张联桂:

> 致江宁刘制台、广东李制台、陕西鹿抚台、广西张抚台:闻此次进呈贡物,先开单折奏,再进表文,将贡品纳入文内,兼开清单,各省进表委员多已到京云云。未知确否?尊处系如何办理?其表文清单是何款式?务祈明晰电示。至感。洞。养。[1]

然到了此时,甲午战争正在进行中,清朝在军事上已处于下风,耗资巨大的慈禧太后六旬庆典在朝野上下对战局的悲叹、对前景的焦虑中草率进行着。十月初三日(10月31日),慈禧太后诞辰的前夕,正在山海关带兵准备征战的湖南巡抚吴大澂,给张之洞发来电报:"贡品进呈,天颜有喜,以后湘邀优眷,堪慰垂念。"[2] 吴大澂是当时著名的古玩收藏家,贡品中很可能有价值连城的精品,他由此竟想到了"以后湘邀优眷"。然此后不久,他因兵败辽东被革。

五 给逃亡西安慈禧太后、光绪帝的贡品及送行在军机处的礼物

戊戌政变后,清朝中枢的政治方向转向保守;"己亥立储"

---

[1] 光绪二十年八月二十二日午刻发,《张之洞电稿丙编》,第40册,所藏档号:甲182—87。又,光绪二十年二月,刘坤一给安徽巡抚沈秉成的信中称:"敝处贡品均须八、九月间进呈。去冬萧道允文来宁,谓须恭备颂册。昨经电询北洋及湖广、闽、粤等处,均谓毋庸预备。敝处拟即查照各省办理,尊处应否恭进,尚望卓裁。"("复沈仲复")光绪二十年二月初三日,《刘坤一遗集》,第5册,第2078页)这也说明了各省官员对于进呈的程序,多有协商。

[2] 吴抚台来电(自山海关来),光绪二十年十月初三日酉刻发,亥刻到,《张之洞存来往电稿原件》第5函,所藏档号:甲182—376。

后，端郡王载漪、大学士徐桐、军机大臣刚毅等极端保守派掌控了政治局面；至光绪二十六年（1900）夏，慈禧太后在极端保守派的支持、怂恿下，利用义和团，开始了"打教灭洋"的极端排外活动。西方列强与日本组织"八国联军"进攻北京，慈禧太后携光绪帝仓促西逃，先至太原，后到西安。

戊戌政变后，东南督抚与中枢之间已有了间隙，两江总督刘坤一、湖广总督张之洞有意保全光绪帝，在内心中反对立储之举；当朝廷的政治方向转向极端保守后，他们又与英国、日本等国达成了"东南互保"，与朝廷的政策完全背离。但刘、张本人仍忠于清朝、拥护慈禧太后，当慈禧太后、光绪帝逃往西安时，他们考虑到西安当时的生活条件，立即开始了食品与生活用品的进贡。

第一次进贡

慈禧太后一行逃往西安途中，陕西布政使、护理陕西巡抚端方于光绪二十六年八月初七日（1900年8月31日）发电南方各督抚，要求予以粮食与银两的接济：

> 万急。江宁刘制台、武昌张制台、成都奎制台、开封裕抚台、苏州聂抚台、长沙俞抚台、杭州刘抚台、安庆王抚台、南昌松抚台、湖北于抚台鉴：陕省库空如洗，天旱成灾，饷粮两缺。圣驾不日西幸，用款浩繁，米粮短少，请速筹款协助，并采购粮石，源源运解，以资接济。道远运艰，不能不先期告乞，万望援手，并祈电复。端方。遇。[1]

然而，端方考虑的仅限于"行在"（朝廷中枢的临时驻地）所

---

[1] 西安端抚台来电，光绪二十六年八月初七日酉刻发，初八日巳刻到，《张之洞存各处来电》，庚子第9册，所藏档号：甲182—141。

需的粮饷，张之洞却已进而考虑到慈禧太后与光绪帝的生活所需。同是八月初七日，端方的电报尚未到达之前，张之洞发电荆州：

> 致荆州奭道台：现拟购荆州缎袍褂料一百套，河溶绢二百匹，进贡行在。速派员在荆州、沙市、河溶等处觅购。能购足此数否？限二日内查明。荆缎褂料须天青，袍料二蓝杂色均可，河溶绢红蓝杂色均可，不用绿色。价禀明，由沙市各局拨付，不可延刻。即电复。督抚两院。阳。[1]

此为购置衣料，张之洞恐慈禧太后等人仓促出逃而衣服不足。然从"张之洞档案"来看，这批衣料因时间紧迫大多没有赶上第一次进贡。更大量的贡品准备在上海进行，由张之洞派在上海的政务代理人赵凤昌和帮助处理湖北财务的绅商樊棻督办。樊棻、赵凤昌此时有7封来电，报告紧急办贡的情况：

> 督署：丝绵遵买五百斤。沪上前为两江买五百斤，不能足。刻派人赴峡石镇出示购办。贡米廿六可先运鄂。沪禁米出口，请电沪道放行，并及丝绵五百斤、燕窝二十斤，火腿二百四十只。行再电。棻、坦。漾。[2]
>
> 督署：港复电，上白燕窝亦无货。沪觅有珊瑚蚀燕窝，

---

[1] 光绪二十六年八月初七日申刻发，《张之洞电稿丙编》，第86册，所藏档号：甲182—97。"奭道台"，奭良。不久后，张之洞又发电："致荆州奭道台：佳电悉。荆缎、河溶绢已由牙厘局电属沙市厘局周令承办矣。督抚两院。文。"（光绪二十六年八月十三日丑刻发，出处同上）

[2] 光绪二十六年八月二十三日午刻发，未刻到，《张之洞存来往电稿原件》，第15函，所藏档号：甲182—386。"棻"，樊棻。"坦"，赵凤昌。"峡石镇"，是当时著名的市镇，浙江海宁境内，现为海宁市政府所在地。

只有三十余斤,可选出箱面十斤、中等十斤,扯价四十四两,次者退还。只可将中等匀装,候示购定。询知沪道办贡,燕廿斤,其十斤,即此未选过之物,另十斤更次,价只廿九两。皖抚办贡,燕廿斤,指名购血燕,价廿八两。坦闻庆宽言,御用血燕、白燕备赏。王或知之耳。迥谕到。峡石距沪一日多,惟贡绵须定办,十日方齐。火腿已到沪,贡米遵办,筛净一百十石。黄袋,须用中国布,请在鄂预饬购黄土布,米到即做,甚易。上海洋布不合用。候示,至盼。棻、坦禀。敬。[1]

督署:有谕燕窝即购定。珊瑚面系面貌面字,电码误为蚀字。装潢向用彩锦糊纸匣,红纸裹,今遵加丝塞。丝绵已函告速收,有三百斤即运沪,如必须五百斤,赶速亦须十日,仍候电示。米名已函托屺怀查苏州府志,复到即电。棻、坦禀。径。[2]

督署:沁谕燕窝装潢遵办妥。米尚在覆筛,准足净共一百十石。火腿现做黄篾笭。以上三种赶初一运鄂。惟丝绵必须现漂,迟数日续运。遵赶勿延。棻、坦禀。宥。[3]

督署:米、腿昨"江永"运鄂。燕窝待外箱成,再初四

---

[1] 光绪二十六年闰八月二十四日亥刻发,二十五日丑刻到,《张之洞存来往电稿原件》,第15函,所藏档号:甲182—386;原件日期有误,根据内容,当发于"八月"。"皖抚""王",安徽巡抚王之春,曾是张之洞的下属。庆宽,内务府郎中,与醇亲王、慈禧太后多有联系。"迥",二十四日的代日,"迥谕",该日张之洞的电报。

[2] 光绪二十六年八月二十五日亥刻发,子刻到,《张之洞存来往电稿原件》,第15函,所藏档号:甲182—386。"有",二十五日的代日,"有谕",该日张之洞的电报。"屺怀",费念慈,江苏武进人,光绪进士,入翰林院,后长期住在苏州。

[3] 光绪二十六年八月二十六日亥刻发,二十七日丑刻到,《张之洞存来往电稿原件》,第15函,所藏档号:甲182—386。"沁",二十七日的代日,原文由"效"字改,即十九日的代日,改动原因不明。樊棻、赵凤昌不能于二十六日接到二十七日的电谕。

运。丝绵已专人催办，到沪即运。各价核准再电。菜、坦禀。[1]

督署：燕窝今到鄂，内已妥实，不加放丝。丝绵初十可到沪，即运。此次各省贡多，进呈时恐舛错，宜于黄匣上缮明"臣某进"字样为妥。坦禀。庚。[2]

督署：丝绵五百斤初十到沪，赶重装广皮衣箱，加黄漆。装三十斤十只，二十斤十只。明日"元和"运鄂。箱已装妥，到鄂请预备大毡条加包箱外，即可起运矣。菜、坦禀。真。[3]

从这些电报中可以看出，张之洞对办贡有着详细的指示，上海准备的贡品是燕窝、丝绵、贡米、火腿。[4] 从这些电报中还可以看出，两江总督刘坤一在上海购买丝绵，并通过上海道购买燕窝，安徽巡抚王之春也在上海购买燕窝。与此同时，张之洞还收到旧日的部下、此时正在清江浦（今淮安）主持粮饷转运的恽祖祁来电：

督抚宪钧鉴：读元电，宪台精心筹运，顾全大局，钦仰无似。职道职司转运，自闻西幸之信，即禀陈岘帅，集

---

[1] 光绪二十六年闰八月初二日午刻发，未刻到，《张之洞存来往电稿原件》，第15函，所藏档号：甲182—386。

[2] 光绪二十六年闰八月初八日巳刻发，申刻到，已送藩司、粮道谭、关道，《张之洞存来往电稿原件》，第15函，所藏档号：甲182—386。

[3] 光绪二十六年闰八月十一日亥刻发，十二日卯刻到，已抄送抚台、司、粮、关道，《张之洞存来往电稿原件》，第15函，所藏档号：甲182—386。

[4] "张之洞档案"中有志钧来电："督宪张鉴：宪电谨悉。芜地产米虽多，米性生硬，卓江麻籼最佳，仍不合御用。似上常熟采办为妥。钧。效。"（江宁志道来电，光绪二十六年八月十九日戌刻发，亥刻到，《张之洞存各处来电》，庚子第12册，所藏档号：甲182—141）由此可见，张之洞还曾打算在芜湖买贡米。

张之洞的别敬、礼物与贡品　　*231*

宁、苏、浙、广东、江西头批汇解京饷七十五万两、上用白米四百石，自备江浙贡物，募勇护行，由汴探赴行在。二批七十余万两，月底可行……职道祖祁禀。盐。[1]

由此可见，大规模的饷粮转运已在进行，恽祖祁也提到了"自备江浙贡物"。而从"张之洞档案"中又可以看到，除了江浙与湖北外，湖南、江西、四川、安徽、山东、云南、粤海关监督、福建都在紧张地准备送往西安的贡品。[2]

经过一个月的筹措，湖北的贡品已大体办齐，光绪二十六年闰八月初二日（1900年9月25日），张之洞发电湖南巡抚俞廉三：

---

[1] 清江浦恽道来电，光绪二十六年八月十四日酉刻发，十五日申刻到，《张之洞存各处来电》，庚子第11册，所藏档号：甲182—141。"岘帅"，刘坤一，字岘庄。"汴"，开封。

[2] 从"张之洞档案"可见，张经常发电询问各地办贡情况。"致江宁刘制台：尊处贡品几件？何员解？何日行？以前另发有恭请圣安折否？此安折是否仅止黄折两分，抑附有奏事折，声叙请安之意？均祈详示。洞。江一。"（光绪二十六年闰八月初三日辰刻发，《张之洞电稿丙编》，第87册，所藏档号：甲182—97）"致清江江安粮道吴道台：电悉。闻赍贡赴行在，贡品几件，何日行？……洞。江。"（光绪二十六年闰八月初三日辰刻发，出处同上）"致济南袁抚台：尊处贡品系几件，共用车若干辆，委何员解，何日行？此次是否仅系贡折、请安折，抑兼有奏事折，声叙呈进贡物各情？从前已发出请安折否？是否专差或驿递？祈详示。至感。洞。质。"（光绪二十六年闰八月初四日辰刻发，出处同上）"致四川奎制军、安庆王抚台：尊处贡品系几件，共用车若干辆，委何员解，何日行？此次是否仅系贡折、请安折，抑兼有奏事折，声叙呈进贡物各情？从前已发出请安折否？是否专差或驿递？祈详示。至感。洞。质。"（光绪二十六年闰八月初四日辰刻发，出处同上）"致江宁清江木任粮道吴道台：寅电悉。鄂贡委粮道谭道赍解，约初十后行。能同到商缴最妥。洞。语。"（光绪二十六年闰八月初七日丑刻发，出处同上）"致福州善军宪钧鉴：电谕谨悉。鄂贡九色，系上米、蕲绒、湖绸、丝棉、鄂局布、燕窝、银耳、茶叶、火腿。委粮道谭赍解。卑职准禀。"（光绪二十六年闰八月初九日午刻发，出处同上）此是张之洞的幕僚发给福州将军善联。"致江宁江安粮道吴道台：阁下何日行，走何路，约几日到长安？祈示。洞。咸。"（光绪二十六年闰八月十五日申刻发，出处同上）"张之洞档案"中亦存各地来电，询问进贡情况或要求护送贡品，张也有复电。江西巡抚松寿来电："张香帅、于次帅鉴：贵省呈进方物，（转下页）

急。致长沙俞抚台。函悉。鄂贡九色，系上用白米一百石、汉口蒻绒四十匹、湖绉一百匹、丝棉三百斤、武昌布局自织官布三千匹、燕窝二十斤、银耳二十斤、香片茶十箱、金华火腿二百只。委粮道谭启宇赍解，约初十内外起程，由信阳赴晋。此为行在食用不便，故有此举。贡物运费，约需四万金。湘贡较常例虽略丰，似尚简略，请再详酌，不必本省出产也。此次专派实缺大员，恭请两宫圣安，并赍贡品。湘省宜派大员为妥。祈示复。洞。东。[1]

（接上页）委何员，取道何省赴陕？安折、贡单外有无奏折？乞示复。寿。真。"（光绪二十六年闰八月十一日戌刻发，亥刻到，《张之洞存各处来电》，庚子第17册，所藏档号：甲182—142）"于帅"，于荫霖，字次棠，时任湖北巡抚。张之洞等回电称："致南昌松抚台：真电悉。鄂委督粮谭道赴陕，恭请圣安，兼进方物。或陆路或襄河，未定。安折、贡折外，另具奏事折。洞、霖。元。"（光绪二十六年闰八月十三日午刻发，《张之洞电稿丙编》，第87册，所藏档号：甲182—97）云南巡抚、署理云贵总督丁振铎来电："武昌张制帅、江宁刘制帅、四川奎制台鉴：圣驾幸西安，行在所需，诸须制办。除解京饷赶速提解外，尊处是否另筹解款，添备贡物？祈电示。铎叩。铣。"（光绪二十六年九月十五日亥刻发，十六日亥刻到，《张之洞存各处来电》，庚子第23册，所藏档号：甲182—143；该件是抄件，"铣"是十六日的代日，原文如此，当有误）"致贵阳邓抚台：东电悉。荣莅黔疆，欣贺。进呈行在贡物，湘九品，鄂十二品，衣料食物用物兼配，未拘方物。江、皖、川、浙均有贡品。和局尚未开议。洞。冬。"（光绪二十六年十月初三日丑刻发，《张之洞电稿丙编》，第89册，所藏档号：甲182—97）此是给贵州巡抚邓华熙的回电，所言仍是第一次进贡之事。"制军香帅张大人鉴：进贡品物，今已办妥，共计二百五十三件，所有兵牌勘合公文等件，统交赍解贡品试用通判启倅善，于九月三十日赴搭'富顺'轮船起程。如该委员到时，希为饬知贵属沿途地方文武，备办船车夫役，并派拨兵弁护送。不胜感激。敝关仍照案备文飞咨贵省矣。粤海关监督小教弟庄山电悬。送。"（广州庄监督来电，光绪二十六年十月初一日未刻发，酉刻到，《张之洞存各处来电》，庚子第26册，所藏档号：甲182—143）"致广州粤海关庄监督：初一电悉。贵关贡品抵鄂后，当饬州县备办船车夫役，拨兵护送。洞。佳。"（光绪二十六年十月初十日丑刻发，《张之洞电稿丙编》，第89册，所藏档号：甲182—97）

1 光绪二十六年闰八月初二日子刻发，《张之洞电稿乙编》，第67册，所藏档号：甲182—74。此后，张之洞又发一电，再次予以指导："致长沙俞抚台：江电悉。贡品江南初十前行，湖北均初十后行。湘省添配酌改数色，似来得及。缘石砚等似不切用，且稍嫌菲薄。务望详酌。洞。觉。"（光绪二十六年闰八月初四日子刻发，《张之洞电稿丙编》，第87册，所藏档号：甲182—97）"江"是初三日的代日。

由于是对邻属，张之洞的电报非常详细，除了上海所办者外，另有蒻绒、湖绉、官布、银耳、茶叶，都是当时西安所急需的衣食之物，而费用达银4万两，又说明张已不惜工本。[1]与此同时，张亦发电河南信阳，让道员朱寿镛预先准备车马。[2]闰八月十九日（10月12日），张之洞为其进贡事上奏：

>……谨率同提、镇、藩、臬诸臣，具折恭请圣安，专派湖北督粮道谭启宇赍呈，并呈进方物十三种，仰恳俯鉴微悃，准予赏收，臣等无任瞻仰屏营之至。[3]

由于没有找到张之洞的贡折，具体的贡品尚不可知，但比先前致俞廉三电报所列又增加了四种。湖北督粮道谭启宇押运贡品上路后，于闰八月二十七日到达信阳，途中的电报称"贡物笨重者装车五十七辆，细软用夫五十九名"，又可见其大体规模，至九月下旬，一行到达西安。[4]张之洞闻讯于九月二十九日（11月20日）

---

[1] "张之洞档案"中有樊棻给张之洞的幕僚梁敦彦一电："崧兄：前电贡物价二千七百五十六两，请速汇。候复。棻恳。"（上海樊委员致梁牧电，光绪二十六年九月十九日亥刻发，二十一日申刻到，《张之洞存各处来电》，庚子第24册，所藏档号：甲182—143）我还没有找到对应的电报，以判明此数为何项货物的价格，但相比之下，可见运费极贵。

[2] 张之洞电称："致信阳朱道台：鄂派粮道谭道解贡品，赴行在请安，约初十前动身。请预筹代雇三套车八十辆，如不足，以两套车及二把手补数。此车或雇至许州，再接雇前进。价请代定，统由鄂省自行发价。动身的期，再电闻。专此奉托。祈复示。洞。东。"（光绪二十六年闰八月初 日戌刻发，《张之洞电稿丙编》，第87册，所藏档号：甲182—97）

[3]《张之洞全集》，第3册，第573页。

[4] 谭启宇、朱寿镛有三电报告行程："武昌督、抚宪台、藩台鉴：廿七抵信阳，贡品妥固，沿途甚安。晤朱道，知车已雇定。后日准行。余另详陈。启宇。感。"（信阳谭道来电，光绪二十六年闰八月二十七日戌刻发，亥刻到，《张之洞存各处来电》，庚子第19册，所藏档号：甲182—142）"武昌督抚宪鉴：感电度早达。贡物笨重者，装车五十七辆，细软用夫五十九名。明晨长行。闻前途尚靖，但须节（转下页）

立即发电：

> 千急。致西安湖北粮道谭观察：勘电悉。务望赶紧装修，早日进呈为要。新放荆宜施道袁树勋系何处人？现在何处？望速询明电复。到陕后必有紧要见闻，望速密示。洞。俭。[1]

到了此时，张之洞除了叮嘱贡品"早日进呈"外，又复其本性，让谭报告"紧要见闻"。谭启宇收电后立即回复：

> 督宪鉴：平。俭电敬悉。贡箱裱刷完竣，装裹粘签，日内可毕，拟初二进呈。交费议而未定，大约不出两千。谒王相，言：东南大局非宪台力为主持，西北亦不堪问。荣相亦佩。两相云：两宫康豫，而皇上容泽饮食颇胜。前次改建行宫，并入陕所用，约费卅余万。上恐浮冒，交云帅核实。廿二，端、庄等圈禁谕旨，乃荣相到后，力请宸断。毓故不确，现羁渭南。和局有廿八开议之说。政府近亦未接庆邸、傅相电音。各省饷已解，约四百余万。米石从龙驹寨陆运为难，已派候补吴道前往转运。袁树勋湘人，顷复调上海道，遗缺放苏守濮子潼。裕泉帅故。董部分扎潼关一带。渠昨日

（接上页）节换车。余已详细飞禀。启宇。勘。"（信阳谭道来电，光绪二十六年闰八月二十九日辰刻发，酉刻到，出处同上）"武昌督宪张：钧电敬悉。谭道今晨解贡北行，用骡马大车五十七辆，夫五十九名。因信无差车，自发价，确以北向支贡，车不发价，夫均发价，宣示宪恩……寿镛叩。艳。"（信阳朱道来电，光绪二十六年闰八月二十九日亥刻发，九月初一日辰刻到，《张之洞存各处来电》，庚子第20册，所藏档号：甲182—142）

1 光绪二十六年九月二十九日丑刻发，《张之洞电稿丙编》，第88册，所藏档号：甲182—97。"装修"，指贡品包装损坏者进行修理。

召见，不知何事。廷议毁多誉少，闻亦有退志。长安现无别军。余无他闻。宇禀。艳。[1]

督宪鉴：艳电度已达。贡初一亲交妥顺，尚不为难。交费一千二百余金，较苏尚减二百。枢廷言：道员无官门请安例，各省贡员又皆不召见，故未入觐。闻各物进呈后，尚惬圣心，惟布稍觉繁重耳。宇拟勾留三数日即行，由金紫关水道返鄂。北事前闻保定被占，戕害廷藩司。廿九李星使电陈议款十条，盛京卿亦电述联军难御情状。荣相分别上达。卅，合肥电奏洋人近复骚扰孝陵，并云彼族见廿二谕旨哗然，各使即日将议款与挨的美敦书同递，必须早日定议等语。荣相当呈御览。圣意先仅允惩首祸及京沽驻兵等六条，其改觐仪及聘外人为顾问官等四条，未允。荣相以忍辱奠安社稷陵庙为请。慈圣泪下，曲意允行。电谕责成合肥，即日开议，朝廷并不为遥制。然合肥奏陈，并未提及十款名目，故电谕亦笼统批答。不知各使所递，是否李星使所陈也。董卅一营，昨旨改作廿营，扎潼关，制彼甚难，拟徐解其兵柄。余无闻。此电本初一发，因断线不果，并陈。宇叩。江。[2]

谭启宇的两份电报，说明了进贡的情况：十月初一日交贡，交给

---

1 西安谭道来电，光绪二十六年九月三十日未刻发，十月初四日未刻到，《张之洞存各处来电》，庚子第26册，所藏档号：甲182—143。"王相"，大学士、军机大臣王文韶。"荣相"，大学士、军机大臣荣禄。"云帅"，陕西巡抚岑春煊，字云阶。"端"，端郡王载漪。"庄"，庄亲王载勋。"毓"，山西巡抚毓贤。"庆邸"，庆亲王奕劻。"傅相"，李鸿章。"裕泉帅"，直隶总督裕禄。"董"，甘肃提督、武卫后军统领董福祥。"长安"，西安。

2 西安谭道来电，光绪二十六年十月初三日申刻发，初五日酉刻到，《张之洞存各处来电》，庚子第26册，所藏档号：甲182—143。"金紫关"，即荆紫关。"廷藩司"，直隶布政使廷雍。"李星使"，驻日本公使李盛铎。"盛京卿"，盛宣怀。"合肥"，李鸿章。"孝陵"，顺治帝陵寝。"挨的美敦书"，Ultimatum，又译"哀的美敦书"，最后通牒。

太监的经手费为银1,200余两。这些吃惯贿赂的人,逃到西安时仍不改其旧日恶规,谭启宇还庆幸地宣称比江苏少纳银200两。[1] 对张之洞来说,谭启宇电报中更重要的是各种政治情报,其中最重要的是军机大臣王文韶、荣禄对"东南互保"的态度,即"东南大局非宪台力为主持,西北亦不堪问"。张之洞收到两电后,命谭启宇继续留在西安,并频频下达任务:

> 致西安湖北粮道谭道台:江电歌到,备悉。阁下务缓数日启行,尚有要事,续电详达。盼急复。洞。歌。[2]
>
> 致西安湖北粮道谭道台:密。此贡品系交何处收纳?是否有内务府官员,抑交宫门太监?鄂省现有解行在军械甚多,并有续解贡品,约十一月中旬可到,委员情形生疏,到彼交纳恐不易。可就此次随员中择其精明广交者,作为留陕经理湖北贡械委员,月酌给薪水,并充坐探,随时发电。将

---

[1] 时任直隶怀来县知县的吴永,因迎驾而颇得慈禧太后的信任,会同办理前路粮台。他在回忆中称:"……(慈禧太后、光绪帝一行)入山西后,威仪日盛,地方承应,宫门上已不免有需索使费之事。予为一一规定股份数目,凡各项首领太监,如内奏事处、茶房、膳房、司房、大他坦,及有职掌之小内侍,约十数金至数金不等。惟总管太监名位较高,不便点缀。到处均由予一手代为开销,按份俵散,不使有一处空漏,亦不令额外取盈,至多不过一百余金,少或八九十金。因之各地办差人员,颇感便利。而彼时尝监初次出京,甫脱饥寒之厄,倖门未开,欲望犹稚,亦尚能安受约束,不至十分难驭也。"(吴永口述、刘治襄笔记:《庚子西狩丛谈》,中华书局,2009年,第80—81页)此是初期的情况。吴永又称:"……自予由太原奉差出发后,宫门之事即由岑云阶接替照管。彼因欲见好于各宫监,乃悉力反予所为,凡各省进奉官员,皆为之敲366使费。每到一州县,亦首先讲论宫门费,多者或逾万金,少亦七八千金。至零星费用更无一定,几于遇事需费。各宫监无不欢喜踊跃,人人餍饮……"(同上书,第104页)"岑云阶",岑春煊。此是后期的情况。吴永的回忆虽有自我表扬之意,但从中可见这批太监在国难之时仍恶习不改,甚至变本加厉。

[2] 光绪二十六年十月初五日亥刻发,《张之洞电稿丙编》,第89册,所藏档号:甲182—97。

密电本照钞一分，留与该员。速复。洞。佳。[1]

西安湖北粮道谭道台：行在军机处章京，现到有几人，祈速将姓名电示。洞。蒸。[2]

致西安湖北粮道谭道台：阁下昨由汉赴陕，除候车阻雨不计外，行程共几日？信阳至西安，每站三套车价若干，能载若干斤？二套价若干，载若干斤？三套多否？夫一名价若干？所带川资已用若干？除约计归途用费外，余银若干？如有余，不必带回，概存西号，候拨用。各省贡品有无洋货？官中所点是否红烛，抑系白烛？点洋蜡否？食物、用物尚缺何种？何物需用最急？随扈诸君于东南督抚保护一节，是何议论？如有论及鄂事者，望切实相告。樊云门现当何差，有何议论？易实甫晤谈否？董军何人接统？带去几营？何日行？提督蔡标带几营？系募何处勇？各官现到行在者，各省共约若干人？湖北京官若干人，姓名，均速电复。衙门只书一字，如翰、詹、吏、户之类，官阶不必详开。统望详复。洞。咸。[3]

以上问题众多，然除了进贡之事外，则是西安的政治情报，尤其关心中枢对"东南互保"及对湖北的态度。对于谭启宇电称"枢廷言：道员无宫门请安例，各省贡员又皆不召见，故未入觐"一事，张之洞十分不满，于十月初八日（11月29日）发电其姐夫、新任军机大臣鹿传霖：

---

1 光绪二十六年十月初九日未刻发，《张之洞电稿丙编》，第89册，所藏档号：甲182—97。

2 光绪二十六年十月初十日亥刻发，《张之洞电稿丙编》，第89册，所藏档号：甲182—97。

3 光绪二十六年十月十五日亥刻发，《张之洞电稿丙编》，第90册，所藏档号：甲182—97。"樊云门"，樊增祥，荣禄的幕僚。"易实甫"，易顺鼎。"董军"，董福祥部。

> 致西安鹿尚书。泰密。鄂省贡员实缺粮道谭道，系派往恭请圣安之员，何以未蒙召见？鄙人万分惶悚。圣意深远，其中必有故。祈密示。能商荣相婉为上陈否？万勿言鄙人说。贡品是否称旨？均盼示复。壶。阳。[1]

谭启宇由此终于十月初十日获得觐见，对于张之洞交代的任务，谭也一一作复。[2] 他已经成了张之洞派在西安的重要情报员。

第二次进贡

当湖北第一次进贡品尚在途中时，张之洞已经准备第二次进贡了。这一方面是前次的准备时间不及，贡品须是极品，难以用

---

1 光绪二十六年十月初八日寅刻发，《张之洞电稿乙编》，第69册，所藏档号：甲182—75。鹿传霖的回电未见。
2 "督宪鉴：平。昨电已呈览否？奉蒸电，谨悉。满现到查章京来秀、文徵，汉章京陈邦瑞、连文冲、郭之全、杨寿枢、甘大璋、鲍心增、易贞、曹垣、段书云、左绍全，十二人。再，昨载贺，闻慈圣甚留意古玩玉器，陈设钟表亦缺。宇准十三行，并陈。宇叩。真。"（西安谭道来电，光绪二十六年十月十一日戌刻发，十二日丑刻到，《张之洞存各处来电》，庚子第28册，所藏档号：甲182—144）该件是抄件，"满现到查"，似为"查现到满"之误。"宇准十三行"，谭启宇准备十三日离开西安之意。"督宪鉴：密电。顷闻荣相云，协揆缺席，荣相力荐宪台才优，能任大事。慈圣云：某人深知兵，有才，素来办事亦好。斟酌许久，仍从内推用徐公矣。董自请告退，约二十前回籍。军由荣相暂管。宇禀。谏。"（西安谭道来电，光绪二十六年十月十七日申刻发，十八日子刻到，《张之洞存各处来电》，庚子第29册，所藏档号：甲182—144）"协揆"，协办大学士。"徐公"，吏部尚书徐郙。"董"，董福祥。"武昌督宪鉴：谏电发后，次晨奉咸电，谨悉。查武汉至陕，除候车、阻雨二日，行卅三天。三套车多，每站价千五，均载八百斤。二套车少，价一千，仅能载人及行李。夫每名价二百四十至三百余。惟此道向无车行，长车难雇，逐站倒换，必须借重地方官。车价有给有不给，夫价皆须自发。领款除已用及酌留归途用费外，尚余一万二千，遵存百川通，但渠需候鄂号电方收。求饬该号速行电陕。盼祷。保护东南大局，政府及京、外官皆深佩两公。于办富有票，尤服宪台谋断。樊道无差。有禀交欧丞代呈。易道未晤。董带五营回甘，十八行。蔡募五营未成军。各省已到行在部、寺、翰、詹、科道、内阁各堂司约一百八九十人，名姓繁难遍述。内湖北，翰：王万芳、王会釐、敖名震；吏：李绍烈、刘元弼；户：（转下页）

平日可购置的商品替代，如张之洞最初下令在荆州置办的荆州缎、河溶纺，几经反复，花费了很多精力和很长时间[1]；另一方面是需要了解西安的需要，即当地的紧缺用品与各省的贡品，张之洞也多方打听。光绪二十六年十月初九日（1900年11月30日），

（接上页）涂国盛、张仁溥；兵：袁玉锡、李云庆；刑：左绍佐；銮经：孔树蓄；内阁：陈应昌。十二人。鄂省欠解武卫军饷，荣相昨已电催，并云现办报销，可否年内筹解。至内廷食用各物，当恳云帅探听，候至今，犹未复。恐系宪廑，就所知先达。余探确续电。宇禀。效。"（西安谭道来电，光绪二十六年十月十九日亥刻发，二十日酉刻到，《张之洞存各处来电》，庚子第30册，所藏档号：甲182—144）"两公"，指主持东南互保的刘坤一、张之洞。"富有票"，康有为、唐才常在两湖等地发动自立军起事时所发售之票。此电除了东南互保的情报外，最重要的就是董福祥率军回甘肃。"督宪鉴：平。卅奉俭电谨悉。询政府，何并无此奏，况昨复庆、李电，有令速成和议，以便定计回銮之旨，可知决不幸蜀……宇禀。谏。"（西安谭道来电，光绪二十六年十一月初一日未刻发，初四日戌刻到，《张之洞存各处来电》，庚子第32册，所藏档号：甲182—144）"何"，似为何乃莹。"庆、李"，庆亲王、李鸿章。"幸蜀"，指慈禧太后、光绪帝再避居成都。此后，谭启宇的情报水平越来越高。"督宪鉴：平。初十谕旨出自圣意，闻鹿尚书赞成，系樊道笔墨。十三保护各国官商严定处分之谕，昨经电禀大略。同日又有严禁会匪借仇教为名纠众立会谕旨，此二道闻系傅相来稿，乃外人主意，并陈。宇禀。东。"（谭道来电，光绪二十六年十二月十七日亥刻发，二十日辰刻到，《张之洞电稿》光绪二十三年至二十九年，所藏档号：甲182—209）所言皆是军机处内部机密。"樊道"，樊增祥。张之洞此后也将湖北派在西安的官员，作为情报员使用。"张之洞档案"中有两件电报，最能说明此情："致西安湖北委员李兰皋转鹿尚书：泰密。闻刘岘帅保荐王先谦、张佩纶、陈宝琛、郑孝胥、沈曾植等五六人，确否？内意若何？祈示。洞。袎。"（光绪二十七年正月二十二日辰刻发，《张之洞电稿乙编》，第71册，所藏档号：甲182—75）"致西安湖北粮道谭道台：粮到潼若干？到省若干？粮价较前减否？需粮急否？瞿子玖、张冶秋到陕后有何议论？拟作何位置？回銮缓急若何？陶方帅奏汰中监，上意若何？均速复。续请银三千，已饬汇。洞。绠。"（光绪二十七年三月十四日亥刻发，《张之洞电稿乙编》，第72册，所藏档号：甲182—75）"瞿子玖"，瞿鸿禨。"张冶秋"，张百熙。"陶方帅"，两广总督陶模。

1 "张之洞档案"中存有其为购置荆州缎、河溶纺下达的六道电令："急。致沙市厘局周令：已染之河绢共有若干色，是何色？能于两三日内选一百正否？速查明即日电复。千万要紧。督院。阳。"（光绪二十六年闰八月初七日巳刻发，《张之洞电稿丙编》，第87册，所藏档号：甲182—97）"致沙市厘局周令：即用最好之河溶纺一百匹，全染玉色。玉色即浅蓝色之极鲜好者。议定限期，愈速愈佳。即复。督院。阳。"（光绪二十六年闰八月初八日丑刻发，出处同上）"致沙市厘局周令：拟购荆缎袍料一百匹，不要褂料。如有五色，则每色二十匹；如止四色，则每（转下页）

即湖北第一次进贡一个月后,张之洞为其第二次进贡事上奏:

奏为鄂省续备贡品、派员赍解、恭诣行在呈进仰祈圣览事。窃臣等前因恭闻銮舆西巡,专派督粮道谭启宇,赍折驰诣行在,恭请圣安,并进呈方物,具奏在案。伏念陕省频岁荒歉,百物所需,未免缺乏。关中奥阻,采办亦属为难。每思艰辛亲历之秋,辄有寝馈难安之隐。兹于湖北地方,就近续备品物二十四种,另缮贡折,专派湖北候补通判沈彤、试用通判恩玉赍解赴陕,恭诣行在,敬谨呈进,仰恳赏收,下忱无任瞻恋屏营之至。谨缮折具陈,伏祈皇太后、皇上圣

(接上页)色二十五匹;如止三色,则参差不齐。可止用两色,每色各五十匹。各样颜色均可,惟需择鲜明者。有大裁者更好,无大裁者,则小裁亦可,但须一律。能即日购齐否?约几日运到省?速电复。督院。佳。"(光绪二十六年闰八月初十日寅刻发,出处同上)"致沙市厘局周令:蒸电悉。荆缎袍料,专用散花及无花者,团花不相宜。色不拘,但须鲜明。共五色,每色二十五匹,各色匹数须一律。能全系散花者最好,如无许多,或全用无花者亦可。不可参差,赶速定织,能二十日办齐最好,至迟不得过一月。散花是何种样式,即复。一面将散花者,每色寄一匹来看,切速。督院。盐。"(光绪二十六年闰八月十五日丑刻发,出处同上)"致沙市厘局周令:荆州缎、河溶绢,何日可齐?前呈河溶绢,蓝色不佳,须另选鲜明者。是否有鲜明蓝色?即复。督院。咸。"(光绪二十六年九月十五日戌刻发,《张之洞电稿丙编》,第88册,所藏档号:甲182—97)"致沙市厘局周令:溶绢是溶纺之误。因前购玉色溶纺不佳,故饬另选溶纺之颜色鲜明者。速觅样寄阅,并将购百匹,须几日,询复。督院。谏。"(光绪二十六年九月十六日午刻发,出处同上)由此可见,张之洞最初为赶时间,一日一电,后因赶不上第一次进贡,则在花色、颜色上予以详细规定,以求精益求精。"张之洞档案"中还存有办理此事的沙市厘局候补知县周翰的三件回电:"武昌督宪鉴:玉色溶纺百疋,准十四五办齐,由轮船运省。翰禀。庚。"(沙市周令来电,光绪二十六年闰八月初八日午刻发,酉刻到,《张之洞存各处来电》,庚子第17册,所藏档号:甲182—142)"督宪鉴:查城内、沙市现有荆缎各色团花、散花及无花头袍料,共七十件,拟再定织三十件,各色花配成双数。廿一二可办齐。若拘定几色,则需月余也。应如何办理?乞电示。翰禀。蒸。"(荆州周令来电,光绪二十六年闰八月初十日刻发,十一日丑刻到,出处同上)"督宪鉴:谏电敬悉。往购溶纺并染色,须一月,盖多染几日,则色鲜明。样即寄阅。翰禀。谏。"(沙市周令来电,光绪二十六年九月十六日酉刻发,亥刻到,《张之洞存各处来电》,庚子第23册,所藏档号:甲182—143)

鉴。谨奏。[1]

该折又另附贡折，开列详细贡品：

> 头品顶戴湖广总督兼署湖北巡抚臣张跪进：湖北铸小银元三十万元（计二万一千六百两）；荆州缎一百匹，河溶纺一百匹；挂镜、坐镜二十面；书画湖笔四百枝，徽墨四匣；宜昌橙四篓，广东柚四篓，金橘四篓，青果四箱，苹果二篓，木瓜四篓，蜜饯果品四箱（计四种），广东瓶封鲜果四箱（计四种）；白鲞四箱，大对虾四箱，醉鱼二箱，广东腊鸭片四箱；冬笋八篓，南华菇二箱，应山各达菜四箱，湖北仿制京冬菜一箱，四川辣豆酱一箱，卤虾黄瓜一箱。[2]

当我看到这份贡单，简直惊呆了，不仅有小银元——可供小额支出[3]，有衣料——厚缎薄纺，有文具——湖笔徽墨，有食品——瓜果海味腌腊另配"湖北仿制京冬菜"等，竟然还有"挂镜、坐镜二十面"——这些爱俏的女人们不可缺少之物，看来张之洞的情报工作相当之好。从"张之洞档案"还可以看到，他还曾打算

---

1 "续备品物派员赍解赴陕恭诣行在呈进折"光绪二十六年十月初九日拜发，缮稿王家槐，《张之洞密保人才等奏稿》，所藏档号：甲182—25。该件折尾署日期为"光绪二十六年十月十三日"，有张之洞亲笔修改多处。另有一夹条："十月初九日、十二日交沈彤、恩玉带。奏派员续进贡品二十四种。兼署衔。"该折又见于《军机处录副》，档号：03—5566—078，缩微号：420—0570，中国第一历史档案馆藏，光绪二十六年十二月初四日奉朱批："著赏收"。

2 "湖北续进贡品二十四种"光绪二十六年十月初九日拜发，《张之洞密保人才等奏稿》，所藏档号：甲182—25。

3 当时的银元，重七钱二分，湖北小银元是其十分之一，重七分二厘，是一种低值附币，但使用时会很方便。

制造洋烛进贡。[1] 与此同时，张之洞发电湖北襄阳、河南信阳的地方官员，准备车马解运贡品，其中命襄阳准备"三四套大车一百三四十辆，直抵西安"！[2]

湖北的第二批贡品于十月二十四日到达河南信阳，十一月二十四日（1901年1月14日）到达西安。[3] 张之洞为此亲自或命其幕僚发出了一系列的电报，予以指示并要求详细汇报：

> 致西安湖北粮道谭道台：鄂省第二批贡，委通判沈彤、恩玉解，二十日抵潼，二十四日可到。希即督同存牧焘，妥

---

[1] "致上海高昌庙徐祝三览：香帅要弟自造红洋烛数十箱进贡。望弟将洋烛机器安设，于一月内造成运鄂。能否承办，须价若干？速电复。仲虎。"（光绪二十六年闰八月十一日丑刻发，《张之洞电稿丙编》，第87册，所藏档号：甲182—97）"仲虎"，兵工专家徐建寅。"徐祝三"，徐华封，徐建寅之弟。"上海瑞乐洋行：烛皂等机，逾期太久。帅决意取回定银，不收机器。如果在途，到时请另售，千万勿运鄂，致贵行多赔累为要。绍远。"（十一月初九日子刻发，《张之洞电稿》光绪二十五年十至十二月，所藏档号：甲182—457，原整理者有误，根据内容当发于光绪二十六年）而前引张之洞于光绪二十六年十月十五日给西安谭启宇的电报中，询问"宫中所点是否红烛，抑系白烛？点洋蜡否？"

[2] "致襄阳李令：兹有运陕贡品，约月半前（指十五日之前）到樊城，由樊改陆，需三四套大车一百三四十辆，直抵西安，照民价发给。价由善后局出，委员自发。速雇齐，于十三四日在樊装运。如一批不济，即分二三批，每日开车数十辆亦可。惟不能久候。速复。督院。冬。"（光绪二十六年十月初二日辰刻发，《张之洞电稿丙编》，第89册，所藏档号：甲182—97）该处准备的大车，很可能其中相当部分是用于运军械的。"致信阳朱道台：鄂解第二批贡物，约本月二十日到信阳。仍恳尊处饬属预备三套两套大车共十四辆，轿车三辆，以利遄行。须雇长车，鄂省自行发价。祈先电复。感祷。洞。真。"（光绪二十六年十月十二日子刻发，出处同上）又，信阳官员来电："督宪张大帅钧鉴：贡差未到。车在确山一带雇齐前来，送至西平，另议。合先禀闻。拜飏叩。皓。"（信阳饶牧来电，光绪二十六年十月十九日戌刻发，亥刻到，《张之洞存各处来电》，庚子第30册，所藏档号：甲182—144）

[3] "武昌督宪钧鉴：廿四日贡品安抵信阳。沈彤、恩玉谨禀。"（信阳来电，光绪二十六年十月二十四日戌刻发，二十五日午刻到，《张之洞存各处来电》，庚子第30册，所藏档号：甲182—144）"武昌督宪大帅钧鉴：贡差廿四到，廿六启行。拜飏叩。宥。"（信阳饶牧来电，光绪二十六年十月二十五日午刻发，二十六日申刻到，《张之洞存各处来电》，庚子第31册，所藏档号：甲182—144）

为照料。即复。洞。养。[1]

致西安郭签事巷口湖北粮道谭道宪钧鉴：密。恩、沈所交贡品，使费若干？上意若何？果品各件，何物有冻坏者，何物完全，添补若干？装包何法较妥？祈速询示，以便下次照办。李兰皋留在陕有事，请勿派潼关差。邹履和禀。[2]

致西安湖北委员思、沈别驾彤、恩别驾玉：贡品冬笋有受冻及坏烂者否？坏若干？各果品何物冻坏，何物未伤？坏者几成？装包何法较妥速？即刻详晰电复，万勿迟延。遵谕转达。邹履和。元。[3]

急。致西安郭签事巷湖北粮道谭道台：第二次贡，冬笋坏者若干，好者若干？橙子坏者若干，好者若干？装包得法否？务即速复。洞。盐。[4]

急。致西安郭签事巷口湖北粮道谭道台、湖北委员沈倅彤、恩倅玉：沈、恩两倅解贡交纳后，并未详细电达，殊不可解。究竟所贡各物，何物完善，何物有损，如何收拾，如何交纳？昨饬邹令电询，亦未得复。谭道速饬该倅等查照昨今两电，即刻详细电复。督院。咸。[5]

天寒地冻北国行，历时月余，押贡的官员、运贡的人夫想必万分

---

[1] 光绪二十六年十一月二十三日未刻发，《张之洞电稿丙编》，第 91 册，所藏档号：甲 182—98。

[2] 光绪二十六年十二月初八日亥刻发，《张之洞电稿丙编》，第 92 册，所藏档号：甲 182—98。"邹履和"，张之洞的总办文案，也称为文巡捕。"使费"，指给收贡太监的费用。

[3] 光绪二十六年十二月十四日丑刻发，《张之洞电稿丙编》，第 92 册，所藏档号：甲 182—98。

[4] 光绪二十六年十二月十四日辰刻发，《张之洞电稿丙编》，第 92 册，所藏档号：甲 182—98。

[5] 光绪二十六年十二月十五日午刻发，《张之洞电稿丙编》，第 92 册，所藏档号：甲 182—98。

苦累；然此时张之洞急需了解的却是包装情况的好坏，果品与冬笋是否冻坏。他正在办理第三次进贡。

送行在军机处的礼物

就在张之洞办理第二次进贡时，也没有忘记西安的行在军机处。他给行在的三位军机大臣荣禄、王文韶、鹿传霖和十二位军机章京，搭上了一份特别的礼物。张之洞给荣禄、王文韶的附信称：

……此间（指湖北）地处四御，匪众民嚣，教堂遍布于属境，敌舰伺隙于长江。因应偶疎，责言立至。加以康、梁逆党因秋间奸谋破败，渠魁就诛，饮恨寻仇，日思报复，诪张为幻，几于防不胜防。武汉现为转送冲途，舳舻鳞萃，颇为外人所忌，近且扬言，欲断我关中接济。省防既万分吃紧，而上下游匪薮，到处乘机思逞，不得不添募重兵，分投扼扎，猝难减并。行在及各路指拨饷械，羽电交驰。鄂省数年以来财力困竭，久如悬罄。目前用款又较平日加倍。供亿之艰，罗掘之苦，屏扃勉拄，智力俱穷，百忧煎心，不遑寝食……

张之洞的这番话，既是其现实状况的写照，也有其特别的用心：他很害怕被调离湖北，充任在北京与各国谈判的全权大臣（当时由李鸿章、庆亲王主持的谈判并不顺利，日本等国也有意让张之洞出头），于是强调湖北的危险性；他又担负了西安行在的许多供应，如粮食、杂粮、军械等项，希望不再增加，于是便哭穷。在信末，张之洞写明其赠送的礼物：

附呈近人邹代钧所绘《亚洲北段地图》一函，以备考览。此图盖采德人所作图本，兼采俄人所作中亚细亚、西比利亚二图，英人所作印度、缅甸、暹罗及北亚美利加、南阿非利加等图，法人所作越南图，德人所作南洋群岛图、阿非利加洲图，以补之。而内地直省地图，则又采会典馆本，重加钩稽。会萃中外，参考精密，尚属翔实有用。全图分三批发刻，系用铜版雕镌。此函系头批九十四张，装成十一册。余已陆续付刊，容俟刊齐，再当续呈。又湖绵三十斤，笔十匣，墨十匣，聊佐待漏判云之用，尚希莞存为幸。[1]

张之洞的礼物中，最重要者竟是地图，这显示了他的书生本色。地图在当时的官员中收藏并不普及，甚至连宫中都缺此物。邹代钧所绘地图是中国人第一次采用西洋的绘制方法，有着相对准确的经纬度。在此八国联军进据北京之时，军机大臣们也确实需要一些外部知识与地理知识，而西安很可能就没有合适的地图。"湖绵"即丝棉，西安冬天甚冷，以此可为衣被。笔墨本是军机处的工具，西安此时可能会紧张，原信写为"聊申不腆之敬"，后改"直庐之用"，最后才改为"待漏判云之用"。前节已叙，张之洞在该年四月准备托王秉恩送荣禄之礼未达，此时又加一附信，再次送去。[2] 张之洞给鹿传霖的信，由于是亲戚，写得比较直白，大体的意思也是相同的。为了防止礼物途中有损，张还特

---

[1] 《京信稿》，《张之洞函稿·光绪二十五年至三十一年》，所藏档号：甲182—215。该附信注明"十月十三日缮"，"交沈、恩两委员带"。

[2] 张之洞在附信中称："再，五月间肃上一械，并《国朝耆献类徵》一部、《景苏园帖》一函，交王道秉恩赴京之便带呈。嗣王道在沪，因公事暂作勾留，适津、沽敌衅已开，海程多阻，中道折回，此函致未能达。兹将原函原件，一并附呈，统祈察览为幸。"该附信并注明"十月十三日缮"。

别准备了备份。[1]等到贡差抵西安，礼物完整无损，张又发电，将该备份送给护理陕西巡抚、陕西布政使端方。[2]

除了军机大臣外，张之洞给军机章京各备一份礼物。他在给军机章京的公信中写道：

> 此次銮舆西幸，诸事仓黄，又值秦中荒歉，民气凋残，上窥宵旰忧廑，益觉难安寝馈。执事奔驰随扈，鞅掌宣勤，翘想贤劳，曷胜敬佩。兹寄上每位湖绵十斤，绒毯二条，湖笔四十支，徽墨四匣，聊佐僰直之需……

抄录的名单可以看到，所送行在军机章京为：通政使陈邦瑞、户部郎中连文冲、刑部郎中郭之全、刑部郎中杨寿枢、工部郎中甘大璋、工部郎中曹垣、刑部郎中左绍佐、刑部员外郎来秀、吏部主事鲍心增、礼部主事易贞、刑部主事段书云、工部主事文徵。[3]

---

[1] 张之洞致鹿传霖信稿，亦见《京信稿》，《张之洞函稿·光绪二十五年至三十一年》，所藏档号：甲 182—215。该信亦注明："十月十三日交沈、恩两委员带"。此后另有清单："荣中堂，信一件，丝绵三十斤两箱，亚洲北段落图十一册一箱，湖笔一百枝一匣，徽墨四十定一匣，又《国朝耆献类徵》一部三箱，《景苏园帖》一函。王中堂，信一件，丝绵三十斤两箱，亚洲北段落图十一册一箱，湖笔一百枝一匣，徽墨四十定一匣。军机大臣鹿，信一件，丝绵三十斤两箱，亚洲北段落图十一册一箱，湖笔一百枝一匣，徽墨四十定一匣。另备一分，丝绵三十斤两箱，亚洲北段落图十一册一箱，湖笔一百枝一匣，徽墨四十定一匣……"（《京信稿》，《张之洞函稿·光绪二十五年至三十一年》，所藏档号：甲 182—215）

[2] 张之洞为此发电西安："致西安湖北粮道谭、沈倅彤、恩倅玉：二次解贡委员带去送人土宜，内多备一份，兹拟送端午桥方伯。请将致端函拆开，加一笺云，'附呈亚洲北段地图十一册，湖绵三十斤，湖笔一百支，徽墨四十定，聊佐吟雪判云之用，尚祈莞存为幸。载颂台祺。弟又顿首'等语。祈照书，封入投送。即电复。洞。径。"（光绪二十六年十一月二十六日丑刻发，《张之洞电稿丙编》，第91册，所藏档号：甲 182—98）

[3] 《京信稿》，《张之洞函稿·光绪二十五年至三十一年》，所藏档号：甲 182—215。此为附信，在此之前另有正信。又，另有一同样内容的信致军机处领班章京、通政使陈邦端。该件有抄录的军机章京名单，并注明："每分丝绵十斤一箱，绒（转下页）

此是给军机大臣和军机章京的特别礼物,平常的年敬不在此列。

第三次进贡

当第二批贡品刚刚到达西安,张之洞又发送了第三批贡品。光绪二十六年十二月十九日(1901年2月7日),张之洞为第三次进贡上奏:

> 奏为加备冬贡品物呈进恭折仰祈圣鉴事。窃查鄂省每年冬间,督抚向有贡品。此次自当循旧备办。惟例贡品物,只系相沿旧式,窃念关中地气高寒,两宫宵旰忧劳,服御所需,或有未备。兹谨于例贡之外,赍呈天生野术两种,以备宫廷颐养葆和益寿之需;历代史鉴、名臣奏议文集及有关治道之书十四种,以供万几余暇,考览古今之用;并服食所需陕省罕有各物二十三种,借申芹曝之忱。派湖北试用知州英勋、督标尽先守备张彦堃赍赴行在呈进,仰恳俯赐赏收,臣等无任瞻仰依恋之至。除例贡另行具折恭进外,臣等谨合词奏陈,伏祈皇太后、皇上圣鉴。谨奏。[1]

(接上页)毯二床,湖笔四十支一匣,徽墨十六定一匣。"再又,前引张之洞于光绪二十六年十月初十日给西安谭启宇的电报中问及"行在军机处章京现到有几人,祈速将姓名电示",谭启宇次日回电,答复为陈邦瑞等12人。

1 "续备贡品呈进折",光绪二十六年十二月十九日拜发,缮稿朱承均,《张之洞密保人才等奏稿》,所藏档号:甲182—25。原稿中"有关治道之书十二种",张之洞亲笔将"二"改为"四","陕省罕有各物十四种","四"字后改为"六",最后圈去数字,改为"二十三种",可见备贡过程中的变动。《张之洞全集》亦录有该折,并称其转录自《申报》。(见该书第3册,第580页)又,黄濬《花随人圣庵摭忆》亦录该折,但称"治道之书十二种","罕有各物十四种",可知其所见是最初的拟稿。(见该书中华书局2008年版,上册,第113—114页)再又,张之洞在进贡前,曾与山东巡抚袁世凯进行过商议。"张之洞档案"中存有四电:"急。致济南袁抚台:尊处进呈行在贡品,闻已有两次。查各省向有照例冬贡,此时尚循例进呈(转下页)

此次进贡本是例行的冬贡，张之洞除此之外另有"加贡"，"张之洞档案"中存有该贡折的底稿，详细开列此次加贡的品物：

（督抚双衔）进御批历代通鉴辑览一部，御选古文渊鉴一部，御选唐宋文醇一部，贞观政要一部，群书治要一部，通鉴宋史元史明史纪事本末一部，历代名臣奏议一部，魏郑公谏录一部，陆宣公奏议制诰一部，韩忠献集一部，范文正公奏议一部，司马温公集一部，宋名臣言行录一部，乾隆府厅州县图志一部；黄山天生野术七斤一匣，祁山天生野术八斤一匣；湖北官铸大银元三万元（计重二万一千六百两），八宝印色十合，各色笺纸四百张；雁绒四箱（此绒系供垫褥之用）；枣阳香稻米六袋，冬笋八篓，虎爪笋一箱，冬菇二箱，酱肉四箱，酱鸭四箱，糟蟹四箱，酱蟹四箱，糟鲥鱼四箱，糟鸡子二箱，酱腐乳二箱，松花一箱，四川冬菜一箱，蜜制红果一箱，武昌豆酱、襄阳豆酱两种共四箱，黄甜面

（接上页）否？祈速示。洞。真。"（光绪二十六年十月十一日巳刻发，《张之洞电稿丙编》，第89册，所藏档号：甲182—97）"武昌制台：亥。真电悉。第一起贡，系中秋例贡，去水果，加贡绸缎。二起贡，系专贡食物。现方备进年例贡，无加物。鄂距秦近，例贡必不可少，有加更好。凯。真。"（济南袁抚台来电，光绪二十六年十月十一日戌刻发，十二日子刻到，《张之洞存各处来电》，庚子第28册，所藏档号：甲182—144）"急。致济南袁抚台：真电悉。例贡折，向仅开列贡品名目。尊处于例贡外加贡品物，或共为一折开列，或将加贡之品另为一折？如何声叙？祈电示。感荷。洞。文。"（光绪二十六年十月十二日午刻发，《张之洞电稿丙编》，第89册，所藏档号：甲182—97）"武昌张制台鉴：亥。文电悉。敝处加贡具白纸奏折，声叙加贡缘由，及另具贡单，恭呈御览云云。奏折外，例贡及加贡分为二单，安折在前，次奏折，次例贡单，次加贡单。安折、贡单，均用黄面黄里。折同奏事共为一包，照常封发。请酌办。凯。文。"（济南袁抚台来电，光绪二十六年十月十二日亥刻发，十三日丑刻到，《张之洞存各处来电》，庚子第28册，所藏档号：甲182—144）

酱、黑甜面酱二种共二箱，襄阳白菜三十篓。[1]

这真是没有人能够想象出来的贡单，张之洞最重要的贡品竟是书籍，且多是圣贤之书和一部地理书！

尽管此时的汉口、武昌已属中国的中心城市，尽管清末的印刷业、旧书业也已经很发达，但是从"张之洞档案"来看，他为进呈书籍的搜集、购买，着实花费了一番大功夫。光绪二十六年十月二十八日（1900年12月19日），张之洞一下子向长沙、扬州、杭州、上海发出四份电报：

> 致长沙粮道但道台：湖南思贤书局刻有《御选唐宋诗醇》《文醇》《魏郑公谏录》《南园集》《资治通鉴》并目录、考异、释例、问疑、释文、辨误、叙目全分共八种，希即代购各二部，须择其纸墨精好者。日内专送来鄂。此系公用，务将价共若干示知，缴还。速电复。洞。俭。
>
> 致杭州恽抚台：浙刻《御纂八经》《御批通鉴辑览》，请各代购二部。速赐寄鄂。价示知，即缴。祈电复。洞。俭。
>
> 致扬州卞薇阁：淮南书局刻有《陆宣公集》并寄售廿四全史，杭连纸、陈楠木匣，望各购一部，择其纸墨精好者，日内专送来鄂。价示知，照缴。此系紧要之需，盼即电复。洞。有。

---

[1] "加备冬贡书籍食用品物三十七种贡折"，光绪二十六年十二月十九日拜发，缮稿王家槐，《张之洞密保人才等奏稿》，所藏档号：甲182—25。该折在折面上有张之洞的批语："何人出此主意，不称贡折而称贡单？屡说总不听，真不可解"，并将"贡单"改为"贡折"。"督抚双衔"为湖广总督张之洞、湖北巡抚景星。该折在"冬笋八篓"处有张之洞批语："八字缓填，看买到几百斤。"又，"湖北官铸大银元三万元（计重二万一千六百两）"，是当时标准的银元重量，每枚重七钱二分。

致上海货厘局刘宣甫、义昌成樊委员：苏州书局刻有《资治通鉴》《续资治通鉴》，各购一部，竹连纸印，连箱。外购黄龙绫五十疋、黄冷金笺一百张。如黄冷金无如许之多，则添买黄片金笺五十张。黄色深者好，较浅者亦可充数。此系紧要之需，务于十日内购寄来鄂。价若干，向义昌成樊委员处拨用，并电知。候即复。洞。俭。[1]

"长沙但道"，是湖南督粮道但湘良。他得电后，立即发回两电，购得《唐宋诗醇》《魏郑公谏录》《南园集》和《资治通鉴》八种，但说明《唐宋诗醇》"纸版均差"。[2] 张之洞此后又托但湘良购买思贤书局刻《御批通鉴辑览》，并发电催寄。[3] 浙江巡抚恽祖翼，曾任湖北汉黄德道、湖北按察使，是张之洞的下属，得电后立即回电，购得浙刻《御纂七经》《御批通鉴辑览》，又购浙刻《资治通鉴长编》《续资治通鉴长编》《续资治通鉴长编拾

---

1 以上四电，皆发于光绪二十六年十月二十八日巳刻，见《张之洞电稿丙编》，第90册，所藏档号：甲182—97。
2 但湘良电称："武昌督宪钧鉴：电谕谨悉。思贤书局所刻各种，当遵购专呈。先此禀复。职道湘良禀。勘。"（长沙但道来电，光绪二十六年十月二十八日戌刻发，二十九日午刻到，《张之洞存各处来电》，庚子第31册，所藏档号：甲182—144）"武昌督宪钧鉴：昨呈复电后，遵往思贤书局，询购各书。只有《唐宋诗醇》《魏郑公谏录》均官堆纸，《南园集》系毛边纸。另于他处觅得胡元常所有《资治通鉴》八种，俱全，系宝庆纸。以上各书，字板均好，而纸张不佳，两三部又不肯另刷。《唐宋文醇》，贤肆所售，纸板均差。现各即购就两部，装订后即专人赍呈。谨先禀闻。职道湘良叩。艳。"（长沙但道来电，光绪二十六年十月三十日巳刻发，午刻到，出处同上）
3 张之洞电称："致长沙粮道但道台：思贤书局刻有《御批通鉴辑览》，祈代购一部，并前书寄鄂。价电知，照缴。洞。庚。"（光绪二十六年十一月初八日辰刻发，《张之洞电稿丙编》，第91册，所藏档号：甲182—98）"急。致长沙但道台：托购各书，需用甚急，今尚未到。交何人何日寄？务请于日内寄到。即复。洞。咸。"（光绪二十六年十一月十六日丑刻发，出处同上）

补》。¹张之洞因该书迟迟未到，发电催促，并请再添购《诗义折中》。²扬州卞綍昌，字薇阁，世家出身（卞士云之孙、卞宝第之子），也是张之洞的女婿；其兄卞绪昌，号柳门，拔贡生，有文名；扬州又是当时刻书、藏书的江南文化名城。此次张之洞进贡书籍，相当部分是通过卞绪昌、卞綍昌兄弟在扬州购备的。"张之洞档案"中存有15封电报，涉及于此，可见当时搜书访书之难：

> 致扬州卞薇阁：扬州如有《历代名臣奏议》及武英殿聚珍版《明名臣奏议》，此两种务望代购一部。《明名臣奏议》止四本，共一函，须武英殿原本。如寻不出，则福建翻刻本纸墨较好者亦可。《历代名臣奏议》约六七十本，共八函。此书坊本最劣，望觅纸版较好者。或有或无，均速复。《陆宣公集》、二十四史收到。壶。麻。³

> 致扬州卞柳门：电悉。《历代名臣奏议》有藏章、微蛀，无妨。请速购寄。《明名臣奏议》乃武英殿聚珍版丛书

---

1 恽祖翼电称："制台张钧宪：俭电敬悉。遵将浙刻《御纂七经》《御批通鉴辑览》各购两部，又浙刻《通鉴长编》、又续、补各一部，俱交胞弟祖祁带呈，伏乞赐存。祖祁到宁，谒见岘帅后，顺道省亲，适值慈闱抱恙，不能即旋，乌鸟之私，同求垂谅。翼谨叩。东。"（杭州恽抚台来电，光绪二十六年十一月初一日申刻发，亥刻到，《张之洞存各处来电》，庚子第32册，所藏档号：甲182—144）

2 张之洞电称："致杭州恽抚台：东电悉。托购各书，承示交令弟带。令弟约何日可抵鄂？如尚未启行，请先将前次所购之书，照前电并添购《诗义折中》一部，共八经，交轮寄鄂。因系急需，尚须另为装订。盼祷。祈速电复。洞。庚。"（光绪二十六年十一月初八日亥刻发，《张之洞电稿丙编》，第91册，所藏档号：甲182—98）"致杭州恽抚台：托带各书，尚未到。祈查明托带之员，现抵何处，电催寄鄂。盼即示复。洞。号。"（光绪二十六年十一月二十日辰刻发，出处同上）张之洞因恽祖翼为浙江巡抚，未将购书进贡之意说明白，故恽以为仅是湖北所需之用，未能急速送去。

3 光绪二十六年十一月初七日丑刻发，《张之洞电稿丙编》，第91册，所藏档号：甲182—98。

一百三十种之一，祈再访购。并电复。洞。佳。[1]

致扬州卞柳门：《历代名臣奏议》其微蛀处，请属书铺补好。《明名臣奏议》如无武英殿聚珍版，即闽刻初印字画较清楚者亦可，请速代购寄。即电示。洞。真。[2]

致扬州卞柳门：祈代购《名臣言行录》，新旧均可，但须纸好者，于日内速寄鄂。《名臣奏议》已购到否？盼复。洞。盐。[3]

致扬州卞柳门：元电悉。《历代名臣奏议》请饬书铺用黄冷金笺作书皮，订用黄丝线，黄绫包角，书签、书套皆用黄龙绫。何日寄？祈复。洞。咸。[4]

致扬州卞柳门：《历代名臣奏议》无论改装与否，均请速寄。系何人藏章？并示及。祈复。洞。啸。[5]

致扬州卞柳门：闽刻聚珍版丛书，请全购，不必装订，价并示。此书必购，不过将价示知耳。《历代名臣奏议》恳催速装订，日内寄鄂，至盼。洞。号。[6]

致扬州卞柳门：《奏议》两种想已解。祈向书铺或藏书家速代觅《唐宋文醇》《唐宋诗醇》各一部。朱批原版最好，外省翻刻纸板较善者亦可。两种版本新旧大小不必一律。

---

[1] 光绪二十六年十一月初九日辰刻发，《张之洞电稿丙编》，第91册，所藏档号：甲182—98。

[2] 光绪二十六年十一月十三日寅刻发，《张之洞电稿丙编》，第91册，所藏档号：甲182—98。

[3] 光绪二十六年十一月十四日戌刻发，《张之洞电稿丙编》，第91册，所藏档号：甲182—98。

[4] 光绪二十六年十一月十五日未刻发，《张之洞电稿丙编》，第91册，所藏档号：甲182—98。

[5] 光绪二十六年十一月十八日申刻发，《张之洞电稿丙编》，第91册，所藏档号：甲182—98。

[6] 光绪二十六年十一月二十日辰刻发，《张之洞电稿丙编》，第91册，所藏档号：甲182—98。

《诗醇》现已有苏刻者，《文醇》尤要，或仅有《文醇》亦可。祈速寄、速复。至祷。洞。漾。[1]

致扬州卞柳门：两《奏议》收到。原板《文醇》，价虽贵无妨，何日寄？感甚，谢甚！兹再恳代购《御选古文渊鉴》一部，原板最好，若翻刻本，须纸墨较好者。有则速寄。拜祷。祈电复。洞。有。[2]

致扬州卞柳门：兹尚需《贞观政要》一部。此书有明刻本，闻扫叶山房亦有此本。无论或单行本或丛书本，均可。如在丛书内，不能单购，即全购亦可。祈速购寄。感盼。《古文渊鉴》已觅得否？均示复。洞。宥。[3]

急。致扬州卞柳门观察：《贞观政要》《古文渊鉴》已觅得否？如书肆无，祈向藏书家觅之，重价无妨，不必装订。何芝舠观察藏书多，能与商让借否？《政要》鄂省现有两本，一日本宋钞本，已付局校刻，又《古文渊鉴》，鄂省现亦用五色本精刻，一明成化日本刻本。将来或以此书善本奉还，或以他书精本奉还，惟命是听。拜祷。祈速示。洞。俭。[4]

致扬州卞柳门：《唐宋文醇》未到。《贞观政要》《古文渊鉴》如已购得，祈即并寄。至祷。候复。洞。歌。[5]

---

1 光绪二十六年十一月二十三日未刻发，《张之洞电稿丙编》，第91册，所藏档号：甲182—98。

2 光绪二十六年十一月二十六日丑刻发，《张之洞电稿丙编》，第91册，所藏档号：甲182—98。

3 光绪二十六年十一月二十七日丑刻发，《张之洞电稿丙编》，第91册，所藏档号：甲182—98。

4 光绪二十六年十一月二十八日巳刻发，《张之洞电稿丙编》，第91册，所藏档号：甲182—98。此件是抄件，其中的文字可能有抄错。"《政要》鄂省现有两本，一日本宋钞本，已付局校刻，又《古文渊鉴》，鄂省现亦用五色本精刻，一明成化日本刻本"一句，似为："《政要》鄂省现有两本，一日本宋钞本，一明成化日本刻本，已付局校刻；又《古文渊鉴》，鄂省现亦用五色本精刻。"

5 光绪二十六年十二月初五日未刻发，《张之洞电稿丙编》，第92册，所藏档号：甲182—98。

致扬州卞柳门观察:《贞观政要》有扫叶山房本,颇佳。鄙人近日在藏书家见之,望代觅。有或无,速示复。洞。庚。[1]

致扬州卞柳门:宁波人回否?《政要》或有或无?望发急电速示。《文醇》收到。感谢。洞。佳。[2]

致扬州卞柳门:《古文渊鉴》何日寄?速确复。切盼。洞。元。[3]

由此可见,涉及的书籍为:《陆宣公集》、二十四史、《历代名臣奏议》、《明名臣奏议》、《名臣言行录》、闽刻聚珍版丛书、《唐宋文醇》、《唐宋诗醇》、《御选古文渊鉴》、《贞观政要》(其中部分进贡);更重要的是,卞氏兄弟提供了较好的版本。光绪二十六年十二月十六日(1901年2月4日),张之洞致信卞绪昌:

此次因闻行在未备书籍,故拟于循例冬贡外,另备史鉴、奏议及有关治道各书进呈乙览。而鄂中书肆寡陋,是以远商执事,电渎频烦。兹承寄到各书,其《历代奏议》确系原本,纸墨亦好,欣感之至。除《奏议》两种价值单已接到外,其续觅各书暨廿四史价及送鄂川资,并请详细开示,以便照缴为祷。[4]

---

[1] 光绪二十六年十二月初八日亥刻发,《张之洞电稿丙编》,第92册,所藏档号:甲182—98。

[2] 光绪二十六年十二月初九日午刻发,《张之洞电稿丙编》,第92册,所藏档号:甲182—98。

[3] 光绪二十六年十二月十三日申刻发,《张之洞电稿丙编》,第92册,所藏档号:甲182—98。

[4] 《复卞柳门观察》,《张文襄公函牍未刊稿》,所藏档号:甲182—393。"除奏议两种价值单已接到外,其续觅各书暨廿四史价,及送鄂川资并请详细开示,以便照缴为祷"一句,在稿本上被删去,改补"所有书价并送鄂往返川资统交来纪带缴,即希察收为祷"一句,后补者为许同莘字体。

张之洞的别敬、礼物与贡品

上海是当时最大的商业城市，在张之洞置办的贡品中，许多食品等物都采购自上海，但在书籍方面，尤其是中国传统书籍，仍显不足。张之洞的电报发到上海，购书、搜书等活动却在苏州进行，购买了苏刻《资治通鉴》《续资治通鉴》，寻购《历代名臣奏议》《明名臣奏议》《名臣言行录》《御选唐宋诗醇》等书，并购买黄龙绫、黄冷金笺等物，为进呈书籍重新装订之用。[1] 此外，张之洞还请住在江阴的缪荃孙代为寻找《贞观政

---

1 "张之洞档案"中存有以下九电，涉及于此："致上海读、樊委员、刘宣甫：书绫、金笺须从速购寄，初七太迟。黄龙绫如无现成者，可速染，两日可干……壶。艳。"（光绪二十六年十月三十日丑刻发，《张之洞电稿丙编》，第90册，所藏档号：甲182—97）"致上海读转刘宣甫：《资治通鉴》《续通鉴》书皮均用黄冷金笺，黄绫包头，黄线订，贴黄龙绫签，黄龙绫套，每部共作一大楠木匣。再，苏州如有《历代名臣奏议》及武英殿聚珍版原版《明名臣奏议》，此两种务望各代购一部。《明名臣奏议》止四本，共一函，须武英殿原本。如寻不出，则福建翻刻本纸墨较好者亦可。《历代名臣奏议》约六七十本，共八函。此书坊本最劣，望觅纸版较好者。或有或无，均速复。壶。麻。"（光绪二十六年十一月初七日丑刻发，《张之洞电稿丙编》，第91册，所藏档号：甲182—98）"致上海读、刘宣甫：……书何日可到？黄冷金笺系订进呈书皮所用。即复。壶。阳。"（光绪二十六年十一月初八日子刻发，出处同上）"致上海读转樊委员、刘宣甫：前电购黄冷金笺一百张，系作书皮之用，尚不敷用，速于苏、沪添购一百张，要深浅一色，先尽现有者，并黄龙绫速寄，以便装裱……鄂督署。復。"（光绪二十六年十一月初八日亥刻发，出处同上）"致上海读转樊委员、刘宣甫：……苏书另装贡式，限于十五六运鄂，并续寄之件，均可径报关领照。鄂督署。蒸。"（光绪二十六年十一月十一日寅刻发，出处同上）"致上海读转樊委员、刘宣甫：黄冷金笺二百张，即在沪购，已购若干？速寄，不必候齐。续购者随时再寄。即复。鄂督署。文。"（光绪二十六年十一月十三日丑刻发，出处同上）"致上海读转刘宣甫：《通鉴》请用黄冷金笺作书皮，贴黄龙绫签，与此间他书一律。如未寄，即改装，已寄则听之。祈在苏代购《名臣言行录》一部，新旧均可，但须纸好者，并装订。壶。盐。"（光绪二十六年十一月十四日戌刻发，出处同上）"致上海读转刘宣甫：元、愿两电悉。书若待月底寄，过迟，请即停购。《奏议》苏、闽有回电否？印色盒不必再觅。十六幅地球图，六字误，实止十二幅，系上海舆图局所刻，有则买，无则已。鄂督署。咸。"（光绪二十六年十一月十五日未刻发，出处同上）"致上海读转刘宣甫：《御选唐宋诗醇》，请电苏速购一部，即日寄，不必装订。至另购之正、续《通鉴》，不必退，可仍寄鄂，但不须装订耳……鄂督署。啸。"（光绪二十六年十一月十八日申刻发，出处同上）

要》。[1]从"张之洞档案"来看,在其办理各种贡品事务中,购置书籍一项是其中工作量最大,牵涉区域和人员最多的。这很能反映张之洞的本色——他竟然关心着慈禧太后、光绪帝(尤其是光绪帝)的精神食粮。

在张之洞置办的其他贡品中,野术是其最为欣赏的珍贵药品,委托其亲戚候补知府石镇在安庆购买的。[2]酱肉、酱蟹、糟蟹、糟鲫鱼、糟蛋、酱豆腐、松花蛋、虎爪笋和印色合等贡品,购自

---

[1] 张之洞电称:"急。致江宁钟山书院缪筱珊太史:奉托代购《贞观政要》一部,单行本、丛书本皆可。如书肆无,请向藏书家觅之,重价无妨,电知即寄上。觅得即寄,不必装订。拜祷。以速为贵。祈即复。洞。俭。"(光绪二十六年十一月二十八日已刻发,《张之洞电稿丙编》,第91册,所藏档号:甲182—98)"致上海读、江阴缪筱珊太史:《贞观政要》如已购得,请速寄。如无,亦祈速复。至祷。洞。歌。"(光绪二十六年十二月初五日未刻发,《张之洞电稿丙编》,第92册,所藏档号:甲182—98)此电似发两份,一份给赵凤昌。"致江阴缪筱珊太史:《贞观政要》有扫叶山房本,颇佳。鄙人近日在藏书家见之,望代觅。有或无,速示复。洞。庚。"(光绪二十六年十二月初八日亥刻发,出处同上)此电与给卞绪昌同文电同时发出。

[2] "张之洞档案"中存有以下五电:"急。致安庆支应局候补府石叔治:密。闻安庆省城内有胡开文笔墨铺,寄卖真野术,务望速询该铺,现在可觅得数斤否?一两斤亦好,必须上等,价稍贵无妨。此系备贡品之用,要紧要紧,尤须从速,数日内买妥,即须寄鄂。速询明电复。望密之。武昌督署。漾。"(光绪二十六年十月二十三日申刻发,《张之洞电稿丙编》,第90册,所藏档号:甲182—97)该件是抄件,"候补府"似为候补知府。"致安庆支应局石守:敬电悉。野术六斤,望即购。虽不能及皖省所贡,总须真好者。速专妥人送鄂,价交来人带缴。速复。壶。有。"(光绪二十六年十月二十六日辰刻发,出处同上)"虽不能及皖省所贡",可见安徽亦进贡野术。"致安庆支应局石守:野术收到。甚好。能照样再觅几斤否?此术或备贡,或自用,均好。价即汇,不必付。壶。歌。"(光绪二十六年十一月初五日未刻发,《张之洞电稿丙编》,第91册,所藏档号:甲182—98)"致安庆支应局石守:前代购黄山野术计若干斤,价若干?祁山野术计若干斤,价若干?楠木匣装潢,价若干?两次差弁四人往来川资若干?均希电复,以便照寄。此系公用,不必阁下代出资。至要。壶。真。"(光绪二十六年十二月十一日未刻发,《张之洞电稿丙编》,第92册,所藏档号:甲182—98)"致安庆支应局石守:黄术按寻常秤七斤十两,祁术计八斤零。来电云共十一斤。闻药秤向系二十四两为一斤。来电是否照皖省药秤计算,抑电码有误?望查明电复。壶。盐。"(光绪二十六年十二月十四日辰刻发,出处同上)

上海，并命将食品的样品先送到武昌，尝过后再决定是否进贡。[1]
为了湖北枣阳的香米，张之洞先后至少发了八封电报，电文称：

> 急。致襄阳朱道台、李令：闻枣阳有香稻，别属有否？拟购十石或五石，备贡。速飞饬产香稻各县采买未碾之谷，运襄并碾，方能一色。碾槽须洗刷洁净，细碾极熟，簸净糠壳，筛去碎米，须择长大一色者，尤不可稍有砂石夹杂。但须实有香味者，方可购进。若香味仿佛依稀、若有若无者，

---

[1] "张之洞档案"中存有以下五电："致上海读并转樊委员荼：兹将拟购各物列下：大对虾一百斤；玉吉肉翅一百斤；上海作酱肘子一百个；糟蟹、糟鲥鱼、糟蛋、酱豆腐、小酱瓜、酱子姜，各二十大罐，每罐须将三小罐并为一大罐，以免零碎；鲥鲞、鲤鲞，各五十斤；虎爪笋一二十斤；常州松花变蛋四百个；洋铁瓶水果一百瓶；蜜饯金桔、杨梅、樱桃、青梅各二十大罐。可选上品者速寄。俟到鄂日，拟择其精美、行远不坏者充贡。然贡尚未定，此时万不必向人道及。切嘱。但须即在上海购最好，或在苏州购亦可。再远则不必，以速为妙。务于五日内购齐寄鄂，万不可迟。何日可购齐？速复。壶。江。"（光绪二十六年十月初三日未刻发，《张之洞电稿丙编》，第89册，所藏档号：甲182—97）其中"大对虾""白鲞"已在第二次进贡时送出。"致上海读并转樊委员：江电属购各物，暂缓全购，每样先购十分之一，寄鄂尝过，再酌或贡或否。现尚未定。速复。壶。歌。"（光绪二十六年十月初五日辰刻发，出处同上）"致上海读并转樊委员：速购酱肉五十五对，酱蟹、酱腐乳各二十五罐，糟蟹、糟鸡蛋、糟鲥鱼各二十五罐。罐要精工，不宜过小，罐大则少买，罐小则多买。又松花二百二十个，虎爪笋五十斤，如少，二三十斤亦可。松花及笋，无论用何物装，总以美观为要。限五六日内寄鄂。价由樊垫。电知即汇。速复。壶。俭。"（光绪二十六年十月二十八日巳刻发，《张之洞电稿丙编》，第90册，所藏档号：甲182—97）"酱肉五十五对"，原文如此，该件是抄件，似为"酱肘"之误。"致上海读、樊委员、刘宣甫：……酱、糟各物，瓷瓶最好，能设法封固否？如无善法，用洋铁里木箱亦可。每箱约装几罐？箱大几何？高广系何尺寸？箱不宜太大，以便搬运挑抬。又，沪如有四寸径玻璃甑东洋印色合，连匣，购十个，方圆皆可，或四寸余，或五寸余，略大略小皆可，但十合须一律，速并寄。何日寄？速电复。壶。艳。"（光绪二十六年十月三十日丑刻发，出处同上）"致上海读转樊委员、刘宣甫：……印色盒中有四寸径之圆玻璃盒，或新瓷，或略大略小，均可。但须十个一律，或九个一律，能购否？又，温州板鸭再购五十个，购到即寄。速电复。鄂督署。复。"（光绪二十六年十一月初八日亥刻发，《张之洞电稿丙编》，第91册，所藏档号：甲182—98）此中的"印色合"，可能就是第三次贡品中的"八宝印色十合"。

则不必。数不在多,甚至两三石亦可,务于十日内备齐,俟沈道锡周至襄,交令解陕。究竟能购若干,价若干?速电复。督院。有。[1]

急。致襄阳朱道台、李令:沁电悉。枣阳香稻虽不如京产,而究为陕所无,飞速饬购。如难多购,即三四石亦可,务于三四日内购齐。速复。督院。俭。[2]

致襄阳朱道台、高守、兼理县周倅:枣阳香稻米速催购。如购到,可即煮食,究有香味否?并寄一斗来省……督院。庚二。[3]

致襄阳朱道台、沈道台:……香稻购到否?香味如何?并即速复。督院。文。[4]

致襄阳朱道台:该道速将香米煮尝,香味如何?即日电复。一面寄一斗来省。督院。效。[5]

致襄阳朱道台:效电悉。香稻不论粒之大小,味之厚薄,只问有香无香。速电复。督院。号。[6]

---

[1] 光绪二十六年十月二十六日辰刻发,《张之洞电稿丙编》,第90册,所藏档号:甲182—97。当地官员回电称:"武昌督宪鉴:有电敬悉。襄属枣阳产香稻,别县不产,米粒小,香味薄,大不如京中香稻,似难备贡。其煊、祖荫禀。沁。"(襄阳朱道、李令来电,光绪二十六年十月二十七日未刻发,二十八日亥刻到,《张之洞存各处来电》,庚子第31册,所藏档号:甲182—144)

[2] 光绪二十六年十月二十九日丑刻发,《张之洞电稿丙编》,第90册,所藏档号:甲182—97。当地官员回电称:"武昌督宪鉴:……香稻已专差至枣采购。其煊、祖荫禀。东。"(襄阳朱道、李令来电,光绪二十六年十一月初一日子刻发,卯刻到,《张之洞存各处来电》,庚子第32册,所藏档号:甲182—144)

[3] 光绪二十六年十一月初八日巳刻发,《张之洞电稿丙编》,第91册,所藏档号:甲182—98。

[4] 光绪二十六年十一月十三日寅刻发,《张之洞电稿丙编》,第91册,所藏档号:甲182—98。

[5] 光绪二十六年十一月十九日辰刻发,《张之洞电稿丙编》,第91册,所藏档号:甲182—98。

[6] 光绪二十六年十一月二十日辰刻发,《张之洞电稿丙编》,第91册,所藏档号:甲182—98。

致襄阳朱道台、杨令鼎福：号电悉。香稻既有香味，应进呈，速饬筛净。襄斗四石，合官斛若干？每斗重若干斤？用官斛量足四石，分装八袋，每袋五斗。余米若干，另装两三袋，并带往备用。袋用上等线布二层，不必染黄，以免脱色。到陕后再加黄袋黄绳。惟须设法捆扎严密，并备油布遮盖。此米即交杨令鼎福解陕，存谭道、存牧处。候鄂冬贡到，一并进呈。杨令何日行？速复。督院。箇。[1]

致襄阳朱道台、高守：……香稻米已到，有香，可进呈。正贡京斗三石。贡余酌备。督院。江。[2]

贡折上的"枣阳香稻米六袋"七个字，背后就有如此之多的故事，张反复电示，详细至极，且当时的电报费又极其昂贵。如此精选出的贡米运到西安之后，还不知道是否真派上了用处。然从中又可看出，张之洞在湖北为官十余年，就连本地土产香米都没有尝过。至于襄阳豆酱，"张之洞档案"亦存有六封电报，其中两封说明了选贡的原因：

致襄阳朱道台、高守：闻宫廷嫌西安豆酱太劣，故拟贡豆酱，可向东津湾购豆酱，不可仅购酱菜。请阁下与高守尝之，与京城窦店豆酱相同，即好。万勿误为甜面酱，至要。再，拟贡襄阳白菜数百颗。如何装包，方可不至受冻受热坏烂？请速购办，并妥筹装包之法，交杨令鼎福带往。洞。感。急。致襄阳朱道台：东津湾豆酱其味如略与京酱相仿，

---

1 光绪二十六年十一月二十一日巳刻发，《张之洞电稿丙编》，第91册，所藏档号：甲182—98。
2 光绪二十六年十二月初三日巳刻发，《张之洞电稿丙编》，第92册，所藏档号：甲182—98。

即购三十斤。襄阳白菜，闻官村产者甚佳，希选大颗者，购二千斤，不去粗叶，且勿淘洗，设法装包，勿令冰冻。交杨令鼎福运陕。洞。勘。[1]

虽已逃亡到西安，慈禧太后仍可保持"京城窦店豆酱"之典雅口味，在当时的运输条件下，豆酱从襄阳运到西安，运费将是原值的几百倍；而张之洞还让运去了2,000斤襄阳官村白菜。

张之洞的第三次进贡，分作两批：枣阳香米、襄阳豆酱和襄阳白菜等项为一批，由襄阳直接运往西安；其贡品的主体为一批，由武昌经河南信阳至西安。知县杨鼎福押送襄阳一路，冒着大雪出发，因雇不上大车，在河南淅川荆紫关雇骆驼前行，于光绪二十七年正月初五日（1901年2月23日）到达西安。[2] 张之洞

---

[1] 前一电光绪二十六年十一月二十七日亥刻发，后一电光绪二十六年十一月二十八日戌刻发，《张之洞电稿丙编》，第91册，所藏档号：甲182—98。其余各电是："急。致襄阳朱道台：襄阳豆酱佳否？酱菜佳否？酱约有几种？系何名目？如佳，希即将豆酱及酱菜各购一罐寄省，并速电复。洞。有。"（光绪二十六年十一月二十五日未刻发，出处同上）"致襄阳朱道台、高守：艳电悉。豆酱、白菜办法甚妥，即速备。至酱菜，可不用矣……督院。江。"（光绪二十六年十二月初三日巳刻发，《张之洞电稿丙编》，第92册，所藏档号：甲182—98）"致襄阳朱道台、高守：东津湾豆酱，再购四十斤，连前共七十斤，均交杨令解陕备贡。即复。洞。麻。"（光绪二十六年十二月初五日亥刻发，出处同上）该件是抄件，"麻"是初六日的代日，原文如此，当有误。"致襄阳朱道台、代理县周倅：……再，酱莴笋不必贡。均速电复。督院。佳。"（光绪二十六年十二月初九日午刻发，《张之洞电稿乙编》，第70册，所藏档号：甲182—75）

[2] "张之洞档案"存有以下三电："致襄阳朱道台：杨令鼎福冬电称，雪深运滞，四日仅行六十里，恐前递车费不敷，拟带银五百两备用等语。该道即设法如数垫付，派员解交杨令领收。并将此电钞给杨令阅看。即电复。督院。庚。"（光绪二十六年十二月初八日亥刻发，《张之洞电稿丙编》，第92册，所藏档号：甲182—98）"督抚钧鉴：贡差因樊雪大无车，于廿六抵荆关，雇驼上行。"（荆紫关来电，光绪二十六年十二月二十七日巳刻发，二十八日寅刻到，《张之洞存各处来电》，庚子第35册，所藏档号：甲182—145）"督宪鉴：三批末批于初五日同到西安，即交讫。职道锡周谨禀。鱼。"（西安沈道来电，光绪二十七年正月初六日亥刻发，初七日申刻到，《张之洞存各处来电》，辛丑第2册，所藏档号：甲182—145）

闻讯立即下令：

> 致西安郭签事巷口湖北粮道谭道台转沈道台锡周、杨令鼎福：杨令鱼电悉。香稻米四石余斗、白菜四百余颗、豆酱六十余勔，均系备贡之品，已于贡折声叙，千万妥存，不可稍有短少。香稻米、豆酱、白菜均即饬沈道、杨令收存照料。如存牧焘尚在省，即并交存牧帮同照料。俟英令勋到西安时，交令装潢，同他品进呈。白菜须分装三十篓，或用竹篓，或用柳条筐，总以精致为主。沈道、杨令速商存牧早备，俟英令到时，再分装……即复。鄂督署。阳。[1]

西安还是传来了坏消息，正月初六日（2月24日）的电报称：

> 督宪鉴：密。昨杨令交来米八袋半，称每百余斤，合官斛四石零。粒碎色不白。酱篓损约六十余斤。今午送白菜至，验多黄萎。适吴弁解贡到，眼同检视，据称似不便进呈。究应如何办理？祈速示遵。因该弁阻雪到此，已迟也……宇禀。鱼。[2]

---

1 光绪二十七年正月初八日午刻发，《张之洞电稿丙编》，第98册，所藏档号：甲182—99。沈锡周是到西安准备引见的湖北候补道员、湖北枪炮厂督办。存焘是负责潼关转运局的官员，同文馆出身，与京内官员很熟悉。沈锡周等回电称："西安沈道来电。武昌督宪鉴：阳电敬悉。谭道已将香稻米交到。白菜遵备柳条筐三十件装载。英令到时，交同他品进呈。存牧甚能事，二批贡皆赖其力，现在潼关，请电饬赶至西安帮办。该处转运局有副委，可以分身。职道锡周、卑职鼎福谨禀。"（光绪二十七年正月初九日亥刻发，初十日未刻到，《张之洞存各处来电》，辛丑第3册，所藏档号：甲182—146）

2 西安谭道来电，光绪二十七年正月初六日酉刻发，初七日申刻到，《张之洞存各处来电》，辛丑第2册，所藏档号：甲182—145。该电后又有情报："闻英、赵赐自尽，启、徐欲自办，外人未允。惟东三省许照未失以前办法，已得俄国国书。""英"，英年。"赵"，赵舒翘。"启"，启秀。"徐"，徐承煜。谭启宇关于东三省的情报不准确。

该电也说明了原因,即"阻雪到此"。经受过大雪的白菜,难以保存,此时为了白菜的质量,应当尽快单独进贡。然湖北第三次进贡的主体还在路上,按照体制,只能是等待。正月二十三日(3月13日)的电报又称:

> 督宪鉴:英令尚未到,天气渐热,白菜日腐烂,已不足四百之数,久恐更坏。职道锡周、卑职鼎福谨禀。漾。[1]

恰在此前一日,张之洞电告贡品的主体将到潼关,另有详尽指示,执行官员只能复电遵行,还是要再等待。[2] 知州英勋押解第三批贡品的主体部分,于光绪二十七年正月初二日到达信阳,二十四日(3月14日)到达潼关。[3] 张之洞也予以详细指

---

1 西安沈道杨令来电,光绪二十七年正月二十三日午刻发,酉刻到,《张之洞存各处来电》,辛丑第5册,所藏档号:甲182—146。

2 张之洞电称:"致西安杜木头市左文襄祠沈道锡周、杨令鼎福:鄂第三次贡,日内即抵潼关,已电饬谭道,并径电存牧,会同英令勋等护解西安,将装潢、修整、呈进各事宜,妥为照料矣。一俟贡品到省,杨令鼎福即将存备之白菜、豆酱等件,配齐瓷罐筐篓,一并检点装好,帮同存牧、英令等照料一切,按照贡折所开件数,妥为呈进,勿稍参差舛误。一面将检视贡品有无损坏及办理情形,随时电禀。至要。督院。养。"(光绪二十七年正月二十二日午刻发,《张之洞电稿丙编》,第98册,所藏档号:甲182—99)沈锡周等人回电:"督宪鉴:电敬悉。瓷罐、柳筐早备。存牧、英令到,即帮同照料进呈。职道锡周、卑职鼎福谨禀。敬。"(西安沈道杨令来电,光绪二十七年正月二十四日申刻发,二十五日未刻到,《张之洞存各处来电》,辛丑第5册,所藏档号:甲182—146)

3 "督宪钧鉴:初二到信阳,贡物平安。卑职英勋谨禀。冬。"[信阳英牧来电,光绪二十七年正月初二日申刻发,初三日丑刻到,原件见《张之洞电稿(光绪二十三年至二十九年)》,所藏档号:甲182—209,抄件见《张之洞存各处来电》,辛丑第1册,所藏档号:甲182—145]"武昌督宪钧鉴:贡到潼关,平安。陕州以西,已开工修路,预备回銮。卑职英勋谨禀。漾。"(潼关英牧来电,光绪二十七年正月二十四日酉刻发,二十五日申刻到,《张之洞存各处来电》,辛丑第5册,所藏档号:甲182—146)

示。¹ 由于交贡官员的混乱，进贡一事被拖了下来，张之洞为此大发脾气。² 负责此事的道员沈锡周，于二月初五日（3月24日）发电：

> 武昌督宪鉴：南。昨奉到江电，谭道现在西安，存牧未来，不知何故。职道见事急，前日面托同乡内支应舒渭卿设法，今已议妥，初七进呈……谨禀。微。³

二月初七日（3月26日），沈锡周等人再次发电：

1　张之洞电称："致西安郭签事巷口湖北粮道谭、潼关湖北转运局存牧焘：鄂第三次贡品，日内可抵关。可即饬存牧会同英令等护解西安，将装潢、修整、呈进各事宜，妥为照料，潼局暂派小委代管。俟贡品进呈事毕，再行回局。即遵办。电复。督院。养。"（光绪二十七年正月二十二日戌刻发，《张之洞电稿丙编》，第98册，所藏档号：甲182—99）存焘回电称："武昌督宪鉴：养电悉。三次贡品俟到潼，卑职遵即会同英令护解西安，装潢齐整，敬谨进呈。潼局事暂令陈从九代管矣。焘禀。"（潼关存牧来电，光绪二十七年正月二十五日酉刻发，二十六日未刻到，《张之洞存各处来电》，辛丑第6册，所藏档号：甲182—146）

2　张之洞电称："急致西安杜木头市左文襄祠湖北委员沈道锡周、英牧勋、杨令鼎福：英牧艳电悉。存牧前电称随贡赴西安，何以英牧在潼未见？谭道究在何处？不解。贡品既一律完整，沈道、英牧、杨令速检同香稻米、襄阳白菜、襄阳豆酱，装配妥善，设法速进，万不可惜费。不必候谭道来。至要。速电复。督院。江。""致西安、潼关湖北粮运分局存牧焘：该牧前电称，随贡赴西安照料，何以英牧电称，在潼未见？因何相左？速电复。督院。江。"（以上两电皆光绪二十七年二月初四日丑刻发，见《张之洞电稿丙编》，第98册，所藏档号：甲182—99）存焘对此回电称病："督宪：江电悉。念七奉谭道电称，三批贡英牧已抵西安，饬即晋省照料。其时卑职尚在病中，已电复谭道，稍好即行。至英牧过潼，实不知道。卑职现在病重，不能支持，焦灼万状，有负委任，获咎匪轻。贡事能否委员代为经理？尚乞宪裁。潼局事，尚有端倪，请释廑怀。焘禀。"（潼关存牧来电，光绪二十七年二月初五日辰刻发，初六日辰刻到，《张之洞存各处来电》，辛丑第9册，所藏档号：甲182—147）

3　西安沈道来电，光绪二十七年二月初五日戌刻发，初七日申刻到，《张之洞存各处来电》，辛丑第9册，所藏档号：甲182—147。该电后又称："再引见，改初八。滋帅允存记，不允发鄂。存记不如发往省分，职道依恋情切，祈电致军机处发鄂。""滋帅"，军机大臣鹿传霖，字滋轩，又作芝轩。"存记"，军机处存记，沈锡周要求其引见后仍发往湖北候补。

> 督宪钧鉴：贡品初七一律进呈。职道锡周、卑职鼎福、勋谨禀。鱼。[1]

这一批精心准备的包括书籍十四种在内的巨大贡品终于进呈了，只是那四百棵白菜，顶风冒雪被运到西安后，又无奈地静候一个多月，到了此时还不知道又成什么样了。

购呈《大清一统志》并进呈各种地图及天球、地球

很可能是张之洞进贡书籍之作用，在湖北第三批贡品进呈五天后，光绪二十七年二月十二日（1901年3月31日），护理陕西巡抚端方来电：

> 制台鉴：内廷需用《大清一统志》，秦垣遍觅弗得。恳尊处速为购觅，包封刻日寄陕。谨当代为呈进。方。文。[2]

此时俄国已占领东三省，庆亲王奕劻、李鸿章正在谈判和约（即《辛丑条约》），中枢没有合适的官印地理书籍，将会很不方便。张之洞立即行动。根据上次搜书的经验，张之洞在收到端方电报的次日，即于二月十四日（4月2日）同时发电扬州、杭州、长沙、苏州：

> 致扬州卞柳门观察、杭州世臬台、长沙俞抚台、苏州八旗会馆张黄楼：顷接端午桥护院电云：内廷需用《大清

---

[1] 西安沈道、杨令、英令来电，光绪二十七年二月初七日巳刻发，初八日巳刻到，《张之洞存各处来电》，辛丑第9册，所藏档号：甲182—147。

[2] 西安端护抚台来电，光绪二十七年二月十二日未刻发，十三日午刻到，《张之洞存各处来电》，辛丑第11册，所藏档号：甲182—147。

一统志》，属速购寄进呈等语。鄂省徧觅不得。请速在扬、（杭、湘、苏）于旧家设法寻觅，购得即专人迅寄，以便飞递进呈。价值多寡不计，示之照缴。祈即电复感盼。洞。盐。[1]

两天后，二月十六日，他又听说上海龙门书院藏有一部，再发电上海道袁树勋：

> 致上海江海关袁道台：陕西端护院电云：内廷需用《大清一统志》，属速觅寄陕进呈。此书鄂省遍觅勿得。闻上海求志书院有之，系乾隆年间殿本，前上海道冯焌光捐置，现移存龙门书院。祈阁下向书院商借此书，如可行，祈专人由轮寄鄂。至感。此书或备价，或购石印本及他书补之，悉听尊命。并望询商电复，至感至祷。洞。谏。[2]

湖南巡抚俞廉三、浙江按察使世杰皆回电，说明未能搜到。[3] 张彬电报未见。上海传来了坏消息，称该书是活字排印本，又有缺落

---

[1] 光绪二十七年二月十四十（日）亥刻发，《张之洞电稿丙编》，第98册，所藏档号：甲182—99。该件是抄件，日期中后一个"十"字上有铅笔符号，以示错字。另抄有"务即电复至要。壶"一句，表示给其侄张彬。

[2] 光绪二十七年二月十六日未刻发，《张之洞电稿丙编》，第98册，所藏档号：甲182—99。

[3] 俞廉三来电称："武昌督宪张钧鉴：《一统志》遍觅不得，已托人在外县物色矣……廉。效。"（长沙俞抚台来电，光绪二十七年二月十九日戌刻发，亥刻到，《张之洞存各处来电》，辛丑第12册，所藏档号：甲182—147）世杰来称："制宪张：电谕悉。《一统志》浙省遍觅数日不得，并设法于杭城旧家访觅，甚费周折，且讳莫如深，又属无从觅购。据杭书坊云：当函致江西询商，有无，得复再电。先此禀闻，以慰廑怀。世杰。漾。"（杭州世臬司来电，光绪二十七年二月二十三日酉刻发，二十四日巳刻到，《张之洞存各处来电》，辛丑第14册，所藏档号：甲182—148）

蠹渍，只能放弃。¹ 而扬州传来了好消息，卞绪昌来电称：

> 督宪张钧鉴：《一统志》三百五十卷者，十日后即专呈。帅体近想大安，极念。侄绪昌。霰。²
>
> 督宪张钧鉴：两电敬悉。《一统志》一百二十本，计三百五十卷，尚无圈点残缺，惟索价甚钜。如要，月底专呈。姚君现回桐城。侄绪昌。艳。³

然张之洞因其电报发送有误，于三月初四日（4月22日）再电催促："感电未得复。《一统志》行在催购甚急，书价多寡不计，务请速购专寄。价若干，示知照缴。"⁴ 卞绪昌立即回电，说明该书已派人专呈。⁵

---

1 袁树勋来电称："武昌督宪钧鉴：谏电敬悉。遵查龙门书院所藏《大清一统志》，系活字排印，三百五十六卷之本，与乾隆廿九年五百卷之殿本不同。蠹蚀水渍，且有缺落、抄补处。恐难进呈。应否解鄂，候示遵。树勋。效。"（上海袁道来电，光绪二十七年正月十九日戌刻发，二十日丑刻到，《张之洞存各处来电》，辛丑第4册，所藏档号：甲182—146）此件为抄件，时间当为有误，根据内容，当发于二月。张之洞回称："致上海袁道台：效电悉。《一统志》既有缺落蠹渍，请勿庸寄鄂。洞。漾。"（光绪二十七年二月二十四日辰刻发，《张之洞电稿丙编》，第98册，所藏档号：甲182—99）
2 扬州卞道来电，光绪二十七年二月十七日未刻发，亥刻到，《张之洞存各处来电》，辛丑第12册，所藏档号：甲182—147。
3 扬州卞道来电，光绪二十七年二月二十六日巳刻发，酉刻到，《张之洞存各处来电》，辛丑第14册，所藏档号：甲182—148。该件是抄件，"艳"是二十九日，两处日期中当有一处有误。
4 致扬州卞柳门观察，光绪二十七年三月初五日丑刻发，《张之洞电稿丙编》，第93册，所藏档号：甲182—98。"感"，二十七日的代日，张之洞该日有电给卞绪昌。又，张之洞称"行在催购甚急"一语，在西安的谭启宇有一电："武昌督宪鉴：平。顷谒端抚宪，以内廷需殿板《大清一统志》已达宪台，如觅得，请宪台进呈……宇禀。有。"（西安谭道来电，光绪二十七年三月二十五日申刻发，戌刻到，《张之洞存各处来电》，辛丑第18册，所藏档号：甲182—149）只是发电时间已到三月下旬。
5 "督宪张鉴：书已专呈。绪禀。微。"（扬州卞道来电，光绪二十七年三月初五日酉刻发、到，《张之洞存各处来电》，辛丑第15册，所藏档号：甲182—148）

光绪二十七年五月十九日（1901年7月4日），张之洞上奏，报告其奉到端方来电，在各地搜购该书的情况："……仅在扬州购到排印大字本三百五十六卷者一部，纸版本尚属完整……装潢成帙，上呈御览。"张之洞所奉使命本限于此，到此本应结束，然他却乘机另外又做了一篇大文章，该折又称：

> ……窃思有书不可无图，而舆图以后出者为胜。近年广东邹伯奇所刊《皇朝舆地全图》，系按照西法测准经纬度，以弧线分度其地面所当天度之部位，较为密合。当饬鄂省两湖书院各学生，敬谨摹绘两分，一成直幅八帧，以便悬挂，一装册叶三本，以便披寻。因天文度数与地球内外上下正相印合，于考览地图甚有关涉，并饬两湖书院学生另绘赤道南北恒星图，直幅两帧，横幅一帧，借可考见南北两极、赤黄两道及躔次之所在。又附进上海制造局所刊地球全图两幅，足以觇环球之疆域。上海铜版刊印之亚西亚东部舆地图一幅，足以验近州之形势。又因图系半面，欲测天地全形，尚费体会推求，因并附进制成天球、地球各一具，俾大圜运转，五州列国可以一览而知。谨一并装潢，派委员弁，赍赴行在，敬谨呈进。倘蒙万几之余，时加垂览，则环球大势、中华大局，均可历历在目，以之上佐绥安抚驭之方略，或亦可稍有裨益。[1]

也就是说，张之洞乘购呈《人清一统志》之机，同时进呈了两湖书院所绘有经纬度的清朝地理挂图一幅、地图册三本，直幅天体图两

---

[1] 《张之洞全集》，第4册，第6—7页。奉旨："所进画图等件，均留览。钦此。"又，此中的"上海铜版刊印亚西亚东部舆地图一幅"，很可能就是张之洞前送军机大臣的邹代钧所制亚洲北段地图。

桢和横幅天体图一桢，世界地图两幅，上海铜版印制亚洲地图一幅，天体仪、地球仪各一具——这些地图与器具代表了清朝内部在吸取西方地理学知识后，所能达到的地理学以及地图制图、制具技术的最高水平——张之洞企图以此类地理学知识来影响慈禧太后、光绪帝的对外观念，尤其是在"打教灭洋"的极端排外行动完全失败、八国联军占领北京之时。就时间而言，除了在上海购置的地图外，两湖书院学生所绘各种地图、所制天球、地球，以当时的制作水平，似非为两三个月所能完成，很可能就是张之洞原来悉心准备的贡品，只是到了这个时候，乘机进呈罢了。[1]

第四次进贡

从"张之洞档案"来看，光绪二十七年七月，湖北还有第四次进贡，进贡的物品不详，现存相关的档案也不多，仅有以下三件：

> 急。信阳饶直刺：湖北现有贡品，解赴行在，派府经徐道恭、都司宁鸿章等，于本月初六日自汉启行，须在信阳换车。由铁路火车往，约初八日到信阳。祈代雇轿车六辆、大车十三辆，径赴西安。务请先期设法雇齐，以免临时耽阁。所有车价及守候之费，按日计算，均由委员自行发给。特奉恳，祈电复。洞。豪。[2]
>
> 信阳饶直刺：麻电悉。轿车、大车无论能否如数，到即

---

[1] "张之洞档案"中有一份电报："致上海读转刘宣甫：元、愿两电悉……十六幅地球图，六字误，实止十二幅，系上海舆图局所刻，有则买，无则已。鄂督署。咸。"（光绪二十六年十一月十五日未刻发，《张之洞电稿丙编》，第91册，所藏档号：甲182—98）此中的地球图，不知与此是否有关，而此时至进呈尚有半年时间。

[2] 光绪二十七年七月初四日戌刻发，《张之洞电稿丙编》，第95册，所藏档号：甲182—98。"直刺"，直隶州知州。

扣留。贡差约十一、二必到，须赶站。西平水退否？车道能行否？祈示……洞。青。[1]

西安朱道来电。督宪鉴：元示悉。贡已妥进。泽禀。篠。[2]

从以上电文来看，大体可注意几点，一是各种车辆仅19辆，数量不多；二是由汉口到信阳已通火车；三是从电文中可以看见，信阳到西安仅用几天时间，便已进贡。看来这条贡道的各类设施已是相当完备，解贡人员也已相当熟悉业务。而到了此时，慈禧太后、光绪帝已准备回銮了。

值得注意的是，在西安发电的候补道员朱滋泽，由张之洞保举而去西安觐见。张得知其召见的消息后，亲笔写下电文：

西安朱道台滋泽：汇。电悉。召对称旨，大喜欣贺，不知系慈圣问话多，抑皇上问话多。再，江楚会奏变法折三件，政府议论如何，有采取者否？应变之法是否在西安施行，抑俟回京后再举行？速示。督署。庚。[3]

张之洞时刻都不忘记命其官员搜集政治情报。

西安供奉之丰足

慈禧太后此次离京出逃，是其生命经历中的第二次。前一

---

1. 光绪二十七年七月初九日午刻发，《张之洞电稿丙编》，第95册，所藏档号：甲182—98。"麻"，初六日的代日，信阳官员有电来。
2. 光绪二十七年七月十七日亥刻发，十八日巳刻到，《张之洞存各处来电》，辛丑第30册，所藏档号：甲182—151。
3. 光绪二十七年七月初九日子刻发，《张文襄公电稿墨迹》，第2函第13册，所藏档号：甲182—219。

次在咸丰十年（1860），英法联军进占北京，咸丰帝率皇后（慈安太后）和当时还是懿贵妃的那拉氏（慈禧太后）出逃热河（今承德）。当时的南中国正在进行太平天国战争，其余各地的反叛（如捻军等）也火势正炽，英法联军控制了京津、上海、广州等地，咸丰帝等人在热河的生活极其清苦。此次不然，除了俄国占领的东三省、八国联军占领的直隶外，其余各省，尤其是最为富庶的江浙、两湖、广东，多次向西安进贡。民国年间的文人黄濬（1891—1937）仅看到了张之洞第三次进贡奏折的一个稿本，虽未见其贡折，也不知实际贡品数量及品名，即在笔记中写道：

> 考《广雅堂诗集》纪恩诗十五首中第三首，"敢道滹沱麦饭香，臣惭仓卒帝难忘"，下有自注："述西幸在陕时，湖北贡品丰足济用。"此诗与附片所述，即系一事。附片系庚子所上，纪恩诗则癸卯入觐作。意南皮当时必选那拉后喜御之日用物品进贡，故大博欢心，事隔四五年，尚于召见时述之。当时所云陕省罕有之物十四种，不知原单为何物，度必汉口、上海采办者，故曰丰足经用也。[1]

黄濬不知道湖北的进贡有四次之多，不知道贡物的品种有数十种之丰，不知道其采办又是如何遍及各地，仅仅是推测，已作如此之语。[2] 实际上，西安的贡品已远远不止"丰足经用"，曾因迎驾而博得慈禧太后欢心的直隶怀来县知县吴永，迅速升至道员，他

---

1 黄濬：《花随人圣庵摭忆》，上册，第114页。"附片""原单"是黄濬理解所误，根据原稿，属正折、贡折。
2 黄濬所引的奏折有误，是张之洞第三次进贡奏折最初的一个稿本，称贡品为十四种。正式上奏时称贡品为二十三种，相差九种之多。

于光绪二十七年四月二十九日（1901年6月15日）发电张之洞：

> 督宪鉴：川密……回銮后、妃同行，拟自卫辉舟行至德州登陆，因慈不愿过津，电商庆、李，未复。贡物太多，拟由龙驹涉汉达海……永禀。艳。[1]

我不太清楚当时的货运交通路线，"拟由龙驹涉汉达海"一句，似为贡物从西安陆路运至商州龙驹寨（今丹凤县），入丹江，经汉水，到汉口，然而再从长江入海，经天津运回北京。如此曲折复杂的水运过程，只是因为"贡物太多"。[2]

六　慈禧太后六十七岁生日贡品

光绪二十七年四月，北京进行的和约（即《辛丑条约》）谈判，其主要内容已大体谈妥，八国联军开始从北京撤军，慈禧太后、光绪帝决定七月起程回銮，后又推迟。八月十八日，慈禧太后收到《辛丑条约》的全文，八月二十四日（1901年10月6日）从西安起程，九月十五日到达洛阳，住了八天，二十八日到达郑州，十月初二日到达河南省城开封，住了一个多月，在此度过其

---

[1] 西安吴道来电，光绪二十七年四月二十九日亥刻发，五月初三日辰刻到，《张之洞存各处来电》，辛丑第25册，所藏档号：甲182—150。"慈"，慈禧太后。"庆"，庆亲王奕劻。"李"，李鸿章。

[2] 此后慈禧太后、光绪帝回銮时，贡物仍未行此道。吴永后来对此回忆道："先有主张由河南、襄阳至汉口，改由京汉路入京，谓沿途供亿可省若干百万。南方并有请驾出上海，径从海道入都之议。嗣经通盘筹度，谓水道须另造轮只，且数处河道须经修浚，方可通行御舫，费更不赀，乃决计取道陆路。"（《庚子西狩丛谈》，第106页）吴永此处所谈是慈禧太后、光绪帝的回京道路。对照后来的历史，贡物亦随行。

六十七岁（虚岁）的生日。

张之洞得到慈禧太后一行取道河南回銮的消息后，于光绪二十七年八月初一日（1901年9月13日）上奏，请求亲赴河南省城开封迎驾。¹ 八月初三日，张之洞发电两江总督刘坤一，说明了他的计划：

> 急。致江宁刘制台：冬电悉。鄂省与汴省接壤，敝处与端中丞均各自具折，奏请至开封省城迎驾，敬听谕旨派何人往。两折今日五鼓同发。到汴约九月半，距慈圣万寿不远，拟留俟过万寿后，方回鄂。并拟恭备祝寿贡品，届时进呈，督、抚各一分，此外不贡方物。特奉达。尊处如何办法，祈示。督销沈道示尊处冬电并读，悉眠食渐胜，欣慰。洞。觉。²

此是互通情报。由此可见，张之洞与新任湖北巡抚端方，皆有给慈禧太后的生日贡品。此时的慈禧太后，威望已降至最低点，虽不是整寿，似乎也希望通过生日致贺的方式，显示自己的地位；由此在当时的官场，备贡几乎是公开进行的。然张之洞赴汴迎驾的请求，为慈禧太后、光绪帝所拒，朱批"毋庸前来"。他只能密切注意慈禧太后一行的行程，并就近派出襄阳道朱其煊前往河南。八月二十七日（10月9日），他再发电刘坤一：

> 致江宁刘制台：敬电悉。敝处与端中丞迎銮折，均奉旨"毋庸前来"。现派襄阳道朱道其煊赴汴迎銮。尊处贡品，是

1　《张之洞全集》，第4册，第41—42页。
2　光绪二十七年八月初三日辰刻发，《张之洞电稿乙编》，第74册，所藏档号：甲182—76。

否系备万寿一分，抑系两分？祈电示。洞。感。[1]

此乃互通情报。九月二十二日（11月2日），张之洞为慈禧太后的生日上奏请安，该折的正折未见，"张之洞档案"中存有附呈贡品清单的底稿：

> 头品顶戴湖广总督臣张跪进慈禧端佑康颐昭豫庄诚寿恭钦献崇熙皇太后万寿贡品清单：全玉如意一柄，珊瑚朝珠一挂，翡翠朝珠一挂，万年青陈设一件，慎德堂制四海平安花瓶一座，寿字宁绸九卷；《太平御览》全部，宋刘松年鉴古图卷，明仇十洲耕织图册，明人祝寿书画合璧册，恽寿平画册，嘉庆御览南楼老人陈书画册；九如图徽墨三匣，东绣山水画屏两座；龙纹对开银元一万元（计重三千六百两）。

该件还有两张夹单：

> 手卷，元钱选，舜举。稼穑图，学昂（未详其姓字）。耕织图，焦秉贞。张大老爷。
>
> 《太平寰宇记》一箱，名人画册，龙袍，如意，大天、地球一对，大寿字番白铜鼎一对，墨，汉砖，磁器，图章（鸡血红），湘绣红缎花鸟寿屏八幅，东绣山水屏四座，洋货千里镜。[2]

---

1 光绪二十七年八月二十七日酉刻发，《张之洞电稿乙编》，第74册，所藏档号：甲182—76。
2 《进呈万寿贡品清单》光绪二十七年九月二十二日拜发，缮稿王家槐，《张之洞密保人才等奏稿》，所藏档号：甲182—25。"慎德堂"，圆明园一处建筑，道光时建成，此处为道光帝堂名款瓷器（官窑）。"刘松年"，南宋画家。"仇十洲"，明代画家。"恽寿平"，清初画家。"陈书"，晚号南楼老人，清初女画家。"钱选"，字舜举，元代画家。"焦秉贞"，清代宫廷画家。

这两件夹单是备贡过程形成的，前一件似为答复张之洞，说明备贡物品的年代、作者及其他问题，后一件是张之洞的亲笔，是其在考虑贡品时所拟。张之洞此次由珍宝古玩为主的贡品，价极其昂贵。他的这种选择，当属对准慈禧太后的偏好，也可能与当时八国联军侵占北京时宫中摆设损失巨大有关。[1] 而在这份贡单中，仍有书籍《太平御览》一部（多达一千卷）；当他准备贡品时，还考虑过"大天、地球一对"和"洋货千里镜"（望远镜）。这是一个转折，此后给慈禧太后的贡品不再是食品与生活用品而是以珍宝古玩为主。从奏折底稿来看，仅是张之洞单衔，湖北巡抚端方应另有贡品，他可是一个大收藏家。

九月二十四日（11月4日），张之洞发电河南信阳，请当地官员代备"大车四辆、轿车四辆、抬挑人夫六七十名"。[2] 由于当时芦汉铁路部分路段已通，押解这批贡品的道员徐家幹、通判和文等于九月二十五日离开汉口，二十七日到达信阳，张之洞命其必须于十月初四日赶到开封。[3] 十月初四日（11月14日）下午，贡差押贡终于抵达开封，张之洞得到消息，立即发电：

---

[1] 张之洞第一次进贡时所派解贡官员湖北督粮道谭启宇，曾经来电："昨朝贺，闻慈圣甚留意古玩玉器陈设，钟表亦缺。"（光绪二十六年十月十一日戌刻发，十二日丑刻到，《张之洞存各处来电》，庚子第28册，所藏档号：甲182—144）这是谭在觐见时听说的，不知是否对张之洞产生了影响。

[2] 张之洞电称："致信阳饶直刺：敝处与端中丞备进万寿贡品，派徐道家幹、通判和文、世职虎云湘、把总倭兴额等护解，于本月廿五启行，限于廿八日到信阳。祈预雇大车四辆、轿车四辆、挑抬人夫六七十名，价由鄂省委员发给。务祈先期雇定。拟由信阳赶于十月初五日到汴。特奉托，并望电复。洞。敬。"（光绪二十七年九月二十四日亥刻发，《张之洞电稿丙编》，第96册，所藏档号：甲182—99）

[3] "督署文案邹元翁鉴：贡品于二十六日子刻安抵广水，由火车起行之贡品已到梅家寺。两处用夫多名，一时难以督齐。今日先后开行，迟早可以抵信阳。祈禀帅座为叩。云湘叩。"（广水虎世职致邹令电，光绪二十七年九月二十七辰刻发，戌刻到，《张之洞存各处来电》，辛丑第32册，所藏档号：甲182—151）"邹元翁"，邹履和。"迟早"，似为"明早"之误。"武昌督署文案邹元翁鉴：贡品于廿七日丑刻安抵信阳，俟前后贡品到齐，一同起行，细致各物仍用抬夫。祈禀帅座为（转下页）

致开封电局探送端直刺宅湖北解贡委员徐道台家幹、和倅文：支电悉。贡品到汴，欣慰。各物想均完善。何日可进呈？速电复。江南贡品曾否到汴？各省贡品到有几省？已进呈否？徐道能否引见？并复。督院。歌。[1]

徐家幹等人在开封发出两电，报告情况：

督、抚宪钧鉴：贡品已于今早呈进。欣蒙嘉纳。余续禀。幹、文叩。鱼。[2]

督、抚宪钧鉴：歌电谕敬悉。贡品完善到汴，初六进呈，业已电禀钧鉴。江南贡品到，今日进呈。江西、安徽、湖南、河东均于初三、四、五、六日进呈。直隶、山西并河南，亦于明日进呈。他省到否，未有所闻。幹投咨，可引见……幹、文叩。虞。[3]

（接上页）祷。和文、云湘叩。"（信阳和倅等致邹令电，光绪二十七年九月二十八日巳刻发，酉刻到，出处同上）"致信阳饶刺史并送湖北解贡委员徐道幹、和倅文、世职虎云湘等：沁电悉。鄂贡到信，务请饶刺史多雇夫役车辆，催令即日起行。如大车不足，兼用小车人夫。徐道督率和倅、虎世职等日夜趱行，务赶于初四日到汴，不可稽延。至要。即电复。鄂督院。俭。"（光绪二十七年九月二十八日午刻发，《张之洞电稿丙编》，第96册，所藏档号：甲182—99）

1 光绪二十七年十月初六日寅刻发，《张之洞电稿丙编》，第97册，所藏档号：甲182—99。又，徐家幹原电称："督、抚宪鉴：奉解贡品，均于今未刻到汴。城中房店人满，暂住端直刺宅。容料理妥贴，再禀陈。幹、文叩。支。"（开封徐道等来电，光绪二十七年十月初四日戌刻发，初五日未刻到，《张之洞存各处来电》，辛丑第33册，所藏档号：甲182—152）

2 开封徐道等来电，光绪二十七年十月初六日亥刻发，初七日子刻到，《张之洞存各处来电》，辛丑第33册，所藏档号：甲182—152。

3 开封徐道等来电，光绪二十七年十月初七日亥刻发，初八日午刻到，《张之洞存各处来电》，辛丑第33册，所藏档号：甲182—152。"河东"，指东河河道总督，驻山东济宁，亦简称"河道总督"。

由此可见进贡的省份及其热闹程度。然徐家幹是张之洞保举的官员，此次去开封是送部引见，将觐见慈禧太后与光绪帝。[1] 张之洞由此命其幕僚文案总办邹履和于十月十七日（11月27日）发电，布置徐在觐见时的言说要点：

> 急。致开封端直刺宅湖北道台徐稚孙观察：孙密。谏电想已达。顷奉帅谕：宪台召见时，如两宫询及鄂事，可将上年票匪众盛危险情形，剿办后报复之心至今未已，近日仍在海外捐钱于沿江沿海招集匪党，坚图再举，与湖北雠恨甚深，专意必欲与张某为难，屡思遣人行刺各情形，详细上陈。又，上年保护长江，系自揣中国兵力军火断难与八国相敌，恐致大局糜烂，故遵谕旨，保守疆土，非为保护洋人。此亦系最要之义，亦须剀切敷陈。如上意愿听，则多说，不愿听，则少说，但必须将大意点出耳。二事最要，余可从略等因。特电达，祈照办示复。履和叩。谏。亥。[2]

张之洞命徐家幹向慈禧太后、光绪帝说明两事：其一是自立军起事与康有为的活动，意在自表其功；其二是"东南互保"，意在解

---

1 张之洞还为此发电军机大臣鹿传霖："致开封鹿尚书：泰密。湖北候补道徐家幹，现因管解贡品，赴行在引见。来电称，谒公二次，极蒙优待。感甚。该道前署知府，甚有能名，嗣过道班后，办理善后、牙厘局、营务处，均能实心实力，洵为鄂省得力有用之员。夏间经弟明保，奉旨交军机处记名。现在引见，应用何项字样，俾得特旨发往湖北补用？祈卓裁栽植，并望示复。壶。谏。"（光绪二十七年十月十六日午刻发，《张之洞电稿丙编》，第97册，所藏档号：甲182—99）

2 光绪二十七年十月十七日子刻发，《张之洞电稿乙编》，第75册，所藏档号：甲182—76。徐家幹对此回电称："督抚宪鉴：孙密。廿六召见，问鄂事详，均分别敷奏。言及俄约甚为难，已专折力陈利害。附奏枪炮经费，存，俟缓议。初四启銮，吉帅不送。部照领，即回鄂。幹、文叩。宥。"（开封徐道来电，光绪二十七年十一月初一日未刻发，初二日午刻到，《张之洞存各处来电》，辛丑第35册，所藏档号：甲182—152）

脱指责，并将之作为"最要之义"。过了几天，十月二十日（11月30日），张之洞让邹履和再发电，命徐家干扩大其言说的范围：

> 急。致开封端直刺宅湖北候补道台徐稚孙观察：孙密。谏电二事，凡遇要人，均须申说，不特召见为然。遵谕再达。祈示复转禀。履和叩。效。[1]

七　慈禧太后七十大寿贡品与庆典

光绪三十年（1904），又值慈禧太后七十大寿（虚岁），然清朝此时经历了甲午战败赔款、辛丑议和赔款，已处于财政极度困难、政治威望不足之境地，不再有大办庆典的设想，只是在光绪二十九年正月下达了增开癸卯恩科乡试与甲辰恩科会试的谕旨。

光绪二十八年，张之洞因刘坤一去世而赴南京，再次署理两江总督。光绪二十九年二月奉旨召京，这是他自光绪七年出京任山西巡抚，22年后重返京师。慈禧太后与光绪帝多次召见，张之洞对此亦作《纪恩诗十五首》。[2] 在京期间，张之洞还向慈禧太后进贡野术、厚朴花，"张之洞档案"中有一信叙说此中的情况：

> 鹿少大人升启。默生贤甥足下：兹有进贡野术两匣、厚

---

[1] 光绪二十七年十月二十日寅刻发，《张之洞电稿乙编》，第75册，所藏档号：甲182—76。不能说张之洞的这番工作没有获得实际效果，光绪二十七年十月二十八日（1901年12月8日），慈禧太后回銮途中尚在开封时，即下达懿旨，对东南互保明确表态："……刘坤一、张之洞、袁世凯共保东南疆土，尽心筹画，均属卓著勋劳……两江总督刘坤一著赏加太子太保衔，湖广总督张之洞、署直隶总督袁世凯均著赏加太子少保衔。"（《光绪宣统两朝上谕档》，第27册，第223—224页）

[2] 该诗见《张之洞全集》，第12册，第492页。

朴花四匣，系前日召对时面奏进呈者，顷已装潢完备，贡单亦经缮成，均专弁送上。统请贤甥即托尊处郑姓转托奏事处孙姓呈进。所需各费，即请酌办，容照送上。并希函复为盼。专此奉托，祗颂侍福。○拜启。五月十五日缮发。贡单一纸附览。[1]

野术是张之洞曾经进贡过的滋补药品，厚朴花也属温和之药。"默生贤甥"，军机大臣鹿传霖之子。张之洞在召见时曾向慈禧太后当面说过此事，而进贡却是通过鹿默生处郑姓转奏事处孙姓之类私人渠道，并支付相关的费用。这是当时进贡的惯用路数。一直到光绪三十年三月，张之洞方才返回其湖广总督本任。因此，清朝在办理慈禧太后七十大寿诸项事务时，他正在北京，相关的内幕应当是知情的。

然而，慈禧太后的生日临近时，张之洞突然听到了相关的消息。光绪三十年九月十二日（1904年10月20日），他分别发电其侄吏部郎中张检、署理江苏巡抚端方、军机大臣鹿传霖：

急。京化石桥吏部张玉叔：密。闻万寿有仍收贡品之说，是否外省所进一律赏收？已贡者何省何人？是明贡抑系暗贡？务即确探电复。为时已迫，立等回音。至要。冰。文。

万急。苏州端抚台：密。此次万寿，闻仍有收贡品之说，确否？已得京城信否？尊处如何办理？祈速示复。名心叩。文。

急。京锡蜡胡同鹿尚书：密。闻万寿有仍收贡品之说。

---

[1]《京寓函稿》光绪二十九年四月起，《张之洞函稿》，所藏档号：甲182—213。

外省所进，是否一律赏收？已贡者何省何人？贡品如何呈进？务祈迅赐确探电示。至盼。冰。文。[1]

其中最重要的一句是"是明贡抑系暗贡"。"张之洞档案"中此三人的回电皆不见，然从张之洞此后做出的反应来看，他肯定得到了各省暗贡的消息。九月十九日（10月27日），张之洞发电张检，开列其进贡的物品：

> 万急。京化石桥吏部张玉叔：密。贡品前已装潢，今拟备用者，名目列下：全玉如意一柄，计一匣；雕玉博古插屏两坐，计两箱；汉镜九元，计一匣；周璧二件，计一箱；旧景泰蓝鼎一座，计一匣；《太平御览》一部，计四箱；松乔拱寿图卷、百耋图卷、访贤图卷，计共三匣；即望查照皓电办理。闻花瓶必不可少，速向黄慎之工艺局酌购景泰蓝极大花瓶一对，价议妥，电知，速做木箱，装潢齐全备用。壶。效。[2]

"皓"，十九日的代日，说明张之洞同日此前还有一电。"黄慎之"，黄思永，光绪六年状元，此时开办北京工艺商局。从此电的内容来看，张之洞先前早已备下了贡品，并已做贡前的装潢。而贡品中《太平御览》一部，张曾于光绪二十七年曾进贡过，不

---

[1] 以上二电皆九月十二日午刻发，见《张之洞存来往电稿原件》，第17函，所藏档号：甲182—388。原电无年份，端方于光绪三十年四月十一日署理江苏巡抚，九月二十三日署理两江总督，十一月初七日改任湖南巡抚，由此可见，此三电皆发于光绪三十年。
[2] 甲九月十九日亥刻发，《张之洞存来往电稿原件》，第17函，所藏档号：甲182—388。"甲"系甲辰，光绪三十年。又，"百耋图"前删去"恽冰"二字，恽冰，清代女画家，恽寿平的后代；"访贤图"前删去"王振鹏"三字，王振鹏，又作王振朋，宋元时期的画家。

知是他忘记了还是前次进贡出了差错。除了认真准备贡品外，张之洞还安排办理进贡的人员。九月二十一日（10月29日），他发电其内侄、王懿荣的儿子王崇烈：

> 急。天津鼓楼赈抚局王汉辅观察：密。咸电悉。万寿贡品，闻他省仍有拟进贡者，敝处不得不从众先行预备。已将存京之件，电告玉叔侄赶紧修理备用。此事奉托吾侄，迅速赴京，密探办法。倘他省进贡赏收后，敝处贡品即接续进呈。总须在他人之后，以不致驳回为要。内廷须托妥人照料，吾侄向来所托之人，似甚妥善。所有贡费等项，均望议定，迅速电复，即先汇寄备用。现派李泽湘赴京料理，渠去岁在京，情形较熟。此系从众备办之事，千万秘密，不可传播。切嘱。来电务须详细，电费由湖北统算，已由武昌电局知照京局矣。何日赴京，望即日先电复。壶。号。[1]

此电中的关键语，是"内廷须托妥人照料"。张之洞让王崇烈办理此事，是因为"吾侄向来所托之人，似甚妥善"；与此同时，他还从武昌派出其差弁李泽湘，也因为"渠去岁在京，情形较熟"。在该电中，张之洞强调了"从众"（不出头）和"秘密"（暗贡）两条原则。由于张检与王崇烈的回电皆未见，此次张的贡品是否进呈，也没有确据；但从该年年贡情况来看，应当是进呈了。

张之洞在北京办理进贡是秘密进行的，但在武昌却举办了一次公开的新式庆典活动。十月初二日（11月8日），张之洞的亲

---

[1] 甲九月二十一日子刻发，《张之洞存来往电稿原件》，第17函，所藏档号：甲182—388。"甲"系甲辰，光绪三十年。"咸"，十五日的代日，王崇烈有电报告情况。

信张彪、邹履和给上海的樊棻发去了急电:

> 急。上海虹口义昌成樊时勋:奉宫保谕:庆贺万寿,须用顶大龙旗八首,各国国旗各一首,兵船所挂二号旗三套。请速代购,赶于初八日以前寄到鄂省。祈电复。彪、履和。冬。[1]

龙旗是当时清朝的代国旗,各国国旗的张挂,也是西式庆典所需。十月初十日(11月16日),慈禧太后生日那天,张之洞在武昌举行招待会,张灯结彩,悬挂旗帜,邀请在汉口等处的各国外交官、军舰官员、旅行者及海关、铁路、学堂的外籍雇员出席。次日,张亲写电文,要求上奏:

> 外务部:初十日恭逢皇太后七旬万寿,各国领事偕水师将校、随员、游历人员,并税务司、铁路员董、工师、文武各教习洋员等,均来庆贺,设宴相待,欢欣颂祷,出于至诚。总领事等嘱之洞代为电奏,恭祝皇太后万寿无疆,强泰安乐。谨据情上闻。请代奏。之洞肃。真。[2]

张之洞将慈禧太后的七旬庆典办出个新花样——仿效列强各国君主的生日庆典。[3]

---

1 甲十月初二日戌刻发,《张之洞存来往电稿原件》,第17函,所藏档号:甲182—388。"甲"系甲辰,光绪三十年。"宫保",指张之洞,他于光绪二十七年十月加太子少保衔。

2 甲十月十一日亥刻发,《张之洞存来往电稿原件》,第17函,所藏档号:甲182—388。"甲"系甲辰,光绪三十年。

3 光绪二十八年(1902),天津商民举办了西式的光绪帝万寿庆典,光绪三十年慈禧太后七旬生日时,北京和天津也有西式的庆典。[参见小野寺史郎:《大清臣民与民国国民之间?——以新政时期万寿圣节为中心的探讨》,《华东师范大学学报》(哲社版),2011年第5期]

八　光绪三十年年贡及以后的贡品

很可能是慈禧太后七十大寿进呈贡品相当顺利，张之洞又考虑当年的年贡。年贡即冬贡，本是各省的例贡，以本地土产为主，但张之洞为投慈禧太后之喜好，完全改变了贡品的性质。"张之洞档案"中关于此次年贡的电报甚多，内容也极为详细，可见其办贡过程与具体贡品。

光绪三十年十一月十九日（1904年12月25日），张之洞及其幕僚同时发电给在北京的侄子张检、差弁李泽湘及在上海的赵凤昌：

> 急。京，化石桥吏部张玉叔：密。年贡拟备九种，前存京之周铜器两件，仇十洲桃源图卷，华嵒花卉册，玉观音、玉果九件，速先修理、装潢，备用。厂中有《皇朝三通》及《太平寰宇记》？速各觅一部。《三通》无论殿版及浙江局刻均可。又，前在京，屡见有名人画万年青直幅，望速广为询觅，总以觅到为佳。此外，如有画册、手卷堪备贡者，亦望速留意。以上各件，如觅到，一面议价电告，一面迅速装潢，备凑贡品之用。李泽湘所办贡缎两分，即向百川通取六百金，转交付价。并付李弁五十两，作为在京零用。统望电复。壶。效。[1]

> 京，化石桥吏部张宅差弁李泽湘：密。队电阅悉。贡缎两分，连装潢共五百九十五两，即照办，价向三爷处取。如意即购全玉者，价议定，速电复。并告三爷付该弁在京用费

---

[1] 甲十一月十九日申刻发，《张之洞存来往电稿原件》，第17函，所藏档号：甲182—388。"甲"系甲辰，光绪三十年。"华嵒"，清代画家。

五十两,收到并复。鄂督署。效。[1]

上海读:浙江局刻《皇朝三通》,沪上必有,速代购一部寄鄂,不必装潢。此外,如有画册、手卷及古玩,可备贡品者,望留意,随时电示,画能有寿意者更佳,款随后并汇。此事切勿宣播。至恳。畴。效。[2]

"厂",北京宣武门南琉璃厂,古籍古玩店铺集中地。从以上电报可以看见,张之洞的贡品分三类:其一珍宝古玩,这是慈禧太后最为喜爱者;其二是贡缎,张之洞命在京中织成;其三是书籍,《皇朝三通》指《钦定皇朝通典》《钦定皇朝通志》《钦定皇朝文献通考》,本是乾隆年间奉敕编定的政书,最好的版本是武英殿本,宫中本应有收藏,很可能是八国联军占领北京时所失,也可说明张之洞情报工作之仔细。《太平寰宇记》是北宋时所编地理志,此类地理书籍也是张此期的喜好。从张之洞所拟年贡品物来看,与他在慈禧太后七十大寿进贡的品物完全不同,由此似可推定,后者已经进呈。此外,张之洞还命在北京、上海"如有画册、手卷及古玩,可备贡品者",即留意电告,他要备办一批货,以便其随时进贡。五天后,十一月二十四日(12月30日),张之洞及幕僚再次发电北京、上海:

急。京,化石桥吏部张玉叔:密。引见、召对,大喜欣贺。速向厂觅玉瓶、玉椀、玉楪、玉匕箸等件,拟备贡用。觅到,速议价电复。效电嘱购殿版《皇朝三通》《太平寰宇

---

1 甲十一月十九日申刻发。《张之洞存来往电稿原件》,第17函,所藏档号:甲182—388。"甲"系甲辰,光绪三十年。"三爷",指张检,他在该辈中排行第三。
2 甲十一月十九日申刻发,《张之洞存来往电稿原件》,第17函,所藏档号:甲182—388。"甲"系甲辰,光绪三十年。"畴",张曾畴,张之洞亲信幕僚。

记》及卷册等件，已有觅得者否？并复。冰。迥。[1]

急。上海读：帅谕：尊处代购浙刻《皇朝三通》已到沪否？盼速寄。再，《三通》共有几百本？到鄂另行装订，须用黄冷金笺，并托酌购若干，一并带来。鄂店存笺无多，不敷用也。畴。敬。[2]

此是催促的电报。又过了几天，十二月初四日，张之洞发电其差弁李泽湘，命其继续留京办完年贡才回湖北；[3] 同时发电张检，对在京采购诸项下达具体指示。[4] 又过了十来天，十二月十七日（1905年1月22日），张之洞再发电其侄张检，对进贡物品再作选定：

急。京，化石桥吏部张玉叔：密。函、电均悉。金廷标

---

[1] 甲十一月二十四日申刻发，《张之洞存来往电稿原件》，第17函，所藏档号：甲182—388。"甲"系甲辰，光绪三十年。张检因"俸满截取"而召见。

[2] 甲十一月二十四日申刻发，《张之洞存来往电稿原件》，第17函，所藏档号：甲182—388。"甲"系甲辰，光绪三十年。又，此时芦汉铁路已通，在武昌装订后运京，已成更为方便的交通路线。

[3] 张之洞电称："京化石桥吏部张宅湖北差弁李泽湘：密。艳电阅悉。玉叔三爷处，现正代办年贡，该弁须在京，妥与帮同料理。进呈后，再回鄂。敬一堂帖收到。鄂督署。江。"（甲十二月初四日子刻发，《张之洞存来往电稿原件》，第17函，所藏档号：甲182—388。"甲"系甲辰，光绪三十年）

[4] "京化石桥吏部张玉叔：密。艳、勘电及函均悉。李昭道海天旭日图，必伪作，如有题跋亦可买，无题跋，即不要。恽南田群仙祝寿图，价须议减，议定即买。英古斋黄玉佛，即速买定。玉瓶用三百金上下者，即速购三四个，有成对者更好，以备数次贡用。玉碟、盌、匕箸、玉杯、玉果义，均速买定，共几件？电知，能多凑数件更好。古铜九鼎固好，价若干？速告知，若太贵，则不必。碧玉叶珊瑚豆万年青盆景，其盆是否作桶形？取一统万年清之义，如系桶形，买一个即可。乾隆梅石小立轴，买，就寄鄂，自用。以上各件，议价定后，需款若干，候电复即汇。冰。讲。"（甲十二月初四日子刻发，《张之洞存来往电稿原件》，第17函，所藏档号：甲182—388。"甲"系甲辰，光绪三十年）"李昭道"，唐代画家。"恽南田"，即恽寿平，清初画家。"英古斋"，北京琉璃厂古玩店铺。

百鹿百鹤双卷,此次须配用,速购定、装潢。花盆即选贡二十四个,余为后用,能种花进呈更妙。湖北新铸一两重银币一千元,十一交折弁陈廷标等带京,约十八九可到。到后望开箱细看,如有损坏,速修理。各件拟廿三四以前进呈,备齐,电复。壶。篠。[1]

此电提到了进呈的时间,即"廿三四以前"。与此同时,张还发电其内侄王崇烈,命其再次入京办理年贡事宜:

急。天津赈抚局王汉辅观察:密。年贡均办齐。亟候足下一二日内进京,照料进呈。不过数日,即可回津,千万不可迟误。切托。所有川资用费等项,统由敝处照送。何日行,即电复。壶。篠。[2]

"张之洞档案"中虽没有材料可说明该次年贡进呈的情况,但给我的感觉是已经进呈。

此后,张之洞对进贡慈禧太后的兴趣似乎越来越大,"张之洞档案"中对此所存材料虽少,仅三件,但仍可看出张在此中的热情。光绪三十一年四月十一日(1905年5月14日),张之洞发电其侄张检:

急。京,化石桥吏部张玉叔:密。项城有午贡否,系何物?此外拟贡者尚有何省,约何日进呈?午节将届,必有所

---

[1] 甲十二月十七日申刻发。《张之洞存来往电稿原件》,第17函,所藏档号:甲182—388。"甲"系甲辰,光绪三十年。"金廷标",清代画家。

[2] 甲十二月十七日申刻发。《张之洞存来往电稿原件》,第17函,所藏档号:甲182—388。"甲"系甲辰,光绪三十年。

闻，密探速复。厂中如有画册画卷合用者，无论前朝人本朝人均可，望觅一两种，以备凑用，名目望先电告。此外文玩陈设等件相宜者，并望留意。即复。壶。真。[1]

"项城"，直隶总督袁世凯，"午贡"，端午节的贡品，张之洞听到了一点风声，也准备从众进贡。光绪三十一年九月二十三日（1905年10月21日），张之洞发给张检两电：

京，化石桥吏部张玉叔：密。永宝寄存之青金石花插、玉界尺、玉瓜镇纸、玉笔洗、玉龙虎界尺、水晶笔床，德宝寄存之玛瑙小花插、玉墨床、玉砚屏、水晶印盒，皆前年在京购成文玩零件。速告该两店，将各件检齐，如无坐者，添做木坐，酌量装潢成匣，或分装两匣，留备以后之用，迅即照办电复。冰。漾。[2]

急。京，化石桥吏部张玉叔：密。玉如意、玉杯壶、翠玉花插、玛瑙福寿花插、玉九果、玉观音、玉瓶、水晶图章、绸缎等件，已装潢者，均取出一看，如有损坏，速修好备用。再，十月万寿，各省有无贡品，内廷及厂中必有所闻。如有数省拟贡，鄂省似不可少。速望密探电复，以便早日筹办。冰。祃。[3]

---

1 乙四月十一日午刻发，《张之洞存来往电稿原件》，第18函，所藏档号：甲182—389。"乙"系乙巳，光绪三十一年。"文玩陈设等件相宜者"一句，在"件"字后删去"与贡品"三字。
2 乙九月二十三日午刻发，《张之洞存来往电稿原件》，第18函，所藏档号：甲182—389。"乙"系乙巳，光绪三十一年。"留备以后之用"，原写为"留备十月贡用"，即慈禧太后生日进贡。"永宝"、"德宝"，张之洞购买玉器等项的店铺。
3 乙九月二十三日午刻发，《张之洞存来往电稿原件》，第18函，所藏档号：甲182—389。"乙"系乙巳，光绪三十一年。

两电的内容，皆是准备慈禧太后七十一岁（虚岁）生日时进贡，贡品中主要是玉器；并命张检打听情报，从众而行。而"厂中必有所闻"一语，又说明琉璃厂的古玩铺此时也成了政治的风向标了。

九　简短的结语

本文之所以写得很长，是为了全面记录"张之洞档案"中所保存的别敬、礼物与贡品的可贵材料，由此可推导出张之洞别敬、送礼、进贡的总体情况，并得出一般性的结论来。我相信，档案现存的文件仅是其中的一小部分；但我似也可做出判断，张之洞是一个清廉的官员，他所送出的别敬、礼物与贡品，在晚清官员中大体上属相当克制的。

一、张之洞的礼物与贡品中，相当部分是书籍图册，这是他本人及当时的书生之喜爱。从张之洞搜书购书的过程来看，可知当时得书看书之难。从所送所贡书目来看，大多是传统中的精义，尤其是儒家经典，显示他恪守理学的底色；其次是地理类书籍图册，世界的相通，列强的进逼，使他的学术理念发生了变化，地理学成为显学。张之洞所贡之书，多属传统的"中学"，仅在地图册、天球仪、地球仪稍显"西学"的特点，这是为了适应中枢的政治风向。[1]此外，笔墨文具之类，也是张之洞经常赠送的礼物和进呈的贡品，颇具文人的雅致与品位。

二、从光绪二十年（1894）至光绪三十一年（1905）张之洞

---

[1] 相关的情况，可参见本书《清末帝王教科书——中国第一历史档案馆收藏的各类〈讲义〉》一文。

进贡的情况来看，清朝上层的风气大变。张之洞本清流出身，光绪二十年慈禧太后六旬大寿进贡时，踌躇犹豫，站在岸上不愿意轻易趟浑水；慈禧太后、光绪帝逃至西安后，他大量且不计工本地进贡，除了体现对慈禧太后和清王朝的忠诚外，毕竟还有另一番用意——解脱朝野对其在"东南互保"期间违旨抗旨行为之指责；然到了光绪三十年、三十一年办理寿贡、年贡时，他已显得轻车熟路，熟能生巧。光绪二十四年（1898）他给徐桐送生日贺礼时极有分寸，而光绪三十三年（1907）他给庆亲王奕劻送生日礼物时，完全看不出当年清流的风范。清朝上层社会此时已完全浊流化，清流党已不复存在。张之洞是讲理学的人，终生不贪，他的这种变化，似可推测晚清官场的腐败程度与速度，谁都无法以清白来处世。清末时曾任御史、对清廷内幕多有了解的胡思敬写道：

> 拳匪之变，车驾幸西安，各省遣使致水土物，慰问起居，辛丑还京，遂沿为贡献不改。太后一日谓枢臣曰："曩予母子播越在外，各省疆臣冒险阻，将币来问。愍其劳，不忍拒绝。今幸还守社稷，时事日艰，岂可违祖宗旧制，致开进奉之门。意欲悉罢之。何如？"荣庆叩头称善。瞿鸿禨曰："物各献其土之所产，所费几何，而慈怀轸念。若是古者三年一朝，间年一聘，必执币以为礼。请仍旧赏收以广尊亲之义，且毋虚远人向往之忱。"太后默不言。荣庆退而尤鸿禨曰："顷太后所言，意甚美。不极力赞成，反遏之何也。"鸿禨笑曰："公初领枢务，未知宫廷内情。向聊以觇吾曹向背，措辞一失当，则谴怒至矣。"[1]

---

[1] 胡思敬：《国闻备乘》，上海书店出版社，1997年，第29页。

荣庆于光绪三十一年（1905）底任军机大臣，此段谈话应在此时。其中瞿鸿禨所言，并非其内心中真实的价值判断，而是害怕慈禧太后一如以往，借机试探臣下的忠诚态度，即"向聊以觇吾曹向背"，故揣摩慈禧太后之旨意而答之。胡思敬的这一记录，说明了清末各地及各类官员给慈禧太后普遍性的进贡，是从"两宫西狩"开始的，前所未有的国难似乎开辟了慈禧太后新的个人财源；他所记录的慈禧太后与荣庆、瞿鸿禨的谈话内容是否真实，无从印证，却也道出全部真相的底牌——若是慈禧太后坚决不肯收受，完全遵从"祖宗旧制"，"进奉之门"又何以能开？专制政治的特点是上有所好、下有所报，清末腐败风气之不可逆转，最主要的原因还是慈禧太后及整个统治上层的贪欲。[1]

三、我在"张之洞档案"中看不到单独给光绪帝的贡品，此是因为档案保存不全，还是张之洞根本未贡，我也没有办法判断。与光绪帝有关的，仅见一件：

> 致军机处行走候补四品京堂王。弢甫仁兄大人阁下：径启者。今专弁送上万寿呈递如意一柄，应如何呈递，祈代为妥办。所贴职名黄签，如不合式，另备有职名签附上，并请揭下代为贴正。（敞处仍备如意一柄，拟届时自行携带赴园

---

[1] 慈禧太后去世后，光绪三十四年十一月二十七日，当政的监国摄政王载沣下达谕旨："前据御史叶芾棠条陈现当亮阴、请免进方物一折，当经降旨内务府，将前次查照成案奉请各省方物分别应进、应缓清单，缮呈朕览。兹据开单览悉，除有关于祭祀供新鲜贡品，仍著准其呈进外，其余一切贡品，概行停止，仍俟三年之后，再候谕旨。"（《光绪宣统两朝上谕档》，第34册，第299页）宣统元年二月十一日，由军机处发出公启："各省贡献，上年曾经奉旨概行停止，三年之后再候谕旨等因在案，现在朝廷敦崇节俭，深念物力艰难，三年之后，除各省列进方物外，其自行进献贡物，概行停止。此系遵旨知之件，希即钦遵为荷。"（同上书，第35册，第60页）由此可见，"自行进献贡物"一直到慈禧太后去世后才停止。顺带地说一句，此时张之洞已进京，出任军机大臣。

备用，并以附闻。）衹费清神，感谢不尽。专缄奉托，顺请大安。弟六月廿三日午发。[1]

"弢甫"，王彦威，时任军机处汉二班领班章京、三品衔四品京堂。该信写于光绪二十九年（1903）张之洞召京之时，六月二十八日为光绪皇帝生日，此时递如意，仅仅是惯例而已。

附带地说一下，当我看到"张之洞档案"中关于进贡物品的史料时，心中还有另一种紧张：当时的许多官员因投慈禧太后之所好而大送古玩珍宝，而慈禧太后及其身边的人，少有品鉴古玩的能力，即便真有眼力者，恐怕也不敢直说。张之洞所购所贡，也有一些他本人都未来得及亲见者。[2]清宫这一时期的入藏品，未免良莠不齐，很可能一些赝品也混入其中。今人还不能仅凭是宫中所藏，即轻易判定其为真品。

刊于《中华文史论丛》2012年第2期

补记一

刘德富先生在《中华文史论丛》2015年第1期发表《对张之洞的别敬、礼物与贡品一点补充》，引用张之洞于光绪二十年

---

1 《京寓函稿》光绪二十九年四月起，《张之洞函稿》，所藏档号：甲182—213。
2 即便是张之洞亲眼看过的，也有可能走眼。张佩纶在一私信中称："偕壶公游厂两年，所收皆赝本也。兹检出三卷一册，乃壶公去后所得。敬求鉴定。研垒夫子函丈。佩纶顿首。四月初三日。"（上海图书馆新收藏的《张佩纶函札》。此件是姜鸣提供的）"壶公"，张之洞："厂"，琉璃厂。

（1894）给王懿荣的信：

......贡品事诸承指示，感感，仍望费神代为物色是幸。（汉玉如意甚佳，已饬速买妥装潢矣。）总以书籍字画各凑九种为主。如必寻不出合式者，则书籍字画共凑九种，万不可少。将来设不需用，字画可自留，书可存书院也。其余土产当在外间筹备。至将来进呈时，内务府必须托人招呼。我兄既与立公交往熟识，即恳转托立公料理。惟此等事，恐须有使费，约需若干，望设法婉为探询，早为示知为幸（以便筹措）。

再，如可，以琴备一种。是否需用古琴（谓古人有款识之琴），抑或现制新琴亦可？统祈赐示。不知系以供陈设乎，抑内中能弹乎。铜佛是否藏佛，抑系古来造象之佛？此件甚古雅吉祥，务望物色之。（此物不甚贵，将来自家收藏亦佳。）[1]

张之洞信中所言内容，涉及慈禧太后六十大寿进贡之事。刘先生据此认为，王懿荣参与了张之洞的进贡之事，并在如意、琴、铜佛三事有所提议；王懿荣与内务府大臣立山交熟，张之洞委托其办理进呈之事。这些都是很有意思、值得重视的发现。

在此补记之。

补记二

2015年12月24日，我在故宫博物院图书馆查阅梁启超《变法通议》进呈本。因中午休馆，便去了午门，参观"普天同庆——清代万寿盛典展"。

---

[1] 以上文字是我的认读，与刘文微有差异。"立公"，总管内务府大臣立山。

我有两项收获。

其一，该展陈列了《康熙万寿庆典图》的第二卷，显示了从西直门到神武门分段点设景物、衢歌巷舞、万民欢庆的画面，近40米长，非常壮观。若以此办理景物，将是极其耗费钱财的。由此对照慈禧太后六十大寿的"报效"，其中就有从西直门到西华门整修店面、分段点设景物之事，各地官商为此已报效银1,695,500两，也就是如此装点场面而已。而这笔钱不考虑通胀等因素，足可以让北洋海军购买一艘一等铁甲舰或两三艘装甲巡洋舰。这些军舰有可能会推迟中日甲午战争，让清朝赢得一些时间。

其二，该展陈列了"百鋆图"画卷，外有红木盒，烫金刻字："百鋆图卷。女史恽冰绘"；下有黄绫贴条："臣张之洞跪进"；图卷与红木盒上有故宫的编号："cp516/513 丽字二四三号"。展出时的文字介绍为：

> 恽冰《百鋆图》卷，清（1644—1911）。此为清末两江总督、军机大臣张之洞敬献给慈禧太后的寿礼。但该图并非恽冰真迹而是伪作。当时未能鉴别。

由此可以确认，张之洞为慈禧太后七十大寿所办的"暗贡"，确实已进呈。展出文字中"两江总督、军机大臣"，有误，张之洞没有同时担任过此两项职位，进呈该图卷时任湖广总督。而展出文字中"该图并非恽冰真迹而是伪作"，使我在现场都笑出声来。我在文中担心的"清宫这一时期的入藏品，未免良莠不齐，很可能一些赝品也混入其中"，真是不意而言中，幸亏今人也鉴别出来了。

在此亦补记之。

直隶总督陈夔龙宣统元年（1909）炭敬册

上海图书馆藏有一本题名为《云贵同乡京官录》的"炭敬"册，极富价值。[1] 伍跃教授发现之，见我研究张之洞的别敬、礼物与贡品，便赠我该册的电子本。《云贵同乡京官录》的封面上，有"云贵同乡京官"的红纸题签，并注有"己酉冬月"四字。"己酉"为宣统元年（1909），"冬月"为阴历十一月，即公元1909年12月13日至1910年1月10日。该册内夹有上海图书馆原馆长顾廷龙先生的亲笔签条，曰：

此本很有用处，可以考证清末外官给京官送礼的情况。可与我馆《郋亭廉泉录》参阅用度。顾廷龙。1959/11/1。此书主人可考。

"郋亭"，汪鸣銮（1839—1907），进士出身，曾任吏部侍郎、总理衙门大臣，翁同龢门下大将，光绪二十一年（1895）被革，"永不叙用"。《郋亭廉泉录》是当年顾廷龙先生所收集到的汪鸣銮"手录当日亲友、门生馈赠银簿"，顾先生"以其可备掌故，

1　《云贵同乡京官录》，宣统元年抄本，上海图书馆藏，线普487609。

特手为装治成册"。¹ 该书我尚未阅读，内容应是汪鸣銮自写的"廉政记录"。² 顾先生手写上引签条时，与"己酉冬月"恰好相隔50年。他又称："此书主人可考"，当指"给京官送礼"的"外官"，但未写明是谁；王雁告诉我，此人是直隶总督陈夔龙。对照册内所记内容，属实（后将说明）。既称"冬月"，所办之事当属炭敬，亦称节敬、年敬。

陈夔龙（1857—1948），贵州贵筑人（今属贵阳），原籍江西。他于光绪元年（乙亥，1875）中举人，光绪十二年（丙戌，1886）中进士，为兵部候补主事。光绪二十一年（1895）补总理衙门章京，后任兵部员外郎、内阁侍读学士、顺天府尹等京官。光绪二十七年（1901）升河南布政使，此后任漕运总督、河南巡抚、湖广总督等职。宣统元年十月十一日（1909年11月23日），

---

1 以上的文字是潘承弼于"壬辰（1952年）五月晦（最后一日）"所写，并称顾廷龙"以冒鹤亭、张菊生两先生均出郎亭之门……张菊生先生定名为《廉泉录》。按吾馆所藏郎亭丛稿均冠其别字，此册应亦增'郎亭'二字，以资识别。""冒鹤亭"，冒广生。"张菊生"，张元济。张元济写该书题记称："顾起潜既得此帐，以示冒鹤亭。鹤亭为撰长跋于后，非身历其境者，固不能言之亲切若是也。以今言之，除俸银米折外，皆非所当得者；然衡之当日，情似未允。""顾起潜"，顾廷龙。（见上海图书馆编：《上海图书馆藏张元济文献及研究》，上海古籍出版社，2017年，第174页）

2 文津、权儒学：《张元济、冒广生、顾颉刚等关于〈门簿〉与〈廉泉录〉的题跋》（《文献》1986年第3期）一文，引冒广生题跋云："此册为钱塘汪柳门侍郎师手书，记光绪十一年（1885）乙酉九月至十二年（1886）丙戌六月收入之数。除九月非送冰炭敬之时，而所入为至多。师止一女，嫁常熟曾孟朴，当为是年各处寄来喜分，此外则前所举诸名目也。师是时已开坊，观其所记俸银，两季为一百五十两，俸米折银六两八钱，全年计为三百十三两六钱……壬辰（1952）五月"。该文又引顾颉刚题跋云："此册所记不足十个月，凡得银一万另五十一两八钱，又银元八枚。其所受于国家之禄养一百五十六两八钱而已。依先生自记，祝敬得九十六两，节敬得一百零六两，其数甚寡，容有脱注。要之，特贻者为多。其五十以上，五百以下，度皆外官来京之所赠也。九、十两月得六千三百七十四两，占全部收入几三分之二，冒丈猜测为嫁女所得之喜分，是固非常例。其余八个月收入三千五百二十余两，平均月可得四百余两，即年可得五千余两，殆当时侍郎一级之正常收入乎？以俸米收入所较，仅得百分之三……壬辰九月"。"百分之三"属计算错误，只算了两季的俸、米。又，该文是马忠文告我的。

他接替缘事被革的端方，接任位居督抚疆吏之首的直隶总督兼北洋大臣。从陈夔龙的履历来看，他曾任京官十五年，熟知京官的实际生活及官场的游戏规则；尤其是曾任总理衙门章京一职，职位虽不高，然接触高官的机会却不少，也是他后来起家之根本。此时他新任直隶总督，尤其要注意与京官的关系，很可能尚未正式就任，便已开始操办本年度的炭敬之事。

一 《云贵同乡京官录》的内容

《云贵同乡京官录》装订成一册，写在标明"宏元"的朱印双栏毛边纸上，共十四页（双面）。虽称是《云贵同乡京官录》，但就其所录内容而言，除了同乡京官之外，送炭敬的对象包括京内诸多衙门的官员，尤其是记载了"总计"的数字。我按原格式将之抄录于下，前面是炭敬的数字（属银两），后面是官员的名字，并按原来的样式分成五小节。原文中删去的文字，亦有其价值，我注在页下。原文的数字，多用苏州码子，我改为汉字：

贵州同乡：共五十二封，银九百五十八。

翰林院：五十，许大人泽新；二四，程大人械林；二四，杨大人兆麟；二四，李大人端棻；二四，王大人庆麟。[1]

都察院：一百，陈大人田。

内阁：二四，聂树奇。

外务部：十六，彭书年。

吏部：十六，石金荣。

---

1 此处删去"二四、唐老爷（植堃）"，又有"一二""待口"字样。

民政部：十六，张玉麟；十六，徐承锦；十六，吴之瀚；十六，顾作梅。

度支部：二十，董玉卿；十六，葛侁；十六，姚宇新；十六，廖瑞翔；十六，陈元栋。

礼部：四十，李世祥；十六，彭汝畤；十六，杨恩元；十六，张德鹗。

学部：十六，赵用霖。

外务（小京）：十二，黎润。

陆军部：十六，陈椿荣。

法部：十六，欧阳濬；十六，周之麟；十六，李维钰；十六，刘克昌；十六，王长龄。

农工商部：二十，赵湘洲。

大理院录事：十二，杨培善；十二，李国瑜。

民政部警官：十二，何庆本。[1]

法部：十六，董懋基；十六，田永金。

度支部：十六，唐桂馨。

大理院：十二，彭克肖。

内阁：十六，黄家宗；十六，谌祖恩。

司务：十二，杨昌铭；十二，冯士光。

录事：十二，罗毓湘；十二，徐栋；十二，杨文清；十二，杨楷。

请酒单有名：十六，梅镇涵；十二，孙启甲；十二，徐致和；十二，杨庆堂；十二，唐桢堃；十二，徐瑞云。

云南同乡：共二十封，银二百四十八。

---

[1] 此前删去"十二，许家培"。

内阁：十六，朱老爷崇荫；十二，杨老爷觐东。

翰林院：十六，谢老爷崇基。

吏部：十二，陈老爷度；十二，张老爷锴；十二，施老爷尧章；十二，舒老爷良弼；十二，李老爷学仁；十二，高老爷承惠。

民政部：十二，吕老爷铸；十二，朱老爷纶；十二，倪老爷惟俊。

学部：十二，夏老爷瑞庚。

度支部：十二，周老爷传性。

礼部：十二，李老爷润均。

法部：十二，赵老爷廷璜；十二，胡老爷裕培；十二，杨老爷学礼；十二，刘老爷润畴。

巡警总厅：十二，毕老爷有年。[1]

军机、各部、各院、内阁：共五十二封，银四千一百九十六。

资政院：二百，伦贝子爷。

军咨府：二百，朗贝勒爷。

军机：一百，二百，璧，鹿中堂；一百，二百，璧，世中堂；二百，璧，戴大人；一百，二百，那中堂。

外务部尚、侍：一百，梁大人敦彦；五十，联大人芳。[2]

吏部尚、侍：一百，陆中堂润庠；五十，唐大人景崇；五十，于大人式枚。

民政部尚、侍：二百，肃王爷；五十，林大人绍年。

度支部尚、侍：二百，璧，泽贝子爷；一百，璧，绍大

---

1 此后删去"十六，二封；十二，十八封"。
2 此处删去"邹大人嘉来"，并注明"入同年"。

人英；五十，陈大人邦瑞。

礼部尚、侍：一百，葛大人宝华；五十，景大人厚；五十，郭大人曾炘。

学部尚、侍：一百，荣中堂庆；五十，严大人修，退还（五十，改送赵侍御炳麟）；五十，宝大人熙。

陆军部尚书：一百，璧，铁大人良。

农工商部尚、侍：一百，溥大人颋；五十，熙大人彦；五十，杨大人士琦。

邮传部尚、侍：一百，徐大人世昌；五十，汪大人大燮。

法部侍郎：五十，绍大人昌；五十，沈大人家本。

理藩院尚、侍：一百，寿大人耆；五十，定大人成。

仓场侍郎：五十，桂大人春；五十，俞大人廉三。

内阁学士：五十，那大人晋；五十，毓大人隆；五十，荣大人勋；五十，麒大人德；五十，瑞大人丰；五十，吴大人郁生；五十，王大人垿（署法部右堂）。

外务部：三十，曹丞堂汝霖[1]；三十，曾丞堂述棨；三十，陈参堂懋鼎。

民政部：三十，裕丞堂厚。

法部：三十，黄丞堂均隆。[2]

农工商部：四十，李丞堂国杰；三十，袁参堂克定。

邮传部：三十，李丞堂经楚；三十，梁参堂士诒。

都察院：十六，璧，承大人平。[3]

陆军部：一百，许丞堂秉琦。

二百，八封；一百，十二封；五十，二十二封；四十，一封；

1　此前删去"三十，吴参堂荫培"。
2　此前删去"三十，曾丞堂鉴"。
3　此前删去"一百，张大人英麟"。

直隶总督陈夔龙宣统元年（1909）炭敬册　*299*

三十，八封；十六，一封。

　　送席：共六十二封，银一千九百一十六。
　　五十，璧，瑞大人良，实录馆副总裁，汪芝麻胡同。
　　二四，李大人经畬，实录馆提调，宣内东城根路北。
　　四十，璧，李大人经迈，记名副都统，宝钞胡同内王佐胡同。
　　一百，奎大人俊，内务大臣。
　　一百，继大人禄，内务大臣。
　　五十，璧，凤大人山，厢黄旗汉军都统。
　　五十，奎大人顺，正蓝旗汉军都统，东四北七条。
　　三十，萨大人廉，正黄护军统领。
　　五十，李大人殿林，正黄旗都统，臼刑部街。
　　二十，甘大人大璋，内阁读学，宣外上斜街。
　　四十，墨大人麒，内阁读学，驴市胡同。
　　五十，杨大人寿枢，领班章京行走，候补中堂。
　　四十，刘大人穀孙，三品汉领班章京。
　　四十，易大人贞，三品章京。
　　二十，景大人润，翰讲。
　　二十，云大人书，翰讲学，潘家河沿。
　　二十，延大人清，翰讲学。
　　二十，朱大人汝珍，翰编，打磨厂粤东考馆。
　　二十，林大人世焘，翰编，棉花下六条。
　　二十，商大人衍鎏，翰秘书。
　　二十，程大人宗伊，翰编。
　　二十，郭大人立山，翰编。
　　二四，吴大人士鉴，翰讲。

三十，顾大人瑗，翰编。

二十，章大人梫，翰检。

三十，徐大人宗溥，军机帮领班章京。

三十，璧，胡大人彤恩，帮章京领班。

五十，何大人乃莹，前都察院副宪。

二四，志大人贤，牛排子胡同路北。

四十，华老爷堪，民政副郎，纱帽胡同。

二十，陆老爷大坊，农工商部，东四丰盛胡同。

二十，齐老爷耀城，法部主事。

十六，张老爷丕基，法部郎中，香山馆。

二十，陈老爷桂荪，吏部副郎，方壶斋。[1]

二十，出京，璧，龙大人建章，邮传候补参议，南横街。

二十，黄大人瑞琪，编查馆总务处。

二十，刘老爷敦谨，法部正郎。

二十，关老爷庚麟，邮传部正郎，绳匠胡同。

三十，崇大人启，内务府银库郎中，罗圈胡同。

十六，王老爷世琪，法部，粉房琉璃街。

十六，袁老爷绪欣，度支主事，椿树三条。

二十，王老爷季烈，学部郎中，上斜街西北。

二十，张老爷茂炯，度支部，桐梓胡同。

二十，楼老爷师诰，度支部，西交民巷。

二十，冯老爷汝琪，法部，香炉营四条。

二十，张老爷恩寿，法部，南横街中北。

十六，陈老爷树钧，法部小京官，方壶斋。[2]

---

1 此后删去"三十，章大人印直，江苏候补道，西四建坊胡同"。
2 此后删去"关大人冕钧，邮传部候补参议"。

荣恩，新授乌里雅苏台参赞大臣，草厂胡同。

荣沛。

袁世传，候补道，锡拉胡同。

张大人振湘，内阁即补侍读。

张大人庆贤，中书科中书，前门内四眼井。

吴大人筱孙，前外城总厅厅丞，翠花胡同。[1]

三十，钱大人能训，前奉天右参赞。

二四，江大人瀚，学部参事。

二四，继老爷宗，学部副郎。

二四，费老爷德保，陆军部主事，桐梓胡同。

二四，宗老爷鹤年，外务候补主事。

二四，程老爷干臣。

十六，十六，钟老爷岳、仑，吏部郎中，纱帽胡同。

十六，博老爷惠，分部郎中，三条胡同。

四十，凌大人，顺天府尹。

十六，吴大人荫培，外务部参堂。

十六，保大人恒，外务正郎。

二十，恩老爷厚，外务部员外。

一百，景大人丰，内务大臣。

一百，增大人崇，内务大臣。[2]

总计：

三百四十三封，直隶京官，合银四千四百七十八两。

1　以上六人原稿未写数目，有眉批"此处未□数目"。
2　此后删去"以上五十八封，送酒席。一百，四封，合银二百两。五十，六封，合银三百两。四十，六封，合银二百四十两。三十，六封，合银一百八十两。二四，八封，合银一百九十二两。二十，二十三封，合银四百四十两。十六，九封，合银一百二十八两。共合银一千六百九十六两"。后文有说明。

一百五十一封,湖北京官,合银一千九百三十六两。

一百四十三封,江西同乡,合银一千八百七十两。

二十封,云南同乡,合银二百四十八两。

五十二封,贵州同乡,合银九百五十八两。

五十二封,军机各部院,合银四千一百九十六两。

二十六封,乙亥同年,合银六百二十二两。

二十二封,丙戌同年,合银四百六十八两。

十四封,团敬,合银一千四百两。

六十二封,送酒席,合银一千九百一十六两。[1]

又送隆都统斌八十两。

又还许稚筠二百两。

计总共来银二万零四百两。

除总共用银一万八千三百七十二两,剩下余银二千零二十八两正。

又送刘福姚银十六两,实存银二千零一十二两。

这么具体又这么完整的史料,真是非常难得,故顾廷龙先生称"此本很有用处"。我对此作具体分析于下。

二 谁送的炭敬和谁写的《云贵同乡京官录》炭敬册?

《云贵同乡京官录》第五节"总计",提到了"直隶""湖北""江西""云南""贵州""乙亥""丙戌"七个关键词,与陈夔龙的身份要素,完全符合:新任直隶总督,原任湖广总督;贵

---

[1] 此后删去"□□团敬一百,共银一万六千五百六十八两"。

州人，原籍江西，云南属大同乡；光绪元年乙亥科举人，十二年丙戌科进士。由此可以确定，王雁的判断是正确的，送炭敬者是陈夔龙。

《云贵同乡京官录》第五节"总计"，录有"直隶京官""湖北京官""江西同乡""云南同乡""贵州同乡""军机各部院""乙亥同年""丙戌同年""团敬""送酒席"十大项，现存者仅为"贵州同乡""云南同乡""军机各部院""送酒席"四大项，其余六项不存。由此可见，这一册子是一残本，许多页已经散失，剩下的十四页，很可能是由后人装订的。册子封面上的"云贵同乡京官"红纸题签，很可能是装订者摘其首要，有如儒家经典《论语·学而篇》《孟子·梁惠王章句》《礼记·郊特牲》那样，与实际内容存在较大的差异。"己酉冬月"四字，写者应另有所本。上海图书馆后来编目时，根据封面上的红纸题签，题名为《云贵同乡京官录》。这一题名虽不准确，但在当时的条件下，编目者似在短时间内也无法准确予以命名。

《云贵同乡京官录》是在具体操作时做记录的本子，而不是最后的定本。我这么说有三类证据。首先是许多数字和内容有修改。如第五节"总计"中的"团敬"一项，数字原写"合银六百两"，后将"六"字改为"一千四"，是原来的两倍多，说明随时会有变化。又如第四节"送席"的最后，删去一段：

> 以上五十八封，送酒席。一百，四封，合银二百两。五十，六封，合银三百两。四十，六封，合银二百四十两。三十，六封，合银一百八十两。二四，八封，合银一百九十二两。二十，二十三封，合银四百四十两。十六，九封，合银一百二十八两。共合银一千六百九十六两。

其中"一百,四封"的"四"字,由"二"字改;"二十,二十三封"的"三"字,由"二"字改;"十六,九封"的"九"字,由"八"字改。而"五十八封""共合银一千六百九十六两",与实际数字即"共六十二封","银一千九百一十六两",是对不起来的。其次是第四节"送席"中提到了荣恩、荣沛、袁世传、张振湘、张庆贤、吴篯孙六人,原文未写数目,核对总数,此六人未送。再次是第三节"军机各部院"和第四节"送席"中有"璧"字,共12处,即完璧归还,送上门后又被退回。这些都可以说明,具体负责送炭敬的人在此过程中是随写、随改、随记的。

由此,我推测,该册页上的"宏元"两字,很可能是京城中一家银号(或商铺)的名号,其在武昌或天津或有联号。每到年关之际,各省地方官到京办理炭敬,加起来会是一笔很大的生意,商家于此可以办理汇兑等项业务。陈夔龙京官出身,又是能吏,如能记住乡、会试同年和贵州、云南同乡的名字和住址,已是相当了不起,如还能记住江西同乡、湖北京官的名字和住址,那就更了不起了。然而,陈夔龙初任直隶总督,怎么可能记得住数量达343人的"直隶京官"的名字和住址?虽说当时有《缙绅录》之类的名录可供查考,但毕竟不周全。陈夔龙又当过顺天府尹,京城官员的住址也应当熟悉,但当时京城还没有准确的门牌号码,只能简单地注记"某某胡同东头、路北"之类的大体方位。临时来京的官员或幕僚办理此事,要一下子弄清楚这么多人家的住址而不致送错,也是极其困难的。

由此,我推测,陈夔龙宣统元年送炭敬之事,是委托一家名号为"宏元"的银号(或商铺)进行的。第五节中"直隶京官""湖北京官""江西同乡""云南同乡""贵州同乡""军机各部院""乙亥同年""丙戌同年""团敬""送酒席"十大项,共计为885封、银达18,372两(不包括后送的隆斌、刘福姚),临时来京的官员或幕僚似无法胜任此事；而设立于本地的银号（或商铺），熟悉官员的府第的位置和相应的馈赠礼节与习惯，办理起来自然熟门熟道。

《云贵同乡京官录》第三节"军机各部院"在外务部一栏中，两次删去"三十，吴参堂荫培"，又在第四节"送席"中列入"十六，吴大人荫培，外务部参堂"。吴荫培，江苏吴县人，光绪十六年庚寅科探花，是一位年资甚老的翰林，后出任广东潮州知府、贵州镇远知府，从来没有担任过外务部参议一职。此时他很可能在京。此项内容若是陈夔龙的幕僚来写，绝不会出现如此差错，很可能是"宏元"号的伙计或掌柜所写，而"外务部参堂"一语，亦有可能是将吴荫培的炭敬送到该处之意。相同的错误还有两处。一在第三节"军机各部院"的"理藩部尚侍"中，有"五十，定大人成"一语。意思是定成为理藩部侍郎，而定成是大理院正卿（正二品，与各部侍郎相等）。二在第三节"军机各部院"丞、参官"都察院"一栏中，有"十六，璧，承大人平"一语。该节全是送高官（银30两以上），为何会出现只送银16两之事？查《缙绅录》之类的文献，此人应是都察院都事厅都事陈寿平（顺天宛平县人，监生），属正六品司官。都察院的体制尚未改革，未设部丞、参议（三、四品官），都事厅都事负责该院的堂上事务。以上的两处若是陈夔龙的幕僚所写，也不会出现此等差误。由此再来看该册第五节"总计"中"计总共来银……""除总共用银……""实存银……"等用语，不像是幕僚的用语，更像银号之类的商家用语；而"大人""老爷""贝子爷""贝勒爷""王爷"等等，也是下人或商家所使用的敬语。

由此，我再推测，《云贵同乡京官录》很可能是由名号为"宏元"的银号（或商铺）的伙计或掌柜所写的。而我的这一推

测参考了湖广总督、署理两江总督张之洞委托山西票号"百川通"办理年敬之事。(后将详述)

三 外官给哪些京官送炭敬？

《云贵同乡京官录》第五节"总计"中，提到要送炭敬的"直隶京官"等十大项，大约可以分成四类：

一是地方大吏要给当地京官送礼，共有"直隶京官"（343封，银4,478两）和"湖北京官"（151封，银1,936两）。共计494封，银6,414两。"父母官"的这类炭敬，有着两重意思。一方面希望京官多赞地方官的功绩，即"上天言好事"；另一方面希望京官家人在地方事务上予以配合，这类家人在当地往往会有很大的势力。《云贵同乡京官录》虽未录所送两地京官的具体人名与银数，但从封数和总银数来看，已是相当庞大。

二是要给同乡、同年京官送礼，共有"贵州同乡"（52封，银958两）、"云南同乡"（20封，银248两）、"江西同乡"（143封，银1,870两）、"乙亥同年"（26封，银622两）、"丙戌同年"（22封，银468两）。共计263封，银4,166两。此是炭敬的本意，联络乡谊、年谊，帮扶贫困的京官。根据该册中贵州、云南两地京官的名单，对照《缙绅录》等名录，可知陈夔龙并不是给全体贵州、云南同乡京官送炭敬，而是有选择的，只是送了那些走得比较近或者他比较欣赏的人。祖籍江西同乡京官的数量，远远超过贵州、云南，虽可证明江西京官的群体大于云贵，但更可说明陈夔龙对江西京官更认乡谊。

三是要给高官及相应的机构或团体送礼。在《云贵同乡京官录》第三节"军机、各部各院"中，详细开列了资政院、军咨府、军机、外务部、吏部、民政部、度支部、礼部、学部、陆军部、农工商部、邮传部、法部、理藩院、都察院等衙门的大臣、尚书、侍郎、部丞、参议（堂官），并列入仓场侍郎、内阁学士等同等级高级官员。军机大臣是全送的。各部尚书中删去了都察院"张大人英麟"，其原因不详。各部侍郎中删去外务部"邹大人嘉来"，并注明"入同年"——将外务部侍郎邹嘉来的炭敬，放在会试同年（同为丙戌科进士）之中，这对邹嘉来来说，会显得更为亲近。但对照职官年表，侍郎中未送者还有乌珍（民政部，满人）、盛宣怀（邮传部）、寿勋（陆军部，蒙人）、达寿与恩顺（皆是理藩部侍郎，满人）、伊克坦（副都御史，满人）。盛宣怀自然不必去送，且此时他常住上海。其余未送者很可能是陈夔龙与之不熟，而满人、蒙人对炭敬的理解与汉人也稍有不同。至于各部丞、参议一级，陈夔龙是有选择的，所送者还不到在位者的三成，且在法部部丞中删去了"曾丞堂鉴"。至于未送者是否又放到其他名单中（如邹嘉来），因没有相应的证据，还不好说。但从现存的名单来看，陈夔龙认为最重要的官员是都送到了。

《云贵同乡京官录》第五节有一条记录"十四封，团敬，合银一千四百两"，因没有详细名录，让我想了很久。首先是"团敬"这个名词有点生疏，其次是银数比较大，一封即银100两，总数达银1,400两。思酌再三，我推测是送给权力部门或相关团体的，如军机处汉头班章京之类。甲午战争期间，张之洞署理两江总督，曾让山西票号"白川通"代办炭敬，其中提到"沈鹿苹公分三百两，又一百两"。（后将详述）"沈鹿苹"，沈恩嘉，军机处汉头班领班章京。"公分"，军机处章京共同可分之银。张之洞交给沈恩嘉，由其负责分配。戊戌变法期间，刑部主事刘光第入值为军机章京，在给其弟私信中称："兄又不分军机处一文（他们每年可分五百金之谱，贪者数不止此）。"[1] 此中的"可分"款项，即是"公分"。我由此而推测，此处的"团"，应当是多人团体的意思，尽管我无法猜出这14封"团敬"的具体所赠对象。

四是要送给京官中的亲朋故友和关键或机要之官员，列于"送酒席"名单之中。陈夔龙任京官时，在兵部（此时改为陆军部）司官上迁转，后又任总理衙门（此时改为外务部）章京、内阁侍读学士、顺天府尹，在这些部门中自然会有一批尚未"发达"的故友，在"送酒席"名单中可以找到许多相关的人名。还有一些人是老长官的后人。如李经迈，李鸿章之子，李鸿章任总理衙门大臣、又任全权议和大臣，对陈夔龙照顾甚多。又如李经畬，为李鸿章之兄李瀚章之子。又如林世焘，贵州巡抚林肇元之子，张之洞侄女媳。林肇元为湘军出身，长期任官贵州，很可能与陈夔龙的父亲有关系。又如华堪，其曾祖父为两江总督璧昌，而其父亲为总理衙门大臣、吏部尚书锡珍，很可能与陈夔龙有过交往。其余者如吴士鉴、王季烈、陈树钧等人，其父辈亦可能与陈夔龙交往。至于杨寿枢、刘毂孙、易贞、徐宗溥、胡恩彤等人，现任军机处总办章京或帮总办章京，品级虽不高，但居机要之地，承机要之命，政治决策中的作用十分微妙，除了"团敬"之外，还需要另送"酒席"。奎俊、继禄、景丰（沣）、增崇皆为满族高官，又兼任总管内务府大臣，与掌权的摄政王载沣关系密切，亦属"天子近臣"，所送"酒席"的规格是最高的。[2] 若能仔细研究陈夔龙的"送酒席"名单，可看到他的人脉关系，也可看到他有意结交或巴结之人。

1　《刘光第集》，中华书局，1986年，第287页。
2　景丰即景沣，曾任户部侍郎、广州将军，此处写作"丰"，亦有可能是避宣统皇帝本生父、摄政王载沣之讳。

四　炭敬的标准

我看到《云贵同乡京官录》时，最为吃惊者是份数，竟高达885封。若以每封银两的平均数来看，并不是很高。总数885封，减去"团敬"14封，增加都统隆斌、翰林院修撰刘福姚，为873封，相应的银数为16,772两，每封约为银19.2两。若以《云贵同乡京官录》第五节中提到的十大项，去掉"团敬"一项，又可得出各项的平均数："直隶京官"，平均每封约银13.0两；"湖北京官"，约12.8两；"江西同乡"，约13.0两；"云南同乡"，12.4两；"贵州同乡"，约18.4两；"军机各部院"，约80.7两；"乙亥同年"，约23.9两；"丙戌同年"，约21.3两；"送酒席"，约30.9两。最高者为"军机各部院"，最低者为"云南同乡"。

《云贵同乡京官录》中详细开列了"贵州同乡""云南同乡""军机各部院""送酒席"送炭敬的银两数，可以看出陈夔龙以及当时地方官炭敬的一般标准。最高一级为军机大臣，每位银200两，当时有鹿传霖、世续、戴鸿慈、那桐四人。与此相对应的，还有王公大臣，即资政院总裁贝子溥伦、管理军咨处事务大臣贝勒朗润、民政部尚书肃亲王善耆、度支部尚书贝子衔镇国公载泽。而鹿传霖、世续、那桐三人又为内阁大学士，再加银100两。其次为尚书（一品官），每位银100两，当时共有11部，除了民政、度支、法部（由戴鸿慈兼任）三部外，另有梁敦彦（外务）、陆润庠（吏部）、礼部（葛宝华）、荣庆（学部）、铁良（陆军部）、溥颋（农工商部）、徐世昌（邮传部）、寿耆（理藩部），与此相应者还有总管内务府大臣奎俊、继禄、景丰（沣）、增崇和都御史张英麟，尽管后者被删名。再次是侍郎（二品官），每位银50两，仓场侍郎、内阁学士的品级与之相当，何乃莹作为前都察院左副都御史放在此列。八旗都统属武官的一品官，且地位已不再重要，亦放在此列。又再次是各部丞、参议（三、四品官），每位银30两。军机处总办章京、帮总办章京亦在此列。往下还有银24、20、16、12两四个档次，从"贵州同乡"所送情况来看，各部司官（五、六品）为银16两，小京官、司务、录事等吏员（七品以下）为银12两；从"云南同乡"来看标准要更低一些，司官也是12两。至于银24两或20两，我看不出具体的标准，很可能与亲疏关系有关，或与当时的风尚有关。如"贵州同乡"中翰林院侍讲程棫林（从五品）、编修杨兆麟（正七品，癸卯科探花）、编修李端棨、庶吉士王庆麟（尚未补官），不加区别地都给了银24两；而翰林院学士徐泽新，虽为正三品官，然其是贵筑同乡，又是老翰林，炭敬升为银50两。而都察院掌印给事中陈田，仅为正四品官，却是贵筑同乡兼丙戌科进士同年，炭敬更升为银100两。相同的情况，又见于陆军部左参议许秉琦（字稚筠），正四品官，其父许应骙曾任礼部尚书、总理衙门大臣，是陈夔龙的老上司，炭敬亦升为银100两；《云贵同乡京官录》第五节"总计"最后一段还有一句话"又还许稚筠二百两"，可见此次送炭敬之外，许秉琦与陈夔龙另有其他方面的金钱往来。

根据陈夔龙送炭敬的基本标准，再来观看"贵州同乡""云南同乡""军机各部院"尤其是"送酒席"的名单，就可以发现诸多内情，如度支部侍郎绍英、农工商部左丞李国杰、记名副都统李经迈、翰林院编修顾瑗、民政部员外郎华堪、前奉天右参赞钱能训、吏部郎中钟岳和钟仑等等不一。

五　璧还的情况与缺失的人名

《云贵同乡京官录》写有"璧"字，在行侧，属补记的内容，共有12人，为军机大臣鹿传霖、世续、戴鸿慈，度支部尚书贝子衔镇国公载泽、度支部侍郎绍英，陆军部尚书铁良，都察院都事陈寿平，实录馆副总裁瑞良，记名副都统李经迈，镶黄旗汉军都统凤山，军机处帮领班章京胡彤恩，邮传部候补参议龙建章。前6人属于现任高官，其退还炭敬，当属"廉泉"之意。后6人的情况亦相差无几。瑞良长期任总理衙门章京，后任河南布政使、江西巡抚，此时以实录馆副总裁闲职在京居住。李经迈是李鸿章之子，曾任驻奥匈帝国公使，后因母病回国，亦授副都统闲职在京居住。凤山曾任陆军第一镇总制、西安将军（未赴任），以镶黄旗汉军都统闲职在京负责练兵。胡彤恩位居机要，亦在避嫌。此4人亦表现出饮"廉泉"之水的风度。陈寿平地位较低，很可能感到不属"丞、参"一级而"璧"；龙建章已出京，无法收受而"璧"。"璧"还后的银两又如何处理呢？我仔细核算《云贵同乡京官录》中"军机各部院""送酒席"的封数、银数及"除总共用银"，可以确定，尽管这12名官员有璧还之举动，但炭敬的银两最后仍送去了。"璧"只是一个姿态。

《云贵同乡京官录》记录学部侍郎严修时，所写是"退还。五十，改送赵侍御炳麟"。我核查"军机各部院"的封数、银数，严修是真的"退还"了，但不知其在"直隶京官"名单中是否另有列名。赵炳麟，广西全州人，光绪二十一年乙未科进士，与陈夔龙既不属同乡也不属同年，且以弹劾袁世凯而著称。我推测，这一份炭敬很可能没有去送。

我在阅读《云贵同乡京官录》时，感到名单不完整，其中最重要的缺失，是首席军机大臣、总理外务部事务、管理陆军部事务庆亲王奕劻。奕劻长期任总理衙门大臣，是陈夔龙的老长官。庚子议和期间，陈是奕的得力助手，奕由此将陈破格拔升为顺天府尹——该职在八国联军占领北京期间显得格外重要。陈夔龙此后一帆风顺，连连升职，都可以看到奕劻从中所起的"作用"。奕劻是著名的贪官，其子载振更是与父亲联手收钱，这一份炭敬恐怕不能以银三、五百两打得住，且也不能让"宏元"之类的商家经手。此事当由陈夔龙亲自操办，并派亲信送到府上。而奕劻之外，陈夔龙是否还有另行亲办者，我则难以揣度了。

六　与张之洞的比较

我在中国社会科学院近代史研究所档案馆所藏"张之洞档案"中，看到了一份电报，是张之洞办理年敬之事：

> 京都百川通。代香帅送：王廉生三百两，又二十两；沈鹿苹公分三百两，又一百两；吴讲修二百两；黄漱兰二百两；朱益斋修八十两；刘宣甫、叶伯皋、刘博泉、黄仲韬、朱益斋，各一百两，又各二十两；寿伯符修一百二十两；翁同龢、张抡奎、兵马司中街沈中堂太太、内阁苏守庆、廖寿恒、徐树铭、王同愈、王彦威、张中堂、李鸿藻，各一百两；沈曾植、张君立、张黄楼、柳树井魏正泰，各五十两；易俊、半截胡同张度，各四十两。以上统共京平足银三千二百两，兑交。另交津南同乡京官每人给二十两，请张黄楼开单问交。望见电务必年内速交，各讨收条。交毕，速电复。至望。照交用数多寡，一笔结陵注帐如传。十二月二十八日戌刻发。[1]

---

[1]《张之洞存来信电稿原件》，第11函，中国社会科学院近代史研究所档案馆藏，所藏档号：甲182—382。

"百川通"，著名山西票号，在各地有联号。"香帅"，张之洞，此时因甲午战争以湖广总督署理两江总督，驻在南京。电报原文在"代香帅送"后删去"诸公年礼"四字，可知所送为"年敬"。张之洞因公务繁忙而来不及办理，发电报让票号代办。他发电时已是十二月二十八日戌刻（19—21时），票号收到时将是第二天中午。他却让票号"务必年内速交"，只有一天多一点的时间，可见票号办事效率极高。电文中只有"沈中堂太太""魏正泰""张度"三人的简要地址，又可见票号曾经办过相同或相似的业务，对官员府第位置甚为熟悉。

从张之洞所送对象，颇显其个人性格："王廉生"，王懿荣，国子监祭酒，也是其前妻之兄。"沈鹿苹"，沈恩嘉，军机处汉领班章京。"吴讲修"，不明其人；从年敬数量来看，似有可能是吴大澂之弟翰林院编修吴大衡。"黄漱兰"，黄体芳，曾任兵部侍郎，因弹劾李鸿章降为通政使，清流健将。"朱益斋"，朱延熙，时任翰林院编修，张之洞的亲戚。"寿伯符"，寿富，清流健将宝廷之子。"刘宣甫"，刘怡，张之洞的亲戚。"叶伯皋"，叶尔恺，时任翰林院编修。"刘博泉"，刘恩溥，清流健将，时任通政使司副使。"黄仲韬"，黄绍箕，黄体芳之子，时任翰林院编修。翁同龢，时任军机大臣、总理衙门大臣、督办军务处大臣、户部尚书，他是光绪帝的师傅。张抡奎，张之洞的亲戚。"沈中堂太太"，前大学士、军机大臣、总理衙门大臣沈桂芬的遗孀。苏守庆，光绪十六年进士，时任内阁中书，他是直隶人。廖寿恒，时任吏部侍郎，总理衙门大臣。徐树铭，时任兵部侍郎。王同愈，时任翰林院编修，后任湖北学政。王彦威，军机章京，此时丁忧。"张中堂"，张之洞的族兄、前军机大臣张之万。李鸿藻，军机大臣、总理衙门大臣、礼部尚书，是张之洞的京中奥援。沈曾植，时任总理衙门章京。"张君立"，张之洞之子张权。"张黄楼",张之洞之侄张彬。魏正泰,张之洞的亲戚。易俊,曾任军机章京,时任御史。张度,很可能是晚清书画家,字吉人,号叔宪,浙江长兴人。名单中只有两名军机大臣,翁同龢与李鸿藻,恭亲王奕䜣、刚毅、钱应溥等人不在列。名单只有两位高官,廖寿恒、徐树铭,且非权重者。其余或是清流同党,或是亲戚朋友。数量最高者为其好友兼亲戚王懿荣,军机大臣只不过是中等标准。至于"津南同乡京官",每人是银20两,没有开名单,让其侄张彬来操办。[1]

两相比较,差距甚大。从数量而言,张之洞共送了27人、银3,200两(津南同乡京官不在列)。陈夔龙共送了887封、银18,388两(包括隆斌、刘福姚)。从个人特点而言,张多显清流本色,陈多循官场规则。从时间先后而言,张操办此事或是光绪二十年底或是二十一年底(即1895年初或1896年初),陈操办此事是宣统元年底,即1909年底,时间上差了十多年。

七 京官贫困化与节敬的退场

也就在这十多年中,清朝内部发生了很多变化。

自李鸿藻去世(1897)、翁同龢罢免(1898)后,在京城中领风骚于一时的"清流"党因缺乏领袖人物而分崩离析,号称清廉的党人大多不能自持自守,官场的风气归于"浊流"。八国联军占领北京(1900)期间,京官普遍遭受到经济损失——房屋和家产是其中一部分;许多银号、票号、当铺先后受义和团、八国联军的两次打击而破产,相关的存款会有比较大的亏损;更兼有

---

[1] 参见本书《张之洞的别敬、礼物与贡品——晚清上流社会生活的一个侧面》。

逃难和返京两大笔开支。清朝实行丙午官制改革（1906），许多官衙被裁并。从《缙绅录》等资料来看，京官的数量在增加，而正式的额缺并未因官制改革而有较大的增加，许多人没有稳定的经济来源。从物价指数来看，通货膨胀的速度增快，其中最重要的因素是"金银比价"。世界列强皆使用金本位，国际银价因缺乏有力支撑点而下跌速度极快。清朝仍使用银两制，受此影响而黄金流出、白银流入。这些因素使得京官的生活与十多年前相比，更为贫困化。十多年前京城中还有宣称"不受炭别敬"的刘光第等桀骜之士，此时遍地都是嗷嗷待哺的贫寒之士了。

"京城居，大不易"。京官的生活本来靠薪俸、结费和别敬三大项来支撑，此时薪俸不足，结费因停科举而基本丧失，外官的别敬、节敬等项成为相当重要的生活来源。从政治学的角度来分析，官员的贫困化必然导致政府办事效率的低下，贪腐之风气必然生长；像陈夔龙这样的地方大吏，必然要对京官们广施"雨露"，方能在京办事时少受掣肘。地方大吏的炭敬封数是张之洞时代的十倍以上。对地方官来说，个人用于官场应酬的开支增大，须提升其搜刮的能力和增加搜刮的管道，人民的不满也自然增加。

陈夔龙式的大手笔炭敬，自然是形势使然，也必然作用于形势。当京官们不能从朝廷中获得基本生活费时，他们对朝廷的忠诚程度也自然下降。两年后，武昌起义爆发，京官们的态度有如观众，缺乏捍卫之士。"物极则反，命曰环流"。清朝倒台之后，一大批没有薪俸的候补、候选官员自然离京回乡谋生，剩下来的实缺官员大多成为袁世凯政权（中华民国）的官员，薪俸反而变得稳定起来。而到了此时，一方面是京官团体的缩小，京官手中权力的缩小，另一方面是地方官员势力壮大，尤其是军阀或地方实力派，不必再去看京官的脸色；持续数百年的"节敬"，不知不觉地在中华民国官场中悄然消失了。相应的法律制度与观念随之发生了变化。清代官场的节敬、别敬是合法的,基本上是公开进行的,至多属于"陋规"。到了民国之后,官场的送钱送礼,虽从未间断过,然已属于行贿。清末陈夔龙式的大手笔炭敬以及记录此类活动的册子,也成了明日黄花。仅仅过了50年,星移物换,人们对此已感到陌生;《云贵京官同乡录》这本小册子,便成了顾廷龙先生所说的"可以考证清末外官给京官送礼的情况"的好材料。

附记:本文参加"辛亥革命110周年国际学术讨论会"。马忠文阅后告我,陈夔龙的这一册子不像是"炭敬",有可能是"别敬",即新任外官进京请训赴任前给京官的礼金,另以"送酒席"为证。我以为马忠文所说有点道理,时间上也对得起来,但在若干细部(主要是金额数量较少、以商家经手操作)还不能说服我。特做此附记,以能让各位学者对该册子再探讨、判定,且可不掩马忠文的眼力与智慧。

刊于《中华文史论丛》2022年第1期

增订版后记

这是我七年前出版的旧书。

此次再版,我增加了四篇文字,即《"此情可待成追忆"——蔡鸿生教授著〈俄罗斯馆纪事〉讨论课发言》《悼念章开沅先生》《心中要有读者:经历与体会》《直隶总督陈夔龙宣统元年(1909)炭敬册》;并对《张之洞的别敬、礼物与贡品——晚清上流社会生活的一个侧面》加了两条补记。同时,我又删去了《天朝的崩溃——鸦片战争再研究》等六书的自序。

记得在很多年前,我还在北京大学教书的时候,有一个学生很善意地对我说:"茅老师,你的书自序写得真好……"我由此明白,我的文字能力大约也就表现在这些自序上了,而书的内容却是写得不那么好看的。于是,在本书初版时,我便有点恶作剧地把这些自序集中在一起,让你一次看个够。此次删去,自属符合一般文集之常规。同样的话,我也开玩笑地对一位年轻的同事说过,表扬他的书名起得好。他出版了两本书,一本书名很华美:《花落春仍在》,另一本书名更厉害:《天下为学说裂》。

2021 年 8 月于横琴